MYTHOS

2ª edição

STEPHEN FRY

MYTHOS

AS MELHORES HISTÓRIAS DE HERÓIS, DEUSES E TITÃS

Tradução
Helena Londres

Planeta

minotauro

Título original: *Mythos*

Preparação: Laura Folgueira
Revisão: Maitê Zickhur e Dan Duplat
Diagramação, projeto gráfico e ilustrações de miolo: Marcela Badolatto
Capa: Adaptada do projeto gráfico original de John Kennedy
Ilustrações de capa: Sarah Young

DADOS INTERNACIONAIS DE CATALOGAÇÃO NA PUBLICAÇÃO (CIP)
ANGÉLICA ILACQUA CRB-8/7057

Fry, Stephen
Mythos: as melhores histórias de heróis, deuses e titãs / Stephen Fry; tradução de Helena Londres. – 2. ed. - São Paulo: Planeta do Brasil, 2021.
368 p.

ISBN 978-65-5535-422-5
Título original: Mythos

1. Mitologia 2. Mitologia grega 3. Mitologia clássica 4. Deuses I. Título II. Londres, Helena

21-2297 CDD 398.22

Índices para catálogo sistemático:
1. Mitologia

Acreditamos nos livros

Este livro foi composto em Fairfield e impresso pela Geográfica para a Editora Planeta do Brasil em junho de 2021.

2021

Editora Planeta do Brasil Ltda.
Rua Bela Cintra, 986, 4º andar – Consolação
São Paulo – SP – 01415-002
www.planetadelivros.com.br
faleconosco@editoraplaneta.com.br

ENTRE NO GRISHAVERSO
VISITE, EM RAVKA, UM MUNDO DE MAGIA E SUPERSTIÇÃO, ONDE NEM TUDO É O QUE PARECE SER
CAPAS COM ACABAMENTO ESPECIAL
SOMBRA E OSSOS (#1)
288 P. | 16X23 CM
SOL E TORMENTA (#2)
352 P. | 16X23 CM
RUÍNA E ASCENSÃO (#3)
336 P. | 16X23 CM
TAMBÉM DE LEIGH BARDUGO, AUTORA DA TRILOGIA SOMBRA E OSSOS
NONA CASA
432 P. | 16X23 CM
Uma história de poder, privilégio, magia e assassinato, ambientada na elite da Ivy League
CONHEÇA OUTROS UNIVERSOS PUBLICADOS NA
Planeta | minotauro

COLEÇÃO EM CAPA DURA + NOVAS TRADUÇÕES

AS BRUMAS DE AVALON

O GRANDE CLÁSSICO DA LITERATURA MUNDIAL

PELOS OLHOS DE MULHERES COMPLEXAS E PODEROSAS – COMO MORGANA DAS FADAS, VIVIANE, A SENHORA DO LAGO, IGRAINE, MORGAUSE E GWENHWYFAR –, OS REINOS DE CAMELOT E DE AVALON SÃO REVISITADOS NESSES CLÁSSICOS ATEMPORAIS, REPLETOS DE MAGIA, SENSIBILIDADE E INTRIGAS.

AS BRUMAS DE AVALON
968 P. | 16X23 CM

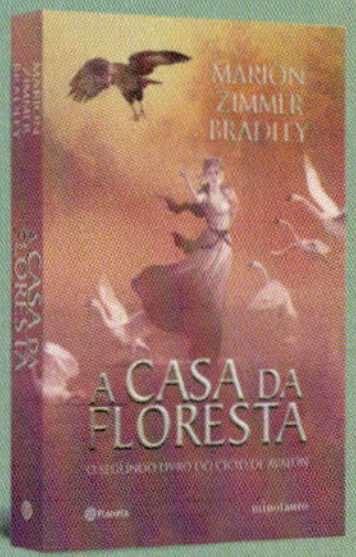

A CASA DA FLORESTA
416 P. | 16X23 CM

A SENHORA DE AVALON
392 P. | 16X23 CM

A SACERDOTISA DE AVALON
336 P. | 16X23 CM

OS LIVROS CANÔNICOS DE ASSASSIN'S CREED VALHALLA

Descubra a épica jornada por trás da lenda do guerreiro viking Geirmund Hel-hide!

ASSASSIN'S CREED VALHALLA©: A SAGA DE GEIRMUND
368 P. | 16X23 CM

ASSASSIN'S CREED VALHALLA©: CANÇÃO DE GLÓRIA
64 P. | 16X23 CM

CAPA DURA

Um viking não pode ter medo, se deseja alcançar a glória. Acompanhe Eivor na graphic novel de AC Valhalla!

Best-seller do The New York Times!

UMA RELEITURA CORAJOSA E ATUAL

DA TRAJETÓRIA DE CIRCE, A PODEROSA – E INCOMPREENDIDA – FEITICEIRA DA ODISSEIA DE HOMERO.

CIRCE 368 P. | 16X23 CM

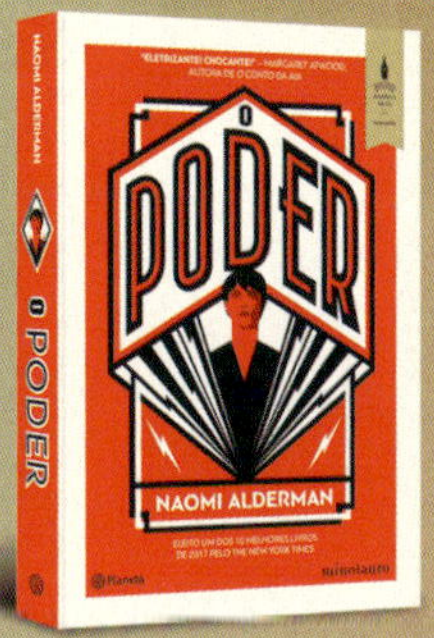

EM UM FUTURO PRÓXIMO,

AS MULHERES DESENVOLVEM UM ESTRANHO PODER: ELAS SE TORNAM CAPAZES DE ELETROCUTAR OUTRAS PESSOAS, INFLIGINDO DORES TERRÍVEIS... ATÉ A MORTE. DE REPENTE, OS HOMENS SE DÃO CONTA DE QUE NÃO ESTÃO MAIS NO CONTROLE DO MUNDO.

O PODER 368 P. | 16X23 CM

O ÉPICO DE BRANDON SANDERSON

O INÍCIO DA JORNADA DE SPENSA, UMA GAROTA QUE SONHA EM SE TORNAR PILOTO EM UM MUNDO PERIGOSO EM GUERRA PELO FUTURO DA HUMANIDADE.

SKYWARD: CONQUISTE AS ESTRELAS 400 P. | 16X23 CM

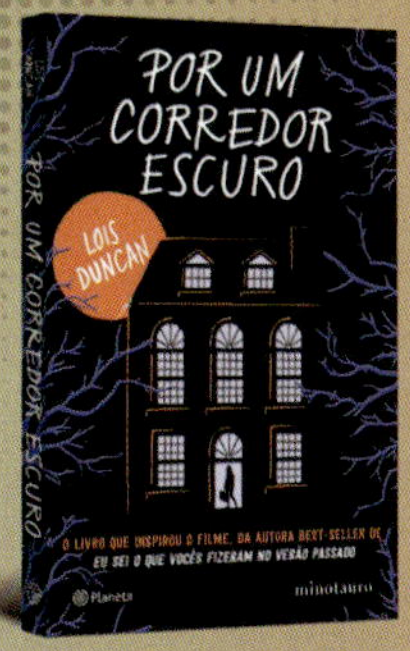

DEPOIS QUE UMA PORTA SE ABRE,

NÃO DÁ PARA CONTROLAR QUEM PASSA POR ELA, E QUANDO KIT FINALMENTE DESCOBRIR A VERDADE POR TRÁS DAQUELA ESCOLA, PODE SER TARDE DEMAIS. DA AUTORA DE *EU SEI O QUE VOCÊS FIZERAM NO ANO PASSADO.*

POR UM CORREDOR ESCURO 208 P. | 14X21 CM

ΓΙΑ ΤΟΝ ΈΛΛΙΟΤΤ ΜΕ ΑΓΆΠΗ

PREFÁCIO

Ainda bem pequeno, tive a sorte de apanhar um livro chamado *Tales from Ancient Greece* [Contos da Grécia Antiga]. Foi amor ao primeiro encontro. Por mais que eu tenha continuado a curtir mitos e lendas de outras culturas e outros povos, sempre houve alguma coisa nessas histórias gregas que me iluminavam por dentro. A energia, o humor, a paixão, a particularidade e os detalhes críveis do mundo deles me enfeitiçaram desde o início. Espero que façam o mesmo por você. Talvez você já conheça alguns dos mitos contados aqui, mas dou boas-vindas especiais àqueles que nunca antes viram as personagens e as histórias da mitologia grega. Não é preciso saber coisa alguma para ler este livro; ele começa com um universo vazio. Com certeza, não há necessidade alguma de uma "educação clássica", nem de conhecimento sobre a diferença entre néctar e ninfas, sátiros e centauros, ou sobre Moiras e Erínias. Não há absolutamente nada de acadêmico ou intelectual a respeito da mitologia grega; ela é viciante, divertida, acessível e espantosamente humana.

Mas de onde vêm esses mitos da Grécia Antiga? No novelo da história humana, podemos puxar um único fio grego e segui-lo até o início, ainda que, ao escolher apenas uma civilização e suas histórias, alguns possam pensar que estamos tomando liberdades e perdendo o rastro da verdadeira fonte do mito universal. Seres humanos primitivos pelo mundo afora sempre meditaram sobre as fontes de poder que alimentavam os vulcões, as tempestades, os maremotos e os terremotos. Celebravam e veneravam os ritmos das estações, a procissão dos corpos celestes no céu da noite e o milagre diário do nascer do sol. Sempre se questionaram como tudo isso poderia ter se iniciado. O inconsciente coletivo de muitas civilizações contou histórias de deuses raivosos, deuses moribundos e em renovação, deusas da fertilidade, divindades dos mais diversos formatos, demônios e espíritos do fogo, da terra e da água.

É claro que os gregos não foram os únicos a tecer uma tapeçaria de lendas e saberes a partir do tecido enigmático da existência. Os deuses da Grécia, se olharmos de forma arqueológica e paleoantropológica, remontam aos pais céus, às mães luas e aos demônios do "crescente fértil" da Mesopotâmia – Iraque, Síria e Turquia de hoje. Babilônios, sumérios, acadianos e outras civilizações que floresceram na região muito antes dos gregos tinham suas histórias da criação e seus mitos populares que, assim como a linguagem que os expressava, têm sua ancestralidade localizada na Índia, e daí para o oeste, de volta à pré-história, na África e no local de nascimento da nossa espécie.

Mas, sempre que contamos uma história, temos de cortar o fio da narrativa em algum lugar, a fim de determinar um ponto inicial. É fácil fazer isso com a mitologia grega, porque ela sobreviveu com tantos detalhes, riquezas e cores que a distinguem de outras mitologias. Foi capturada e preservada pelos primeiríssimos poetas e chegou até nós numa linha contínua, desde quase o início da escrita até os dias de hoje. Embora os mitos gregos tenham muito em comum com os chineses, iranianos, indianos, maias, africanos, russos, nativos americanos, hebreus e escandinavos, eles são, de forma singular – como disse a escritora e mitógrafa Edith Hamilton –, "a criação de grandes poetas". Os gregos foram o primeiro povo a elaborar narrativas coerentes, até mesmo uma literatura, baseada em seus deuses, monstros e heróis.

O arco dos mitos gregos segue o surgimento da humanidade, nossa batalha para nos libertarmos da interferência dos deuses – seu abuso, sua intromissão, sua tirania sobre a vida e a civilização humanas. Os gregos não eram servis diante de seus deuses. Eles possuíam consciência da necessidade vaidosa que as divindades tinham de serem alvos de súplicas e veneração, mas também acreditavam que os homens eram iguais a elas. Seus mitos entendem que, seja lá quem criou este mundo desconcertante, repleto de crueldades, maravilhas, caprichos, belezas, loucuras e injustiças, esse alguém devia também ser cruel, maravilhoso, caprichoso, lindo, louco e injusto. Os gregos criaram os deuses à sua imagem e semelhança: guerreiros, mas criativos; sábios, mas ferozes; amorosos, mas ciumentos; ternos, mas brutais; compassivos, mas vingativos.

Mythos começa no início, mas não termina no fim. Se eu tivesse incluído heróis como Édipo, Perseu, Teseu, Jasão e Héracles e detalhes da Guerra de Troia, este livro ficaria pesado demais até para um Titã carregar. Além do mais, estou interessado apenas em *contar* as histórias, não em explicá-las ou investigar as verdades e percepções psicológicas e humanas que possam estar por trás delas. Os mitos já são fascinantes o suficiente em seus detalhes perturbadores, surpreendentes, românticos, cômicos, trágicos, violentos e encantadores para se sustentarem sozinhos como histórias. Se, à medida que lê, você não puder deixar de imaginar o que inspirou os gregos a inventarem um mundo tão rico e elaborado em personagens e episódios, e se você se pegar ponderando sobre as profundas verdades incorporadas por esses mitos – bem, isso certamente faz parte do prazer dessa leitura.

E é de prazer que trata a imersão no mundo da mitologia grega.

Stephen Fry

ILÍRIA
Mar Adriático
ITÁLIA
Tarento
TESSÁLIA
PIERIA
Olimpo
Ossa
Pélion
GRÉCIA
Ótris
Parnaso
Etna
Mar Jônico
Tasos
Samotrácia
Sesto
Helesponto
Troia
Lemnos
EÓLIA
ÁSIA MENOR
Metimna
Lesbos
Bósforo
LÍDIA
Lárissa
Sípilo
Tântalo
Pactolo
Tmolo
Hypaepa
Mar Egeu
Cólofon
Menderes
Latmos
Delos
Halicarnasso
Cos
Citera
Creta
Ida
Festo
Mar Mediterrâneo
LÍBIA
NISO
EGITO
O MUNDO DOS MITOS GREGOS

Cáucaso
Mar Negro
FRÍGIA
Eumenria
Górdium
Lago Aulocrene
CILÍCIA
Tigre
Eufrates
ASSÍRIA
MESOPOTÂMIA
Chipre
Pafos
Amathus
Babilônia
Tíria
FENÍCIA
Nilo
Mar Vermelho
Abidos

A Segunda Ordem

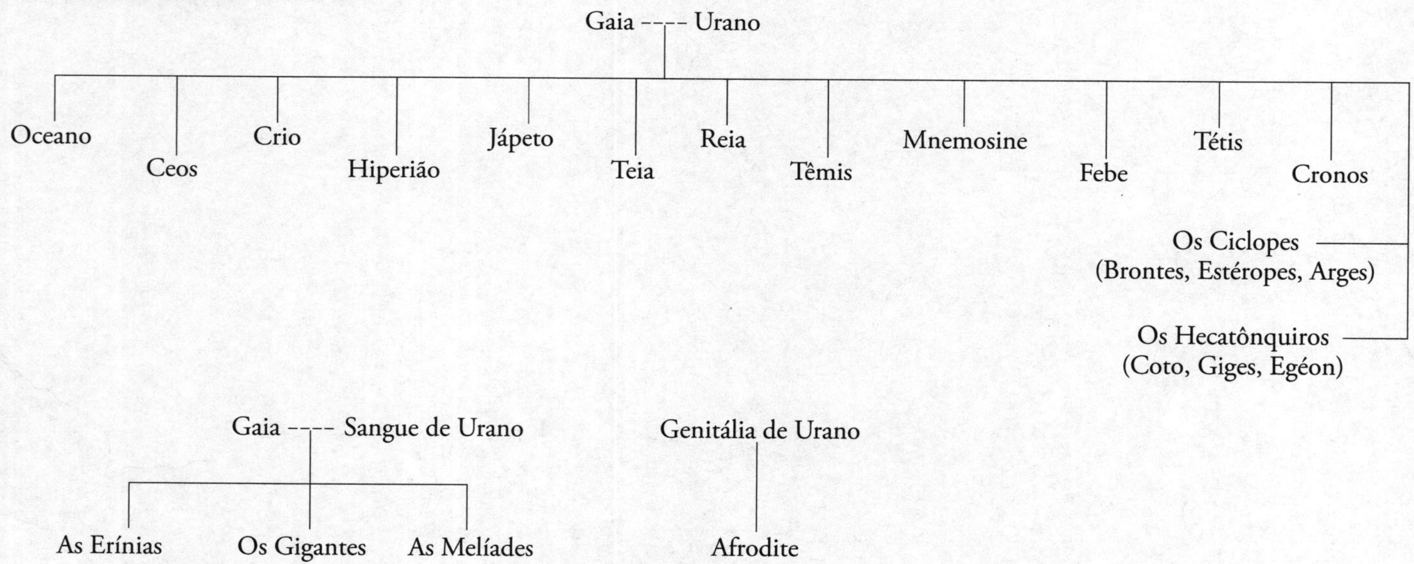

Os olímpicos

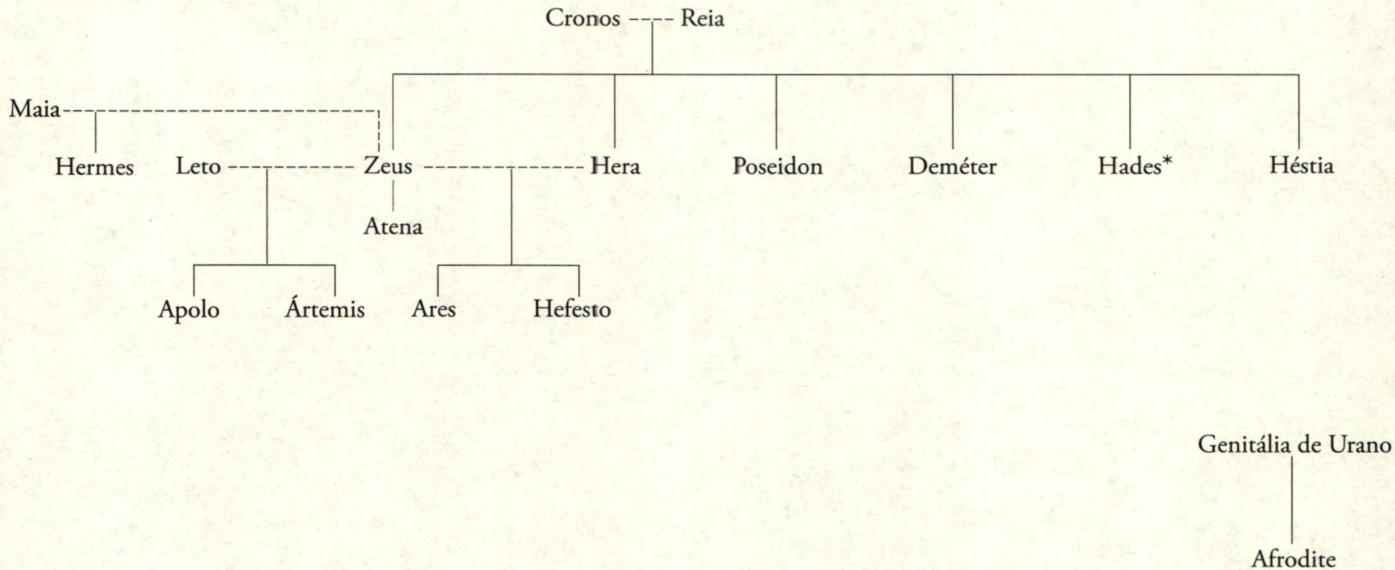

**Do ponto de vista técnico, Hades não é um olímpico, visto que ele passava o tempo todo no mundo inferior.*

O INÍCIO

PARTE UM

DO CAOS

Atualmente, a origem do universo é explicada pelo *big bang*, um evento isolado que fez aparecer instantaneamente toda a matéria da qual tudo e todos são feitos.

Os gregos antigos tinham uma ideia diferente. Eles diziam que tudo começou não com uma explosão, mas com o CAOS.

Será que o Caos era um deus – um ser divino – ou simplesmente um estado de inexistência? Ou seria o Caos, exatamente como a palavra é usada hoje, um tipo de bagunça terrível, como um quarto de adolescente, só que pior?

Pense no Caos como, talvez, algum tipo de grande bocejo cósmico. Como um abismo ou um vácuo que boceja, no vazio da existência.

Se o Caos fez surgir vida e substâncias do nada, ou se o Caos bocejou vida, ou se a sonhou, ou a invocou de alguma outra maneira, eu não sei. Eu não estava lá. Nem você. No entanto, de algum modo, estávamos, porque todas as partes que nos compõem hoje estavam lá. Basta dizer que os gregos achavam que foi o Caos que, com um suspiro intenso, ou um grande encolher de ombros, ou um soluço, vômito ou tosse, começou a longa cadeia da criação que terminou com pelicanos e penicilina e sapotis e sapos, leões-marinhos, leões, mar, seres humanos e narcisos e assassinato e arte e amor e confusão e morte e loucura e biscoitos.

Seja lá qual for a verdade, a ciência hoje concorda que tudo está destinado a *voltar* ao Caos. Esse destino inevitável é chamado de *entropia*: parte do grande ciclo do Caos à ordem e de volta, outra vez, ao Caos. As calças que você veste começaram como átomos caóticos que de alguma maneira se agruparam formando matéria, que se arrumou ao longo de uma eternidade até virar uma substância viva, que lentamente evoluiu para uma planta de algodão, que foi tecida na coisa linda que recobre suas belas pernas. Daqui a um tempo, você vai abandonar suas calças – espero que não agora – e elas irão apodrecer num aterro ou acabar queimadas. Em ambos os casos, sua matéria será, ao fim, liberta para se tornar parte da atmosfera do planeta. E, quando o sol explodir e levar consigo cada partícula deste mundo, incluindo os componentes das suas calças, todos os átomos constituintes voltarão ao frio Caos. E o que vale para suas calças, claro, vale para você.

Então, o mesmo Caos que começou tudo é também o Caos que terminará tudo.

Agora, você talvez seja o tipo de pessoa que pergunta: "Mas quem ou o que havia *antes* do Caos?" ou "Quem ou o que havia antes do *big bang*? Deve ter havido *alguma coisa*".

Bom, não havia. Temos de aceitar que não havia "antes" porque ainda não havia Tempo. Ninguém tinha apertado o botão de início do Tempo. Ninguém tinha gritado: *Já!* E, como o Tempo ainda teria de ser criado, advérbios de tempo como "antes", "durante", "quando", "então", "depois do almoço" e "quarta-feira passada" não tinham nenhum significado. Isso confunde as nossas ideias, mas é isso aí.

A palavra grega para "tudo o que existe", o que poderíamos chamar de "o universo", é COSMOS. E neste momento – embora "momento" seja um advérbio de tempo e não faça sentido exatamente agora (nem a expressão "exatamente agora", aliás) –, neste momento, o Cosmos é Caos e apenas Caos, porque Caos é a única coisa que existe. Um alongamento antes dos exercícios, uma orquestra afinando os instrumentos…

Mas as coisas estão prestes a mudar bem rapidamente.

A PRIMEIRA ORDEM

Do Caos disforme surgiram duas criações: ÉREBO e NIX. O Érebo era a escuridão e a Nix, a noite. Sem demora, eles copularam e os frutos dessa união foram HEMERA, dia, e ÉTER, luz.

Ao mesmo tempo – porque tudo tem de ocorrer simultaneamente até que o Tempo chegue para separar os acontecimentos –, Caos criou mais duas entidades: GAIA, a terra, e TÁRTARO, as profundidades e cavernas abaixo da terra.

Posso adivinhar o que você está pensando. Essas criações parecem bastante charmosas – Dia, Noite, Luz, Profundezas e Cavernas. Mas não são deuses e deusas; sequer são personalidades. Você pode também ter percebido que, como não existia o tempo, não poderia haver narrativa dramática, não poderia haver histórias, porque as histórias dependem de "Era uma vez" e de "O que aconteceu em seguida".

Você teria razão em pensar assim. O que surgiu primeiro do Caos foram os princípios primevos, elementares, destituídos de qualquer cor, caráter ou interesse reais. Eram as DIVINDADES PRIMORDIAIS, a primeira ordem dos seres divinos, dos quais vêm todos os deuses, heróis e monstros da mitologia grega. Agonizavam e jaziam embaixo de tudo... esperando.

Esse vazio silencioso do mundo foi preenchido quando Gaia teve dois filhos, sozinha.[1] O primeiro foi PONTO, o mar, e o segundo, URANO, o

1. Esse truque do nascimento virgem, ou *partenogênese*, ainda pode ser encontrado na natureza. Em pulgões, alguns lagartos e até em tubarões, é uma maneira razoavelmente comum de ter filhotes. Não há a variação permitida por dois conjuntos de genes; o mesmo acontece com a gênese dos deuses gregos. Os mais interessantes são todos frutos de dois genitores, não apenas um.

céu – mesmo nome do hoje conhecido planeta Urano, nome cujo som diverte crianças inglesas dos nove aos noventa anos. Hemera e Éter também se acasalaram, e da união deles surgiu TÁLASSA, a contraparte fêmea de Ponto, o mar.

Urano, que preferiria que seu nome fosse pronunciado em inglês como Uuranoss, *era* o céu e o firmamento, do ponto de vista de que – bem no início – as divindades primordiais sempre *eram* as coisas que elas representavam e sobre as quais imperavam.[2] Você poderia dizer que Gaia era a terra das colinas, dos vales, das cavernas e montanhas, mas capaz de adotar uma forma que andava e falava. As nuvens de Urano, o céu, rolavam e se agitavam acima de Gaia, mas também conseguiam se aglutinar numa fisionomia que podíamos reconhecer. Era tudo tão inicial na vida de tudo. Muito pouco estava estabelecido.

2. Inclusive, *ouranos* é até hoje a palavra grega para "céu".

A SEGUNDA ORDEM

O céu, Urano, cobria inteiramente sua mãe, Gaia, a terra. Cobria Gaia nos dois sentidos: cobria-a do mesmo modo que o céu cobre a terra até hoje, e a cobria como um garanhão cobre uma égua. Ao fazer isso, aconteceu uma coisa notável. *Começou o Tempo.*

Começou também outra coisa... como vamos chamá-la? Personalidade? Drama? Individualidade? Caráter, com suas falhas e seus fracassos, suas opiniões e paixões, tramas e sonhos. Pode-se dizer que surgiu o *significado*. A semeadura de Gaia nos deu significado, uma germinação do pensamento, tomando forma. Semiologia semântica seminal do sêmen do céu. Deixarei essa especulação àqueles com melhores qualificações, mas foi, de toda forma, um grande momento. Ao criar Urano, seu filho e, agora, marido, e ao se unir a ele, Gaia desenrolou a fita da vida que corre até a história humana e a nós próprios, você e eu.

Desde o início, a união de Urano e Gaia foi satisfatoriamente produtiva. Doze filhos robustos, saudáveis, vieram primeiro – seis homens, seis mulheres. Os homens eram OCEANO, CEOS, CRIO, HIPERIÃO, JÁPETO e CRONOS. As mulheres, TEIA, TÊMIS, MNEMOSINE, FEBE, TÉTIS e REIA. Esses doze estavam destinados a se tornarem a segunda ordem dos seres divinos, fazendo jus a um nome lendário.

E em algum lugar, com o Tempo engatinhando para a existência, começou o relógio, o relógio da história cósmica, que funciona até hoje. Talvez o responsável tenha sido um desses recém-nascidos, podemos examinar isso mais tarde.

Não satisfeitos com esses doze irmãos fortes e lindos, Urano e Gaia deram ainda mais filhos ao mundo – dois conjuntos distintos, distintamente *não* lindos, de trigêmeos. Primeiro vieram os três CICLOPES, gigantes com um olho só que deram ao pai, o céu, toda uma nova gama de expressões e modulações. O Ciclope mais velho foi chamado BRONTES, o trovão,[3] depois veio ESTÉROPES, o raio, e então ARGES, o brilho. Urano agora podia encher os céus com lampejos de relâmpagos e estrépitos de trovões. Para ele, o barulho e o espetáculo eram a glória. Mas o segundo conjunto de trigêmeos nascidos de Gaia provocou ainda maior estremecimento, nele e em todos os que os viram.

Talvez seja mais gentil dizer que eles foram uma experiência de mutação a jamais ser repetida, um beco genético sem saída. Esses recém-nascidos – os HECATÔNQUIROS[4] – tinham, cada um, cinquenta cabeças e cem mãos, e eram mais horrendos, ferozes, violentos e poderosos do que qualquer coisa que já tivesse sido solta no mundo. Seus nomes eram COTO, o furioso, GIGES, de pernas longas, e EGÉON, o bode marinho, algumas vezes também chamado de BRIAREU, o vigoroso. Gaia os adorava. Urano lhes tinha repulsa. Talvez o pai ficasse ainda mais horrorizado com a ideia de que ele, o Senhor do Céu, pudesse ter gerado coisas tão estranhas e feias, mas acho que, como a maior parte dos ódios, essa repulsa tinha raízes no medo.

Repugnado, ele os amaldiçoou:

— Por ofenderem meus olhos, vocês jamais verão a luz outra vez!

E, ao vociferar essas palavras furiosas, ele os empurrou de volta para o útero de Gaia.

A vingança de Gaia

Temos bons motivos para nos perguntar, aqui, o que "ele os empurrou de volta para o útero de Gaia" realmente significa. Algumas pessoas interpretaram

3. O brontossauro, ou "lagarto trovão", ganhou seu nome de Brontes. As irmãs romancistas de Yorkshire *podem* também ter vindo do Ciclope. O pai delas nasceu "Brunty", mas mudou para Brontë, talvez para emprestar um grande clangor de trovão clássico ao seu nome irlandês, talvez em homenagem ao almirante Nelson, que foi feito duque de Brontë – o ducado ficava localizado nas encostas do Etna e acredita-se que derivou seu nome dos Ciclopes adormecidos ali embaixo.

4. *Hecaton* significa "cem" e quiros, "mãos" (como em "quiroprático").

isso como indicação de que ele enterrou os Hecatônquiros na terra. A identidade divina, nessa época remota, era fluida, é difícil determinar quando um deus era uma pessoa e quando era um atributo. Ainda não havia maiúsculas. Gaia, a Mãe Terra, era o mesmo que *gaia*, a própria terra, assim como *urano*, o céu, e Urano, o Pai Céu, eram a mesma coisa.

O que é certo é que, ao reagir assim com os três Hecatônquiros, seus próprios filhos, e ao tratar sua mulher com uma maldade tão abominável, Urano estava cometendo o primeiro crime. Um crime fundamental, que não passaria sem punição.

A agonia de Gaia era insuportável e, dentro dela, lado a lado com o trio de Hecatônquiros se retorcendo, debatendo, arranhando com trezentas mãos e batendo cento e cinquenta cabeças, surgiu um ódio, um terrível e implacável ódio contra Urano, o filho que ela tinha gerado e o marido do qual tinha parido uma nova geração. Assim, como a hera que se enrosca em torno de uma árvore, cresceu em Gaia um plano de vingança.

Com a dor lancinante dos Hecatônquiros ainda a roendo por dentro, Gaia visitou Ótris, um grande monte com vista para o que agora chamamos de Ftiótida, na região da Grécia central. De seu cume, dá para ver a planície de Magnésia chegando até as águas azuis do Egeu ocidental, que se curvam em torno do golfo de Mália e abraçam a dispersão esporádica das ilhas chamadas Espórades. Mas Gaia estava consumida pelo excesso de dor e enfurecida demais para curtir uma das vistas mais encantadoras do mundo. No cume do monte Ótris, ela usou a pedra para começar a fabricar um artefato terrível e muito pouco comum. Durante nove dias e noites, labutou até ter produzido um objeto que, então, escondeu na fenda da montanha.

Em seguida, ela foi visitar seus doze filhos lindos e fortes.

— Você mataria seu pai Urano e reinaria sobre o cosmos comigo? — perguntou a cada um deles. — Você herdaria dele o céu, e, juntos, toda a criação estaria sob o nosso domínio.

Talvez possamos imaginar que Gaia – a Mãe Terra – seja macia, quente, generosa e gentil. Bem, algumas vezes ela é, mas lembre-se de que ela tem um fogo abafado dentro de si. Algumas vezes, consegue ser mais cruel, mais dura e mais aterradora do que o mar mais bravio.

Por falar do mundo marinho, os primeiros filhos que Gaia tentou arregimentar para seu lado foram Oceano e sua irmã Tétis.[5] Mas eles estavam no meio da negociação de uma porção de água com Tálassa, a deusa primordial do mar. Essa geração inteira estava, nessa época, se alongando e flexionando os músculos, estabelecendo suas áreas de perícia e controle, mordiscando, rosnando e testando a força e o domínio uns dos outros, como cachorrinhos numa cesta. Oceano tinha concebido a ideia de criar marés e correntes, que deveriam fluir como um grande rio salgado em torno do mundo. Tétis estava prestes a ter o seu bebê – naqueles dias primitivos não havia pecado, é claro: a propagação não seria possível sem cópulas incestuosas. Ela estava grávida do NILO, e viria a dar à luz outros rios e pelo menos três mil Oceânides, ou ninfas do mar, divindades atraentes que se movimentavam com a mesma facilidade em terra firme e nas águas do mar. Eles já tinham duas filhas crescidas: CLÍMENE, amante de Jápeto, e a inteligente e sábia MÉTIS, que desempenhará um papel muito importante no que está por vir.[6] O par estava feliz e antecipando a vida na onda do oceano, de modo que nenhum dos dois viu nenhum motivo para ajudar a matar o pai deles, Urano.

Em seguida, Gaia visitou sua filha Mnemosine, que estava ocupada sendo impronunciável. Ela aparentava ser uma entidade muito rasa, boba e ignorante, que não sabia de nada e parecia entender ainda menos. Ledo engano, porque, a cada dia que passava, ela se tornava mais bem informada e capaz. Seu nome significa "memória" (dando-nos a palavra "mnemônico"). Na época da visita da mãe, o mundo e o cosmos eram muito jovens, de modo que Mnemosine não tinha tido oportunidade de se munir de conhecimento ou experiência. À medida que os anos passaram, sua infinita capacidade para armazenar informações e experiências sensoriais a tornaria mais

5. "Tétis" é também o nome que os paleontólogos dão ao grande mar antigo ancestral do Mediterrâneo.

6. Como há talvez três mil Oceânides, seria infrutífero enumerá-las, mesmo se todos os seus nomes fossem conhecidos. Mas vale a pena apresentar CALIPSO, ANFITRITE e a escura e temerosa ESTIGE, que – como seu irmão Nilo – viria a ser uma divindade de um rio muito significativo. Mais uma Oceânide merece menção, mas apenas por causa de seu nome: DÓRIS. Dóris, a Oceânide. Ela se casou com o deus do mar, NEREU, e com ele foi mãe de muitas NEREIDAS, ninfas amistosas do mar.

sábia do que quase qualquer outra pessoa. Um dia, ela teria nove filhas, as MUSAS, que conheceremos mais tarde.

— Você quer que eu a ajude a matar Urano? Certamente, o Pai Céu não pode morrer.

— Então, destroná-lo ou incapacitá-lo... Não é mais do que ele merece.

— Eu não vou ajudá-la.

— Por que não?

— Há um motivo e, quando eu souber qual é, vou lembrar e contar para você.

Exasperada, Gaia foi em seguida a Teia, que estava também casada, em outra união fraterna, com seu irmão Hiperião. Na época devida, ela pariria HÉLIO, o sol, SELENE, a lua, e EOS, a aurora, filhos bastantes para cuidar, de modo que eles também não mostraram interesse nos planos de Gaia para depor Urano.

Desanimada com a recusa de sua prole pálida e pouco aventureira em corresponder ao que ela imaginava serem seus destinos divinos – sem mencionar a repugnância com o fato de todos eles, aparentemente, estarem sendo amados e domesticados –, Gaia em seguida tentou Febe, talvez a mais inteligente e perceptiva dos doze. Desde as épocas mais remotas, a brilhante Febe tinha mostrado que possuía o dom da profecia.

— Ah, não, Mãe Terra — disse ela ao ouvir o plano de Gaia. — Não há como eu fazer parte de um plano desse. Não vejo nada de bom vindo daí. Além do mais, estou grávida...

— Maldita seja — vociferou Gaia. — De quem? Ceos, aposto.

Ela estava certa. Ceos, irmão de Febe, era mesmo o seu consorte. Gaia saiu mais furiosa ainda para visitar a filha que restava. Será que nenhum deles teria estômago para uma luta?

Foi visitar Têmis, que um dia seria considerada por toda parte a incorporação da justiça e do conselho sábio,[7] e Têmis sabiamente aconselhou a mãe a esquecer a ideia injusta de depor Urano. Gaia escutou atentamente esse sábio conselho e – como todos nós, mortais ou imortais –, desconsiderou-o, preferindo, em vez disso, tentar a impetuosidade de seu filho Crio, que se casara com a filha dela com Ponto, EURÍBIA.

---

7. Têmis mais tarde se tornou a personificação da lei, da justiça, dos costumes – *mores*, as regras que governam como são, ou devem ser, os modos e as coisas.

— Matar meu pai? — Crio olhou incrédulo para a mãe. — M-as como… quero dizer… por quê?… quero dizer… oh.

— O que ganhamos com isso, mãe? — perguntou Euríbia, que era conhecida como a "de coração de pedra".

— Ah, apenas o mundo e tudo o que está nele — disse Gaia.

— Para dividir com você?

— Para dividir comigo.

— Não! — disse Crio. — Vá embora, mãe.

— Vale a pena considerar — opinou Euríbia.

— É perigoso demais — falou Crio. — Eu a proíbo.

Gaia se virou com um rosnado e buscou seu filho Jápeto.

— Jápeto, menino amado. Destrua o monstro Urano e reine comigo!

A Oceânide Clímene, que tinha dado dois filhos a Jápeto e estava grávida de outro, deu um passo à frente.

— Que mãe pediria uma coisa dessa? Um filho matar seu próprio pai seria o mais terrível dos crimes. O cosmos inteiro iria protestar.

— Tenho de concordar, mãe — disse Jápeto.

— Maldição sobre vocês e sobre seus filhos! — gritou Gaia.

Maldição de mãe é uma coisa terrível. Depois veremos como acabaram os filhos de Jápeto e Clímene, ATLAS, EPIMETEU e PROMETEU.

Reia, décima primeira filha de Gaia a ser consultada, disse que não faria parte do plano, mas – erguendo as mãos para fazer parar uma torrente selvagem de xingamentos da mãe – sugeriu que seu irmão Cronos, o último desses filhos fortes e lindos, poderia muito bem gostar da ideia de depor o pai. Ela, Reia, o tinha ouvido muitas vezes praguejar contra Urano e seu poder.

— É mesmo? — exclamou Gaia. — Você acha isso? Bem, onde está ele?

— Provavelmente vadiando pelas cavernas do Tártaro. Ele e Tártaro se dão tão bem. Os dois são sombrios. Melancólicos. Ruins. Magníficos. Cruéis.

— Oh, céus, não me diga que você está apaixonada por Cronos…

— Fale bem de mim para ele, mamãe, por favor! Ele é tão sonhador... Aqueles olhos negros faiscantes. As sobrancelhas ameaçadoras. Os longos silêncios.

Gaia sempre achara que os longos silêncios de seu caçula só indicavam pobreza de intelecto, mas, sensatamente, não disse nada. Depois de garantir a Reia que, é claro, a recomendaria calorosamente a Cronos, Gaia correu para baixo, para baixo, para baixo, para as cavernas do Tártaro, a fim de encontrá-lo.

Se você jogasse uma bigorna de bronze dos céus, ela levaria nove dias para chegar à terra. Se você jogasse uma bigorna da terra, seriam outros nove dias para chegar ao Tártaro. Em outras palavras, a terra fica a meio caminho entre o céu e o Tártaro. Ou poderíamos dizer que o Tártaro está tão longe do solo quanto o solo está longe do céu. Um lugar muito profundo, quase abismal, então, mas muito mais do que um lugar. Lembre-se de que o Tártaro também era um ser primordial, nascido do Caos ao mesmo tempo que Gaia. Assim, quando ela o abordou, eles se saudaram como membros da mesma família.

— Gaia, você engordou.

— Você está horrível, Tártaro.

— Que diabos você quer aqui embaixo?

— Se você calar a boca, eu digo…

Essas trocas impertinentes não os impediriam de, no futuro, acasalarem e produzir TIFÃO – o pior e mais mortal de todos os monstros.[8] Mas no momento Gaia não está a fim de amor ou de trocar insultos.

— Escute. Meu filho Cronos, ele está por perto?

Um gemido resignado por parte do irmão.

— Quase com certeza. Você bem que poderia pedir a ele que me deixe em paz. Ele não faz absolutamente nada o dia inteiro, a não ser ficar por aí olhando para mim com os olhos caídos e a boca aberta. Acho que ele tem algum tipo de paixão por mim. Copia meu penteado e fica se apoiando nas árvores e nas pedras, com aspecto sofredor, melancólico e incompreendido. Como se estivesse esperando que alguém o retrate ou qualquer coisa. Quando não está me contemplando, fica olhando fixo para aquele respiradouro de lava ali. Na verdade, ele está lá agora, olhe. Tente conversar com ele.

Gaia aproximou-se do filho.

---

8. Tifão nos deu tifo, tifoide e a tempestade tropical mortal, tufão. Mais tarde vamos conhecer dois dos repulsivos filhos de Tifeu com um ser metade mulher, metade serpente aquática, chamado EQUIDNA.

A FOICE

Bem, Cronos (ou Kronos, como ele às vezes gostava de ser chamado) não era exatamente o jovem emo, sofredor e vulnerável que as descrições de Reia e Tártaro podem nos ter levado a imaginar; ele era o mais forte de uma raça incrivelmente forte. Sombriamente belo, certamente; e, sim, era temperamental. Se Cronos tivesse exemplos a seguir, talvez se identificasse com Hamlet em sua feição mais introspectiva, ou Jaques, em sua morbidez mais autotolerante. Konstantin, de *A gaivota*, com um toque de Morrissey. Mas havia nele também qualquer coisa de Macbeth, e mais do que um pouco de Hannibal Lecter – veremos.

Cronos foi o primeiro a descobrir que o silêncio contemplativo é muitas vezes considerado indicador de força, sabedoria e comando. Caçula dos doze, ele sempre odiou o pai. O veneno profundo e penetrante da inveja e do ressentimento estava começando a destruir sua sanidade, mas ele conseguia esconder a intensidade de seu ódio de todos, com exceção de sua amada irmã Reia, único membro da família com quem ele se sentia à vontade o bastante para revelar seu verdadeiro eu.

Enquanto subiam do Tártaro, Gaia despejou mais veneno em seu ouvido receptivo.

— Urano é cruel. É insano. Temo por mim mesma e por todos vocês, meus amados filhos. Vamos lá, garoto, vamos.

Ela o estava levando ao monte Ótris. Lembra-se do artefato estranho e terrível do qual falei, que ela tinha forjado e escondido na fenda da montanha antes de ir visitar cada filho? Gaia levou Cronos ao lugar e mostrou a ele o que ela tinha feito.

— Pega. Vai.

Os olhos negros de Cronos brilharam quando ele percebeu o formato e o significado do estranhíssimo objeto.

Era uma foice. Uma foice enorme, cuja grande lâmina encurvada tinha sido forjada de adamantina, que significa "indomável". Um agregado maciço de sílex, granito, diamante e ofiólito, sua lâmina em meia-lua foi trabalhada até o gume mais afiado. Um gume que conseguia cortar qualquer coisa.

Cronos a retirou de seu esconderijo com tanta facilidade como você ou eu apanharíamos um lápis. Depois de sentir na mão o equilíbrio e o peso, ele a girou uma, duas vezes. O sibilar poderoso ao chicotear o ar fez Gaia sorrir.

— Cronos, meu filho — disse ela —, temos de esperar até que Hemera e Éter mergulhem nas águas do oeste e que Érebo e Nix preparem-se para lançar a escuridão...

— Você está dizendo que temos de esperar até a noite. — Cronos era impaciente e lhe faltavam poesia ou sentimentos mais delicados.

— Sim. Ao anoitecer. É então que seu pai vem até mim, como sempre vem. Ele gosta de...

Cronos fez um gesto seco. Ele não queria saber os detalhes do namoro de seus pais.

— Esconda-se aqui – continuou Gaia –, nesta mesma fenda em que escondi a foice. Quando você ouvir seu pai me cobrindo, e quando ele ficar ruidoso em seus rugidos de paixão e gemidos de luxúria... Ataque.

Noite e dia, luz e escuridão

Como Gaia previra, Hemera e Éter estavam cansados depois de doze horas de brincadeiras e, lentamente, dia e luz deslizaram para o mar a oeste. Ao mesmo tempo, Nix deixou cair seu véu escuro, e ela e Érebo o jogaram sobre o mundo como uma reluzente toalha de mesa preta.

Enquanto Cronos esperava na fenda, foice na mão, toda a criação prendeu a respiração. Digo "toda a criação" porque Urano e Gaia e seus filhos não eram os únicos seres que se reproduziam. Outros também tinham se multiplicado e propagado, sendo Érebo e Nix, de longe, os mais produtivos. Eles tiveram muitos filhos, alguns terríveis, alguns admiráveis e alguns adoráveis. Já vimos como pariram Hemera e Éter. Mas depois Nix, sem a ajuda de Érebo, deu à luz MOROS, deus do destino fatídico, que viria a ser a entidade mais temida na criação. O destino chega para todas as criaturas, mortais ou imortais, mas está sempre oculto. Mesmo os imortais temiam o controle todo-poderoso, onisciente, de Moros sobre o cosmos.

Depois de Moros, veio uma grande torrente de descendência, um depois do outro, como uma monstruosa invasão pelo ar. Primeiro veio APATE, o engano, que os romanos chamavam de FRAUS (de onde derivamos as palavras "fraude", "fraudulento" e "fraudador"). Ela se mandou para Creta, onde ficou esperando. GERAS, a velhice, nasceu em seguida, e não era necessariamente um demônio tão temível como podemos achar hoje. Ao mesmo tempo que Geras pode retirar a flexibilidade, a juventude e a agilidade, para os gregos mais que compensava as desvantagens ao conferir dignidade, sabedoria e autoridade. Seu nome romano é SENECTUS, uma palavra que compartilha a mesma raiz que "sênior", "senado" e "senil".

Em seguida veio um par de gêmeos perfeitamente sinistros: OIZUS (em latim, MISÉRIA), o espírito do sofrimento, da depressão e da ansiedade, e seu irmão cruel, MOMO, a personificação malévola da zombaria, do desprezo e da acusação.[9]

Nix e Érebo estavam apenas começando. O filho seguinte deles, ÉRIS (DISCÓRDIA), o conflito, estava por trás de todas as discordâncias, divórcios, brigas, escaramuças, lutas, batalhas e guerras. Seu malicioso presente de casamento, o lendário Pomo da Discórdia, provocou a Guerra de Troia, embora esse choque de armas épico ainda estivesse muitos, muitos anos no futuro. A irmã de Éris, NÊMESIS, era a incorporação da vingança, essa vertente sem remorsos de justiça cósmica que castiga a excessiva ambição presunçosa – o vício que os gregos chamam de *hubris*. Nêmesis tinha elementos em comum com a ideia oriental de carma, e a usamos hoje para sugerir a fatídica rebelião justiceira que um dia enfrentará e derrubará os soberbos e os malvados. Acho que daria para dizer que Sherlock Holmes é nêmesis de Moriarty, Bond, de Blofeld, e Jerry, de Tom.[10]

Érebo e Nix foram também pais de CARONTE, cuja má fama cresceria quando ele adotou a tarefa de barqueiro dos mortos. HIPNOS,

9. Momo (ou Momus, para os romanos), viria a ser adorado num modo literário sério-cômico como o espírito orientador de Sátiro. Esopo o incorporou em algumas de suas fábulas e ele é o herói de uma peça perdida de Sófocles.

10. Os romanos, talvez erroneamente, chamavam Nêmesis de INVIDIA, que é também a palavra latina para "inveja".

a personificação do Sono, também é filho deles. Além disso, eram os progenitores dos ONIROS – milhares de seres encarregados da elaboração e surgimento de sonhos para os adormecidos. Entre os Oniros cujos nomes conhecemos estão FOBETOR, deus dos pesadelos, e FÂNTASO, responsável pelo jeito fantástico como uma coisa se transforma em outra nos sonhos. Eles trabalhavam sob a supervisão de MORFEU, filho de Hipnos, cujo nome em si sugere os formatos cambiantes, inconstantes, do mundo dos sonhos.[11] "Morfina", "fantasia", "hipnótico", "oniromancia" (interpretação dos sonhos) e muitas outras reminiscências verbais dos gregos sobreviveram em várias línguas. O irmão do Sono, TÂNATO, a própria Morte, nos dá a palavra "eutanásia", "boa morte". Os romanos o chamavam de MORS, de onde vêm "mortais", "mortuários" e "mortificação".

Esses novos seres eram assustadores e asquerosos ao extremo. Deixaram na criação marcas terríveis, mas necessárias, já que o mundo parece nunca oferecer qualquer coisa que valha a pena sem também fornecer seu terrível oposto.

Houve, entretanto, três exceções adoráveis:[12] três lindas irmãs, as HESPÉRIDES – ninfas do ocidente e filhas da noite. Elas anunciavam a chegada diária da mãe e do pai, mas com o ouro suave do crepúsculo, em vez do temível escuro da noite. O tempo delas era o que os cinegrafistas atuais chamam de "hora mágica", quando a luz está em seu auge de sedução e beleza.

Esses eram, então, os filhos de Nix e Érebo, que naquele exato momento envolviam a terra na escuridão da noite, enquanto Gaia estava deitada esperando por seu marido, torcendo que aquela fosse a última vez, já que Cronos espreitava nas sombras daquela fenda no monte Ótris, segurando firmemente sua enorme foice.

11. O personagem Sonho em *Sandman*, de Neil Gaiman, é também conhecido como Morfeu, e foi a inspiração para o personagem Morfeu desempenhado por Laurence Fishburne nos filmes *Matrix* de Wachowskis.

12. Talvez *quatro* exceções. Hipnos, afinal, não é tão ruim assim. Quanto mais você vive, mais você gosta dele. E, falando em longevidade, talvez Geras também não seja tão horrível. Então, cinco.

Urano castrado

Por fim, Gaia e Cronos escutaram, vindo do ocidente, o som de um grande estampido e tremor. As folhas nas árvores estremeceram. Cronos, silencioso em seu esconderijo, não tremeu. Ele estava pronto.

— Gaia! — rugiu Urano ao se aproximar. — Prepare-se. Esta noite, vamos gerar algo ainda melhor do que mutantes com cem mãos e aberrações com um olho só…

— Venha a mim, filho glorioso, marido divino — chamou Gaia, com o que Cronos achou ser uma demonstração de avidez desagradavelmente convincente.

Os sons horríveis de uma divindade lasciva babando, estapeando e grunhindo levaram Cronos a pensar que seu pai estava tentando algum tipo de preliminares. Ele, em sua alcova, respirou e expirou cinco vezes. Nem por um segundo pesou a moralidade daquilo que estava prestes a fazer, seus pensamentos estavam apenas nas táticas e no *timing*. Com uma inalação profunda, ergueu a enorme foice e rapidamente saiu, se esgueirando, de seu esconderijo.

Urano, que se preparava para se deitar por cima de Gaia, deu um salto, com um rosnado raivoso de surpresa. Avançando com calma, Cronos girou a foice para trás e a desceu em um grande arco. A lâmina, sibilando no ar, decepou completamente os genitais de Urano.

O cosmos inteiro ouviu o grito enlouquecido de dor, angústia e raiva de Urano. Nunca antes na curta história da criação houvera um som tão alto ou tão horrível. Todas as coisas vivas o escutaram e temeram.

Cronos saltou para a frente com um grito obsceno de triunfo, agarrando o troféu gotejante nas mãos antes de ele atingir o solo.

Urano caiu, se retorcendo numa agonia imortal, e berrou o seguinte:

— Cronos, o mais vil de minha prole e o mais vil de toda a criação. O pior dos seres, pior do que os Ciclopes horrorosos e os Hecatônquiros repugnantes, com estas palavras eu o amaldiçoo: *Que seus filhos o destruam como você me destruiu.*

Cronos abaixou os olhos para Urano. Seus olhos pretos não demonstravam nada, mas sua boca se encurvou num sorriso sombrio.

— Você não tem mais o poder de amaldiçoar, papai. Seu poder está em minhas mãos.

Em frente ao pai, ele fez malabarismos com os despojos macabros da vitória, rebentados e pegajosos de sangue, vazando e escorregadios de sêmen. Rindo, ele lançou o braço para trás e atirou os genitais bem longe, longe das vistas. Eles voaram através das planícies da Grécia e por cima do mar que escurecia. Os três observaram os órgãos de geração de Urano desaparecendo em meio às águas.

Cronos ficou surpreso quando olhou para a mãe e a viu cobrir a boca numa expressão que parecia ser de horror. Lágrimas escorriam dos olhos de Gaia.

Ele deu de ombros. Até parece que ela se importava.

Erínias, Gigantes e Melíades

A criação, povoada como estava nessa época por divindades primárias, cujas energias e objetivos pareciam todos direcionados para a reprodução, era dotada de uma assombrosa fertilidade. O solo era abençoado com uma riqueza tão fecunda que se podia quase acreditar que, se você plantasse um lápis, ele explodiria em flor. Onde caísse sangue divino, a vida não tinha outra alternativa senão brotar da terra.

Assim, não importava quão assassino, cruel, ganancioso e destrutivo fosse o caráter de Urano, ele tinha sido o rei da criação, afinal de contas. O fato de seu filho tê-lo mutilado e emasculado constituía um crime muito terrível contra o cosmos.

Talvez o que aconteceu a seguir não seja tão surpreendente.

Grandes poças de sangue se formaram em torno da cena da castração de Urano. Desse sangue, do sangue que caiu da virilha destruída de Urano, emergiram seres vivos.

Os primeiros a saírem do solo encharcado foram as ERÍNIAS: ALECTO (sem remorsos), MEGERA (rancor) e TISÍFONE (castigo). Talvez um instinto inconsciente de Urano tenha provocado o surgimento desses seres vingativos. Seu eterno dever, a partir do momento de seu nascimento ctônico

– ou seja, de sua saída do solo –, seria punir os piores e mais violentos crimes: perseguir incansavelmente os culpados e só descansar quando eles tivessem pagado o preço completo e terrível. Armadas com cruéis açoites metálicos, as Erínias esfolavam a carne dos ossos do culpado. Os gregos, ironicamente, apelidaram essas vingadoras fêmeas de EUMÊNIDES, "as bondosas".

Os próximos a se erguerem do solo foram os GIGANTES. Herdamos deles "gigante", "giga" e "gigantesco", mas, embora eles certamente possuíssem uma força prodigiosa, não eram maiores em estatura do que seus meios-irmãos e meias-irmãs.[13]

Finalmente, naquele instante de dor e destruição, foram também criadas as MELÍADES, graciosas ninfas que viriam a ser as guardiãs de uma árvore chamada freixo, cuja casca produzia um maná doce e saudável.[14]

Quando todos esses novos seres inesperados emergiram vivos do solo encharcado de sangue, Cronos os olhou enojado e os espalhou com uma varredura de sua foice. Em seguida, ele se voltou para Gaia.

— Eu lhe prometi, Mãe Terra — disse ele —, que a libertaria de sua torturante agonia. Fique paradinha.

Com um outro golpe da foice, ele cortou a lateral do corpo de Gaia. De lá, caíram os Ciclopes e os Hecatônquiros. Cronos contemplou seus pais, os dois agora sangrando, arfando e rosnando como raivosos animais feridos.

— Você não mais cobrirá Gaia — disse para o pai. — Eu o expulso para viver a eternidade abaixo do solo, enterrado ainda mais fundo do que o Tártaro. Você pode ficar lá de mau humor, em sua fúria, castrado e impotente.

— Você se excedeu — sibilou Urano. — Haverá vingança. Amaldiçoo sua vida, que ela seja triturada numa eternidade lenta e impiedosa, que sua eternidade imortal seja um cargo insuportável, sem fim. Seus próprios filhos o destronarão, como…

---

13. O nome deles não se refere ao tamanho, mas a suas origens ctônicas – gerados da terra, "Gaia-gen", se quiser. O nome Gaia, incidentemente, foi contraído para *Ge*, no grego mais tardio. Ela ainda está nas ciências da terra, como "geologia" e "geografia", sem mencionar os últimos estudos ambientais que restauraram seu nome original – James Lovelock, com sua popular "Gaia Hypothesis" [A hipótese de Gaia], é um exemplo primordial.

14. Os açúcares da "cinza de maná" (*fraxinus ornus*), que ainda é cultivada no sul da Europa, dão seu nome ao atual adoçante manitol.

— Como eu o destronei. Sim, eu sei. Você disse. Vamos ver.

— Você, seus irmãos e irmãs, eu os amaldiçoo todos, sua ambição excessiva os destruirá.

O "lutador, o esforçado", ou TITÃ, é o título que reservamos para Cronos, seus onze irmãos e boa parte da prole deles. A intenção de Urano era que fosse um insulto, mas de algum modo o nome ressoou através dos tempos com um toque de grandeza. Ninguém, até hoje, ficaria insultado por ser chamado de Titã.

Cronos enfrentou essas maldições com escárnio e, encurralando seu pai mutilado e seus irmãos mutantes recém-liberados à ponta de foice, levou-os para o Tártaro. Os Hecatônquiros e os Ciclopes foram aprisionados em cavernas, mas ele enterrou seu pai ainda mais fundo, o mais longe do seu domínio natural dos céus que conseguiu chegar.[15]

Remoendo, fervendo e furioso, bem fundo embaixo da terra que uma vez o amou, Urano comprimiu toda a sua fúria e a energia divinas na própria rocha, esperando que, um dia, alguma criatura, ao escavar em algum lugar, a mineraria e tentaria dominar o poder imortal que radiava dali de dentro. Isso, é claro, jamais iria acontecer. Seria perigoso demais. Certamente, ainda está por nascer a raça que seja tola a ponto de tentar libertar o poder do urânio.

DA ESPUMA

Voltamos, agora, ao grande arco nos céus traçado pelas gônadas cortadas de Urano. Cronos atirara os culhões do Pai Céu longe, por cima do mar, como você deve se lembrar.

Podemos vê-lo, agora. Perto da ilha jônica de Citera, eles caem, chapinham, quicam, sobem outra vez e finalmente caem, e meio que afundam embaixo das ondas. Grandes cordas de sêmen seguem em sua esteira, como fitas de uma pipa. Nos lugares em que atingem a superfície do mar, aparece

15. Pelo menos, o Pai Céu deposto teve o consolo do planeta Urano, batizado em sua honra – sendo que o convencional é que os planetas tenham os nomes *romanos* dos deuses que representam.

uma espuma furiosa. Logo, todas as águas borbulham e fervem. Alguma coisa sobe. Vindo dos horrores de uma castração parricida e de uma ambição desnaturada, deve ser – certamente – algo inimaginavelmente feio, algo terrível, algo violento, algo espantoso, que prenuncia apenas guerra, sangue e angústia.

O redemoinho de sangue e fluido seminal fomenta, efervesce e espuma. Do nevoeiro das ondas e das sementes emerge o topo de uma cabeça, depois uma sobrancelha e, então, um rosto. Mas que tipo de rosto?

O rosto mais lindo que a criação jamais vira ou verá outra vez. Não apenas uma coisa linda, mas a própria Beleza surge inteiramente formada da espuma. Em grego, "da espuma" pode ser escrito de forma parecida a AFRODITE, e esse é o nome daquela que agora se ergue da espuma e da maresia. Ela está em pé numa grande concha, um sorriso recatado e suave brincando nos lábios. Lentamente, ela chega a praia, em Chipre. Flores se abrem e nuvens de borboletas surgem onde ela pisa. Passarinhos voam em círculos em torno de sua cabeça, cantando em êxtases de alegria. O Amor e a Beleza perfeitos tinham desembarcado em terra, e o mundo jamais seria o mesmo.

Os romanos a chamaram de VÊNUS, e seu nascimento e sua chegada a Chipre sobre a concha nunca foram mais bem retratados do que no extraordinário quadro de Botticelli, que, uma vez visto, nunca é esquecido.

Deixamos Afrodite fazendo sua morada em Chipre e voltamos a Cronos, que está retornando das escuras cavernas do Tártaro.

REIA

Ao chegar ao monte Ótris, Cronos encontrou sua irmã Reia esperando por ele. A visão desse irmão sombriamente belo, com uma enorme foice pingando sangue na mão, a empolgou ao ponto de provocar uma explosão interna.

A autoridade dele estava estabelecida: nenhum de seus irmãos ou irmãs Titãs ousava questioná-lo.[16] Seu pai não tinha poder e Gaia, que descobriu

16. As fêmeas da raça são chamadas de "Titânides".

não sentir alegria com a destruição violenta que pusera em ação, retirou-se para seu reino e para uma existência mais passiva. Gaia nunca perdeu sua força, autoridade ou alta posição como Mãe Terra e ancestral de todos, mas já não se aventurava a interagir ou se associar com ninguém. O senhor, agora, era Cronos. Depois de uma grande festa, na qual sua façanha de emascular e destronar Urano foi cantada de forma ruidosa e muito pouco musical, Cronos voltou-se para a ruborizada e trêmula Reia e a puxou de lado para fazer amor com ela.

A alegria de Reia estava completa. Ela tinha desempenhado seu papel ao ajudar o irmão que adorava a alcançar o domínio de toda a criação. E, agora, eles estavam unidos. Mais do que isso, com o passar do tempo, ela começou a sentir uma criança mexendo-se dentro dela. Uma menina, ela tinha certeza. Sua felicidade era sem nuvens.

Cronos, por outro lado... Sua disposição já macambúzia estava obscurecida por outra coisa. As palavras de seu pai Urano começaram a ecoar em sua cabeça:

Seus próprios filhos o destronarão, como você me destronou.

Durante as semanas e os meses seguintes, Cronos observou com taciturno pressentimento a barriga de Reia se encher e inchar.

Seus próprios filhos... seus próprios filhos...

Quando chegou o dia do parto, Reia deitou-se numa alcova na montanha – a mesma fenda nas rochas, aliás, em que Gaia escondera a foice e onde Cronos ficara escondido. Ali, ela deu à luz uma menina linda, que batizou de HÉSTIA.

O nome mal saiu da boca de Reia antes que Cronos avançasse, arrancasse a criança de seus braços e a engolisse inteira. Então, ele se virou e partiu sem nem ao menos um soluço, deixando Reia lívida de choque.

Os filhos de Reia

Cronos era agora o senhor da terra, do mar e do céu, e a foice era o símbolo de sua autoridade. Seu cetro. A terra, ele tomou de Gaia; o céu, de Urano. Com ameaças de violência, ele tirou o domínio do mar de Ponto e

Tálassa e de seus irmãos Oceano e Tétis. Ele não confiava em ninguém e reinava sozinho.

Cronos ainda continuava a ter prazer com Reia e ela ainda consentia, amando-o irremediavelmente e acreditando que o monstruoso devorar de sua primogênita tinha sido algum tipo de aberração.

Não tinha. A criança seguinte, um menino que ela chamou de HADES, foi devorado exatamente da mesma maneira. Depois outra menininha, DEMÉTER. Em seguida foi POSEIDON, um segundo menino, e, finalmente, uma terceira menina, HERA. Todos engolidos inteiros com tanta facilidade quanto você e eu engoliríamos uma ostra ou uma colherada de gelatina.

Quando Cronos consumiu Hera, fruto da quinta gravidez de Reia, o amor dela por ele já tinha se transformado em ódio. Naquela mesma noite, ele a agarrou e fez amor com ela outra vez. Ela jurou a si mesma que, se engravidasse, ele jamais pegaria sua sexta criança. Mas como impedi-lo? Ele era todo-poderoso.

Uma manhã, ela acordou e sentiu o enjoo costumeiro. Estava grávida. Seus instintos divinos lhe disseram que seu sexto filho seria um menino.

Ela saiu do Ótris e se mandou em busca de seus pais. Por mais que tivesse contribuído para a queda deles, mantinha uma confiança de filha no juízo e na boa vontade deles. Sabia também que a fúria deles com o papel dela em sua ruína não era nada em comparação ao ódio imortal que nutriam por Cronos.

Durante três dias suas chamadas por Gaia e Urano soaram pelos montes e cavernas do mundo.

— Mãe Terra, Pai Céu, escutem sua filha e venham ajudá-la! O filho que o mutilou e o destituiu se tornou o pior dos ogros, a criatura mais depravada e antinatural do mundo. Cinco de seus netos, ele comeu. Tenho mais um bebê dentro de mim, pronto para vir ao mundo. Ensinem-me como salvá-lo. Ensinem-me, eu imploro, e o criarei para que sempre os reverencie.

Ouviu-se um profundo e terrível ribombar vindo de baixo. O solo sacudiu sob os pés de Reia. A voz de Urano chegou rugindo aos seus ouvidos, mas, em meio a ela, Reia ouviu também os tons mais calmos da mãe.

Juntos, os três armaram um plano maravilhoso.

A MUDANÇA

Com o objetivo de dar andamento a esse maravilhoso plano, Reia foi a Creta consultar uma cabra chamada AMALTEIA. Moravam também na ilha as Melíades, ninfas da árvore produtora de maná. Como você deve se lembrar, elas brotaram do solo encharcado com o sangue de Urano, como as Erínias e os Gigantes. Após uma conversa encorajadora com Amalteia, Reia consultou essas doces e suaves ninfas. Convencida de que as coisas que precisava conseguir em Creta eram possíveis, ela voltou ao monte Ótris a fim de se preparar para o parto.

Cronos, a essa altura, já percebera que sua mulher estava gestando e se preparou para o feliz dia em que poderia consumir o sexto de seus filhos. Ele não queria arriscar nada. A profecia de Urano ainda soava em seus ouvidos, e as aflições supersticiosas da paranoia, que assolam todos os usurpadores despóticos, a cada dia cresciam mais ferozes nesse projeto digno de Stálin.

Gaia tinha falado a Reia a respeito de uma determinada pedra – um objeto de magnetita perfeito, com o tamanho exato para seus objetivos, liso e com o formato de um feijão – que podia ser encontrada em outros montes próximos ao próprio Ótris.[17]

Pela manhã, Cronos gostava de caminhar a passos largos de uma extremidade da Grécia a outra, visitando cada um de seus irmãos Titãs, supostamente para consultá-los, mas, na verdade, para se certificar de que não estavam tramando contra ele. Quando soube que ele estaria à beira-mar, visitando Oceano e Tétis, Reia foi ao palácio que Gaia descrevera, encontrou a pedra e a levou para casa, para o monte Ótris, onde a envolveu em linho. O plano estava sendo montado.

---

17. Na verdade, a região da Grécia Central onde fica o monte Ótris é chamada até hoje de Magnésia: deu o nome ao magnésio, aos magnetos, e, é claro, à magnetita. Ao manganês também, por meio de um erro de grafia.

Uma tarde, pouco depois, com Cronos perto o suficiente para escutá-la, mas longe o bastante para levar algum tempo para chegar, Reia começou a lançar os gritos do parto. Cada vez mais altos, seus berros de agonia rasgaram o ar, até que, depois, de um silêncio repentino, foram substituídos pela melhor simulação que ela podia fazer dos primeiros vagidos de um bebê.

Não deu outra: Cronos se aproximou. Sua sombra recaiu sobre Reia.

— Dê-me a criança — disse ele.

— Temido senhor e marido — Reia lhe lançou um olhar implorativo. — Não pode me deixar ficar com este? Olhe para ele, tão doce, tão inocente. Tão inofensivo.

Com um riso áspero, Cronos arrancou o bebê bem embrulhado dos braços aninhados de Reia e o arremessou com um grande gole garganta abaixo, envolto em linho e tudo. Desceu como os outros, sem sequer tocar os lados. Dando um soco no osso do peito, depois outro, Cronos soltou um sonoro arroto e deixou sua atormentada mulher com seus soluços de dor.

No momento em que ele saiu, os soluços se tornaram engasgos e gritos histéricos e mal suprimidos. Engasgos e gritos de riso.

Recuperando o fôlego e levantando-se da cama, Reia desceu a montanha e foi para Creta, viajando o mais rápido possível para alguém num estado de gravidez tão avançado.

O FILHO CRETENSE

O parto de Reia em Creta foi bastante fácil. Ternamente auxiliada pela cabra e pelas Melíades, ela se preparou para dar à luz na segurança e no conforto de uma caverna no monte Ida. Logo, nasceu um menino transcendentemente lindo. Ela deu a ele o nome de ZEUS.

Do mesmo modo que Gaia tinha recrutado seu filho caçula, Cronos, para se vingar de seu filho e marido, Urano, Reia jurou que criaria este seu filho mais novo, Zeus, para destruir seu marido e irmão, Cronos.

O horrível ciclo de sede de sangue, ganância e assassinatos que marcaram as dores do parto do mundo primordial continuaria pela geração seguinte.

Reia sabia que precisava voltar para o monte Ótris antes que Cronos notasse sua ausência e suspeitasse de que algo estava errado. Como tinha sido combinado, a cabra Amalteia amamentaria o bebê com seu leite rico e nutritivo, enquanto as Melíades o alimentariam com o doce e saudável maná que corria na seiva de seus freixos. Dessa maneira, o jovem Zeus cresceria em Creta, forte e bem nutrido. Reia o visitaria o mais frequentemente possível, para guiá-lo na arte da vingança.

Embora essa seja a versão mais conhecida, há muitos relatos diferentes de como Zeus escapou da atenção do grande Cronos, deus da terra, do céu e dos mares. Um deles conta que uma ninfa, chamada ADAMANTEIA, suspendeu o recém-nascido Zeus numa árvore com uma corda. Amarrado entre a terra, o mar e o céu, ele permaneceu, assim, invisível ao pai. É uma imagem agradável, que remete ao surrealismo de Dalí – o bebê que viria a se tornar o mais poderoso dos seres gorgolejando, balbuciando e dando risadinhas no ar, pendurado entre os elementos sobre os quais estava destinado a reinar.

O JURAMENTO DE SUBMISSÃO

Enquanto, sem que seu pai soubesse, Zeus se fortalecia em Creta com o leite de cabra e o maná e aprendia a andar, falar e compreender o mundo ao seu redor, Cronos convocou seus irmãos Titãs ao monte Ótris para renovarem seus votos de lealdade e obediência.

— Agora, este mundo é nosso — anunciou a eles. — O Destino decretou que não posso ter filhos, para reinar melhor. Mas vocês têm de fazer seu dever. Procriem! Encham o mundo com sua raça de Titãs. Eles devem ser criados para que me obedeçam em tudo, e eu concederei a vocês terras e províncias próprias. Agora, inclinem-se diante de mim.

Os Titãs fizeram uma profunda mesura e Cronos deu um grunhido de satisfação, o mais próximo que ele já chegou de uma expressão de felicidade.

A profecia vingativa de seu pai tinha sido afastada; a eterna Era dos Titãs podia começar.

O menino de Creta

Cronos pode ter grunhido de satisfação, mas Moros, a figuração da Sorte e do Destino, sorriu – como sempre faz quando os poderosos exibem confiança. Nessa ocasião, Moros sorriu porque podia ver que Zeus estava progredindo em Creta. Crescia e se transformava no homem mais forte e mais impressionante de toda a criação – de fato, seu brilho chegava a quase doer nos olhos.[18] A excelência do leite de cabra e a potência nutritiva do maná tinham dado a ele ossos fortes, pele clara, olhos cintilantes e cabelo brilhante. Ele tinha feito o caminho, para usar os termos gregos, de *pais* (menino) e *ephebos* (adolescente) para *kouros* (jovem) e, daí, para um belo exemplar do que poderíamos hoje chamar de jovem adulto. Já agora, os primeiros esboços aveludados do que se tornaria um exemplo lendário e poderoso da arte da barba estavam aparecendo em seu queixo e suas bochechas.[19] Ele tinha a confiança, o ar de comando descontraído que assinala aqueles destinados a liderar. Tendia mais a rir do que a se zangar, mas, quando despertavam sua ira, conseguia assustar qualquer criatura viva dentro de sua órbita.

Desde o início, ele exibiu uma mistura de prazer pela vida e força de vontade que enchia até sua mãe de assombro, e alguns asseguravam que o leite de Amalteia conferira capacidades extraordinárias ao jovem durante seu crescimento. Até hoje, guias em Creta divertem os turistas com histórias dos notáveis poderes do jovem Zeus. Contam a história (como

18. Como acontece muitas vezes com pessoas extraordinariamente belas. É nosso dever nos desculparmos ou desviarmos o olhar quando nossa beleza provoca desconforto.

19. A questão de quanto tempo levava para os imortais serem desmamados, andarem, falarem e crescerem até a idade adulta é controversa. Algumas fontes defendem que Zeus cresceu de bebê a jovem adulto em um único ano. O tempo divino e o tempo mortal parecem ter extensões diferentes, exatamente como o tempo para cachorros e para seres humanos, ou para elefantes e para moscas, por exemplo. Provavelmente é melhor não nos concentrarmos tão literalmente na estrutura temporal do mito.

se tivesse acontecido durante a vida deles) de quando Zeus era bebê e estava brincando com sua adorada babá-cabra e, inconsciente de sua força, acidentalmente quebrou um dos chifres dela.[20] Por virtude de seus já prodigiosos poderes divinos, esse chifre quebrado, instantaneamente, se encheu das comidas mais deliciosas – pão fresco, verduras, frutas, carnes curadas e peixes defumados –, um suprimento que nunca se acabava, não importando quanto se tirasse dele. Assim, se originou a famosa CORNUCÓPIA da Abundância.

A determinada mãe de Zeus visitava Creta todas as vezes que conseguia escapar do sempre vigilante Cronos.

— Nunca se esqueça do que seu pai fez. Ele comeu seus irmãos e irmãs. Ele tentou comer você. Ele é seu inimigo.

Zeus escutava enquanto Reia descrevia as condições infelizes do mundo governado por Cronos.

— Ele governa pelo medo. Não tem nenhum senso de lealdade ou confiança. Esse não é o caminho, meu Zeus.

— Isso não o torna forte?

— Não! Torna-o *fraco*. Os Titãs são sua família, seus irmãos e irmãs, sobrinhos e sobrinhas. Alguns já estão começando a se ressentir de sua monstruosa tirania. Quando sua hora chegar, você vai se aproveitar desse ressentimento.

— Sim, mãe.

— Um verdadeiro líder forja alianças. Um verdadeiro líder é admirado e confiável.

— Sim, mãe.

— Um verdadeiro líder é amado.

— Sim, mãe.

— Você ri de mim, mas é verdade.

— Sim, m...

Reia deu um tapa no filho.

---

20. Zeus era frequentemente brincalhão. Os romanos o chamaram de JÚPITER ou JOVE, de modo que ele tinha, literalmente, um ânimo jovial. Em sua suíte orquestral *Os planetas*, Gustav Holst o chama de "O portador de alegria".

— Fique sério. Você não é bobo, posso ver isso por mim mesma. Adamanteia me diz que você é inteligente, mas impetuoso. Que você passa tempo demais caçando lobos, implicando com os carneiros, subindo nas árvores, seduzindo as ninfas dos freixos. Já é hora de você ser adequadamente educado. Você já tem dezesseis anos e logo devemos fazer nossa jogada.

— Sim, mãe.

AS OCEÂNIDES E A POÇÃO

Reia pediu à sua amiga Métis, filha sábia e linda de Tétis e Oceano, que preparasse seu filho para o futuro.

— Ele é inteligente, mas caprichoso e precipitado. Ensine a ele paciência, habilidade e astúcia.

Zeus ficou cativado por Métis desde o início. Ele nunca vira beleza igual. A Titânide era um pouco menor do que a maior parte de sua raça, mas dotada de uma graça e uma gravidade que a faziam brilhar. O passo de uma gazela e a astúcia de uma raposa, a força de um leão, a suavidade de uma pomba, tudo isso aliado a uma presença e a uma força mental que estonteava o jovem.

— Deite-se comigo.

— Não. Vamos dar uma caminhada. Tenho muita coisa a lhe dizer.

— Aqui. Na grama.

Métis sorriu e pegou a mão dele.

— Temos trabalho a fazer, Zeus.

— Mas eu a amo.

— Então, fará o que digo. Quando amamos alguém, sempre queremos agradar, não é?

— Você não me ama?

Métis riu, embora, na verdade, estivesse espantada com o halo de sedução e carisma que irradiava desse jovem audacioso e belo. Mas sua amiga Reia tinha pedido que se encarregasse da educação dele, e Métis jamais traía uma confiança.

Durante um ano, ela o ensinou a enxergar dentro dos corações e julgar as intenções dos outros. A imaginar e a raciocinar. A encontrar a força para deixar as paixões esfriarem antes de agir. A elaborar um plano e a saber quando ele precisava ser mudado ou abandonado. A deixar a cabeça dominar o coração, e o coração ganhar o afeto dos outros.

Sua recusa em permitir que o relacionamento deles tomasse uma dimensão física apenas fez com que Zeus a amasse ainda mais. Embora nunca tivesse dito a ele, Métis retribuía esse amor. Como resultado, sempre que os dois estavam próximos, havia um tipo de estalo no ar.

Um dia, Zeus viu Métis de pé sobre uma grande rocha, esfregando sua superfície plana com uma pequena pedra arredondada.

— Que diabos você está fazendo?

— Esmagando sementes de mostarda e cristais de sal.

— Mas é claro.

— Hoje — disse Métis —, é seu décimo sétimo aniversário. Você está pronto para ir até o monte Ótris e cumprir o seu destino. Reia logo estará aqui, mas, primeiro, devo terminar um pequeno preparado que eu mesma inventei.

— O que há no pote?

— Aqui está uma mistura de suco de papoula e sulfato de cobre, adoçada com um xarope de maná fornecido pelas Melíades, nossas amigas do freixo. Vou juntar todos os ingredientes e sacudir. Assim.

— Não estou entendendo.

— Olhe, aqui está sua mãe. Ela explicará.

Sob o olhar de Métis, Reia detalhou o plano para Zeus. Mãe e filho olharam nos olhos um do outro, respiraram fundo e fizeram um juramento, de filho para mãe, de mãe para filho. Estavam prontos.

Renascimento dos Cinco

Meia-noite. O espesso pano que Érebo e Nix jogaram sobre a terra, o mar e o céu para marcar o final da ronda diurna de Hemera e Éter cobria o mundo. Em um vale nas alturas do monte Ótris, o Senhor de Todos andava sozinho de um lado para outro, batendo no peito, irrequieto e infeliz. Cronos tinha se transformado no Titã mais mal-humorado e descontente que havia. O poder sobre tudo não lhe dava satisfação. Desde que Reia – sem dar explicações – o expulsara do leito conjugal, o sono também se tornara um estranho para ele. Desprovido de seu bálsamo calmante, seu humor e sua digestão, que já eram ruins, pioraram. O último bebê que ele engolira parecia ter provocado um agudo refluxo, ao contrário dos cinco anteriores. Qual era o prazer da onipotência, quando seu estômago o atormentava e seus pensamentos tropeçavam cegamente no espesso nevoeiro da insônia?

Entretanto, seu coração elevou-se a um estado próximo de algo parecido com felicidade quando ele escutou, inesperadamente, o som da voz suave de Reia sussurrando delicadamente para si mesma enquanto subia na direção do topo da montanha. Irmã mais adorável e esposa mais querida! Era bastante natural que ela tivesse ficado um pouco chateada com a ingestão de seus seis filhos, mas, certamente, entendia que ele não havia tido escolha. Ela era uma Titã, sabia o que eram dever e destino. Chamou-a.

— Reia?

— Cronos! Acordado a esta hora?

— Estou acordado há mais dias e noites do que consigo contar. Hipnos e Morfeu se tornaram estranhos para mim. Minha mente está cheia de escorpiões, querida esposa. — Macbeth, outro assassino privado de sono e atormentado por profecias sombrias, viria a dizer a mesma coisa, mas não por muitos anos.

— Ah, bobagem, meu amor. Será que a perspicácia e a habilidade de uma Titânide não conseguem sobrepujar esses tolos demônios do sono? Não há nada que Hipnos e Morfeu possam fazer para abrandar seu corpo dolorido, acalmar sua mente acelerada e sossegar seu espírito ferido, que eu não possa equiparar com algo meu, doce e quente.

— Seus doces e quentes lábios! Suas doces e quentes coxas! Sua doce e quente…

— Tudo a seu tempo, meu impaciente senhor! Primeiro, eu lhe trouxe um presente. Um menino adorável para ser seu copeiro.

Do recesso, saiu Zeus, com um sorriso radiante iluminando seu belo rosto. Fez uma reverência e ofereceu a Cronos uma taça cravada de pedras preciosas, que o Titã agarrou avidamente.

— Lindo, muito lindo. Posso experimentá-lo mais tarde — disse ele, lançando um olhar admirador para Zeus, e bebendo o conteúdo da taça em um trago ávido. — Mas, Reia, é você que eu amo.

Estava escuro demais para que ele pudesse ver a sobrancelha que Reia levantou num arco de incredulidade desdenhosa.

— Você me ama? — sibilou ela. — *Você? Me? Ama?* Você, que comeu todos menos um dos meus queridos filhos? Você ousa me falar de *amor*?

Cronos soltou um soluço infeliz. Ele estava experimentando as sensações mais estranhas. Franziu a testa e tentou focar. O que Reia estava dizendo? Impossível que ela não o amasse mais. A mente dele estava cada vez mais enevoada e seu estômago, ainda mais turbulento do que o usual. O que estava *errado* com ele? Ah, e havia mais uma coisa que ela dissera. Algo que não fazia nenhum sentido.

— O que você quis dizer — perguntou ele com uma voz espessa de confusão e náusea — quando mencionou que eu comi "todos menos um" de seus filhos? Eu comi *todos*. Lembro-me claramente.

Uma voz forte e jovem estalou pelo ar da noite como um chicote.

— Não exatamente todos, pai!

A náusea vinha subindo numa onda alarmante; Cronos se voltou em choque ao ver o jovem copeiro sair das sombras.

— Quem… quem… Queeeeeemmmmm! — A pergunta de Cronos se transformou subitamente num acesso de vômito incontrolável. De suas entranhas, lançada num espasmo, saiu com ímpeto uma grande pedra. O linho em que tinha sido envolta há muito fora dissolvido pelo ácido do estômago. Cronos ficou olhando para ela estupidamente, os olhos rodando e o rosto pálido. Mas, antes que ele pudesse entender o que estava vendo, foi assaltado por aquele sentimento horrível e inconfundível que diz a quem está vomitando que ainda vem mais. Muito mais.

Zeus pulou rapidamente para a frente, apanhou a pedra regurgitada e a atirou longe, bem longe, do mesmo modo e do mesmo lugar de onde Cronos tinha uma vez atirado os órgãos genitais de Urano longe, bem longe. Mais tarde, descobriremos onde ela aterrissou e o que aconteceu.

Dentro de Cronos, o composto de sal, mostarda e ipecacuanha continuou a desempenhar sua tarefa emética.[21] Um a um, ele expeliu os cinco filhos que tinha engolido. A primeira a sair foi Hera.[22] Depois, vieram Poseidon, Démeter, Hades e, finalmente, Héstia, antes que o atormentado Titã desabasse num paroxismo de exaustão.

Você deve se lembrar de que a poção de Métis incluía também uma quantidade de suco de papoula, que imediatamente começou a fazer um efeito sonífero. Cronos soltou um último gemido retumbante, rolou e caiu num sono muito, muito profundo.

Num grito exultante, Zeus inclinou-se sobre o pai que roncava para agarrar a grande foice e administrar o *golpe de misericórdia*. Ele cortaria a cabeça de Cronos num golpe só e a elevaria em triunfo frente ao mundo, criando um quadro de vitória que jamais seria esquecido e que artistas pintariam até o final dos tempos. Mas a foice forjada por Gaia para Cronos não podia ser usada contra ele. Por mais poderoso que Zeus fosse, não conseguia sequer apanhá-la. Tentou uma vez, mas parecia que ela estava fixada no solo.

— Gaia a deu para ele e só Gaia a pode tirar dele — disse Reia. — Deixe para lá.

— Mas eu tenho de matá-lo — contestou Zeus. — Temos de ser vingados.

— A mãe dele, a Terra, o protege. Não a faça ficar zangada. Você vai precisar dela no futuro. Você terá sua vingança.

Zeus desistiu de suas tentativas de mover a foice. Era um vexame ele não conseguir decapitar o pai, que jazia ali, roncando como um porco, mas sua mãe tinha razão. Isso podia esperar. Havia coisa demais para celebrar.

À luz das estrelas sobre o monte Ótris, ele e seus cinco irmãos liberados riam e dançavam e assoviavam e uivavam, deliciados. A mãe deles também ria, batendo palmas de alegria ao ver seus filhos e filhas radiantes, tão bem e tão felizes, por fim, no mundo e prontos para reivindicar sua herança. Cada

---

21. A poção foi preparada por Métis e seria legal pensar que é daí que vem a nossa palavra "emético", mas acho que não.

22. Embora na ordem de nascimento Hera tivesse sido a última a nascer, antes de Zeus, ela agora contava como a segunda filha. Foi estabelecido um tipo de antiguidade reversa, à medida que eles emergiram do esôfago de Cronos. Zeus se tornou oficialmente o mais velho dos filhos, enquanto que Héstia, tendo sido a primogênita, era agora considerada a caçula. Faz sentido, se você for um deus.

um dos resgatados, por sua vez, foi abraçar Zeus, seu irmão caçula, mas agora mais velho, seu salvador e líder. Juraram fidelidade a ele para sempre. Juntos, destronariam Cronos e toda a sua raça horrível, e estabeleceriam uma nova ordem…

Apesar de seus genitores, eles não se chamariam "Titãs". Seriam apenas *deuses*. E não apenas deuses, mas *os* deuses.

O INÍCIO

PARTE DOIS

FÚRIA DE TITÃS

Cronos jazia deitado no chão no cume do monte Ótris. Os outros Titãs ainda não estavam sabendo que Zeus resgatara seus irmãos e irmãs, mas era provável que, ao saberem, reagiriam com violência furiosa. Sob a proteção da noite, Reia e seus seis filhos fugiram, pondo a maior distância que puderam entre eles e o país dos Titãs.

A guerra era inevitável, Zeus entendeu claramente. Cronos não descansaria enquanto seus filhos estivessem vivos, e Zeus estava igualmente determinado a destronar seu pai. Escutou mais alto do que nunca um som que ouvia desde a infância: um sussurro suave e insistente de Moros, dizendo que ele estava destinado a reinar.

O conflito sangrento, violento e destrutivo que se seguiu é conhecido pelos historiadores como TITANOMAQUIA.[23] Embora a maior parte dos detalhes dessa guerra de dez anos tenha se perdido, sabemos que o calor e a fúria, o poder explosivo e a energia colossal liberados pelos Titãs, deuses e monstros em guerra fez com que montanhas expelissem fogo e que o próprio solo tremesse e se abrisse. Muitas ilhas e massas de terra foram

23. Hesíodo, no século VIII a.C., nos ofereceu o mais completo relato existente do evento, mas outros poetas também o cantaram; um épico chamado *Titanomaquia*, de Eumelo de Corinto, do século VIII (ou, possivelmente, o lendário bardo cego Tâmiris da Trácia), é mencionado com admiração em outros textos, mas permanece perdido para nós. Hesíodo descreve a exaltada batalha que sacudiu a terra do seguinte modo: "O mar sem limites ressoou terrivelmente em torno, e a terra desabou ruidosamente: o amplo Céu foi sacudido e gemeu e [...] vacilou em suas fundações sob a carga dos deuses imortais, e um pesado tremor chegou ao obscuro Tártaro e o som profundo de seus pés no temível ataque e de seus mísseis duros. Desse modo, então, eles lançaram suas lanças dolorosas uns sobre os outros, e o som dos dois exércitos, quando gritavam, alcançaram o céu estrelado; e eles se encontraram com um grande grito de batalha".

formadas por essas batalhas. Continentes inteiros mudaram de posição e tomaram outras formas, e grande parte do mundo como o conhecemos hoje deve sua geografia a essas perturbações sísmicas, a esse conflito que, literalmente, sacudiu a terra.

Em uma luta honesta, é quase certo que as forças combinadas dos Titãs teriam sido demasiadas para seus jovens adversários. Eles eram mais fortes e mais implacavelmente selvagens. Todos, com exceção de Prometeu e Epimeteu, filhos de Clímene, tomaram o lado de Cronos, excedendo de longe o número do pequeno grupo daqueles autointitulados deuses, alistados contra eles sob o generalato de Zeus. Só que, do mesmo modo como Urano tinha pago caro por seu crime de aprisionamento dos Ciclopes e Hecatônquiros dentro de Gaia, Cronos pagaria pela besteira de prendê-los nas cavernas do Tártaro.

Foi a sábia e inteligente Métis que aconselhou Zeus a descer e libertar seus irmãos de três olhos e os de trezentas mãos. Ele lhes ofereceu a liberdade perpétua se o ajudassem a derrotar Cronos e os Titãs. Não precisaram de mais incentivos. Os Gigantes também escolheram ficar do lado de Zeus e se mostraram lutadores bravos e incansáveis.[24]

Na decisiva batalha final, a ferocidade impiedosa dos Hecatônquiros – sem mencionar seu excedente de cabeças e mãos – se combinou maravilhosamente com a selvagem potência elétrica dos Ciclopes, cujos nomes eram, como você deve se lembrar, Brilho, Raio e Trovão: Arges, Estéropes e Brontes. Esses artesãos habilidosos transformaram o domínio que tinham sobre as tempestades em raios para Zeus usar como arma, e ele aprendeu a lançá-los com extrema pontaria em seus inimigos, reduzindo-os a átomos. Sob sua orientação, os Hecatônquiros apanhavam e atiravam pedras com uma velocidade furiosa, enquanto os Ciclopes atormentavam e ofuscavam o inimigo com demonstrações de raios e estrépitos aterrorizantes de trovão. As cem mãos dos Hecatônquiros apanhavam e lançavam inúmeras pedras sobre o inimigo, como inúmeras catapultas feito cata-ventos enlouquecidos, até que, surrados e feridos, os Titãs pediram um cessar-fogo.

Vamos deixá-los, com suas grandes cabeças ensanguentadas abaixadas em rendição plena e final, e tirar um momento para olhar para o que mais

24. Ver apêndice, p. 356.

estava acontecendo no mundo durante aqueles terríveis dez anos, enquanto a batalha grassava.

A proliferação

O fogo e a fúria da guerra tinham queimado, enriquecido e fertilizado a terra. Uma nova cultura brotou para criar um mundo novo, verde, para os deuses triunfantes herdarem.

Como você se lembra, o cosmos antes não era nada além do Caos. Aí, o Caos criou as primeiras formas de vida, os seres primordiais e os princípios da luz e da escuridão. À medida que cada geração se desenvolvia, nasciam novas entidades, que, por sua vez, se reproduziam, e a *complexidade* aumentava. Aqueles velhos princípios primordiais e elementares foram tecidos em formas de vida com cada vez mais diversidade, variedade e riqueza. Os seres que nasceram foram dotados de personalidades sutis e exclusivas, e de individualidade. Em linguagem de computador, era como se a vida tivesse passado de 2 bits para 4 bits para 8 bits para 16 bits para 32 bits para 64 bits e além. Cada iteração representava milhões, depois bilhões de novas permutações de tamanho, forma e o que se pode chamar de *resolução*. Passaram a existir personalidades de alta definição, como nós, seres humanos modernos, nos orgulhamos de ter, e houve uma explosão daquilo que os biólogos chamam de *especiação*, à medida que surgiam novas formas.

Gosto de imaginar o primeiro estágio da criação como uma tela de TV antiquada, na qual se jogava um jogo de Pong em branco e preto. Você se lembra do Pong? Tinha dois retângulos brancos como raquetes e um ponto quadrado como bola. A existência era uma forma primitiva, pixelada, de um jogo de tênis vigoroso. Uns trinta e cinco a quarenta anos mais tarde, aquilo já tinha evoluído para gráficos 3-D em resolução ultra-alta com realidade virtual aumentada. Foi assim com o cosmos grego: uma criação que começou com esboços em baixa resolução, fracos e elementares, agora explodia em uma vida rica e variada.

Criaturas e deuses ambíguos, inconsistentes, imprevisíveis, intrigantes e irreconhecíveis tinham chegado. Para usar uma distinção feita por

E. M. Forster ao falar de pessoas nos romances, o mundo passava de personagens planos para personagens redondos – para o desenvolvimento de personalidades cujas ações tinham a capacidade de surpreender. A diversão estava começando.

As Musas

Uma das Titãs originais, Mnemosine (Memória), foi mãe de nove filhas de Zeus, todas altamente inteligentes e criativas, as Musas, que moraram em diversas ocasiões no monte Hélicon (onde a nascente Hipocrene, mais tarde, brincou), no monte Parnaso, acima de Delfos, e em Pieria, na Tessália, onde corria a Fonte Pieriana, a fonte metafórica de todas as artes e ciências.[25]

Hoje, consideramos as Musas santas padroeiras das artes em geral e fontes privadas de inspiração em particular. "Oh, para uma Musa do fogo!", clama o coro na abertura de *Henrique V*, de Shakespeare. Ele ou ela é "minha musa" ou "meu muso", podemos dizer a respeito daqueles que excitam nossa criatividade e nos impelem para a grandeza. As Musas podem ser encontradas em "música" e "museus". W. H. Auden acreditava que a imagem de uma deusa caprichosa sussurrando ideias no ouvido de um poeta era a melhor maneira de explicar a enlouquecedora falibilidade da inspiração criativa. Algumas vezes, ela lhe dá ouro, outras, você relê o que ela ditou e vê que está uma porcaria. A mãe das Musas pode ser a Memória, mas o pai é Zeus, cuja inconstância e infidelidade são o assunto de muitas histórias futuras.

Mas vamos conhecer essas nove irmãs, cada uma padroeira de uma forma de arte particular.

---

25. As PIÉRIDES também vieram de Pieria. Eram nove irmãs que cometeram o erro de desafiar as Musas e foram transformadas em aves por causa disso. Alexandre Pope se refere a Pieria como a fonte de todo juízo e conhecimento nesta bem conhecida trova de seu *Ensaio sobre a crítica*: "*A little learning is a dang'rous thing / Drink deep, or taste not the Pierian Spring* [...]" [Um pouco de aprendizado é uma coisa perigosa / Beba muito, ou não prove da Fonte Pieriana [...]"

Calíope

CALÍOPE, a musa da poesia, teve um final linguístico um tanto indigno. De algum modo, em vários idiomas (como o espanhol e o inglês), ela se tornou o nome de um órgão a vapor normalmente tocado em parques de diversão; hoje em dia, eles são praticamente os únicos lugares onde você ouve falar o nome dela. Para o poeta romano Ovídio, ela era a maior de todas as Musas. Seu nome significa "linda voz", e ela deu à luz ORFEU, o mais importante músico em toda a história da Grécia. Os melhores poetas, Homero, Virgílio e Dante inclusive invocavam sua ajuda ao embarcarem em seus grandes épicos.

Clio

Atualmente relegada a um modelo de automóvel da Renault e a uma série de prêmios na indústria da publicidade, CLIO, ou *Kleio* (famoso) era a Musa da história. Era responsável por proclamar, por propalar para o exterior e por tornar famosos os feitos dos grandes. A associação de debates mais antiga dos Estados Unidos, fundada em Princeton por James Madison, Aaron Burr e outros, é chamada de Sociedade Cliosófica em homenagem a ela.

Erato

ERATO era a Musa da poesia lírica e amorosa. Seu nome é relacionado a Eros e ao erótico, e ela é algumas vezes representada na arte com uma flecha dourada para sugerir essa conexão. Pombas e a murta são símbolos comumente associados a ela, assim como o alaúde.

Euterpe

A Musa da própria música, a "encantadora" e "alegre" EUTERPE foi mãe, com ESTRIMÃO, deus-rio, do rei da Trácia RESO, que depois desempenhou um papel muito secundário na Guerra de Troia. Não há consenso sobre se ele deu o nome aos macacos que, por sua vez, passaram a descrever o fator dos tipos sanguíneos humanos.

Melpômene

A Musa trágica, MELPÔMENE (cujo nome deriva de um verbo grego que significa "celebrar com dança e canções"), representava originalmente o coro e, depois, a tragédia inteira – uma fusão muito importante de música, poesia, drama, máscaras, dança, canções e celebrações religiosas. Os atores trágicos usavam um tipo de bota com sola grossa,[26] chamada "*busquin*" em inglês e *cothurnus* (coturno) em grego; e Melpômene é, em geral, representada segurando ou usando coturnos, além, é claro, da famosa máscara da tragédia com sua boca infeliz curvada para baixo. Ela e sua irmã Terpsícore foram as mães das Sereias, cuja hora chegará.

POLÍMNIA

Hymnos é "louvor" em grego, e POLÍMNIA era a Musa dos hinos, da música *sacra*, da dança, da poesia e da retórica, além de – meio aleatoriamente, pode-se pensar – da agricultura, da pantomima, da geometria e da meditação. Acho que hoje a chamaríamos de "a Musa do *mindfulness*". Em geral, ela é retratada como uma figura um tanto séria, com o dedo pensativamente na boca numa atitude de reflexão solene. É outra candidata, além de Calíope, a ser a mãe do herói Orfeu.

TERPSÍCORE

Dono da loja de queijos: Ah, eu pensei que você estava reclamando do tocador de bandolim.

Freguês: Deus me livre. Eu me deleito com todas as manifestações da musa terpsicórica.

Esse diálogo do imortal "Esquete da Loja de Queijo" do Monty Python apresentou muita gente, inclusive eu, a TERPSÍCORE, a Musa da dança.

TÁLIA

A melhor, mais engraçada e amigável de todas as Musas, TÁLIA supervisionava as artes cômicas e a poesia idílica. O nome dela deriva do verbo grego "florescer".[27] Do mesmo modo que sua trágica contraparte Melpômene, ela calça botas de ator e uma máscara (a dela é a do sorriso alegre, é claro), mas está envolta em hera e carrega uma corneta e um trompete.

26. Para aumentar a altura dos atores e, com isso, também sua estatura metafórica.

27. Que também nos deu (além da palavra para um broto florescente) o elemento tálio, um favorito dos autores de crimes e envenenadores criminosos.

Urânia

URÂNIA deriva seu nome de Urano, o deus primordial dos céus (e avô das nove irmãs); ela é a Musa que preside a astronomia e as estrelas. É também considerada um símbolo do Amor Universal, um tipo de versão grega do Paráclito, ou Espírito Santo.

Trindades

O três vezes três Musas me lembra de apresentar mais tríades. Gaia e Urano deram à luz, como sabemos, três Hecatônquiros, três Ciclopes e quatro vezes três Titãs. Já encontramos as três Erínias, também chamadas de Eumênides – aquelas criaturas vingativas que brotaram da terra empapada de sangue no momento da castração de Urano. Três parece ter sido um número muito mágico para os gregos.

As Cárites

Durante os dez anos da Titanomaquia, mesmo que tão apocalíptica, Zeus sempre encontrou tempo para satisfazer seus desejos. Talvez ele visse isso como o cumprimento de seu dever de popular a terra. O que é certo é que Zeus gostava dessa tarefa.

Um dia, os olhos de Zeus recaíram sobre a mais linda de todas as Oceânides – EURÍNOME, filha de Oceano e Tétis. Escondida em uma caverna enquanto a batalha comia solta do lado de fora, Eurínome deu a Zeus três filhas arrebatadoras, AGLAE (que significa "esplendor"), EUFROSINA, também conhecida como EUTÍMIA (alegria, folia, hilaridade), e TÁLIA[28] (contentamento). Juntas, elas são conhecidas como CÁRITES, ou, para os romanos, GRAÇAS. Nós as chamamos de as Três Graças, preferidas em toda a história por escultores e pintores em busca de uma desculpa para apresentar nus femininos perfeitos. A doçura de seu temperamento deu ao mundo algo para contrapor à horrível malícia e crueldade das Erínias.

28. Compartilha seu nome com a Musa da comédia.

HORAS

As HORAS, ou *Horai*, em grego, consistiam de dois conjuntos de irmãs trigêmeas. Essas filhas de TÊMIS (a corporificação da lei, da justiça e dos costumes) originalmente personificavam as estações. Parece que, no início, eram duas, verão e inverno, AUXÉSIA[29] e CARPO. A primeira tríade clássica das Horas foi composta com a adição de TALO (FLORA para os romanos), portadora das flores e da floração, a personificação da primavera. A qualidade mais valiosa das Horas derivava da mãe delas: o dom do momento auspicioso, a relação benigna entre a lei natural e o desenrolar do tempo – o que se poderia chamar de "acaso divino".

O segundo conjunto de Horas era responsável por um tipo de lei e ordem mais mundano. Eram a EUNÔMIA, deusa da lei e da legislação, DICE, deusa da justiça e da ordem moral (o equivalente romano é JUSTITIA), e IRENE, a deusa da paz (PAX para os romanos).

MOIRAS

As três MOIRAS, ou Parcas, em romano, eram chamadas CLOTO, LÁQUESIS e ÁTROPOS. Deve-se imaginar essas filhas de Nix sentadas em torno de um fuso: Cloto fia a linha que representa a vida, Láquesis mede seu comprimento e Átropos (a implacável, sem remorsos, literalmente, a "sem volta") decide quando cortar o fio e ceifar a vida.[30] Eu as imagino como velhas de faces encovadas, vestidas em trapos pretos, sentadas numa caverna, tagarelando e balançando a cabeça enquanto fiam, mas muitos escultores e poetas as representaram como donzelas de faces rosadas, vestidas em mantos brancos e sorrindo recatadamente. Os nomes delas derivam de uma palavra que significa "porção" ou "quinhão, no sentido do "aquilo que lhe foi aquinhoado". "Ser amada não era seu

29. Algumas vezes, apenas Auxo.

30. A atropina, o veneno tirado da mandrágora e da *Atropa belladonna* (a mortal erva-moura), recebe seu nome dessa última e mais terrível das irmãs.

quinhão", ou: "Era seu quinhão ser infeliz" são os tipos de expressões que os gregos empregavam para descrever atributos ou destinos aquinhoados pelas Moiras. Até mesmo os deuses tinham de se submeter a seus cruéis decretos.[31]

QUERES

Essas asquerosas filhas de Nix eram espíritos maus e vorazes da morte violenta. Do mesmo modo que as Valquírias nas mitologias nórdica e alemã, elas recolhiam as almas dos guerreiros mortos em batalha. Ao contrário das benevolentes deusas guerreiras, no entanto, as Queres não acompanhavam suas almas heroicas à recompensa de um Valhala. Elas voavam de corpo ensanguentado em corpo ensanguentado, sugando avidamente o sangue que fluía deles; então, depois que cada um estava completamente drenado, o jogavam sobre os ombros e passavam para o seguinte.

GÓRGONAS

Ponto, o primordial deus do mar, teve com Gaia um filho, FÓRCIS, e uma filha, CETO. A prole desse irmão e irmã foram três irmãs moradoras de uma ilha, as Górgonas ESTENO, EURÍALE e MEDUSA. Com cabelos de cobras venenosas se retorcendo, intensos olhos arregalados, horríveis sorrisos fixos, dentes de javali, corpos com escamas douradas, mãos em afiadas unhas de latão e pés com garras, essas irmãs monstruosas pareciam amedrontadoras o suficiente para gelar o sangue. Mas quem atraísse o olhar de uma Górgona – trocasse olhares com ela por um segundo fugaz – seria no mesmo instante transformado em pedra, literalmente. A palavra para isso é "petrificado", que passou a significar *duro* de medo.

---

31. Os gregos de um período posterior consideraram que as Moiras não eram filhas da Noite, mas da Necessidade – ANANKE. Elas têm uma forte semelhança com as Nornas, da mitologia nórdica.

Espíritos do Ar, da Terra e da Água

Esses trios não foram os únicos seres significativos a brotarem naquela época. No mundo inteiro, enquanto a Titanomaquia rolava ao redor, duendes e espíritos de todo tipo começaram a se multiplicar e a reivindicar suas áreas de soberania. É possível imaginá-los fugindo em busca de abrigo e tremendo atrás de arbustos, enquanto pedras e raios voavam pelos ares e a terra tremia com a violência da guerra. De algum modo, esses seres, muitas vezes frágeis, sobreviveram e prosperaram para enriquecer o mundo com sua beleza, sua dedicação e seu encanto.

Talvez as NINFAS sejam as que melhor conhecemos, uma importante classe de divindades femininas menores, divididas em clãs, ou subespécies, de acordo com seus habitat. As ORÉADES ficavam nas montanhas, colinas e grotas da Grécia e de suas ilhas, enquanto que as Nereidas (como as Oceânides, das quais descendiam) eram habitantes das profundezas. As NÁIADES, suas contrapartes da água doce, eram encontradas em lagos e riachos de água corrente, ou nos juncos de suas orlas, ou nas beiras dos rios. Com o tempo, algumas ninfas da água começaram a se associar a reinados cada vez mais específicos. Logo, vieram as PEGEIAS, que cuidavam das fontes naturais, e as POTÂMIDES, que moravam em torno dos rios.[32] Em terra, as AULONÍADES guardavam as pastagens e os pomares, enquanto as LEIMÁQUIDES viviam nos prados. Os espíritos das florestas incluíam as DRÍADES aladas e as HAMADRÍADES, ninfas silvestres cujas vidas eram ligadas às árvores em que moravam. Quando a árvore morria ou era cortada, elas morriam também. Ninfas dos bosques mais especializadas povoavam apenas macieiras ou loureiros. Já conhecemos as Melíades, ninfas do doce freixo produtor de maná.

O destino das Hamadríades mostra que as ninfas podiam morrer. Elas jamais envelheciam ou ficavam doentes, mas não eram sempre imortais.

E assim, enquanto o mundo natural amadurecia, se agitava e se replicava,

32. As TÁGIDES eram ninfas associadas a um único rio, o Tejo, mas, agora que as mencionamos, podemos esquecê-las, já que não vamos encontrá-las outra vez.

dessa maneira prodigiosamente corajosa, semeando a si próprio com semideuses e imortais cada vez mais maravilhosos, a terra tremia e sacudia com a violência e o terror da guerra. Mas essa proliferação garantia que, quando a fumaça e a poeira da batalha por fim clareassem, os vitoriosos reinariam sobre um mundo cheio de vida, cor e personalidade. Zeus, triunfante, herdaria uma terra, um mar e um céu infinitamente mais ricos do que aqueles em que ele havia nascido.

Árbitro supremo e juiz da Terra

Zeus, então, quis garantir que os Titãs derrotados jamais pudessem se erguer outra vez para ameaçar sua ordem. Seu oponente mais forte e mais violento na guerra não tinha sido Cronos, mas ATLAS, o brutalmente poderoso filho mais velho de Jápeto e Clímene.[33] Atlas estivera no centro de cada batalha, impelindo seus companheiros Titãs ao combate, gritando por um último supremo esforço, mesmo enquanto os Hecatônquiros os estavam massacrando até a submissão. Como punição por sua inimizade, Zeus o condenou a segurar o céu por toda a eternidade. Com isso, matou dois coelhos com uma cajadada só. Seus predecessores, Cronos e Urano, tinham sido obrigados a desperdiçar grande parte de suas energias separando o céu da terra. Com um golpe, Zeus se livrou desse exaustivo fardo e o colocou, literalmente, sobre os ombros de seu inimigo mais perigoso. Na junção do que viríamos a chamar de África e Europa, o Titã se esforçava, carregando o peso do mundo todo. Com as pernas retesadas, os músculos contraídos, seu poderoso corpo se contorcia com esse esforço supremo e doloroso. Durante milênios, ele gemeu como um halterofilista búlgaro. Com o tempo, ele se solidificou como os montes Atlas, que costeiam os céus do Noroeste da África até hoje. Sua imagem tensa, agachada, é encontrada em cópias dos primeiros mapas do mundo, que,

33. O irmão de Atlas, MENOÉCIO, cujo nome significa "poder condenado", tinha também sido um oponente furiosamente forte e terrível, mas Zeus o destruíra com um de seus primeiros raios.

em sua homenagem, ainda chamamos de "atlas".[34] De um lado dele, fica o Mediterrâneo, e do outro, o oceano, ainda chamado em sua homenagem de "Atlântico" , onde contam que floresceu a misteriosa ilha-reino de Atlântida.

Quanto a Cronos – a infeliz alma sombria que antes tinha sido o Senhor de tudo, o taciturno e desnaturado tirano que comeu seus próprios filhos por medo de uma profecia –, sua punição, exatamente como seu pai castrado, Urano, tinha previsto, foi viajar incessantemente pelo mundo, medindo a eternidade num exílio inexorável, perpétuo e solitário. Ele devia marcar cada hora e minuto, pois Zeus condenou Cronos a contar a própria eternidade. Podemos vê-lo em toda parte, hoje, uma figura esquelética com sua foice. Carregando agora o apelido barato e humilhante de "Velho Pai Tempo", suas feições pálidas, retorcidas, nos remetem ao tique-taque inevitável e impiedoso do relógio do cosmos, levando todos aos seus dias finais. A foice oscila e corta como um pêndulo sem remorsos. Toda carne mortal é como grama debaixo da passada cruel de sua lâmina segadeira. Encontramos Cronos em tudo o que é "crônico" ou "sincronizado", em "cronômetros", "cronógrafos" e "crônicas".[35] Os romanos deram a essa casca saturnina e pálida de um Titã derrotado o nome de SATURNO. Ele fica no céu entre seu pai Urano e seu filho Júpiter.[36]

Nem todos os Titãs foram expulsos ou castigados. Zeus demonstrou magnanimidade e misericórdia para com muitos, ao mesmo tempo que despejou favores sobre aqueles que ficaram do lado dele na guerra.[37] O irmão de Atlas, Prometeu, era o principal entre aqueles que tiveram a presciência de lutar pelos deuses, contra sua própria espécie.[38] Zeus o premiou com sua

---

34. Essas imagens mais recentes, no entanto, o mostram segurando não o céu, mas o mundo.

35. Para alguns mitógrafos, Cronos (o Titã) e Chronos (o Tempo) são duas entidades inteiramente separadas. Eu prefiro as versões que os unem.

36. Os astrônomos consultam os estudos clássicos ao dar nome aos corpos celestes no nosso sistema solar. As numerosas luas de Saturno incluem Titã, Jápeto, Atlas, Prometeu, Hiperião, Tétis, Reia e Calipso. E há os anéis de Saturno, que talvez signifiquem tempo, como os anéis de uma árvore.

37. Algumas das Titânides eram muito sedutoras e – sendo tão lúbricas, altamente sensuais e inclinadas a se apaixonar quanto qualquer outro ser – Zeus já tinha projetos para uma ou duas das mais atraentes.

38. E "presciência", ou "previsão", é exatamente o que significa o nome Prometeu…

companhia, tendo cada vez mais prazer na presença do jovem Titã, até que chegou um dia que viria a ter consequências enormes para a humanidade, consequências que sentimos até hoje. A história dessa amizade e seu trágico fim será contada em breve.

Durante a guerra, os Ciclopes tinham, como mencionado, dado a Zeus, em homenagem respeitosa, a arma com a qual ele é associado: os raios. Seus irmãos, os Hecatônquiros, cuja força tremenda tinha lhe garantido a vitória, foram mandados de volta ao Tártaro – dessa vez, não como prisioneiros, mas como guardiões dos portões daquelas profundezas imponderáveis. A recompensa dos Ciclopes foi serem nomeados por Zeus seus artífices, armeiros e ferreiros pessoais.

A TERCEIRA ORDEM

O mundo ainda fumegava com a selvageria da guerra. Zeus percebeu que ele precisava se recuperar, e sabia que sua própria geração, a Terceira Ordem dos seres divinos, teria de fazer uma administração melhor do que as duas primeiras. Era tempo de uma nova ordem, uma ordem sem o desperdício causado pela sede de sangue, pela brutalidade elementar que tinha marcado as épocas anteriores.

Aos vencedores, os despojos. Como um executivo que acabou de assumir uma empresa após uma aquisição hostil, Zeus queria tirar a antiga administração e trazer seu pessoal. Atribuiu um domínio próprio a cada irmão, suas áreas de responsabilidade divina. O Presidente dos Imortais escolheu seu gabinete.

Ele próprio assumiu o comando geral, como líder supremo e imperador, senhor do firmamento, mestre do tempo e das tempestades: Rei dos Deuses, Pai Céu, Amontoador de Nuvens. Comandava os trovões e os raios. Seus emblemas eram a águia e o carvalho, símbolos, então como agora, de graça feroz e poder sem oposição. Sua palavra era lei, seu poder, formidavelmente grande. Mas ele não era perfeito. Estava muito, *muito* longe de ser perfeito.

HÉSTIA

De todos os deuses, Héstia – "Primeira a ser devorada e última a ser devolvida" – é provavelmente a menos conhecida para nós, talvez porque o reino que Zeus, em sua sabedoria, atribuiu a ela foi o lar. Em nossa era menos comunal, de aquecimento central e quartos separados para cada membro da família, não damos ao calor do lar a importância dada pelos nossos ancestrais, gregos ou outros. Mesmo assim, para nós, o conceito guarda sua importância. Falamos de "lareira" e "lar". As palavras inglesas *hearth* (lareira) e *heart* (coração) compartilham uma origem, exatamente como a palavra em grego moderno para "lareira" é *kardia*, que também significa "coração". Na Grécia Antiga, o conceito mais amplo de lareira e de lar era expresso por *oikos*, que continua vivo para nós hoje em palavras como "economia" e "ecologia". Em latim, lareira é *focus* – que fala por si. É uma coisa estranha e maravilhosa que, de palavras para definir uma lareira, tenhamos criado "cardiologia", "foco profundo" e "ecoguerreiro". O significado essencial de centralidade que as conecta revela também o grande significado do lar para gregos e romanos, e consequentemente, a importância de Héstia, sua divindade principal.

Héstia, recusando propostas de casamento de outros deuses, dedicou-se à virgindade perpétua. Plácida, satisfeita, gentil, hospitaleira e doméstica, ela tendia a ficar afastada das lutas diárias pelo poder e das maquinações dos outros deuses.[39] Divindade modesta, ela é em geral representada numa túnica simples, oferecendo chamas numa tigela ou sentada em uma almofada de lã rústica sobre um trono simples de madeira. Era costume, na Grécia, dar graças a ela antes de cada refeição.

Os romanos, que a chamavam de VESTA, a consideravam tão importante que tinham uma escola de sacerdotisas dedicadas a ela, as famosas virgens vestais. A responsabilidade delas, além do celibato pela vida toda, era garantir que a chama que representava a deusa nunca se extinguisse. Eram as guardiãs originais da chama sagrada.

Dá para imaginar, então, que não há muitas grandes histórias a respeito dessa deusa suave e cativante. Eu só conheço uma, que vamos ouvir dentro em pouco. Naturalmente, ela se sai muito bem.

39. A hospitalidade, ou xênia, era tão extraordinariamente prezada no mundo grego que Héstia compartilhava o cuidado dela com o próprio Zeus, que de vez em quando recebia o nome de Zeus Xênio. Algumas vezes, os deuses testavam a "amizade de convidados" humanos, como vamos ver na história de Filémon e Báucis. Isso era conhecido como *teoxênia*. Os "xenófobos", é claro, não estendem a mão da amizade a estranhos…

A LOTERIA

Zeus, em seguida, se voltou para seus irmãos sombrios e problemáticos, Hades e Poseidon. Como tinham se portado com igual habilidade, bravura e astúcia na guerra contra os Titãs, Zeus achou que seria bastante justo sortear entre eles as duas mais importantes províncias que ainda não tinham sido determinadas – o mar e o mundo inferior.

Você vai se lembrar de que Cronos tinha arrancado de Tálassa, Ponto, Oceano e Tétis o controle de tudo o que estivesse no, sob e sobre o mar. Agora, Cronos se fora e Zeus podia presentear o reino da água salgada. Quanto ao mundo inferior – que incluía o Tártaro, o misterioso Campo de Asfódelos (mais tarde, falaremos dele) e a escuridão subterrânea controlada por Érebo –, era o momento de também se submeter à presidência de uma única divindade, da geração de Zeus.

Hades e Poseidon não tinham lá grande estima um pelo outro e, quando Zeus pôs as mãos nas costas e as apresentou à frente com os punhos fechados, eles hesitaram. Nos casos de desamor fraternal, em geral, cada irmão quer o que o outro quer.

Será que Hades espera ganhar o mar ou o mundo inferior?, pensou Poseidon. *Se ele quiser o mundo inferior, então eu também quero, só para ele ficar com raiva.*

Hades pensou da mesma forma: *Seja lá o que eu escolher,* disse a si mesmo, *vou dar gritos de triunfo, só para chatear esse Poseidon metido a besta*.

Em cada um dos punhos estendidos de Zeus, estava escondida uma pedra preciosa: em um deles, uma safira tão azul quanto o mar, e no outro, um pedaço de azeviche, preto como Érebo. Poseidon dançou de alegria quando tocou as costas da mão direita de Zeus e a viu abrir-se, revelando a cintilante safira azul.

— Os oceanos são meus! — rugiu ele.

— Isso significa... *Oba!* — gritou Hades, dando um poderoso soco no ar. — Isso significa que eu tenho o mundo inferior. Rá!

Por dentro, secretamente, ele ficou enjoado. Os deuses são tão infantis...

Essa foi a última vez que viram Hades rindo. Daquele momento em diante, ele não manifestou mais nenhuma alegria ou sentimento de brincadeira. Talvez seus deveres como Rei do Mundo Inferior tenham acabado, aos poucos, com nenhum prazer juvenil ou leveza de toque que ele já pudesse haver tido.

Nas profundezas, ele passou a esculpir seu reino. Embora seu nome viesse sempre a ser associado com a morte e a vida após a morte, e o reino todo do mundo inferior (que compartilha seu nome) se associasse a dor, punição e sofrimento perpétuo, Hades passou também a simbolizar riquezas e opulência. As pedras e os metais preciosos que são minerados fundo, no interior da terra, bem como as inestimáveis safras de grãos, vegetais e flores que germinam embaixo da terra, são lembranças de que da decomposição e da morte brotam a vida, a abundância e a riqueza. Os romanos o chamavam PLUTÃO, e palavras como "plutocrata" e "plutônio" falam dessa grande opulência e poder.[40]

Sob o comando direto de Hades estavam Érebo e Nix e o filho deles, Tânato (a própria Morte). Um sistema de divindades fluviais, escuras e temíveis demais para fluir a céu aberto serpenteava seu fluxo através desse mundo inferior. O principal era Estige (ódio), uma filha de Tétis e Urano cujo nome e atributos "estígios" (infernais) são invocados até hoje sempre que queremos descrever alguma coisa escura, ameaçadora e lúgubre, alguma coisa infernalmente negra e sorumbática. Nela, se infiltravam FLEGETONTE, o flamejante rio de fogo, AQUERONTE, o rio da aflição, LETE, as águas do esquecimento, e CÓCITO, a torrente da lamentação e do pranto. O irmão de Estige, Caronte, foi nomeado barqueiro, e, por enquanto, esperava, apoiado em seu bastão, nas margens do Estige. Ele sonhava que um dia as almas viriam aos milhares até as margens do rio e pagariam a ele o preço da travessia. Um dia próximo.

---

40. Você verá algumas vezes o nome DIS (uma palavra latina para "rico") usado para se referir a ele ou seu descendente judaico-cristão, LÚCIFER. Dante, em *Inferno*, chamou a cidade do inferno de Dis. Hoje em dia, só os elaboradores de palavras cruzadas crípticas usam o nome com alguma frequência.

Hades deu às Erínias nascidas da terra espaço para que morassem dentro do coração escuro de seu reino. Dali, as três podiam voar para todos os cantos do mundo impondo sua vingança aos transgressores cujos crimes fossem abomináveis o bastante para merecer sua atenção violenta.

Depois de algum tempo, Hades adquiriu um animal de estimação, um gigantesco cachorro com cauda de serpente e três cabeças, filho daqueles monstruosos filhos de Gaia e Tártaro, Equidna e Tifão. Seu nome era CÉRBERO. Era o cão original do inferno, um temível e incansável cão de guarda, guardião do mundo inferior.

Em Lerna, lago que podia ser usado como uma das entradas para o mundo inferior, Hades posicionou HIDRA, outra filha de Tártaro e Gaia. Mencionei acima as assustadoras mutações possíveis que surgem quando os monstros copulam, e a diferença entre Cérbero e sua irmã Hidra oferece um exemplo impressionante. De um lado, um cachorro com três cabeças mais ou menos administráveis e uma elegante cauda serpentina para abanar; de outro, sua irmã, uma besta aquática de muitas cabeças, quase impossível de matar. Se lhe cortassem uma cabeça, nasciam mais dez em seu lugar.

Apesar dessas atrocidades zoológicas, o Hades por enquanto era um lugar tranquilo, governado por um deus que tinha pouco a fazer. Para que o inferno ficasse agitado, eram necessários seres mortais. Criaturas que morressem. Assim, vamos deixar Plutão por enquanto, sentado em seu trono infernal e gelado, matutando sombriamente, tão hostil, frio e remoto quanto o planeta que leva seu nome,[41] e secretamente amaldiçoando a boa sorte que dera o governo dos mares a seu irmão odiado.

POSEIDON

Poseidon era um deus muito diferente de Hades. Ele podia ser tão truculento, bravio, vaidoso, caprichoso, inconsistente, irrequieto, cruel e insondável quanto os oceanos que comandava. Mas podia também ser leal e grato. Em

41. Ou "planeta anão", como é agora desrespeitosamente designado. As luas de Plutão são Estige, Nix, Caronte, Cérbero e Hidra.

comum com seus irmãos e algumas de suas irmãs, ele também viria a exibir luxúria física, profundo amor espiritual e todos os sentimentos intermediários. Como todos os deuses, era ávido por admiração, sacrifício, obediência e adoração. Uma vez seu amigo, amigo para sempre. Uma vez seu inimigo, inimigo para sempre. E ele ambicionava mais do que oferendas queimadas, libações e preces. Tinha sempre um olho avaro sobre o mais novo de seus irmãos, o que se chamava agora de "mais velho" e "rei". Caso Zeus fizesse muita besteira, Poseidon estaria lá para derrubá-lo de seu trono.

Assim como tinham forjado raios para Zeus, os Ciclopes agora criaram uma grande arma também para Poseidon: um tridente. Esse arpão de pesca maciço, com três dentes, podia ser usado para incitar maremotos e remoinhos – e até fazer a terra tremer com terremotos, o que deu a Poseidon o apelido de "Aquele que Sacode a Terra". Seu desejo por sua irmã Deméter fez com que ele inventasse o cavalo para impressioná-la e agradá-la. Ele perdeu sua paixão por Deméter, mas o cavalo permaneceu sagrado para ele.

Sob o que hoje chamamos de mar Egeu, Poseidon construiu um vasto palácio de coral e pérolas, no qual se instalou com sua consorte escolhida, ANFITRITE, filha de Nereu e Dóris ou (segundo alguns) de Oceano e Tétis. Como presente de casamento, Poseidon deu a Anfitrite o primeiro golfinho. Anftrite deu a Poseidon um filho, TRITÃO, uma espécie de "sereio", em geral retratado sentado sobre a cauda e soprando, com as bochechas cheias, numa grande concha. Anfitrite, verdade seja dita, parece ter sido um tanto sem graça e aparece em poucas histórias de interesse. Poseidon passava quase todo o seu tempo perseguindo uma quantidade perfeitamente exaustiva de meninas e meninos lindos, e sendo pai, com as meninas, de um número ainda maior de monstros, semideuses e heróis humanos – Percy Jackson e Teseu, para mencionar só dois.

O equivalente romano de Poseidon era NETUNO, cujo planeta gigante é rodeado de luas, entre elas Tálassa, Tritão, Náiade[42] e Proteu.[43]

---

42. O que é estranho, porque as Náiades, é claro, são ninfas de água doce, ao contrário das salgadas Nereidas e Oceânides. Talvez os astrônomos, neste caso, não tenham consultado um classicista antes de alocar os nomes.

43. PROTEU, o Velho Homem do Mar de formas mutantes, pastoreava bestas marinhas e sabia muito. Para que nos desse uma informação, seria preciso lutar com ele, o

Deméter

A próxima filha de Cronos a receber seus atributos divinos foi Deméter. Tinha o cabelo da cor do trigo maduro, pele igual a creme e olhos mais azuis do que a centáurea, era tão deslumbrante e sonhadoramente linda quanto qualquer uma das deusas, a não ser, talvez… Bem, a questão de quem era a deusa mais linda viria a ser uma das mais polêmicas, espinhosas e, em última análise, cataclísmicas perguntas já feitas.

Deméter era tão adorável que atraiu a atenção indesejada de seus irmãos Zeus e Poseidon. Para evitar Poseidon, ela se transformou numa égua, e, para persegui-la, ele se transformou num garanhão. O resultado dessa união foi um potro, ÁRION, que cresceu e se tornou um cavalo imortal, magicamente dotado do poder da fala.[44] Com Zeus, ela teve uma filha, PERSÉFONE, cuja história vem mais tarde.

Zeus deu a Deméter a responsabilidade pelas colheitas, e com isso, a soberania sobre o crescimento, a fertilidade e as estações. Seu nome romano era CERES, de onde obtemos a palavra "cereal".[45]

Do mesmo modo que Héstia, Deméter, como personalidade, é uma das divindades menos claras em nossa ideia, hoje, em comparação a outras de sua família apaixonante e carismática. Mas, como Héstia, seu domínio era de suprema importância para os gregos; templos e cultos dedicados a ela persistiram durante muito mais tempo do que os dedicados aos deuses mais superficialmente charmosos. A grande história dedicada a Deméter, sua filha e o deus Hades é tão linda quanto dramática, de longo alcance e verdadeira.

---

que era complicado, já que Proteu conseguia, rápida e frustrantemente, se transformar em diversas formas diferentes – de lagarto a leopardo, de golfinho a arganaz. Dessa capacidade escorregadia, obtemos a palavra "proteico", no sentido de multiforme, polimorfo.

44. Não confundir com ÁRION, o cantor e compositor que conheceremos adiante.

45. *De-méter* é muitas vezes traduzido como "mãe da cevada" ou "mãe do cereal", embora agora ache-se mais provável que originalmente significasse "mãe da terra", mostrando quão completamente a geração de deuses do Zeus tinha arrancado as rédeas de Gaia.

Hera foi a penúltima a sair de Reia.[46] Palavras que ainda são aplicadas a ela, e que a teriam enfurecido imensamente, incluem "orgulhosa", "imperiosa", "ciumenta", "arrogante" e "vingativa". Nas artes e nas referências comuns, ela é muitas vezes cunhada com a indignidade extra de três perturbadores adjetivos: escultural, rubenesca e – cortesia de sua denominação romana – junonal.

O destino e a posteridade foram cruéis com a Rainha do Céu. Ao contrário de Afrodite ou Gaia, ela não teve nenhum planeta batizado em sua homenagem[47] e tem de suportar a carga de uma reputação que a retrata como mais reativa do que ativa – reativa sempre com relação às infidelidades errantes de seu marido-irmão Zeus.

É fácil diminuir Hera como uma tirana chata – ciumenta e desconfiada, tempestuosa e resmungona como a própria imagem de uma esposa megera desprezada (dá para imaginá-la atirando vasos de porcelana em criados emudecidos), planejando vinganças odiosas contra ninfas e mortais que a desagradaram, que não queimaram animais suficientes em seus altares, ou, o mais fatal de tudo, que cometeram o crime de se deitar com Zeus (voluntária ou involuntariamente, ela nunca perdoava, e podia guardar rancor durante vidas). Mas, embora fosse de fato ambiciosa, esnobe, conservadoramente protetora da hierarquia e impaciente com originalidade e estilo – o arquétipo de diversas tias literárias e viúvas cinematográficas –, Hera nunca foi uma chata.[48] A força e a resolução com que ela enfrentava um deus que a poderia desintegrar com um raio mostram autoconfiança, além de coragem.

Gosto muito dela e, embora tenha certeza de que iria gaguejar, corar e engolir em seco em sua presença, ela tem em mim um fiel admirador. Ela conferiu aos deuses gravidade, peso e o imensurável dom do que os romanos chamaram de *auctoritis*. Se isso faz com que ela pareça uma

46. De certa forma, "Reia" realmente poderia vir de "Hera"; pelo menos, em inglês eu escuto *hear* (escutar, mesmo), mas não *hare* (lebre).

47. Não devemos nos esquecer de que Gaia também é um planeta: ela é o nosso mundo. Latinizada como *Tellus* ou *Terra Mater*, ela foi saxonizada como *Earth* (cognata com a deusa alemã *Erde, Erda, Joeth* ou *Urd*).

48. Eu diria que Marie Dressler, Lady Bracknell e Aunt Agatha, para citar três ótimos exemplos, podem traçar sua linhagem até Hera.

estraga-prazeres, bem, algumas vezes os prazeres precisam ser estragados e as crianças, tiradas do parquinho. Sua província especial era o casamento; os animais associados a ela eram o pavão e a vaca.

Durante a guerra contra os Titãs, ela e Zeus se tornaram um casal natural, e ficou aparente para ele que ela era a única com suficiente presença, dignidade e comando para tomar a posição de consorte e gerar com ele novos deuses.

Mesmo estalando de tensão, impaciência e desconfiança, o casamento deles era, sim, um grande casamento.

UMA CASA NOVA

O anseio de Zeus por uma nova era, uma nova partilha do cosmos, abrangia mais do que a simples distribuição de poderes e províncias entre seus irmãos e irmãs. Zeus imaginou algo mais esclarecido, e mais racionalmente constituído do que as tiranias sanguinárias e brutais anteriores.

Ele imaginava uma assembleia de doze deuses principais – um *dodecatheon*, como ele, de modo bem grego, o apresentou a si mesmo.[49] Até agora, conhecemos seis, os filhos de Cronos e Reia. Já havia outra divindade a ser convocada, é claro, mais velha do que qualquer um deles: a Afrodite nascida da espuma. No momento em que a Titanomaquia estourou, Zeus tirou Afrodite de Chipre, consciente de que ela seria um grande trunfo se os Titãs a raptassem, pedissem resgate ou a recrutassem. Durante os últimos dez anos, ela morara, satisfeita, entre eles e, assim, os deuses agora contavam sete.[50]

---

49. Desde que Zeus tomou essa decisão, o número doze parece ter adquirido propriedades importantes. É divisível por dois, três, quatro e seis, é claro, tornando-se duas vezes mais múltiplo que o estúpido número dez. A dúzia ainda pode ser vista em torno de nós no Zodíaco, nas horas do dia, em meses, polegadas e *pennies* (bem, quando eu era criança, havia doze *pennies* em um *shilling*, de qualquer modo), sem mencionar as Tribos de Israel, os Discípulos de Jesus, os Dias do Natal e à Epifania o ciclo asiático de doze anos. O mundo é duodecimal.

50. Os deuses eram – se você pensar a respeito – sobrinhos e sobrinhas de Afrodite. Eles tinham nascido de Cronos e ela era o produto direto da ejaculação de Urano.

Do mesmo modo que os Titãs tinham feito do Ótris sua morada, Zeus agora escolheu para seu quartel-general o monte Olimpo, pico mais alto da Grécia. Ele e seus deuses seriam conhecidos como OLÍMPICOS, e governariam como nenhum ser divino governara antes ou desde então.

O NANICO

Quando os deuses se mudaram para o Olimpo, Hera estava grávida. Não podia estar mais satisfeita. Sua ambição era dar a Zeus filhos de tal poder majestoso, força e beleza que seu lugar como Rainha do Céu estaria assegurado por toda a eternidade. Ela sabia que Zeus tinha tendência para a galinhagem e estava determinada a não o deixar à solta. Primeiro, daria à luz o maior dos deuses, um menino que chamaria de HEFESTO, e depois Zeus se casaria adequadamente com ela e se submeteria para sempre aos seus desejos. Esse era o plano dela. Os planos dos imortais, no entanto, são tão sujeitos aos cruéis truques de Moros quanto os dos mortais.

Chegada a hora, Hera deitou-se e Hefesto nasceu. Para sua consternação, aconteceu a criança ser tão escura, feia e minúscula que, depois de um olhar enojado, ela a agarrou e a atirou montanha abaixo. Os outros deuses observaram o bebê, chorando, quicar num penhasco e desaparecer no mar. Houve um silêncio terrível.

Já vamos descobrir o que aconteceu com Hefesto, mas, por enquanto, vamos continuar no Olimpo, onde Hera logo engravidou de Zeus outra vez. Dessa vez, ela se cuidou muito, comendo alimentos saudáveis e se exercitando suave, mas regularmente, de acordo com todos os preceitos e práticas aprovados para a gravidez e o parto. Ela queria um filho *adequado*, não um nanico que só servia para ser jogado fora.

É GUERRA

Quando chegou a hora, Hera realmente deu à luz a criança robusta, forte e bela que ela queria.

ARES, porque foi assim que ela o chamou, desde o início foi um menino briguento, violento e agressivo. Ele arrumava briga com todo mundo e só pensava no embate de armas e cavalos, carruagens, lanças e artes marciais. Era natural que Zeus, que já não tinha gostado dele desde o início, o nomeasse o deus da guerra.

Ares – MARTE para os romanos – era burro, é claro, monumentalmente tapado e sem imaginação, porque, como todo mundo sabe, a guerra é estúpida. Entretanto, até Zeus reconheceu, relutante, que ele era uma adição necessária ao Olimpo. A guerra era estúpida, mas também inevitável e, algumas vezes – ousa-se dizer? –, necessária.

À medida que crescia rapidamente para a idade adulta, Ares se viu irresistivelmente atraído por Afrodite – qual deus não era? O mais espantoso, talvez, foi que ela era igualmente atraída por ele. Ela, inclusive, o amava; sua violência e sua força apelavam a alguma parte profunda dela. Por sua vez, ele passou a amá-la, na medida em que um bruto violento é capaz dessa emoção. Amor e guerra, Vênus e Marte, sempre tiveram uma forte afinidade. Ninguém sabe bem por quê, mas já se ganhou muito dinheiro em busca de uma resposta.

O TRONO ENCANTADO

Hera achou que tinha de instituir uma festa nupcial, uma grande cerimônia pública que a uniria para sempre em matrimônio a Zeus, consolidando sua posição como indiscutível consorte e Rainha do Céu universalmente reconhecida.

Os impulsos de propriedade e ambição de Hera motivavam quase tudo o que ela fazia. Gostara de ver seu filho caído por Afrodite, mas não confiava na deusa. Se Afrodite concordasse em confirmar um compromisso público com Ares, como Zeus deveria fazer com Hera, então, tudo seria irrevogável e oficial, estabelecendo um selo permanente em seu triunfo. O primeiro casamento do mundo, portanto, solenizaria dois matrimônios.

Estabeleceu-se uma data e foram enviados os convites. Os presentes começaram a chegar, sendo que o mais espetacular, todos concordaram, foi um maravilhoso trono dourado destinado pessoalmente a Hera. Jamais se havia visto um objeto tão glorioso e lindo. Quem quer que fosse o remetente anônimo, era óbvio, declarou Hera, que tinha o gosto mais encantador. Sorrindo de satisfação, ela sentou-se no trono. Imediatamente, os braços tomaram vida e saltaram para dentro, encerrando-a num abraço apertado. Por mais que se debatesse, ela não conseguia escapar, os braços tinham se fechado em torno dela e ela estava presa. Os gritos eram apavorantes.

O MANCO

Há dúvidas, discordâncias e especulação acerca do que aconteceu com Hefesto depois de ter sido jogado do céu. Alguns dizem que a Oceânide Eurínome e a Titânide Tétis (no grego, TETHYS), mãe de Eurínome, ou talvez a Nereida TÉTIS (no grego, THETIS), filha de Nereu e Dóris, que viria dar à luz AQUILES, muitos anos mais tarde, cuidaram do deus recém-nascido. O que parece certo, no entanto, é que Hefesto cresceu na ilha de Lemnos, onde aprendeu a forjar metal e fazer objetos complexos, requintados. Com muita rapidez, ele demonstrou um talento notável para a elaboração de artefatos úteis, ornamentais e até mágicos, que – aliados à sua força nos foles e à aparente imunidade a queimaduras no calor intenso das forjas – se combinaram para fazer dele o maior dos ferreiros.

Ao quicar do Olimpo montanha abaixo, ele machucou o pé, o que o deixou permanentemente manco. Era uma visão temível, com seu andar desajeitado, feições ligeiramente contorcidas e cachos negros desordenados. Sua fama posterior, no entanto, foi de fidelidade, gentileza, bom humor e temperamento estável. A mitologia grega é repleta de bebês jogados na selva ou abandonados em topos de montanhas e deixados para morrer por causa de alguma profecia de que eles um dia trariam desastre para os pais, a tribo ou a cidade, ou porque eram considerados amaldiçoados, feios ou malformados. Esses proscritos sempre pareciam sobreviver e voltar para realizar a profecia ou para recuperar seus direitos de nascimento.

Hefesto ansiava por voltar para o Olimpo, que sabia ser seu lar por direito. Mas sabia também que não poderia fazer isso sem amargura nem nos termos adequados, a não ser que se permitisse um ato de vingança ponderado, que viesse provar a força de sua personalidade, seu direito à divindade e servir como cartão de visita para o céu.

Então, enquanto Hefesto aprendia seu ofício e trabalhava seus foles, sua mente rápida e inteligente bolou um plano que seus dedos rápidos e inteligentes transformariam em espantosa realidade.

A MÃO DE AFRODITE

Bem amarrada no trono de ouro, Hera uivava de raiva e frustração. Nem o poder dela, nem mesmo o do próprio Zeus, tinham conseguido libertá-la dessa maldição. Como é que ela poderia convidar o mundo imortal para uma festa na qual ela estaria sentada, prisioneira, como uma criminosa no pelourinho? Seria grotesco e indigno. Ririam dela. Que mágica estava em funcionamento ali? Quem tinha feito aquilo com ela? Como é que ela poderia se livrar do encanto?

O desafortunado Zeus, bombardeado por uma fuzilaria de perguntas e queixas, foi pedir ajuda aos outros deuses. Quem conseguisse soltá-la, proclamou ele, poderia ter a mão de Afrodite em casamento, o maior prêmio matrimonial que havia.

Ares ficou danado com esse decreto peremptório. Não tinha ficado combinado que era *ele* quem ia se casar com Afrodite?

— Fique calmo — disse Zeus. — Você é mais forte do que todos os demais deuses juntos. Sua união está a salvo.

Afrodite também estava confiante, e impulsionou seu amante para a frente com palavras encorajadoras. Mas Ares empurrou, puxou, chutou e xingou, sem o menor efeito. Parecia, até, que quanto mais ele se esforçava mais apertada ficava a prisão de Hera no trono. Poseidon (apesar de ter Anfitrite como consorte) fez uma tentativa animada, que do mesmo modo deu em nada. Até Hades subiu do mundo inferior para tentar soltar Hera de seu dilema cada vez mais embaraçoso. Em vão.

Enquanto o próprio Zeus puxava frenética e inutilmente os braços do trono, suportando ainda mais insultos da humilhada e enraivecida Hera, uma tossezinha educada, mas insistente, atravessou o tumulto. Os deuses reunidos voltaram-se.

No próprio saguão do céu, com um suave sorriso em seu rosto assimétrico, estava Hefesto.

— Oi, mãe — disse ele. — Tendo problemas?

— Hefesto!

Ele avançou mancando.

— Fiquei sabendo que há algum tipo de recompensa...?

Afrodite olhou para o chão, mordendo o lábio. Ares rosnou e deu um passo à frente, mas Zeus o segurou. Os demais deuses abriram caminho para a feia criaturinha claudicar até onde estava Hera, prisioneira em seu trono de ouro. Com um toque dos dedos, os braços de trono se abriram e Hera estava livre.[51] Ela se levantou, arrumou o vestido e se endireitou de forma a mostrar ao mundo que toda a situação estivera sob controle o tempo todo. A cor fugiu das faces de Afrodite. Não podia ser!

Foi um momento de doce vingança para Hefesto, mas sua natureza essencialmente boa impediu que ele se vangloriasse. Apesar – ou talvez por causa – das dores da rejeição que suportara a vida toda, ele era motivado não pela raiva ou pelo ressentimento, mas apenas pelo desejo de agradar, de se fazer útil e de dar alegria. Sabia que era feio e sabia que Afrodite não o amava. Sabia que, se a reivindicasse como prêmio, ela o trairia e iria frequentemente para a cama de seu irmão Ares. Mas ele estava simplesmente feliz por estar em casa.

Quanto a Hera, em vez de reconhecer que tinha pago por sua traição cruel e desnaturada do instinto maternal, manteve um silêncio digno e gelado. Secretamente, a melhor parte dela estava bastante orgulhosa de seu menino mais velho e, com o tempo, ela passou a gostar dele de verdade, como todos no Olimpo.

Hefesto faria presentes para Afrodite e para todos os deuses e se mostraria um membro digno dos doze. Ganhou um vale inteiro junto à montanha para sua própria forja, que se tornaria a maior e mais produtiva oficina do

51. Um importante princípio, que vamos encontrar muitas vezes, é demonstrado aqui. Nenhum deus pode desfazer as magias, transformações, maldições ou encantamentos de outro.

mundo. Como assistentes, ele escolheu os Ciclopes, eles mesmos artesãos da mais alta qualidade, como já vimos. Qualquer coisa que Hefesto ainda não soubesse, eles podiam ensinar e, juntos, trabalhando em seus projetos, elaborariam objetos notáveis que poderiam mudar o mundo.

Hefesto – deus do fogo e dos ferreiros, artesãos, escultores e trabalhadores com metal – estava em casa. Seu nome romano é VULCANO, que mora nos vulcões e vulcaniza borracha.[52]

A FESTA DE CASAMENTO

Novos convites foram enviados para o casamento de Zeus e Hera, apressadamente corrigidos para incluir o casamento de Afrodite com Hefesto. Todos os convocados para as duplas bodas aceitaram, alegremente empolgados. Nunca se vira uma coisa assim em toda a criação, mas, afinal, a criação nunca vira uma deusa como Hera, com seu grande senso de propriedade e intenso sentimento pela ordem, cerimônia e honra familiar.

As ninfas das árvores, dos rios, das brisas, das montanhas e dos oceanos não falaram de outra coisa que não o casamento durante semanas. Os espíritos dos bosques também – os sensuais faunos, além das duras dríades e hamadríades de cascas de árvores – encaminharam-se para o Olimpo, vindos de cada floresta, bosque e bosquedo. Para comemorar as núpcias, Zeus chegou a perdoar alguns dos Titãs. Não Atlas, é claro, nem o há muito exilado Cronos; mas os menos ameaçadores e violentos, Jápeto e Hiperião entre eles, foram perdoados e libertos.

Para acrescentar sabor a uma ocasião já freneticamente prenunciada, Zeus lançou um desafio: quem conseguisse inventar o melhor e mais original prato nupcial poderia pedir um favor a ele. Os imortais de menor importância e os animais enlouqueceram de excitação com essa chance de brilhar. Camundongos, sapos, lagartos, ursos, castores e pássaros, todos juntaram

52. Vulcano, o planeta e seu povo – notavelmente, o Comandante Spock – não têm qualquer ligação, ao menos que eu possa estabelecer. Os romanos algumas vezes se referiam a Vulcano como MULCIBER, fundidor, em reconhecimento pelo seu poder de amaciar metal para trabalhar ou por sua habilidade em acalmar a raiva dos vulcões.

receitas para trazer à presença de Zeus e Hera. Eram bolos, pães, biscoitos, sopas, terrinas de pele de enguias, mingaus feitos de musgo e mofo. Tudo o que era doce, salgado, amargo, azedo e picante foi posto em pequenas mesas sobre cavaletes para que o Rei e a Rainha dos Deuses os julgassem.

Mas, primeiro, houve os casamentos. Afrodite e Hefesto foram casados, depois Hera e Zeus. A cerimônia foi conduzida com encantadora simplicidade por Héstia, que ungiu cada um dos quatro com óleos aromáticos, soprando fumaça perfumada e cantando, numa voz musical baixa, hinos de companheirismo, auxílio e respeito mútuo. Familiares e convidados observavam, muitos deles fungando e segurando as lágrimas. Um fauno que cometeu o erro tático de declarar, entre soluços reprimidos, que Afrodite e Hefesto formavam um lindo casal recebeu um rápido e violento chute nas costas de um Ares furioso.

Terminada a função oficial, era hora de encontrar o ganhador da grande competição culinária. Zeus e Hera caminhavam lentamente para cima e para baixo, cheirando, tocando, sondando, provando, bebericando e lambendo os pratos como críticos gastronômicos profissionais. Os concorrentes, atrás dos cavaletes, prendiam a respiração. Quando Zeus fez um aceno aprovador com a cabeça na direção de uma gelatina oscilante de hibisco, besouro e nozes, sua criadora, uma jovem garça chamada Margarete, soltou um único gritinho de excitação e desmaiou direto.

Mas o prêmio não foi dela. A vencedora foi a aparentemente modesta apresentação de uma pequena criatura tímida, chamada MELISSA. Ela ofereceu aos deuses uma ânfora muito pequena, cheia quase até o topo com uma gororoba pegajosa de cor âmbar.

— Ah, sim — disse Zeus, mergulhando o dedo com um aceno de cabeça sabedor e aprovador. — Resina de pinheiro.[53]

Mas não era resina de pinheiro o que estava no frasquinho. Era algo inteiramente diferente. Algo novo. Algo xaroposo sem ser unguento, viscoso sem ser pesado, doce sem ser enjoativo e aromatizado com um sabor que

53. Os gregos ainda acrescentam resina de pinheiro ao vinho, o chamam de *retsina* e o oferecem aos visitantes. Ninguém sabe por que um povo normalmente gentil e hospitaleiro faz uma coisa dessa. Tem gosto do que essencialmente é, o tipo de terebintina que os artistas usam para afinar suas tintas a óleo. Eu adoro.

fazia os sentidos enlouquecerem de prazer. O nome dado por Melissa foi "mel". Quando Hera tomou uma colherada, pareceu-lhe que o perfume das flores mais adoráveis dos prados e das ervas das montanhas dançavam e cantavam dentro de sua boca. Zeus lambeu as costas da colher e fez um hummm de deleite. Marido e mulher olharam um para o outro e assentiram. Não havia mais necessidade de consultas.

— Ahn, o... er... padrão foi... bem agradavelmente alto este ano — declarou Zeus. — Parabéns a vocês todos. Mas a rainha Hera e eu concordamos. Esse... ah... *mel* fica com o primeiro lugar.

As demais criaturas, tentando esconder a decepção, fingiram expressões de prazer, enquanto formavam um grande semicírculo e observavam Melissa zunir adiante para receber seu prêmio – um desejo que seria concedido pelo próprio Rei dos Deuses.

Melissa era miudinha e pareceu ainda menor ao se aproximar do pódio do vencedor. Ela voou (porque sabia voar, apesar de parecer desajeitada e gorda demais nos lugares errados para isso) até o mais próximo que ousou do rosto de Zeus, e zumbiu estas palavras para ele:

— Venerado senhor, que bom que gostou do meu petisco, mas devo dizer que ele é extraordinariamente difícil de fazer. Tenho de zunir de flor em flor para coletar o néctar lá dentro. Só consigo chupar e carregar uma pequena quantidade. O dia inteiro, enquanto Éter me concede luz para enxergar, tenho de sugar, buscar e retornar ao ninho, sugar, buscar e retornar ao ninho, muitas vezes, percorrendo distâncias enormes. Mesmo assim, no fim do dia, eu só consigo ter uma fração ínfima de néctar para converter, usando meu processo secreto, no doce que lhe agradou tanto. Só essa anforazinha que está segurando me levou quatro semanas e meia para encher, de modo que pode ver que é um negócio extremamente laborioso. O cheiro do mel é tão intenso, tão arrebatador e tão irresistível que muitos vêm assaltar meu ninho. Fazem isso na maior impunidade, porque sou pequena e só posso zumbir para eles, zangada, e incitá-los a sair. Imagine, uma semana inteira de trabalho pode ser perdida com uma única passada da pata de uma fuinha ou uma lambida de um filhote de urso. Eu só queria ter uma *arma*, majestade. O senhor equipou o escorpião, que não fabrica nada comestível, com um ferrão letal, e à serpente, que não faz nada além de ficar deitada ao sol o dia inteiro, concedeu uma mordida venenosa. Grande Zeus, dê-me uma arma assim. Uma arma fatal, que mate quem ousar roubar meu precioso estoque de mel.

As sobrancelhas de Zeus se uniram em uma carranca sombria e perturbada. Ouviu-se um ribombar no céu e nuvens negras começaram a se formar e crescer acima. Os animais se inquietaram, observando, alarmados, a luz diminuir e lufadas de vento agitarem as festivas toalhas de mesa e enrugarem os vestidos reluzentes das deusas.

Zeus, como a maior parte dos seres ocupados e importantes, não tinha paciência para frescura ou autopiedade. Essa criatura boba, uma insignificante coisa voadora, estava exigindo um ferrão letal, estava? Bem, ele mostraria a *ela*.

— Inseto miserável! — ele trovejou. — Como ousa exigir um prêmio tão monstruoso? Um talento como o seu devia ser compartilhado, não oculto por egoísmo. Não só vou negar seu pedido...

Melissa interrompeu com um zumbido alto de desagrado.

— Mas o senhor deu sua palavra!

A assembleia inteira prendeu a respiração. Será que ela tinha mesmo ousado interromper Zeus e questionar sua honra?

— Desculpe-me, mas acho que você pode perceber que eu proclamei... — rosnou o deus, com uma contenção que era muito mais assustadora do que qualquer explosão de gênio — ... que o vencedor poderia *pedir* qualquer favor. Não prometi que esse pedido seria *concedido*.

As asas de Melissa se abaixaram em decepção.[54]

— Entretanto — continuou Zeus, levantando a mão —, a partir deste momento, a colheita do seu mel será facilitada pelo meu decreto de que você não trabalhará sozinha. Será rainha de toda uma colônia, um enxame inteiro de súditos produtivos. Além do mais, eu *vou* lhe conceder um ferrão fatal e doloroso.

As asas de Melissa se arrebitaram, animadas.

— Mas — prosseguiu Zeus —, embora ele traga uma dor aguda a quem você ferroar, vão ser *você*, e sua espécie, a morrer. Assim seja.

54. É claro que essa não foi a última vez que testemunhamos Zeus jogando com juramentos e esquivando-se de compromissos.

Outro ribombar de trovão e o céu começou a clarear.

Imediatamente, Melissa sentiu um movimento estranho dentro dela. Olhou para baixo e viu que uma coisa longa, fina e afiada como uma lança estava saindo do final de seu abdome. Era um ferrão, com a ponta afiada como uma agulha, mas terminando numa farpa cruel e terrível. Com um forte estremecimento, um zumbido e um lamento final, ela foi embora voando.

Meliss ainda é a palavra grega para favo de mel, e é verdade que o ferrão da abelha é uma arma suicida de último recurso. Se ela tentar voar depois de a rebarba ter se alojado na pele de sua vítima, vai puxar para fora suas próprias entranhas no esforço de se livrar. A vespa, muito menos útil e diligente, não tem essa rebarba e pode administrar seu ferrão quantas vezes quiser sem perigo para si mesma. Mas as vespas, por mais aborrecidas que sejam, nunca fizeram aos deuses exigências egoístas e arrogantes.

É também verdade que a ciência chama a ordem dos insetos aos quais a abelha pertence de *Hymenoptera*, que em grego quer dizer "asas de casamento".

Alimento dos deuses

Talvez tenha sido mais do que humor e impaciência o que fez Zeus punir Melissa – cujo mel era mesmo maravilhosamente delicioso – com tanta severidade. Talvez tenha sido política. O mundo dos imortais inteiro estava lá para testemunhar o momento. Tinha sido uma lição para eles de como o Rei dos Deuses era implacável.

O silêncio que agora se abateu sobre a festa de casamento era tão sombrio e ameaçador quanto as nuvens de tempestade que tinham se juntado mais cedo. Zeus elevou a ânfora de mel acima da cabeça.

— Para a minha rainha e amada esposa, eu abençoo esta ânfora. Ela jamais se esvaziará, e nos alimentará eternamente. Quem provar deste mel jamais envelhecerá ou morrerá. Será o alimento dos deuses e, quando misturado com o suco de frutas, será a bebida dos deuses.

Ouviu-se um grande aplauso, pombas voaram pelos céus, as nuvens e o silêncio foram dispersados. As Musas Calíope, Euterpe e Terpsícore avançaram e bateram palmas. Tocou-se música, foram cantados hinos de louvor e começou a dança. Foram quebrados muitos pratos em êxtase, uma tradição que chegou aos nossos dias sempre que os gregos se reúnem para comer, celebrar e ganhar dinheiro dos turistas.

Em grego, "imortal" é *ambrotos* e a "imortalidade" em si é AMBROSIA, que passou a ser o nome do mel especialmente abençoado. Sua forma fermentada, bebível, um tipo de hidromel, era chamada de NÉCTAR em honra ao doce presente das flores.

Zeus ruim

O cálice de Hera estava transbordando – literalmente, no momento, porque uma náiade atenciosa estava enchendo sua taça até transbordar, mas também figurativamente. O filho mais velho dela fizera um casamento brilhante e Zeus tinha jurado fidelidade e lealdade na frente de todos os que tinham importância no mundo.

Ela não tinha notado que, naquele exato momento, seu insaciável senhor estava lançando olhares de luxúria à dança de LETO, a ninfa mais linda da ilha de Cós.[55] Leto era filha dos Titãs Febe e Ceos, eles próprios gratos recipientes da recente anistia de Zeus, e presentes à festa.

Uma voz murmurou ao ouvido de Zeus:

— Você está pensando que minha prima Leto lhe deve a vida e deveria, portanto, ir para a cama com você.

Zeus olhou nos olhos sábios e cheios de humor de sua tutora Métis, a Oceânide cuja inteligência, sagacidade e percepção não tinham igual em lugar algum. Métis, que ele ainda amava e que tinha certeza de que o amava. Seu sangue, já aquecido pelo néctar e pela ambrosia, tinha se aquecido ainda mais pela dança e pela música.[56] A centelha que sempre surgia entre ele e Métis ameaçava explodir num grande incêndio.

55. Local de origem da alface-romana, que é um dos ingredientes essenciais de uma salada *Caesar.*

56. Na verdade, os deuses não tinham sangue nas veias, mas um lindo líquido prateado-dourado chamado ICHOR. Era um líquido paradoxal, porque, ao mesmo tempo que retinha todos os atributos da ambrosia e do néctar que proporcionavam a vida eterna, era letal e instantaneamente venenoso para os mortais.

Ela viu isso e ergueu a mão.

— Nunca, Zeus, nunca. Tenho sido como uma mãe para você. Além disso, é o dia do seu casamento. Você perdeu todo o senso de decência?

Todo o senso de decência era exatamente o que Zeus tinha perdido. Ele tocou Métis por baixo da mesa. Alarmada, ela mudou de lugar. Zeus se levantou e a seguiu. Ela apressou o passo, virou uma esquina e disparou montanha abaixo.

Zeus a perseguiu correndo, transformando-se, primeiro, num touro, depois, num urso, em seguida, num leão e, por fim, numa águia. Métis escondeu-se atrás de uma pilha de rochas no fundo de uma caverna, mas Zeus, transformando-se numa serpente, conseguiu deslizar através de uma falha nas rochas e envolvê-la numa espiral.

Métis tinha sempre amado Zeus e, exausta e tocada pela persistência dele, acabou consentindo. No entanto, mesmo quando eles se uniram, alguma coisa incomodava Zeus. Uma profecia que ele tinha ouvido de Febe. Algo a respeito de um filho de Métis que se ergueria para sobrepujar o pai.

Depois do ato, ainda deitados e animados, eles passaram a conversar a respeito de transformações – *metamorfoses*, como são chamadas em grego. Como poderia um deus ou um Titã ser capaz de transformar outros, ou eles mesmos, em animais, plantas e até mesmo objetos sólidos, exatamente como Zeus fizera enquanto perseguia Métis. Ela o parabenizou por sua habilidade nessa arte.

— É — disse Zeus meio prosa. — Eu fui atrás de você como um touro, um urso, um leão e uma águia, mas foi como uma serpente que eu a peguei. Você tem fama de destreza e astúcia, Métis, mas eu fui mais esperto. Admita.

— Ah, claro que eu poderia tê-lo vencido. Ora, se eu me transformasse numa mosca, você jamais poderia me pegar, não é?

Zeus riu.

— Você acha que não? Como você me conhece pouco.

— Vamos lá, então — provocou Métis. — Agora, veja se me pega! — Com um zunido e um zumbido, ela se transformou numa mosca e partiu para fora da caverna. Num piscar de olhos, Zeus se transformou num lagarto e, com um dardejar rápido de sua língua pegajosa, Métis (com qualquer possível filho de Zeus que pudesse já estar se formando em seu ventre) foi transferida em segurança para seu interior. Parece que tinha sido passado para Zeus o péssimo hábito de seu pai, Cronos, de comer qualquer um que se previsse que iria conquistá-lo.

Quando voltou de fininho ao Olimpo, sob seu próprio formato, congratulando-se por ter sido mais esperto do que a supostamente astuta Métis, a música e a dança ainda estavam em pleno vapor. Sua mulher não parecia ter notado nada.

A MÃE DE TODAS AS ENXAQUECAS

O Rei dos Deuses teve uma dor de cabeça. Não uma ressaca da festa de casamento, não uma dor de cabeça no sentido de algum problema chato que precisava ser resolvido – como líder, ele sempre tinha muitas dessas –, mas uma dor de cabeça no sentido de verdadeira dor na cabeça. A cada dia, a dor aumentava, até que Zeus se encontrou na mais aguda, enlouquecedora, alucinante, massacrante agonia que jamais alguém sofrera na história de qualquer coisa. Os deuses podem ser imunes à morte, ao envelhecimento e a muitos dos outros horrores que afligem e amedrontam os mortais, mas não são imunes à dor.

Os rugidos, berros e gritos de Zeus encheram os vales, os desfiladeiros e as cavernas da Grécia. Soaram por grutas, penhascos e covas das ilhas, a ponto de o mundo se perguntar se os Hecatônquiros tinham subido do Tártaro e a Titanomaquia tinha começado outra vez.

Os irmãos, as irmãs e outros membros da família de Zeus se agruparam, preocupados, em torno dele na praia, onde o encontraram implorando a seu sobrinho, Tritão, filho mais velho de Poseidon, que o afogasse no mar. Tritão se recusou a fazer uma coisa dessa, de modo que todo mundo queimou os miolos e tentou pensar em outra solução, enquanto o pobre Zeus sapateava e gritava agoniado, espremendo a cabeça com as mãos e tentando esmagá-la.

Então Prometeu, o jovem Titã preferido de Zeus, surgiu com uma ideia que sussurrou para Hefesto, que assentiu ansiosamente, antes de claudicar de volta até sua oficina o mais rápido que suas pernas imperfeitas conseguiam.

O que estava acontecendo dentro da cabeça de Zeus era bastante interessante. Não era de surpreender que ele estivesse sofrendo com essas dores excruciantes, porque a astuciosa Métis estava trabalhando com afinco dentro de seu crânio, forjando, queimando e martelando uma armadura e armamentos. Havia, na dieta variada, saudável e balanceada dos deuses, suficiente quantidade de ferro e outros metais, minerais, terras raras e microelementos para que ela encontrasse no sangue e nos ossos dele todos os ingredientes, todos os minerais e compostos de que precisava.

Hefesto, que teria aprovado sua metalurgia rudimentar, mas eficaz, voltou à praia apinhada carregando um enorme machado de dois gumes, no estilo minoico.

Prometeu, então, convenceu Zeus de que o único jeito de aliviar a dor era tirar as mãos das têmporas, ajoelhar e ter fé. Zeus murmurou alguma coisa a respeito de o problema de ser o Rei dos Deuses era não haver nenhum outro mais alto a quem apelar, mas obedientemente caiu de joelhos e esperou seu destino. Hefesto cuspiu alegre e confiantemente nas mãos, agarrou o grosso cabo de madeira e – enquanto a multidão calada observava – o baixou em um rápido movimento bem no meio do crânio de Zeus, dividindo-o habilmente em dois.

Fez-se um terrível silêncio enquanto todos observavam horrorizados, estupefatos. O horror estupefato se transformou em descrença e a descrença, em assombro desnorteado, à medida que agora testemunhavam, surgindo da cabeça aberta de Zeus, a ponta de uma lança. Seguiu-se a parte superior de um penacho arruivado. Os espectadores prenderam a respiração enquanto surgia à vista uma figura feminina vestida numa armadura completa. Zeus abaixou a cabeça – se de dor, alívio, submissão ou puro espanto, ninguém pôde dizer com certeza – e, como se a cabeça inclinada dele fosse uma rampa ou passadiço baixado para sua conveniência, a criatura gloriosa desceu calmamente até a areia e voltou-se para encará-lo.

Equipada com armadura blindada, escudo, lança e elmo emplumado, ela olhou para o pai com olhos de um cinzento incomparável e maravilhoso. Um cinzento que parecia irradiar uma qualidade acima de todas as outras: sabedoria infinita.

Uma coruja voou de um dos pinheiros que orlavam a praia e se empoleirou no ombro da armadura brilhante da guerreira. Das dunas, uma cobra esmeralda e ametista avançou, deslizando, e se enroscou a seus pés.

A cabeça de Zeus se fechou com um ruído de sucção ligeiramente desagradável e se cicatrizou sozinha.

Ficou claro para todos os presentes que essa nova deusa era dotada de níveis de poder e personalidade que a elevavam acima de todos os imortais. Até Hera, que se deu conta de que a recém-chegada só podia ser o produto de um caso extraconjugal que devia ter acontecido muito próximo ao dia de seu casamento, ficou quase tentada a dobrar o joelho.

Zeus olhou para a filha que lhe provocara tanta dor e deu um sorriso caloroso. Um nome ocorreu a ele, e ele o disse.

— Atena!

— Pai! — disse ela, sorrindo gentilmente de volta.

ATENA

As qualidades incorporadas por ATENA se tornariam virtudes e feitos supremos da grande cidade-Estado que viria a ter seu nome: Atenas. A sabedoria e a percepção foram herdadas de sua mãe, Métis. Artes manuais, artes da guerra e política pertenciam a ela. Lei e justiça, também. Ela recebeu um quinhão dos domínios do amor e da beleza que tinham sido exclusivos de Afrodite. O tipo de beleza de Atena se expressava na estética, na apreensão de seu *ideal* na arte, na representação, no pensamento e no caráter, mais do que nos tipos mais físicos, óbvios e talvez superficiais que seriam sempre coisas de Afrodite. O amor que Atena defendia tinha, também, uma ênfase menos calorosa e menos física; era do tipo que mais tarde seria conhecido como "platônico". Os atenienses viriam a apreciar esses atributos de Atena acima de todos os outros, do mesmo modo como apreciavam a deusa sua padroeira acima de todos os imortais existentes. Digo "existentes" porque – como descobriremos – duas outras divindades do Olimpo, ainda não nascidas, viriam em breve a desempenhar papéis na definição do que seriam um ateniense e um grego.

Alguns anos mais tarde, Atena e Poseidon competiriam para ser o patrono especial da cidade de Cecrópia. Ele bateu com seu tridente numa alta rocha onde eles estavam e produziu uma fonte de água do mar, um truque impressionante, mas seu teor de sal a tornava mais ou menos inútil como algo além de uma pitoresca fonte pública. O presente simples de Atena foi a primeira oliveira. Os cidadãos de Cecrópia, em sua sabedoria, viram os inúmeros benefícios de sua fruta, óleo e madeira e a escolheram como sua divindade e protetora principal, mudando o nome da cidade para Atenas em homenagem a ela.[57]

Em Roma, ela era venerada como MINERVA, mas sem exatamente aquela conexão pessoal particular que os gregos sentiam por ela. Seus animais favoritos eram a coruja, esse dignificado símbolo de sabedoria atenta, e a serpente – em cujo disfarce seu pai conquistou sua mãe. A oliveira, cujo fruto macio e versátil mostrou ser grande bênção para a Grécia, também era sagrada para ela.[58]

A aparente suavidade daqueles olhos cinzentos desmentia um novo tipo de ideal, que combinava a força física com a força de caráter e a força da mente. Não era aconselhável irritá-la. Além do mais, quem a aborrecesse aborrecia Zeus. Ele era vidrado na filha, que, a seus olhos, não poderia fazer nada de errado. Ares, seu filho menos favorito, fazia um contraste interessante com sua nova meia-irmã. Ambos eram deuses da guerra, mas os interesses de Atena estavam no planejamento, nas táticas, na estratégia e na inteligência da guerra, enquanto que Ares era o deus das batalhas,

57. O poder marítimo, e o comércio que ele permitia, viriam a ser a salvação de Atenas (fez com que tivesse uma vitória sensacional sobre os persas em Salamina). Mas o cultivo da azeitona e os demais ofícios, artes e técnicas, que eram o domínio de Atena, tinham discutivelmente ainda maior importância.

58. Além da armadura, Atena era sempre representada com uma ÉGIDE. Ninguém chegou a uma conclusão a respeito da aparência exata da égide. Algumas vezes, é descrita como a pele de um animal (originalmente, cabra: *aiga* é "cabra" em grego), embora peles de leão ou leopardo possam ser vistas mais tarde em representações em escultura ou cerâmica. A égide de Zeus, em geral, é tida como tendo sido um escudo, talvez recoberto com couro de cabra, e muitas vezes mostrando a face de uma Górgona. Reis e imperadores humanos, a fim de sugerir *status* de semideuses, jogavam uma égide sobre o ombro como marca de seu direito de governar. A palavra hoje em dia sugere um distintivo de liderança ou autoridade. Atos são levados a efeito e proclamações são feitas "sob a égide" de tal e tal pessoa, princípio ou instituição.

dos combates e de todo tipo de luta. Ele só entendia a violência, a força, a agressão, a conquista e a coerção. É perturbador mas essencial reconhecer que nenhum dos dois era assim tão poderoso quando não estava aliado com o outro.

Atena, muitas vezes, recebia o prenome de PALAS e, como Palas Atena, ela protegia a cidade de Atenas. O símbolo de sua tutela era chamado *palladium*, uma palavra que acabou denominando teatros, além de nos dar o elemento Pd. A Palas original era filha do deus do mar, Tritão, e querida amiga de infância de Atena. Elas brincavam juntas de jogos de guerra mais ou menos sérios. Numa ocasião, quando Palas estava ganhando de Atena, Zeus (sempre atento e protetor de sua queridinha) interveio e, armando um de seus raios para impressionar, deixou Palas inconsciente. Atena, no calor do momento, administrou um golpe de misericórdia e matou a amiga. Depois disso, para sempre, carregou o nome de Palas como um sinal pesaroso de sua permanente afeição e remorso.

Atena, como Deméter, permaneceu intocada por homens.[59] Sua vida sem filhos, solteirice e seu relacionamento jovial com Palas levaram alguns a defender que ela é um símbolo do amor feminino com o mesmo sexo.

MÉTIS DE DENTRO

Quando Zeus induziu a mãe de Atena a se transformar numa mosca para que ele usasse sua língua de lagarto para a engolir, Métis foi muito tola, o que não era característico dela. Ou assim parecia.

Na verdade, ela não fora enganada coisa alguma. Tinha sido ela a enganá-lo. *Metis* significa, afinal de contas, "esperteza" e "astúcia". Muito deliberadamente, ela se deixou ser consumida por Zeus – mais do que isso, ela o induziu a fazer isso. Viu que, se sacrificasse sua liberdade e permanecesse para sempre dentro dele, ela poderia assumir o papel de consultora sábia, um tipo de conselheira, capaz de sussurrar conselhos a ele para sempre. Gostasse ele ou não.

---

59. *Parthenos*, virgem em grego, era muitas vezes uma palavra ligada ao nome dela – daí, o Partenon, templo dela na Acrópolis.

Aqueles que falam a verdade para os poderosos acabam, em geral, algemados ou num túmulo prematuro, mas, dentro da cabeça de Zeus, Métis jamais poderia ser silenciada. Seria uma prudente limitação aos excessos imprudentes e às paixões precipitadas que muitas vezes ameaçavam encrencar o deus do trovão. Seus ataques de humor, lascívia e ciúme precisavam ser equilibrados pela voz calma dela, uma voz que poderia impelir seus instintos para canais mais racionais e mais esclarecidos.

Se Métis sacrificou a liberdade por um sentimento de dever e responsabilidade ou por amor a Zeus, que ela sempre adorou, não posso afirmar de modo conclusivo. Era, como um grego poderia dizer, a *moira* dela, tanto servir quanto amar.

A astuciosa orientação interna de Métis, combinada com as outras características positivas de Zeus – carisma,[60] coração, astúcia inata e (em geral) um forte senso de justiça, equidade e direito – ajudou a elevá-lo à posição de um governante maior, cujos atributos ofuscaram de longe os de seu pai, Cronos, e seu avô, Urano. De fato, Métis se tornou parte dele, tanto que Homero algumas vezes se referia a Zeus como *Metieta* – "sábio conselheiro".

EM BUSCA DE SANTUÁRIO

A sabedoria, sob a forma de Métis, podia sussurrar em um ouvido de Zeus, mas no outro ele sempre escutava os anseios ardentes da paixão. Quando lindas meninas e mulheres – e algumas vezes, jovens rapazes – cruzavam seu caminho, nada conseguia impedi-lo de persegui-las de uma ponta a outra da terra, mesmo que tivesse de se transformar em um sem-número de animais para isso. Uma vez que o ataque de luxúria se apoderava dele, Métis não podia fazer mais para controlá-lo do que um cochicho consegue acalmar uma tempestade, enquanto que os sonoros gritos da raiva ciumenta de Hera não tinham mais poder para chamá-lo de volta do que as batidas de asas de uma borboleta conseguem tirar um navio de seu curso.

60. É permitido o uso dessa palavra desgastada aqui – afinal de contas, é grega e nos faz imaginar Atena como imbuída da graça das três Graças (as Cárites).

Mencionei que os olhares apaixonados de Zeus certa vez já tinham caído sobre Leto, a filha recatada dos Titãs Febe e Céos. Posso imaginar que "recatada" é uma palavra chata para uma mulher ouvir quando aplicada a si mesma (raramente se ouve falar de homens recatados, afinal de contas), mas Leto viria a se tornar uma espécie de deusa menor, representando exatamente a qualidade de dignidade modesta evocada pela palavra "recatada".[61] Mesmo assim, Zeus logo foi atrás dela, e ela deu para ele.

Titânide discreta, Leto (LATONA, para os romanos) foi mais tarde venerada como deusa da maternidade, além de exemplo de modéstia. Isso foi, provavelmente, em honra de uma gravidez que, assim que Zeus acabou com Leto, se transformou num triunfo mais do que corajoso sobre a adversidade. Porque, quando Hera descobriu que Zeus tinha engravidado Leto, exigiu que sua avó, Gaia, negasse a Leto qualquer terra onde dar à luz. Já era enlouquecedor o suficiente para Hera que a ilegítima Atena tivesse precedência nas afeições de Zeus sobre os nobres filhos queridinhos dela, Hefesto e Ares (ela parece ter esquecido, em seu repentino ataque de amor maternal por seu primogênito, que tinha jogado o primeiro deles do céu), e não estava a fim de deixar outro deusinho bastardo vir se intrometer para perturbar a ordem no Olimpo. Havia muito em Hera que traz à mente a mulher do imperador romano Augusto Lívia, ou as mulheres de determinados reis ingleses e chefes da máfia. Sempre cuidando de dinastias e linhagens, sempre prontas a fazer qualquer coisa por honra, família, linhagem e legado.

Sem terra firme, a pobre jovem Leto, grávida, navegou os mares procurando por um lugar onde dar à luz. Tentou encontrar abrigo com as selvagens Hiperbóreas, que moravam além do Vento Norte,[62] mas, com medo da zanga de Hera, elas não a deixaram ficar. Perdida, em todos os sentidos, ela lançou preces a Zeus, que a pusera nesse perrengue horrível, para começo de conversa; mas, como Rei dos Deuses, a autoridade dele se baseava em aceitar e endossar o direito dos demais deuses de governar suas próprias

61. Olhei num dicionário e encontrei "pudico, casto, modesto, pudente, puro, reservado, retirado, sério, virtuoso, comedido, ajuizado, contido, criterioso, equilibrado, ponderado, prudente, sensato, sóbrio, tímido, cerimonioso, tacanho, puritano". Não acho que muitas mulheres pulariam de alegria se essas palavras fossem usadas em relação a elas.

62. Na Trácia de hoje, limitada pela Grécia, Bulgária e Turquia.

esferas e exercer seus próprios desejos. Ele não podia ir de encontro ao édito de Hera nem desfazer seu feitiço horroroso. Líderes, reis e imperadores sempre se queixaram de ser menos livres do que seus súditos, e há alguma verdade nisso. Zeus, com certeza, apesar de todo o seu poder e majestade, estava sempre restrito pelos princípios de gabinete do governo, consenso e responsabilidade coletiva, que lhe permitiam governar.

O melhor que ele conseguiu fazer por Leto foi convencer seu irmão Poseidon a provocar uma série de ondas que levassem o navio dela até Delos. A pequena ilha desabitada flutuava nos remoinhos e torvelinhos das Cíclades, sem estar ancorada no fundo do mar, e, portanto, era imune à maldição de Hera.

GÊMEOS!

Leto aterrissou exausta na hospitaleira ilha flutuante de Delos, mal tendo forças para engatinhar até além das dunas para se abrigar embaixo de uma fileira de pinheiros que beiravam a praia. Algumas pinhas e gramas comestíveis não alimentariam a vida ativa que ela sentia chutando dentro dela, de modo que prosseguiu até um vale verde, avistado à distância. Lá, abaixo do monte Cinto, ela sobreviveu durante um mês com frutas e sementes, vivendo como uma criatura selvagem, mas em segurança da maldição de Hera. Sua barriga cresceu tanto durante essa época que ela teve medo de estar carregando um monstro ou um gigante. Mesmo assim, colheu, comeu e descansou, colheu, comeu e descansou.

Um dia, as dores da fome deram lugar a novas estocadas de dores, mais agudas. Sozinha e sem ajuda, Leto deu à luz uma menina, a bebê mais linda que já existiu.[63] Leto arfou o nome ÁRTEMIS para ela. Forte, dotada de uma espantosa rapidez e de força flexível, a menina recém-nascida já se viu encarregada de um trabalho imediato e milagroso nesse seu primeiro dia de vida. Foi então que Leto percebeu por que sua gravidez tinha sido tão difícil e tão pesada – havia outra criança dentro dela, e esse gêmeo mais novo

63. Nem Afrodite, nem Atena, que a igualavam em beleza, *nasceram*, no sentido estrito, de modo que a reivindicação é válida.

estava atravessado no canal vaginal, provocando agonias terríveis. Ártemis mostrou ter o senso instintivo de como seria a forma mais fácil de parir um bebê e assistiu ao nascimento de um glorioso irmão gêmeo.

Mãe e filha gritaram em alegre surpresa quando o menino deu seus primeiros vagidos. Pois o cabelo dele não era negro como o de sua irmã e o de sua mãe, era louro – herdado de sua avó materna, a brilhante Febe. Leto deu à criança o nome de APOLO. Algumas vezes, ele era chamado de "Apolo Délio", em honra ao seu local de nascimento, ou "Apolo Febo", em deferência à sua avó Titânide e à sua própria beleza radiante, dourada, porque Febe significa "a brilhante".

ÁRTEMIS

Zeus amava Ártemis quase tanto quando amava Atena, e se esforçou muito para protegê-la da fúria de Hera, que não aguentava olhar para mais uma criança filha de adultério, especialmente uma que ela altivamente caracterizava como moleca espevitada e uma vergonha para a dignidade da divindade feminina.

Uma tarde, quando Ártemis era ainda bem pequena, Zeus a encontrou brincando de catar e soltar camundongos e sapos na vegetação rasteira na base do monte Olimpo. Zeus sentou-se numa pedra ao lado dela e a botou no colo.

Ela ficou puxando a barba dele durante algum tempo antes de perguntar:

— Pai, você me ama?

— Ártemis, que pergunta! Você sabe que sim. Você sabe que a amo de todo o meu coração.

Quando se é filha de um pai infiel, infame, é possível conseguir que ele concorde com quase tudo. Ártemis agora enrolava Zeus do mesmo modo como enrolava os pelos de sua barba.

— Você me ama o bastante para me conceder um desejo?

— Claro, querida.

— Hum. Pensando bem, isso não é nada. Você concede desejos às menores e mais insignificantes ninfas e duendes das águas. Você me concederia *vários* desejos?

Zeus gemeu por dentro. O mundo inteiro parecia acreditar que ser o todo-poderoso, sentado no trono no Olimpo e comandando céus e terra era a tarefa mais fácil que havia. O que sabiam sobre culpa paterna, rivalidade entre irmãos, lutas por poder e esposas ciumentas? Agradando um membro da família, ele enraivecia outro.

— Vários desejos? Caramba! Você certamente tem tudo o que uma garota pode querer. É imortal e, assim que alcançar seu momento de maior beleza, jamais envelhecerá. É forte, inteligente, rápida e... Ui! — Essa última exclamação era em reação a um pelo que tinha sido arrancado de seu queixo com alguma violência.

— Não são desejos difíceis, papai. Apenas algumas coisinhas.

— Muito bem, diga.

— Não quero jamais ter um namorado ou marido, ou que algum homem me toque, você sabe, daquele jeito...

— Sim, sim... er... compreendo totalmente.

Essa pode ter sido a primeira vez em que Zeus enrubesceu.

— Além disso, quero um monte de nomes diferentes, como o meu irmão. São chamados "denominações". E também um arco, pois noto que *ele* tem uma coleção, mas eu não, porque sou uma menina, o que é inteiramente injusto. Afinal de contas, sou a gêmea mais velha. Hefesto pode me fazer um arco realmente especial como presente de nascimento, exatamente como fez para Apolo, um arco de prata com setas de prata, por favor. E quero uma túnica na altura do joelho para caçar, porque vestidos longos são estúpidos e pouco práticos. Não quero domínio sobre cidades ou metrópoles, mas quero comandar encostas de montanhas e florestas. E quero cervos. Gosto de cervos. E cães, cães de caça, de qualquer modo, não de colo, que não servem para nada. E, se você for *muito* legal, eu gostaria de um coro de meninas para cantar meus louvores em templos, e de um grupo de ninfas para passearem com os cachorros e cuidarem de mim e me protegerem contra *homens*.

— Só isso? — Zeus estava quase zonzo com aquela declamação.

— Acho que sim. Ah, e eu gostaria de ter o poder de tornar o parto mais fácil para as mulheres. Vi como é doloroso. Inclusive, é, na verdade, muito francamente, nojento, e eu quero ajudar a torná-lo melhor.

— Meu deus. Pelo menos você não está pedindo a lua, não é?

— Ah, boa ideia! A lua. Sim, adoraria a lua, por favor. É só isso. Nunca mais vou pedir mais nada, jamais.

Zeus concedeu cada desejo. Como é que ele podia negar?

Ártemis se tornou devidamente a deusa da caça e da castidade, dos ignorantes e dos indômitos, dos cães de caça e das corças, das parteiras e da lua. Rainha dos arqueiros e caçadora, cresceu valorizando sua independência e seu celibato acima de tudo. A gentileza com que ela expressava sua simpatia pelas mulheres em trabalho de parto era contraposta pela ferocidade com que perseguia a caça e punia qualquer homem que pretendesse se aproximar demais. Temida, admirada e adorada pelo mundo antigo inteiro, era algumas vezes conhecida, em honra à encosta em que tinha nascido, como CÍNTIA. Os romanos a chamavam de DIANA. Sua árvore especial era o cipreste. Por mais que Atena fosse a deusa das coisas cultivadas, feitas, construídas e elaboradas, Ártemis – em seu domínio sobre o natural, o instintivo e o selvagem – era o oposto dela. No entanto, compartilhavam – juntamente com Héstia – a paixão pela própria castidade.

Apolo

Se Ártemis era prata, seu irmão gêmeo, Apolo, era ouro. Se Ártemis era a lua, ele era o sol. Suas feições radiantes cativavam todos os que as contemplavam. Suas proporções e seus contornos permanecem até hoje o ideal de determinado tipo de beleza masculina. Digo "determinado tipo" porque Apolo era impressionante não apenas por sua pele clara, mas por sua face imberbe e seu peito sem pelos, uma raridade entre os gregos e seus deuses. Como Jacó na Bíblia, ele era um homem suave, mas nem por isso menos macho.

Apolo era o senhor da matemática, do raciocínio e da lógica. Seus reinos eram a poesia e a medicina, o conhecimento, a retórica e o esclarecimento. Em essência, era o deus da harmonia. A ideia de que o mundo material básico e seus objetos comuns têm propriedades divinas e podem encontrar ressonância nos céus era apolínea, fosse ela expressa nas propriedades mágicas dos quadrados, círculos e esferas, fosse na modulação e no ritmo perfeitos de uma voz, ou numa cadeia de raciocínio. Mesmo o significado e o próprio destino podem ser lidos nas coisas comuns, se você tiver o dom. Apolo o tinha em abundância, aliado à incapacidade de mentir. Isso fazia dele uma escolha natural para se encarregar de oráculos e também de profecias. A píton era sagrada para ele, é claro, e também o louro. Seus animais particulares eram o golfinho e o corvo branco.[64]

Seria um erro tomar a beleza dourada de Apolo como sinal de fraqueza. Ele era um arqueiro supremo e, quando necessário, um guerreiro tão feroz e impetuoso quanto qualquer outro no Olimpo: como todos os seus parentes próximos, ele era capaz de crueldade, mesquinharia, ciúme e despeito. Foi venerado pelos romanos com seu nome grego, sem qualquer alteração, o que era pouco comum. Apolo era Apolo em qualquer lugar do mundo antigo.

A cólera de Hera

Os gêmeos recém-nascidos, Apolo e Ártemis, viram-se o foco da fúria contínua da Rainha do Céu na ilha flutuante de seu nascimento. Hera tinha feito o possível para evitar o nascimento desses lembretes vivos da infidelidade de Zeus, e a raiva e frustração por seu fracasso não conheciam limites. Então, ela tentou outra vez.

Quando os gêmeos tinham só alguns dias, ela enviou a serpente Píton para comê-los. Você se lembra da pedra de magnetita que Reia, grávida, tinha feito Cronos engolir erroneamente em vez do bebê Zeus? A que ele mais tarde vomitou e que Zeus atirou de Ótris? Bem, ela caiu num lugar chamado Pytho, nas encostas do monte Parnaso. Alojada firme na terra, ela, em tempo, se tornaria o ônfalo, ou pedra-umbigo da Grécia – o umbigo helênico, seu centro espiritual e ponto de origem. Do ponto exato onde ela caiu, sob o comando de Gaia, para quem esse lugar já era sagrado,

---

64. O motivo por que Apolo fez com que o corvo ficasse branco e por que o louro também ficou sagrado para ele, vamos descobrir mais tarde.

emergiu do solo uma imensa serpente que parecia um dragão, para servir de guardiã da pedra. Adotando o nome de seu local de nascimento, foi chamada de Píton, do mesmo modo que diversas serpentes em sua homenagem desde então.

Em sua fúria, Hera enviou Píton à ilha de Delos para matar Leto e seus filhos. Zeus se arriscou a irritar Hera ainda mais ao sussurrar secretamente essa notícia para o vento, que a passou para o menino Apolo, o qual, por sua vez, mandou uma mensagem desesperada para Hefesto, implorando pelo melhor arco e flecha que seu meio-irmão pudesse fabricar. Hefesto labutou na forja durante sete dias e sete noites, ao fim dos quais uma arma incomparavelmente linda e poderosa e um conjunto de flechas de ouro foram despachados para Delos, bem a tempo de Apolo recebê-los, esconder-se atrás das dunas e esperar pela chegada da grande serpente. No momento em que a Píton emergiu do mar e deslizou pela areia, Apolo saiu de seu esconderijo e atirou no olho dela com uma seta. Ali mesmo, na praia, ele fatiou o corpo morto em pedaços e lançou um grande grito de triunfo para o céu.

Você pode achar que Apolo tinha todo o direito de proteger sua irmã, sua mãe e a si próprio de uma criatura tão letal, mas a Píton era ctônica – surgida da terra –, o que a tornava filha de Gaia, e, como tal, estava sob proteção divina. Zeus sabia que tinha de punir Apolo por ter matado a serpente, ou perderia toda a autoridade.

Na verdade, a punição que ele escolheu para Apolo não foi assim tão severa. Zeus exilou o jovem deus durante oito anos no local de nascimento da cobra, ao pé do monte Parnaso, para que ele expiasse seu crime. Além de substituir a serpente-monstro Píton como guardiã do ônfalo, Apolo ficou encarregado de organizar ali um torneio atlético regular. Os Jogos Píticos foram devidamente organizados a cada quatro anos, dois antes e dois após os Olímpicos.[65]

---

65. Com os regulares Jogos Nemeus e Ístmicos, os encontros Píticos e Olímpicos formavam os quatro chamados Jogos Pan-Helênicos. Os prêmios nem se comparam com as lucrativas bolsas e patrocínios atuais. Uma coroa de oliveira para os ganhadores dos Olímpicos, louros para os dos Píticos, pinheiro para os dos Ístmicos e – mais empolgante de todos – aipo silvestre para o sortudo vencedor dos Jogos Nemeus.

Além disso, Apolo também estabeleceu em Pytho (cujo nome ele mudou para Delfos[66]) um oráculo onde qualquer pessoa podia chegar e perguntar ao deus ou a sua sacerdotisa designada (conhecida muitas vezes como SIBILA ou PÍTIA) questões a respeito do futuro. Num transe de êxtase profético, a sacerdotisa se sentava fora das vistas do consulente, em cima de uma fenda no chão que se canalizava até o ventre da própria terra, e clamava seus prognósticos ambíguos para a câmara acima, onde o ansioso consulente esperava pela proclamação. Desse modo, parecia que Apolo e a Sibila obtinham seus poderes oraculares, em parte, da própria Gaia, a avó de Apolo. Dizia-se que vapores subiam da terra, e muitos os consideravam como sendo, na realidade, a respiração de Gaia.[67] Ali, borbulha a fonte Castália, cujas águas dizem-se inspirar poesia naqueles que a bebem ou escutam seus sussurros.[68]

Desse modo, o Apolo Délio passou a ser também o Apolo de Delfos. As pessoas ainda vão até Delfos para consultá-lo sobre o futuro. Eu mesmo já fui. Apolo nunca mente, mas tampouco dá uma resposta direta, achando divertido responder com outra pergunta ou com uma adivinhação tão obscura que só faz sentido quando já é tarde demais para se tomar alguma providência. Para expiar seu grave assalto ao modo inerente das coisas e permitir que a Píton morta durma seu sono eterno da morte nos braços de sua mãe Gaia, Zeus finalmente fixou o lugar de descanso da serpente, a ilha de Delos, na terra. Embora ela não flutue mais livremente, aqueles que visitam a ilha podem testemunhar que ainda hoje é difícil ir até lá de barco à vela, já que ela é assediada

66. O nome "Delfos" é considerado derivado de *delphys*, que significa "útero". É claro que pode vir de *adelphi*, que significa "irmãos" (porque vêm do mesmo útero). Então, talvez o lugar sagrado tenha sido batizado em homenagem ao gêmeo Apolo, talvez ao útero de Gaia. Há outra teoria que sugere que Apolo chegou a Pytho montado num golfinho, *delphis*, em grego. Afinal de contas, a fêmea do golfinho é dotada de útero. Como ele conseguiu ir tão longe, por terra, em um golfinho, eu não sei.

67. Quando Pítias profetizava, ela estava possuída pelo deus Apolo, a Titânide Têmis ou a deusa Gaia. Ou, talvez, pelos três. A palavra em grego para "possessão divina" é *enthusiasmos*. Estar entusiasmado ou entusiástico é estar "endeusado", divinamente inspirado.

68. Alguns dizem que há um assobio de vapor vindo da fonte Castália, subterrânea, que delicia as cabras locais, aparentemente. Talvez isso lembre o respiradouro dos golfinhos, oferecendo mais uma explicação para a mudança de nome de Pytho para Delfos. Aliás, Castália é o nome do mundo futuro no romance *O jogo das contas de vidro* de Hermann Hesse.

por violentos ventos etésios e traiçoeiras correntes *meltemi*. Qualquer um que chegue até lá vai, com toda a probabilidade, sofrer dos piores enjoos. É como se Hera não tivesse perdoado Delos pelo papel que ela desempenhou no nascimento dos LETOIDES, os gloriosos gêmeos Ártemis e Apolo.

Maia Maia

Quantos olímpicos há agora? Vamos fazer uma contagem rápida.

Zeus sentado no trono, com Hera a seu lado, são dois. Em torno deles estavam arrumadas Héstia, Poseidon (que gostava de vir à terra firme e ficar de olho em Zeus), Deméter, Afrodite, Hefesto, Ares, Atena, Ártemis e Apolo – são onze. Hades não conta porque passava o tempo todo no mundo inferior e não tinha interesse em tomar assento no *dodecateon*. Onze. Só falta mais um para o Olimpo chegar ao seu quórum de doze.

A poeira mal havia baixado e os gritos de recriminação pelo colapso de Píton mal tinham se amainado para caras feias e olhares raivosos, quando Zeus viu claramente diante de si o caminho para seu dever. Ele tinha de gerar o décimo segundo deus, o derradeiro. Ou, para dizer de outro modo, seu olhar lúbrico caiu sobre outra imortal apetitosa.

Durante a Titanomaquia, Atlas, o defensor mais feroz dos Titãs, tinha gerado sete filhas com a Oceânide PLEIONE. Em homenagem a ela, as Sete Irmãs eram conhecidas como as PLÊIADES, embora algumas vezes, por respeito ao pai, também se refiram a elas como as ATLÂNTIDAS.

A mais velha e mais bonita dessas irmãs de olhos escuros era chamada Maia. Ela vivia como uma oréade simples e feliz nas agradáveis encostas coríntias do monte Cilene, na Arcádia.[69] Feliz, quer dizer, até a noite em que o deus Zeus apareceu para ela e a engravidou. Muito secretamente – porque as notícias da atitude de Hera para com os filhos bastardos de Zeus tinham vazado e instilado medo em todas as meninas bonitas na Grécia e além –, Maia, no tempo devido, deu à luz, em uma caverna remota, escondida, um menino saudável, que batizou de HERMES.

69. Hoje, monte Kyllini.

A criança prodígio

Hermes mostrou ser o bebê mais extraordinariamente petulante e precoce que jamais respirou. Um quarto de hora depois de nascido, ele engatinhou de um lado da gruta para o outro, fazendo, durante o trajeto, comentários para sua mãe assustada. Cinco minutos mais tarde, exigiu uma luz para poder examinar melhor as paredes da caverna. Como ninguém lhe deu luz alguma, ele bateu duas pedras sobre fiapos de palha e acendeu uma chama. Aquilo nunca tinha sido feito antes. Agora de pé (e não tinha nem meia hora de vida), essa criança notável anunciou que ia dar um passeio.

— As paredes apertadas desta côncavidade cavernosa criam em mim uma incômoda claustrofobia crônica — disse, inventando tanto a aliteração como a família de palavras "-fobia" enquanto falava. — Já a vejo num instante. Continue com sua fiação ou tricô ou seja lá o que isso for, boa mãe.

Enquanto passeava pelas encostas do monte Cilene, esse singular e sensacional prodígio começou a cantarolar para si mesmo. Seu cantarolar se transformou num canto afinado, que os rouxinóis nas florestas em seu redor começaram imediatamente a copiar e vêm tentando recapturar desde então.

Depois de ter percorrido ele não sabia que distância, viu-se num campo onde teve a maravilhosa visão de um rebanho de gado, de um branco puro, cortando a grama e mugindo suavemente à luz da lua.

— Oh! — Ele respirou extasiado. — Que lindos mu-mus. — Apesar de sua precocidade, ele não tinha superado a fala de bebê.

Hermes olhou para as vacas, e as vacas olharam para Hermes.

— Venham cá — mandou ele.

As vacas olharam um pouco para ele, baixaram a cabeça e continuaram a pastar.

— Hum. Então, é assim?

Hermes pensou rápido e juntou longas folhas de capim, que trançou numa versão bovina de uma ferradura, amarrando uma em cada pata de cada vaca. Em torno de seus próprios pezinhos rechonchudos, ele envolveu folhas de louro. Finalmente, quebrou um galho de um salgueiro jovem e o descascou até virar um longo chicote com o qual, facilmente e com perícia, fez cócegas e espetou as vacas até elas formarem um rebanho compacto e manobrável. Como precaução extra, ele as guiou, subindo a ladeira de costas, de volta à boca da caverna, onde sua mãe atônita e alarmada estava de pé, preocupada, desde o instante em que ele saíra tão calmamente.

Maia não tinha experiência como mãe, mas tinha a certeza de que o estilo assombroso e o comportamento excêntrico de seu filho não eram comuns – mesmo entre deuses. Sabia que Apolo tinha derrotado Píton quando ainda era bebê, e Atena, é claro, tinha nascido completamente armada, mas criar fogo de pedras? Pastorear gado? E o que era aquilo que ele estava balançando na frente de seus olhos – *uma tartaruga*? Será que ela estava sonhando?

— Agora, mãe — disse Hermes. — Ouça. Tive uma ideia. Eu gostaria que você virasse a tartaruga, tirasse a carne com uma colher e cozinhasse. Imagino que vá dar uma sopa deliciosa. Eu aconselharia acrescentar bastante alho silvestre, se fosse você, e talvez que tal um pouquinho de funcho? E, então, haverá carne para o prato principal, que eu vou providenciar agora mesmo. Vou só pegar essa faca emprestada e estarei com você outra vez num piscar de olhos.

Com essas palavras, ele desapareceu nos fundos da caverna, e nas pedras ressoaram os gritos aterradores de uma vaca tendo a garganta cortada por um bebê de punhos rechonchudos.

Depois do que Maia confessou ter sido uma ceia verdadeiramente deliciosa, ela reuniu a coragem para perguntar ao filho o que ele faria agora, porque ele estava pendurando fieiras de tripa de vaca em frente ao fogo. Enquanto esperava que essas tiras fedorentas secassem, ele se ocupava furando pequenos orifícios nas beiradas da casca da tartaruga.

— Tive uma ideia — foi tudo o que ele disse a ela.

Apolo decifra os sinais

Hermes pode ou não ter sabido, mas, em sua primeira noite na terra, ele viajou por uma boa distância. Desde o lugar em que nasceu, no monte Cilene, para o norte, por entre os campos da Tessália até Pieria, onde ele encontrou e arrebanhou o gado. E, depois, caminhou tudo de volta. Em passos de bebê, é uma distância e tanto.

O que Hermes certamente não podia ter sabido é que o gado pertencia a Apolo, que tinha grande apreço por ele. Quando as notícias de seu desaparecimento chegaram ao deus, ele se mandou, furioso, para Pieria, para seguir o que ele supunha ser uma maldosa gangue de ladrões até seu covil. Dríades ou faunos selvagens que tinham ido pelo mau caminho, imaginou. Eles se arrependeriam de tirar propriedade do deus das flechas. Deitou-se no campo do gado para examinar o solo com toda a minúcia de um rastreador experimentado. Para sua surpresa, o bandido não tinha deixado nenhum traço útil. Tudo o que ele conseguia ver eram marcas de coisas arrastadas, espirais e remoinhos sem sentido e – a não ser que ele estivesse enlouquecendo – uma minúscula impressão de um pezinho de bebê. Quaisquer impressões que pudessem ter sido formadas pelos cascos das vacas pareciam se dirigir, não para fora do campo, mas *na direção* dele.

Seja lá quem tivesse roubado o gado, estava gozando com a cara de Apolo. Era claro que se tratava de ladrões com prática e experiência. Sua irmã Ártemis era a caçadora mais hábil que ele conhecia: será que ela ousaria? Talvez tivesse bolado algum jeito esperto de esconder seus rastros. Ares não tinha a inteligência. Poseidon não estaria interessado. Hefesto? Pouco provável. *Quem*, então?

Ele notou um tordo alisando as penas com o bico num galho nas proximidades e, num gesto suave, puxou o arco e derrubou a criatura. O deus dos oráculos e das adivinhações abriu o papo do passarinho e olhou para dentro, para ler as entranhas.

Pela coloração do intestino baixo, a dobra no rim direito e a disposição pouco natural do timo, ficou imediatamente claro que o gado estava em algum lugar na Arcádia, perto de Corinto. E o que dizia aquele coágulo de sangue no fígado? Monte Cilene. E o que mais? Ah! *Era* a impressão do pé de um bebê, afinal de contas.

A testa de Apolo, em geral lisa, se franziu numa careta, seus olhos azuis reluziram e seus lábios rosados se comprimiram em uma linha ameaçadora.

Ele teria sua vingança.

MEIOS-IRMÃOS

Quando Apolo chegou ao sopé do monte Cilene, seu humor já estava por um fio, quase se rompendo. O mundo todo sabia que suas vacas eram sagradas para ele. Era evidente que elas eram de uma raça rara e valiosa. Quem *ousaria?*

Uma hamadríade, pendurada nos galhos de seu freixo, não sabia de nada, mas o informou de que, mais acima, um bando de ninfas tinha se reunido em torno da boca da caverna de Maia. Quem sabe ele não encontraria sua resposta lá? Ela mesma iria, se pudesse largar sua árvore.

Ao chegar ao topo da montanha, Apolo viu que a população inteira de Cilene estava congregada na abertura da caverna. Ao chegar mais perto, percebeu que um som saia lá de dentro – um som como ele nunca escutara antes. Era como se toda a doçura, o amor, a perfeição e tudo o que era lindo tivesse vindo à vida e estivesse suavemente passando por seus ouvidos, chegando até sua alma. Assim como o aroma da ambrosia atraía um deus para a mesa e o fazia suspirar em gloriosa antecipação, exatamente como a visão de uma ninfa bonita fazia com que o *ichor* quente do deus cantasse e borbulhasse em suas veias até que ele sentisse que ia estourar, como o toque quente de pele contra pele o empolgava até suas profundezas – dessa mesma forma, esses ruídos invisíveis seduziram e enfeitiçaram o deus até ele achar que podia enlouquecer de alegria e desejo. Ah, se ele conseguisse arrancá-los do ar e absorvê-los no peito, se pudesse

O som mágico parou subitamente e o encanto se rompeu.

A multidão de náiades e dríades e outros espíritos que tinham se amontoado em torno da entrada da caverna agora se dispersava, sacudindo a cabeça, maravilhada, enquanto ia embora, como se saindo de um transe. Abrindo caminho por entre as criaturas, Apolo viu que, ao lado da boca da caverna, em pilhas de pedras, estavam à mostra dois vastos lados de carne, fatiados em bifes maravilhosos. A ofensa subiu outra vez à superfície.

— Você me paga! — rugiu ele ao entrar correndo. — Agora, você vai...

— Shh!

A prima de Apolo, a oréade Maia, estava sentada numa cadeira de palha, costurando. Ela pôs um dedo nos lábios e inclinou a cabeça na direção de um berço ao lado do fogo, no qual um bebê de faces rosadas gorgolejava em seu sono.

Apolo não se intimidou.

— Essa criança demoníaca roubou o meu gado!

— Está maluco? — disse Maia. — Meu anjinho mal tem um dia de idade.

— Anjinho, uma ova! Sei ler as entranhas de um tordo. Além do mais, estou ouvindo os bichos pisoteando e mugindo lá no fundo. Conheço o mugido delas em qualquer lugar. Esse bebê é um ladrão e eu exijo…

— Você exige *o quê?* — Hermes se sentou e agora estava encarando Apolo com um olhar dominador. — Será que um garoto não pode tirar uma soneca por aqui? Eu tive uma noite muito atribulada trazendo gado, e a última coisa de que preciso é…

— Você admite! — gritou Apolo, avançando para ele. — Por Zeus, vou estrangulá-lo, seu…

Mas, no momento em que ele levantou Hermes, pronto para fazer não se sabe o que com ele, um estranho objeto feito de madeira e casca de tartaruga caiu do berço. Ao cair, fez um barulho que instantaneamente chamou de volta o som mágico que tinha de tal modo trespassado Apolo quando ele estava do lado de fora da caverna.

Ele jogou Hermes de volta no berço e pegou o objeto. Duas barras finas de madeira tinham sido atadas à casca da tartaruga, e fios de tripa de gado estavam bem esticados entre elas. Apolo pegou uma corda com o polegar e, outra vez, o som maravilhoso chegou até ele.

— Como…?

— Ah, essa bobagem? — disse Hermes erguendo as sobrancelhas, surpreso. — É só uma coisinha que eu montei na noite passada. Eu a chamo de "lira". É possível, no entanto, tirar efeitos interessantes dela. Se pinçá-la do jeito certo. Ou você pode dedilhar, se quiser. Aperta umas duas cordas e… Aqui, me dá aqui que eu lhe mostro.

Logo, eles estavam beliscando, pinçando, batendo, tangendo, dedilhando, arranhando e permutando acordes novos como adolescentes excitados. Hermes estava no meio da demonstração do princípio das harmonias naturais quando Apolo, fascinado pelos sentimentos provocados nele por esse extraordinário dispositivo, caiu em si.

— Sim, tudo bem — disse ele —, mas e a droga do meu gado?

Hermes olhou para ele de maneira interrogativa.

— Você deve ser, deixa eu ver... não diga... Apolo, certo?

Não ser reconhecido era uma experiência nova para Apolo, da qual ele não gostou muito. Um bebê de um dia falando com ele em tom superior era outra coisa que entrou em sua lista de experiências menos agradáveis. Ele estava prestes a esmagar aquele espirro de grilo com um comentário cortante e, possivelmente, um soco no queixo, quando se viu frente a uma mãozinha cheia de covinhas estendida.

— Toca aqui, Pol. Prazer em conhecer. Hermes, último acréscimo ao rol divino. Sou seu meio-irmão, acho! A mãe Maia aqui repassou comigo toda a árvore da família na noite de ontem. Que bando de malucos nós somos, hein? Hein?

Mais uma sensação nova estava cutucando jocosamente as costelas de Apolo. Ele sentiu que estava perdendo o controle da situação.

— Olha, eu não quero saber quem você é, não pode sair por aí roubando meu gado e esperando não pagar por isso.

— Ah, eu vou pagar, não se preocupe. Mas eu tinha de pegá-los. Intestinos da melhor qualidade. Se eu ia fazer uma lira para meu amado irmão, eu precisava das melhores cordas.

Apolo olhou de Hermes para a lira e da lira para Hermes.

— Você quer dizer...?

Hermes assentiu.

— Com o meu amor. Suas são a lira e a arte que a acompanha. Afinal, você já é o deus dos números, do raciocínio, da lógica e da harmonia. A música se encaixa perfeitamente nesse portfólio, não acha?

— Não sei o que dizer.

— Você pode dizer: "Obrigado, Hermes" e "Por favor, fique com o gado, meu irmão".

— Obrigado, Hermes! E, por favor, fique com o gado.

— Bondade sua, meu velho, mas, na verdade, eu só preciso de dois. Você pode levar o resto.

Apolo, aturdido, apertou a testa suada com uma mão.

— E por que você só precisa de dois?

Hermes pulou para o chão.

— Maia me disse que os deuses amam ser adorados, entende, e o quanto sacrifícios animais significam para eles. Então, abati duas das vacas e ofereci onze fatias de carne queimando de uma delas ao Olimpo. Mamãe e eu compartilhamos o décimo segundo bife ontem à noite. Ainda sobrou um pouco, se você gostar dele frio. Fica muito bom com uma pasta de sementes de mostarda que eu desenvolvi.

— Obrigado, não — disse Apolo. — Bem pensado, de sua parte, enviar fumaça para os deuses dessa maneira — acrescentou. Apolo adorava uma oferta votiva tanto quanto qualquer outro deus. — Muito adequado.

— Bem — disse Hermes —, vamos ver se funcionou. — Sem qualquer aviso, ele pulou nos braços de Apolo e o agarrou pelos ombros.

A mente, o corpo e as maneiras rápidas como um relâmpago daquele bebê notável estavam fazendo com que Apolo ficasse tonto.

— Ver se o quê funcionou?

— Meus planos para ficar nas boas graças do nosso pai. Leve-me ao Olimpo e me apresente a todos — disse Hermes. — Aquele décimo segundo trono vazio tem meu nome nele.

O décimo segundo deus

Em Hermes, tudo era rápido. Sua mente, sua inteligência, seus impulsos e seus reflexos. Os deuses do Olimpo, já lisonjeados com toda aquela bela fumaça que subira a seus narizes na noite anterior vinda do monte Cilene, ficaram fascinados com o recém-chegado. Até Hera apresentou uma face para ser beijada e declarou que a criança era encantadora. Antes que alguém notasse, ele já estava no colo de Zeus, puxando a barba dele. Zeus riu e os deuses todos riram com ele.

Quais seriam os deveres desse deus? A rapidez de sua mente e de seus pés sugeriram uma resposta imediata – ele deveria se tornar o mensageiro dos deuses. Para que Hermes fosse ainda mais rápido, Hefesto executou o que se tornaria para sempre a assinatura do novo deus, a *talária* – um par de sandálias com asas que permitia que ele zunisse de um lugar para outro mais rápido do que uma águia. Hermes se deleitou com elas de um modo tão genuíno, e apertou Hefesto a si com tanto calor e afeição grata, que o deus do fogo e das forjas imediatamente claudicou de volta para sua oficina e, depois de um dia e uma noite de trabalho furioso, voltou com um elmo alado com uma coroa baixa e uma beirada flexível para combinar com as talárias. Isso emprestou a Hermes um toque de grandeza e mostrou ao mundo que esse jovem petulante e belo representava a terrível majestade dos deuses. Num impulso extra, Hefesto o presenteou com um bastão de prata encimado com asas e enlaçado com duas serpentes.[70]

As histórias das explorações de Hermes divertiram muito Zeus, naquele momento e dali em diante. A astúcia e a duplicidade que ele demonstrara ao roubar o gado de Apolo tornaram Hermes uma escolha natural para ser o deus dos malandros, ladrões, mentirosos, vigaristas, jogadores, traficantes, palhaços, contadores de histórias e esportistas. O contraponto mais grandioso aos mentirosos, palhaços e contadores de histórias foi seu quinhão também na literatura, na poesia, na oratória e no humor. Sua habilidade e sua percepção lhe permitiram ter influência nos campos da ciência e da medicina.[71] Ele se tornou o deus do comércio e dos negócios, dos pastores (é claro) e das viagens e das estradas. Apesar de a música ter sido invenção dele, ele, como prometido, presenteou Apolo com a divina responsabilidade por ela. Apolo simplificou a estrutura da lira substituindo a casca de tartaruga pela elegante estrutura de ouro com a qual associamos o instrumento clássico.

Assim como sugeri que Ártemis e Atena pudessem ser consideradas representações de opostos (selvagem *vs.* cultivado, impulsivo *vs.* ponderado etc.), pode-se dizer que a mutabilidade, a rapidez e os impulsos enérgicos do tráfego e do comércio, personificados por Hermes, apresentam uma contraposição exata à serenidade, permanência, ordem e eficiência doméstica centrada de Héstia.

Fora o bastão, o chapéu e as sandálias aladas que Hefesto fabricou para Hermes, seus símbolos incluem a tartaruga, a lira e o galo. Os romanos o

---

70. O garboso elmo de Hermes é conhecido como *petasus*. Seu bastão, o *kerykeion* – ou *caduceu*, para os romanos –, muitas vezes aparece como um símbolo universal da medicina e das ambulâncias, ou como alternativa ou confundido com o bastão de ASCLÉPIO (de quem vamos falar mais tarde).

71. Os alquimistas medievais e renascentistas o chamavam de Hermes *Trimegistus* ("três vezes majestoso"). Como dizem que ele conseguia magicamente vedar tubos de vidros, arcas e caixas, uma invenção do século XVII chamada Hemisférios de Magdeburgo (que empregava a força da pressão atmosférica e do vácuo para criar uma vedação incrivelmente forte) foi descrita como "fechada hermeticamente", uma expressão ainda muito usada até hoje.

chamavam de MERCÚRIO e o veneravam com quase tanto fervor quanto os gregos. Ele tinha a pele lisa como a de seu meio-irmão favorito, Apolo (agora, eles eram melhores amigos), e, como ele, era uma divindade da luz. Sua luz não era dourada como a de Apolo, mas prateada – um prata metálico. Inclusive, o elemento chamado "mercúrio" em sua homenagem é algumas vezes denominado prata viva, e tudo o que é mercurial nos lembra esse deus encantador. Mais tarde, Hermes assumiria sua responsabilidade divina talvez mais importante, mas, por enquanto, vamos sentá-lo no décimo segundo trono e inspecionar a grandeza da Megala Kazania,[72] o grande palco no topo do Monte Olimpo.

OS OLÍMPICOS

Dois tronos grandes em frente a dez tronos menores. Cada um é ocupado por um deus ou uma deusa. Zeus estende sua mão esquerda para que Hera a segure.

Megala Kazania, o anfiteatro esculpido nas rochas olímpicas pelos Hecatônquiros durante sua grande batalha com os Titãs, se estende ante os deuses.[73] Um grande aplauso sobe da multidão de imortais reunida para testemunhar essa grande ocasião, o momento supremo de Zeus.

A Rainha do Céu segura a mão dele. Ela está contente. Teve uma conversa com seu marido inconstante. Não haverá novos deuses. Não haverá mais sedução e gravidez de ninfas ou Titânides. O dodecateon está completo e Zeus se voltará agora para o negócio sério de estabelecer seu governo em perpetuidade. Ela, Hera, estará sempre lá para apoiá-lo e orientá-lo, para manter a ordem e o decoro.

Enquanto inspeciona os dez deuses sorridentes dispostos à frente deles, Zeus sente Hera apertar sua mão e compreende o que essa pressão firme significa. Ele saúda a multidão de Titãs perdoados e ninfas histéricas aglomerada abaixo. Ciclopes, Gigantes, Melíades e Oceânides se empurram

72. Esse é o nome moderno – cujo significado literal é "grandes caldeiras" –, e até hoje é uma visão privilegiada para montanhistas que ousam escalar as alturas do Olimpo.

73. Foi a ação dos Hecatônquiros ou das morenas glaciais. Ninguém pode dizer com certeza.

para ver melhor. As Cárites e as Horas brilham timidamente. Hades, as Erínias e outras criaturas escuras do mundo inferior fazem mesuras. As trezentas mãos dos Hecatônquiros agitam sua feroz lealdade.

Agora, para marcar o início do Reino dos Doze, Héstia desce de seu trono e acende o óleo em uma grande tigela brilhante de cobre batido. Um enorme aplauso ressoa em torno da montanha. Uma águia voa acima. Um trovão ribomba pelo céu.

Héstia volta a seu trono. Zeus a observa alisar calmamente a saia de sua túnica, e transfere seu olhar para os outros, um por um – Poseidon. Deméter. Afrodite. Hefesto. Ares. Atena. Ártemis. Apolo. Hermes. Esses deuses e toda a criação se inclinam à sua frente. Todos os seus inimigos estão espalhados, destroçados, presos ou domesticados. Ele criou um império e um reino como o mundo nunca havia visto. Ele vencera. No entanto, não sente nada.

Zeus olha para cima e, na aresta mais distante da montanha, vê, destacada contra o céu, uma figura cujas vestes balançam ao vento. Seu pai Cronos tinha vindo. A lâmina de sua foice apanha a luz das chamas abaixo enquanto ele a oscila lentamente para a frente e para trás como um pêndulo. Embora nem Zeus consiga enxergar a essa distância e sem iluminação, ele tem certeza de que há uma careta cruel, insultuosa na face descarnada e arruinada de seu pai.

— Acene, Zeus. E, pelo amor de deus, sorria! — O sussurro entre dentes de Hera o faz voltar à realidade. Ao olhar outra vez, a silhueta escura do pai tinha ido embora. Talvez ele tivesse apenas imaginado.

Mais palmas ressoam. Ao ronco do trovão é acrescentado um estrondo da própria terra. Gaia e Urano estão acrescentando seus parabéns. Ou, talvez, seus avisos. Os vivas não param. Tudo o que está vivo o venera e adora. Esse deveria ser o dia mais feliz de sua vida.

Alguma coisa está faltando. *Alguma coisa...* Ele franze a testa e pensa. De repente, um grande raio sai do céu e atinge o solo, fazendo subir uma lufada violenta de fumaça e poeira queimada.

— Não faça isso, querido — diz Hera.

Mas Zeus não está escutando. Ele teve uma ideia.

OS BRINQUEDOS DE ZEUS

PARTE UM

PROMETEU

Eu já mencionei Prometeu, filho de Jápeto e Clímene. Esse jovem Titã inteligente tinha todos os atributos mais encantadores. Ele era forte, bonito de doer, fiel, leal, discreto, modesto, engraçado, atencioso, bem-educado e, de modo geral, a companhia mais atraente e cativante que poderia haver. Todo mundo gostava dele, mas era Zeus quem gostava mais. Quando a agenda repleta de Zeus permitia, os dois iam caminhar juntos pelo campo, conversando sobre tudo e sobre nada – fortuna, amizade e família ou guerra e destino, além de muitas das coisas bobas e inconsequentes de que os amigos falam.

Nos dias anteriores à posse do dodecateon, Prometeu – que gostava tanto de Zeus quanto Zeus gostava dele – começou a notar uma mudança no amigo. O deus parecia rabugento e irritável, menos inclinado a caminhadas, menos bobo e brincalhão, com mais tendência ao mau humor e a rompantes de petulância indignos do deus majestoso, bem-humorado e autocontrolado que Prometeu conhecia e amava. Ele atribuiu isso aos nervos e tratou de ficar fora do caminho.

Certa manhã, mais ou menos uma semana depois da grande cerimônia, Prometeu, que gostava de dormir na grama comprida, em algum lugar dos prados perfumados da Trácia, foi acordado de súbito por alguém que beliscava persistentemente seus dedos dos pés. Abriu os olhos e viu o Rei dos Deuses animado e rejuvenescido pulando para cima e para baixo à sua frente, como uma criança impaciente na manhã de seu aniversário. A melancolia de Zeus tinha se dissipado como a névoa no topo de uma montanha, e toda a jovialidade característica a ele tinha voltado, dez vezes mais forte.

— Levante, Prometeu! Acorda, de pé!

— Ahn?

— Hoje, vamos fazer uma coisa notável, uma coisa que será aplaudida pelo mundo durante milênios. Vai repercutir pelas eras, será a…

— Caçar ursos, é?

— Ursos? Eu tive uma ideia muito extraordinária. *Vamos!*

— Aonde estamos indo?

Zeus não respondeu, mas, pondo um braço em torno de Prometeu, levou-o à força por entre os campos num silêncio pontuado por ocasionais acessos de riso excitado. Se Prometeu não conhecesse bem o seu amigo, acharia que ele estava bêbado de néctar.

— E essa ideia? Talvez você possa começar pelo começo…

— Ótimo, sim. O começo. Certo. O começo é exatamente onde devíamos começar. Sente-se aqui. — Zeus indicou uma árvore caída e ficou andando de um lado para outro enquanto Prometeu examinava a casca da árvore para ver se havia formigas, antes de se sentar. — Agora. Pense em como tudo começou. *En arché en Chaos*. No início, era o Caos. Do Caos, veio a Primeira Ordem: Érebo, Nix, Hemera e a geração deles, seguida da Segunda Ordem, nossos avós Gaia e Urano, certo?

Prometeu assentiu, cauteloso.

— Gaia e Urano — continuou Zeus —, que, por sua vez, deslancharam sobre a criação a catastrófica aberração que são vocês, os Titãs…

— Epa!

— E, em seguida, vieram todas aquelas ninfas, os espíritos, infinitas divindades menores e monstros, animais, sei mais o quê e, finalmente, o apogeu. Nós. Os deuses. Céu e Terra aperfeiçoados.

— Depois de uma guerra longa e sangrenta contra a minha raça. Que eu o ajudei a vencer.

— Sim, claro. Mas o resultado final… Está tudo muito bem. Paz e prosperidade por toda parte. Mas mesmo assim…

Zeus caiu num silêncio tão longo que Prometeu se sentiu obrigado a quebrá-lo.

— Você não está dizendo que tem saudade da guerra, está?

— Não, não é isso… — Zeus continuou a andar de um lado para outro em frente a Prometeu, como um professor ensinando numa classe de um só aluno. — Você deve ter notado que andei um tanto irritado ultimamente.

Vou dizer por quê. Sabe como, algumas vezes, eu gosto de voar sobre o mundo sob a forma de águia?

— Procurando ninfas.

— Este mundo — Zeus continuou, fingindo não ter ouvido — é extraordinariamente lindo. Cada coisa em seu lugar: rios, montanhas, pássaros, bichos, oceanos, bosques, planícies e cânions... Mas, sabe, quando eu olho para baixo, me vejo sentindo pena de como ele está vazio.

— *Vazio?*

— Ah, Prometeu, você não tem nenhuma ideia de como é tedioso ser um deus em um mundo completo e acabado.

— *Tedioso*?

— É, chato. Já há algum tempo me dei conta de que estou entediado e solitário. Digo "solitário" num sentido amplo. No sentido cósmico. Estou cosmicamente solitário. Será que é assim que vai ser para sempre, agora? Eu, em um trono no Olimpo, raios no colo, enquanto todo mundo se inclina e se ajoelha, canta louvores e pede favores? Eternamente? Qual é a graça?

— Bem...

— Fale a verdade, você também detestaria...

Prometeu comprimiu os lábios e pensou um pouco. Era verdade que ele nunca invejara o trono imperial nem todas as suas amolações e os encargos do amigo.

— Suponha — disse Zeus —, suponha que eu queira começar uma nova série.

— Nos Jogos Píticos?

— Não, não uma série esportiva. Uma raça, uma nova *espécie*. Uma nova ordem de seres. Como nós em cada detalhe, eretos em duas pernas...

— Uma cabeça?

— Uma cabeça. Duas mãos. Parecidos conosco em todos os detalhes, e teriam... Você é o intelectual, Prometeu, como se chama aquela nossa característica que nos eleva acima dos animais?

— Nossas mãos?

— Não, a parte que nos diz que existimos, que nos torna cientes de nós mesmos?

— Consciência.

— É isso. Essas criaturas teriam *consciência*. E linguagem. É claro que não seriam uma ameaça para nós. Eles viveriam aqui embaixo na terra e usariam sua inteligência para cultivar, se alimentar e se virar sozinhos.

— Então... — Prometeu franziu a testa em concentração enquanto tentava formar uma imagem coerente na cabeça. — Uma raça de seres como nós?

— Exatamente! Mas não tão grandes quanto nós. E seriam criação minha. Bem, criação nossa.

— Criação *nossa*?

— Você é bom com as mãos. Outro Hefesto. Minha ideia é que você modelaria essas criaturas em... em barro, por exemplo. Elas deveriam ser formadas à nossa imagem, anatomicamente corretas em cada detalhe, mas numa escala menor. Depois, nós poderíamos animá-las, dar vida a elas, replicá-las, soltá-las na natureza e ver o que acontece.

Prometeu ponderou essa ideia.

— E nós vamos nos comunicar com eles, falar com eles, andar por aí com eles?

— A ideia é exatamente essa. Ter uma espécie inteligente, bem, semi-inteligente, para nos louvar e nos adorar, para brincar conosco e nos divertir. Uma raça subserviente, de miniaturas em adoração.

— Machos e fêmeas?

— Ah, céus, não, só machos. Você pode imaginar o que Hera diria...

Prometeu podia muito bem imaginar qual seria a reação de Hera se o mundo ficasse subitamente cheio de outras mulheres com quem seu marido errante pudesse se envolver. Ele viu que Zeus estava muito empolgado com esse esquema grandioso. Quando o deus colocava alguma coisa na cabeça, Prometeu sabia, mesmo uma coisa tão nova e estranha como essa, nem mesmo os Hecatônquiros e Gigantes juntos seriam capazes de demovê-lo.

Não que Prometeu fosse contra a ideia. Era uma experiência empolgante, decidiu ele. Brinquedos para os imortais. Pensando bem, era uma ideia realmente encantadora. Ártemis tinha seus cães, Afrodite, suas pombas, Atena, sua coruja e sua serpente, Poseidon e Anfitrite, seus golfinhos e suas tartarugas. Até Hades tinha um cachorro – embora fosse completamente repulsivo. Era no mínimo adequado que o chefe dos deuses projetasse seu próprio tipo especial de bicho de estimação, mais inteligente, leal e cativante do que os outros.

SOVA E COZIMENTO

A história não tem um consenso sobre quando e onde, exatamente, Prometeu e Zeus foram buscar a melhor argila para realizar o plano. Fontes primitivas, como o viajante Pausânias, no século II d.C., alegavam que o local foi Panopeu, na Fócida. Estudiosos posteriores disseram que os dois viajaram para o leste da Ásia Menor, até as terras férteis que ficam entre os rios Tigre e Eufrates.[74] O saber mais recente sustenta que a busca os levou para além do Nilo, cruzando o equador e acabando na África Oriental.

Seja lá onde for, eles, por fim, encontraram o que Prometeu declarou ser o local perfeito: um rio de cujas margens escorregadias vazava exatamente o tipo de lama e minerais que ele queria para dar consistência, textura, durabilidade e cor.

— Essa argila é boa — disse ele a Zeus. — Não, nem pense em ficar aí sentado. Eu preciso trabalhar em paz e livre de qualquer distração. Mas, antes de ir embora, vou precisar de um pouco de sua saliva.

— Como é?

— Se essas criaturas vão viver e respirar, elas precisam de alguma coisa sua na composição.

Zeus viu justiça no argumento e ficou satisfeito em pigarrear e encher um poço seco com seu cuspe divino.

— Vou precisar enfileirar meus bonequinhos de argila, um a um, nas margens do rio para que assem ao sol — explicou Prometeu. — Volte lá pelo cair da tarde, e eles deverão estar prontos.

Zeus gostaria de ficar espiando, mas conhecia o suficiente sobre temperamento artístico para deixar Prometeu trabalhar. Subindo sob a forma de uma águia, ele foi embora voando, deixando o amigo sozinho com sua arte.

74. A palavra grega para "entre rios" é Mesopotâmia, nome pelo qual era conhecida aquela região pelos gregos.

Prometeu começou hesitante, primeiro fazendo rolos de argila, cada um com aproximadamente quatro *podes* de comprimento.[75] Em cima desses rolos, ele grudou uma bola de argila umedecida com saliva, como cabeça. Era uma questão de desembaraçar, torcer e ajustar, amassar e massagear, puxar, examinar e pinçar, até que surgiu alguma coisa parecida com uma pequena versão de um Titã. Zeus não tinha exagerado quando comparou Prometeu a Hefesto – ele realmente era habilidoso. De fato, o que ele exibia agora, enquanto pressionava e dava forma, era mais do que habilidade: era arte.

Ao misturar a argila com pigmentos diferentes, ele construiu uma série diversa e colorida de criaturas masculinas naturais. Seu primeiro esforço tinha sido um pequeno ser cuja pele combinasse bem com a pele beijada de sol dos deuses. Em seguida, ele fez uma pele negra brilhante, depois, outra que era mais um marfim cremoso com subtom cor-de-rosa, depois, vieram bonecos âmbar, amarelos, bronze, vermelhos, verdes, bege, roxos vivos e do azul mais brilhante.

UM CONJUNTO REDUZIDO

Na caída da noite, Prometeu se levantou e se espreguiçou com um bocejo e aquele gemido especial de cansaço e satisfação que segue uma longa sessão de trabalho concentrado.

O sol da tarde tinha aquecido seu trabalho até uma consistência leve, maleável, conhecida no mundo da cerâmica como "louça de queijo". O tempo usado por Prometeu foi preciso, porque, se as criaturas finalizadas tivessem sido expostas ao calor mais forte do meio-dia, elas teriam secado ao ponto de "louça de *biscuit*", fazendo com que ficassem quebradiças e frágeis demais para suportar qualquer modificação de última hora, que seu patrão real e divino certamente exigiria. Orelhas mais compridas, o dobro de genitais, esse tipo de coisa. Os deuses são, acima de tudo, seres caprichosos.

E, a não ser que seus próprios ouvidos o enganassem, lá vinha agora o Rei dos Deuses, atravessando o matagal em ruidosa conversa com alguém.

75. Ver apêndice, p. 357.

Prometeu conseguiu perceber uma voz feminina, baixa e comedida. Zeus tinha trazido Atena, sua filha preferida.

— Seu pai, o deus imperador, o mundo conhece. — Prometeu conseguia ouvi-lo dizer. — Zeus, o todo-poderoso, sim. Zeus, o conquistador de tudo, certamente. Zeus, o onisciente, é claro. Zeus, o...

— Zeus, o modesto?

— Zeus, o *criador*, então. Não tem uma pegada?

— Uma boa pegada.

— Então, a margem do rio deve estar bem ali. Vamos chamá-lo. Ei, *Prometeu*!

Japins-soldados que estavam chocando subiram como um foguete, gritando alarmados.

— *Prometeeeeu!*

— Aqui! — gritou Prometeu. — Mas cuidado, porque...

Tarde demais.

Irrompendo por entre as árvores para a clareira, Zeus, em seu entusiasmo, tinha pisado na fileira dos bonecos maravilhosamente fabricados que secavam na ribanceira. Num grito de fúria e desespero, Prometeu correu para avaliar o dano.

— Seu pateta desajeitado! — berrou ele. — Você os destruiu. Veja!

Ninguém mais na criação podia se safar falando com Zeus dessa maneira. Atena ficou pasma ao ver seu pai baixar a cabeça num humilde pedido de desculpas.

Mas, num segundo exame, as coisas não estavam assim tão ruins quanto Prometeu temia. Só três dos bonecos estavam além de qualquer conserto. Ele os apanhou na lama, a argila esmagada ainda com as impressões dos enormes dedos dos pés de Zeus.

— Ah, bem — disse Zeus alegremente —, o resto está bom, isso mais que basta. Vamos adiante, está bem?

— Mas olhe estes! — lamentou Prometeu, segurando as estatuetas esmagadas e estragadas. — A verdinha, a violeta e a azul eram exatamente as minhas preferidas.

— Ainda temos a preta, a marrom, a marfim, a amarela, a avermelhada e tal. Isso basta, não?

— Eu realmente *adorava* aquele tom de azul-cobalto.

Atena olhava para os bonecos intactos que jaziam brilhando aos raios do sol poente.

— Ah, Prometeu, eles são perfeitos — disse ela, na voz suave que chamava mais atenção do que os rugidos e gritos dos demais olímpicos.

Prometeu se animou imediatamente. Um elogio de Atena significava tudo.

— Bem, eu realmente botei meu coração e minha alma neles.

— Belo trabalho, realmente, muito bom — declarou Zeus. — Formados pelo grande Titã, com a argila de Gaia, eles foram aglutinados pela minha saliva real e cozidos pelo sol, e serão trazidos à luz pelo delicado sopro da minha filha.

Fora Métis, sempre dentro de Zeus, a estimular nele a ideia de que deveria ser Atena a trazer essas criaturas à vida. Ela sopraria em cada um, literalmente os *inspirando* com algumas de suas grandes qualidades de sabedoria, instinto, astúcia e sensatez.

ENCONTRA-SE UM NOME

Ajoelhando-se na ribanceira do rio, Atena soprou seu doce hálito quente em cada uma das pequenas estátuas. Quando acabou, levantou-se para se unir a Prometeu e a seu pai, observando para ver o que iria ocorrer.

Tudo aconteceu um tanto lentamente.

No início, um dos bonecos mais escuros estremeceu e soltou um tipo de gemido arfante.

Na outra extremidade da fila, um amarelo se contorceu e deu uma tossidinha.

Dentro de segundos, todos os pequenos seres estavam vivos e se mexendo. Poucos momentos depois, eles experimentavam seus membros, olhos e outros sentidos, olhando uns para os outros, cheirando o ar, conversando e gritando. Após algum tempo, estavam de pé, e até davam seus primeiros passos cambaleantes.

Zeus tomou as duas mãos de Prometeu e dançou com ele, rodando, rodando.

— Olhe! — gritou ele. — Olhe! Não são lindos? São maravilhosos, muito maravilhosos!

Atena levou um dedo aos lábios.

— Shhh! você os está assustando. — Apontou para baixo, para os homenzinhos minúsculos que agora olhavam para cima com ares de medo e consternação. O mais alto deles não chegava nem à altura do joelho dela.

— Tudo bem, pequeninos — disse Zeus, inclinando-se e dirigindo-se a eles com uma voz que esperava ser tranquilizadora. — Não precisam ficar com medo!

Mas o colossal som ribombante que emergiu pareceu alarmar ainda mais as criaturinhas, e elas começaram a agitar os braços e a rodopiar, alarmadas.

— Vamos nos reduzir ao tamanho deles — sugeriu Prometeu. Enquanto falava, ele se encolheu até ficar apenas uns trinta centímetros, mais ou menos, mais alto do que sua criação. Zeus e Atena fizeram o mesmo.

Com abraços, sorrisos e palavras suaves, os seres assustados e aturdidos foram lentamente pacificados e se tornaram amigos. Eles se aglomeraram em torno dos três imortais, inclinando-se e prostrando-se.

— Não há necessidade de mesuras — disse Prometeu, tocando um deles, e se maravilhando com a textura e a vida que conseguia sentir batendo lá dentro. O hálito de Atena tinha transformado a argila nessa carne quente, intensa. Os olhos de todos eles estavam brilhantes de vida, energia e esperança.

— Com licença — corrigiu Zeus —, mas as mesuras são *super* necessárias. Somos os deuses deles, e eles não podem se esquecer disso.

— Não sou o deus deles — contrariou Prometeu, olhando para os seres com um sentimento intenso de amor e orgulho. — Sou amigo deles. — Ajoelhou-se para ficar mais baixo que eles. — Vou ensiná-los a pastorear, a moer o trigo e o centeio, para que façam pão. A cozinhar, a forjar instrumentos…

— Não! — Zeus deu um rugido repentino que botou as assustadas criaturas em movimento de pânico outra vez. O rugido de Zeus foi respondido por um grande ribombar de trovão no céu. — Você pode ficar amigo deles o quanto quiser, Prometeu, e eu não tenho dúvidas de que Atena e todos os outros deuses também ficarão. Mas uma coisa eles nunca poderão ter. Jamais. É o fogo.

Prometeu encarou o amigo, atônito.

— Mas... por que jamais ?

— Com o fogo, eles poderão crescer e nos desafiar. Com o fogo, poderão achar que são nossos iguais. Eu sinto isso e sei disso. Eles nunca deverão receber o fogo. É meu decreto.

Um longo ressoar de trovão à distância reafirmou suas palavras.

— Mas — Zeus agora sorriu — tudo o mais no mundo é deles para aproveitar. Eles podem viajar para qualquer canto. Podem navegar os mares de Poseidon, buscar a ajuda de Deméter para semear e cultivar alimento, aprender com Héstia as artes de manter a casa, descobrir como cuidar dos animais para ter leite, peles e trabalho, e aprender com Ártemis as artes da caça. Hermes pode ensinar a eles a astúcia, Apolo pode instruí-los nas artes da música e do conhecimento. Atena os ensinará a serem sábios e contentes. E Afrodite compartilhará com eles as artes do amor. Serão livres e felizes.

— Como os chamaremos? — perguntou Atena.

— "Aquilo que está abaixo" — declarou Zeus, depois de pensar um pouco. — "*Anthropos*."[76]

Bateu palmas, e o amontoado de humanos feitos à mão se tornou uma centena, e a centena se tornou uma horda, e a horda, sempre se expandindo para fora, se tornou uma multidão, até que a população humana, chegando agora às centenas de milhares, estava a caminho de encontrar um lar em cada canto do mundo.

E, desse modo, a raça primitiva dos homens passou a existir. Pode-se dizer que Gaia, Zeus, Apolo e Atena foram seus progenitores, tanto quanto Prometeu, que talhou a humanidade de quatro elementos: Terra (a argila de Gaia), Água (o cuspe de Zeus), Fogo (o sol de Apolo) e Ar (o hálito de Atena). Eles viveram e prosperaram, ilustrando o melhor de seus criadores. Mas algo estava faltando. Algo muito importante.

---

76. Essa é uma das teorias sobre a origem da palavra *anthropos*, que, estritamente, significa "homem". É uma lástima que muitas palavras para designar nossa espécie *pareçam* só se referir ao masculino. "Humano", por exemplo, é cognato de *homo*, latim para "homem". Portanto, "humanidade" deixa de fora, de modo muito grosseiro, metade da espécie. "Povo" e "pessoas" não são tão específicas. Vale ter em mente, porém, que "homem", na verdade, se conecta com *mens* (mente) e *manus* (mão).

A Idade de Ouro

Alma Mater, a abundante Mãe Terra, tornada fértil por Deméter, era um doce paraíso para os primeiros homens. Eles não conheciam a doença, a pobreza, a fome ou a guerra. A vida era um idílio de inocência e de leves trabalhos pastoris. Era um tempo de adoração feliz, de familiaridade e até de amizade com as divindades que se moviam entre eles em feitios e dimensões fáceis, não assustadoras. Zeus e outros deuses, Titãs e imortais, tiveram um enorme prazer em se misturar, parecendo crianças, com os encantadores homúnculos que Prometeu tinha feito de argila.

Talvez esses primeiros dias de maravilhosa simplicidade e bondade universal tenham sido apenas imaginados para que pudéssemos ter um ponto alto de perfeição paradisíaca contra o qual julgar os tempos baixos, degradados, que vieram depois. Os gregos tardios decerto acreditavam que a Idade de Ouro realmente existiu. Ela estava sempre presente no pensamento deles e em sua poesia, e deu a eles a aspiração de um sonho de perfeição, uma visão mais concreta e materializada do que as nossas próprias ideias de um homem primitivo grunhindo em cavernas. Ideais platônicos e formas perfeitas talvez fossem a expressão intelectual da memória daquela raça saudosa.

Era natural que, de todos os imortais, o que mais amava a humanidade fosse seu artista-criador, Prometeu. Ele e seu irmão Epimeteu agora passavam mais tempo morando com os homens do que no Olimpo com seus companheiros imortais.

Entristecia Prometeu o fato de ele só ter podido criar homens, porque sentia que, à sua raça clonada de só um sexo, faltava variedade, tanto em seu aspecto, disposição e personalidade quanto em sua incapacidade de procriar e gerar novos tipos. Seus humanos eram felizes, sim; mas, para Prometeu, uma existência tão segura, sem desafios e não desafiadora não tinha graça. Para se aproximar do *status* divino que sua criação merecia, a humanidade precisava de mais alguma coisa. Precisava do *fogo*. Fogo realmente quente, feroz, cintilante, flamejante, para torná-la capaz de derreter, ferver, fundir, fornir, assar, tostar, grelhar, moldar e forjar; e eles precisavam também de um fogo interior, criativo, um fogo *divino*, para capacitá-los a pensar, imaginar, ousar e fazer.

Quanto mais observava e se misturava com sua criação, mais Prometeu se tornava convencido de que o fogo era exatamente o necessário. E ele sabia onde encontrá-lo.

O TALO DE FUNCHO

Prometeu avaliou as coroas gêmeas do Olimpo que se elevavam sobre ele. O pico mais alto, Mytikos, chegava a quase dez mil *podes* de altura nas nuvens. Ao seu lado, uns cem ou duzentos metros mais abaixo, mas muito mais difícil de alcançar, ficava a rochosa parte de trás de Stefani. Para o oeste, assomavam as alturas do Skolio. Prometeu sabia que os raios do sol poente encobririam essa subida – a mais difícil de todas – dos deuses em seus tronos, acima, de modo que começou a perigosa subida, confiante em que alcançaria o cume sem ser visto.

Prometeu jamais desobedecera a Zeus antes. Pelo menos, não em nada grande. Nos jogos e nas corridas, nas lutas e nas competições para ganhar o coração das ninfas, ele tinha livremente burlado e provocado seu amigo, mas jamais o desafiara abertamente. A hierarquia do panteão não era uma coisa que pudesse ser perturbada sem consequências sérias. Zeus era um amigo querido, mas era, acima de tudo, Zeus.

Mesmo assim, Prometeu estava determinado em seu propósito. Por mais que tivesse sempre amado Zeus, descobriu que amava mais a humanidade. A empolgação e a resolução que sentia eram mais fortes do que qualquer receio da ira divina. Detestava irritar o amigo, mas, quando precisou fazer uma escolha, não houve alternativa.

À hora em que ele escalou a parede perpendicular do Skolio, os portões ocidentais já tinham se fechado atrás do carro do sol de Apolo, e a montanha inteira estava envolta na escuridão. Bem agachado, Prometeu contornou os afloramentos aguçados que coroavam o anfiteatro, parecido com uma tigela, de Megala Kazania. À frente, ele podia ver o Platô das Musas, cintilando com lampejos dançantes de luz atirados pelos fogos da forja de Hefesto várias centenas de *podes* adiante.

Do outro lado do Olimpo, os deuses estavam jantando. Prometeu podia ouvir a lira de Apolo, o som da flauta de Hermes, o riso rouco de Ares e os rosnados dos cães de Ártemis. Abraçando as paredes externas da forja, o Titã se esgueirou até o pátio da frente. Assustou-se ao virar a esquina e ver, estirada e nua no chão, a enorme figura de Brontes roncando ao lado do fogo. Prometeu recuou para a sombra. Ele sabia que os Ciclopes ajudavam Hefesto, mas que eles pudessem dormir no local, isso era surpreendente.

Bem na entrada da forja, ele viu uma planta *narthex*, algumas vezes chamada de sílfio ou funcho gigante (*Ferula communis*) – não exatamente aquele vegetal bulboso que usamos hoje para dar um agradável sabor de anis ao peixe, mas um parente bastante próximo. Prometeu se inclinou e apanhou um exemplar longo, vigoroso. Bem apertado dentro dele havia um miolo grosso, fibroso. Ele retirou as folhas do talo, esticou-se e o passou pelo adro por cima da forma adormecida de Brontes, na direção do fogo. O calor que emanava da fornalha foi suficiente para fazer com que a ponta do talo pegasse fogo imediatamente. Prometeu o puxou de volta, com o maior cuidado, mas não conseguiu evitar que uma fagulha caísse diretamente sobre o torso de Brontes. A pele do peito do Ciclope chiou e sibilou, e ele acordou com um rugido de dor. Enquanto Brontes olhava, zonzo, para o peito, tentando entender de onde vinha aquela dor e o que ela podia significar, Prometeu puxou o talo e fugiu.

O DOM DO FOGO

Prometeu escalou o rochedo de volta para o Olimpo, com o talo de funcho entre os dentes, o miolo queimando lentamente. A cada cinco minutos, mais ou menos, ele o retirava da boca e soprava com delicadeza, cuidando da brasa. Ao chegar, por fim, à segurança do vale, se dirigiu para o assentamento humano em que ele e seu irmão estavam morando.

Sem dúvida, seria possível dizer que Prometeu devia ter tido a astúcia de ensinar os homens a bater pedras ou esfregar gravetos, mas temos de lembrar que o fogo que Prometeu roubou era fogo do céu, fogo divino. Talvez ele tivesse pegado a centelha interior, que acendia no homem a curiosidade inicial para esfregar gravetos e bater as pedras.

Quando ele mostrou aos homens o demônio cintilante que pulava e dançava, eles inicialmente gritaram de medo e se afastaram das chamas. Mas logo a curiosidade sobrepujou seus temores, e eles começaram a se deliciar com esse novo brinquedo, substância, fenômeno mágico – chame como quiser. Aprenderam com Prometeu que o fogo não era inimigo deles, mas um amigo poderoso que, uma vez domesticado, tinha dez mil milhares de usos.

Prometeu foi de vila em vila demonstrando técnicas para elaborar ferramentas e armas, queimar potes de barro, preparar carnes e assar massas de cereais. Tudo isso liberou uma avalanche de vantagens, elevando o homem acima da presa animal, que não tinha como reagir a lanças e flechas com ponta de metal.

Não demorou muito para Zeus, por acaso, olhar do Olimpo para baixo e ver pontos de luz alaranjada dançando na paisagem à toda volta. Imediatamente, soube o que tinha acontecido. Nem precisou que lhe dissessem quem fora o responsável. Sua zanga foi imediata e terrível. Jamais se tinha testemunhado uma fúria tão onipotente, tumultuosa, apocalíptica. Nem mesmo Urano, na agonia de sua mutilação, fora tomado de uma raiva tão vingativa. Urano tinha sido rebaixado por um filho de quem ele não gostava, mas Zeus tinha sido traído pelo amigo que ele mais amava. Nenhuma traição podia ser mais terrível.

AS PUNIÇÕES

O PRESENTE

A ira de Zeus foi tão avassaladora que o Olimpo inteiro temeu que Prometeu fosse ser explodido com uma força tal que seus átomos jamais se reuniriam outra vez. É possível que tal destino tivesse recaído sobre o antes favorecido Titã, não fosse a presença sábia e estabilizante de Métis dentro da cabeça de Zeus, aconselhando-o a adotar uma vingança mais sutil e mais digna. A intensidade do ódio dele não diminuiu de jeito algum, mas ficou mais focada, canalizada em linhas mais claras de desforra. Ele deixaria Prometeu de lado por enquanto e liberaria sua fúria cósmica sobre o homem, esse homem impudente, insignificante, a criatura com quem ele se deliciara tanto e pela qual agora não sentia nada além de rancor e desprezo.

Durante uma semana inteira, observado por uma Atena séria e preocupada, o Rei dos Deuses andou de um lado para outro em frente a seu trono, pensando em como os humanos pagariam por ousarem se apropriar do fogo, por suporem que podiam imitar os olímpicos. Uma voz dentro dele parecia sussurrar que, não importa como ele se vingasse, a humanidade continuaria sempre a subir, até um dia chegar ao nível dos deuses – ou, talvez ainda mais terrível, até que ela não *precisasse* mais dos deuses e se sentisse livre para abandoná-los. Nada de adoração, nada de preces elevadas ao Olimpo. A perspectiva era blasfema e absurda demais para Zeus levar em consideração, mas o fato de que essa ideia escandalosa pudesse até mesmo entrar em sua mente só serviu para alimentar sua raiva.

Está pouco claro se o magnífico esquema finalmente posto em operação foi ideia dele ou de Métis, ou até mesmo de Atena, mas era, achou Zeus, um plano e tanto. Havia nele uma simetria áurea que agradava muito a sua mente grega. Ele mostraria a Prometeu e, com todos os diabos, mostraria à humanidade.

Primeiro, ele mandou que Hefesto fizesse o que Prometeu tinha feito: moldasse um ser humano com argila umedecida com seu cuspe. Mas esse ser teria a figura de uma jovem *fêmea*. Tomando sua mulher Afrodite, sua mãe Hera, sua tia Deméter e sua irmã Atena como modelos, Hefesto amorosamente esculpiu uma mulher de maravilhosa beleza, na qual Afrodite então soprou a vida e todas as artes do amor.

Os demais deuses se juntaram para equipar essa garota exclusivamente para o mundo. Atena a treinou em artes domésticas, bordado e tecelagem, e a vestiu com uma gloriosa túnica prateada. As Cárites foram encarregadas dos acessórios, colares, broches e pulseiras da mais fina pérola, ágata, jaspe e calcedônia. As Horas trançaram flores em torno de seu cabelo, até que ela estava tão linda que todos os que a viram prenderam a respiração. Hera a dotou de pose e serenidade. Hermes ensinou-lhe oratória e as artes do engano, da curiosidade e da esperteza. E deu a ela um nome. Como tinha recebido de cada deus um talento ou uma realização notável, ela se chamaria "todos os dons", que, em grego, é PANDORA.[77]

Hefesto conferiu um dom a mais a essa maravilha com quem Zeus se presenteou. Era um recipiente cheio de… segredos.

Agora, você provavelmente deve achar que eu vou dizer que o recipiente era uma caixa ou talvez uma arca de algum tipo, mas, na verdade, era um tipo de frasco de cerâmica esmaltada, hermético, conhecido nas terras gregas como *pithos*.[78]

— Eis aqui, minha querida — disse Zeus. — Mas veja, isso é puramente decorativo. Você não deve abri-lo nunca. Entendeu?

Pandora sacudiu sua linda cabeça.

— Nunca — ela sussurrou com grande sinceridade. — Nunca!

— Boa menina. É o seu presente de casamento. Enterre-o bem

77. É um nome mais sutil do que isso, porque *pan-dora* pode significar "que dá tudo" e também "a quem foi dado tudo".

78. Dizem que foi Erasmo, o grande estudioso do século XVI e o Príncipe dos Humanistas, quem traduziu errado *pithos* ("pote") de Pandora por *pyxis* ("caixa").

fundo embaixo de seu leito matrimonial, mas você não pode abri-lo. Jamais. O que ele contém... bem, não importa. Não é nada que possa lhe interessar.

Hermes tomou Pandora pela mão e a levou até a pequena casa de pedra onde moravam Prometeu e o irmão dele, Epimeteu, bem no centro de uma próspera cidade humana.

OS IRMÃOS

Prometeu sabia que Zeus tentaria algum tipo de retaliação por sua desobediência. Assim, avisou seu irmão Epimeteu que, enquanto ele estava fora ensinando às novas vilas e cidades recém-surgidas a arte do fogo, não deveria de jeito algum aceitar qualquer presente do Olimpo, não importava sob que disfarce este se apresentasse.

Epimeteu, que sempre agia primeiro e pensava nas consequências depois, jurou obedecer ao irmão mais perspicaz.

Só que nada podia prepará-lo para o presente de Zeus.

Epimeteu atendeu a uma batida à porta certa manhã e encontrou a alegre face sorridente do mensageiro dos deuses.

— Posso entrar? — Hermes se afastou para revelar, aninhando nos braços um frasco de cerâmica, a criatura mais linda que Epimeteu jamais vira. É claro que Afrodite era linda, mas remota e etérea demais para ser considerada qualquer outra coisa que não um objeto de veneração e reverência distantes. Do mesmo modo, Deméter, Ártemis, Atena, Héstia e Hera. A beleza delas era majestosa e inatingível. A beleza das ninfas, oréades e Oceânides, embora bastante encantadoras, parecia superficial e infantil ao lado da doçura enrubescida da visão que agora olhava para ele tão tímida, tão cativante, tão adorável.

— Podemos entrar? — repetiu Hermes.

Epimeteu engoliu em seco e deu um passo para trás, abrindo inteiramente a porta.

— Conheça sua futura esposa — disse Hermes. — O nome dela é Pandora.

Quando é um frasco

Epimeteu e Pandora se casaram logo. Epimeteu tinha uma suspeita de que Prometeu – que estava longe, ensinando a arte de fundir bronze para o povo de Varanasi – não aprovaria Pandora. Um casamento rápido antes da volta de seu irmão parecia uma boa ideia.

Epimeteu e Pandora estavam muito apaixonados. Isso não se podia negar. A beleza e as realizações de Pandora eram tais que o encantavam todos os dias, e, por sua vez, sua capacidade fácil de viver sempre no momento e nunca se afligir com o futuro dava a ela uma sensação de que a vida era uma aventura leve e adorável.

Mas uma coceirinha a provocava, uma mosquinha voava em torno dela, um vermezinho estava enterrado lá dentro.

Aquele frasco.

Ela o guardou numa prateleira no quarto dos dois. Quando Epimeteu perguntou o que era, ela riu.

— É só uma bobagenzinha que Hefesto fez para me lembrar do Olimpo. Não tem valor nenhum.

— Mas é bonito — disse Epimeteu, sem pensar mais no assunto.

Uma tarde, quando o marido estava fora praticando arremesso de disco com os amigos, Pandora se aproximou do frasco e correu o dedo em volta da beirada da tampa fechada. Por que Zeus *mencionara* que não havia nada de interessante dentro? Ele jamais diria isso se realmente não houvesse. Ela indagou-se sobre a lógica disso.

Se você der um frasco vazio a um amigo, você nunca vai se preocupar em *mencionar* que o frasco está vazio. Seu amigo poderá um dia olhar lá dentro e constatar isso sozinho. Então, por que Zeus se dera ao trabalho de repetir que esse frasco não continha nada de interessante? Só podia haver uma explicação. Havia alguma coisa de *grande* interesse lá dentro. Alguma coisa de valor ou poder. Alguma coisa encantadora ou encantada.

Mas não – ela tinha jurado jamais abri-lo.

— Promessa é promessa — ela disse a si mesma, e imediatamente se sentiu virtuosa. Acreditava que era seu dever resistir ao encanto do frasco, que agora realmente parecia estar cantando para ela da maneira mais cativante. Era muito chato ter um objeto tão sedutor em seu quarto, onde ele podia provocá-la e tentá-la a cada manhã e a cada noite.

A tentação perde muito de seu poder quando retirada da vista. Pandora foi até o pequeno jardim dos fundos e – ao lado de um relógio de sol que um vizinho tinha lhe dado de presente de casamento – cavou um buraco e enterrou o frasco bem fundo. Calcou a terra e rolou o pesado relógio de sol em seu pedestal por cima do esconderijo. Pronto!

Durante toda a semana seguinte, ela ficou tão alegre, irrequieta e feliz como ninguém jamais o foi. Epimeteu se apaixonou ainda mais e convidou os amigos para festejar e escutar a canção que ele tinha composto em honra a ela. Foi o último festival que a Idade de Ouro presenciaria.

Naquela noite, talvez um tanto ruborizada com todos os elogios que fluíam tão livremente em sua direção, Pandora custou a dormir. Através da janela de seu quarto, a lua brilhava sobre o jardim. O ponteiro do relógio solar reluzia como uma lâmina de prata e, mais uma vez, ela achou que tinha ouvido a música do frasco.

Epimeteu dormia feliz ao seu lado. Os raios de lua dançavam no jardim. Sem conseguir se conter, Pandora pulou do leito matrimonial e saiu para o jardim, rolou de volta a base do relógio de sol e raspou a terra, antes de ter tempo para se dizer que essa era a coisa errada a fazer.

Puxou o frasco de seu esconderijo e torceu a tampa. O selo de cera cedeu e ela o abriu inteiramente. Houve um rápido agito, um furioso bater de asas e uma selvagem rotação e rodopio nos ouvidos dela.

Ah! Gloriosas criaturas aladas!

Mas não... elas não eram nem um pouco gloriosas. Pandora deu um grito de dor e medo quando sentiu alguma coisa feito couro passar por seu pescoço, seguida de uma picada dolorosa, aguda e terrível, como se algum ferrão ou mordida tivesse perfurado sua pele. Cada vez mais formas em voo zuniram para fora do pote – uma grande nuvem delas, tagarelando, gritando e uivando em seus ouvidos. Através do nevoeiro rodopiante dessas horríveis criaturas, ela enxergou o rosto de seu marido que saiu para ver o que estava acontecendo. Ela estava branca de horror e medo. Com um grande grito, Pandora reuniu coragem e força para fechar a tampa e selar o frasco.

No muro do jardim, sob a forma de um lobo, Zeus observava, sorrindo o mais terrível e malvado sorriso. Como uma nuvem de gafanhotos, as criaturas gritavam e gemiam, arranhavam o ar e rodeavam o jardim abaixo num grande remoinho, antes de alçar voo e se espalhar por cima da cidade, pelo campo e pelo mundo todo, estabelecendo a pestilência onde quer que o homem habitasse.

E o que eram essas formas? Eram mutantes, descendentes dos filhos escuros e maus de Nix e Érebo. Eles nasceram de Apate, o Engano; Geras, a Velhice; Oizus, a Miséria; Momo, a Acusação; Queres, a Morte Violenta. Eram brotos de Ate, a Ruína, e de Éris, a Discórdia. Seus nomes eram: PONOS, a Privação; LIMOS, a Fome; ALGOS, a Dor; DISNOMIA, a Anarquia; PSEUDÓLOGOS, as Mentiras; NEIKEA, as Brigas; ANFILOGIAS, as Disputas; MACAS, as Guerras; HISMINAS, as Batalhas; ANDROCTASIAS e FONOS, os Homicídios e os Assassinatos.

Doença, Violência, Engano, Miséria e Necessidade tinham chegado. Jamais deixariam a Terra.

O que Pandora não sabia era que, quando fechou a tampa do frasco tão apressadamente, aprisionou para sempre a última filha de Nix. Uma criaturinha final foi deixada para trás batendo as asas desesperadamente no pote para sempre. Seu nome era ÉLPIS, Esperança.[79]

A arca, as águas e os ossos de Gaia

Desse modo, a Idade de Ouro chegou a um fim rápido e terrível. Morte, doença, pobreza, crime, fome e guerra eram agora uma parte inevitável e eterna do destino da humanidade.

Mas a Idade de Prata, como essa época viria a ser conhecida, não foi de desespero completo. Era diferente da nossa, já que tinha deuses, semideuses e monstros misturados à humanidade, cruzando conosco e inteiramente envolvidos nas nossas vidas. Com o fogo ao lado do homem e, agora, mulheres, para permitir a propagação, além de um sentimento pleno de família

79. Ver apêndice, p. 355.

e completude, alguns males do frasco de Pandora foram contrabalançados. Zeus olhou para baixo e viu isso. Dentro dele, a voz de Métis parecia sussurrar que ele não podia fazer nada para impedir que a humanidade algum dia andasse sobre suas próprias pernas, mais do que só no sentido literal. Isso o perturbou profundamente.

Por enquanto, as pessoas estavam devidamente cheias de reverência pelos deuses e usavam sua recém-descoberta afinidade com o fogo para enviar oferendas queimadas ao Olimpo, como um sinal de sua obediência e devoção.

Pandora, a primeira mulher, teve vários filhos com Epimeteu, incluindo uma filha, PIRRA. Prometeu também teve um filho, chamado DEUCALIÃO, possivelmente com a própria mãe, Clímene, ou, a se acreditar em outras fontes, com HESÍONE, uma Oceânide.

E, assim, a raça de homens e mulheres se multiplicou.

Prometeu, cujo dom de previsão nunca o deixou,[80] estava muito consciente de que a raiva de Zeus ainda não tinha sido apaziguada. Ele preparou Deucalião para os mais terríveis tipos de retaliação divina. Quando o menino tinha idade suficiente, ele lhe ensinou a arte de trabalhar a madeira. Juntos, construíram uma arca enorme.

Os irmãos Titãs ficaram felicíssimos quando seus filhos Pirra e Deucalião se apaixonaram e se casaram. Prometeu e Epimeteu, agora, podiam se considerar patriarcas de uma nova dinastia humana independente. Entretanto, sempre havia à espreita a ameaça do Trovejador, cismando em seu trono olímpico.

O tempo passou e a humanidade continuou a procriar e a se espalhar, aos olhos de Zeus, mais como uma praga do que como os amados brinquedinhos que ele antes adorara. A desculpa de que ele precisava para aplicar uma segunda punição à humanidade foi dada por um de seus primeiros governantes, LICAÃO, Rei da Arcádia – filho de Pelasgos, que batizou o povo de mesmo nome. Esse Pelasgos tinha sido um dos bonecos de argila originais feitos por Prometeu e animados por Atena. Pelasgos era o que poderíamos considerar, do ponto de vista étnico, helênico, com pele, cabelos

80. Previsão, mas não profecia…

e olhos amarronzados. Os gregos posteriores consideravam esse povo, sua língua e suas práticas bárbaros; e, como vamos ver, essa primeira raça não estava destinada a popular o Mediterrâneo durante muito tempo.

Licaão, fosse para testar a onisciência e discriminação de Zeus, fosse por outros motivos brutais, matou e assou a carne de seu próprio filho, NÍCTIMO, e a serviu ao deus, que viera como convidado a um festim em seu palácio. Zeus ficou tão revoltado com esse indizível ato de rudeza que trouxe o garoto de volta à vida e transformou Licaão num lobo.[81] Níctimo teve pouco tempo para reinar no lugar de seu pai, entretanto, já que seus quarenta e nove irmãos devastaram a terra com tal violência e se comportaram de modo tão asqueroso que Zeus decidiu que era hora de terminar toda a experiência humana. Para isso, reuniu as nuvens numa tempestade tão intensa que a terra foi inundada e todo o povo da Grécia e do mundo mediterrâneo se afogou.

Todos, menos Deucalião e Pirra, que – graças à perspicácia de Prometeu – sobreviveram os nove dias de água alta a bordo de sua arca de madeira, que flutuou em segurança na enchente. Como bons sobreviventes, mantiveram a arca bem provida de alimentos, bebidas e algumas ferramentas e artefatos úteis, de modo que, quando o dilúvio finalmente baixou e a embarcação pôde se assentar no monte Parnaso, eles conseguiram sobreviver na lama e no lodo pós-diluviano.[82]

Depois que o mundo secou o suficiente para que Pirra e Deucalião (que, dizia-se, tinha oitenta e dois anos nessa época) viajassem em segurança montanha abaixo, eles foram para Delfos, que fica no vale do Parnaso. Lá, consultaram o oráculo de Têmis, a Titânide profetisa cuja qualidade especial era saber a coisa certa a se fazer.

— Ó Têmis, Mãe da Justiça, da Paz e da Ordem, instrua-nos, suplicamos — clamaram eles. — Estamos agora sozinhos no mundo e temos idade avançada demais para encher de descendência este mudo vazio.

— Filhos de Prometeu e Epimeteu — entoou o oráculo. — Ouçam a

81. Outra palavra em grego para lobisomem é *lycanthrope*, ou licantropo, "lobo-homem".

82. Pelo menos, de acordo com Ovídio. Outras fontes sugerem o monte Etna ou o monte Atos. Mais ou menos na mesma época, Noé estava aterrissando no monte Ararat. A arqueologia confirma, aparentemente, que houve mesmo um grande dilúvio.

minha voz e façam o que eu mandar. Cubram a cabeça e atirem os ossos de sua mãe por cima do ombro.

O casal, perplexo, não conseguiu que o oráculo proferisse nem mais uma palavra.

— Minha mãe era Pandora — disse Pirra, sentando-se no chão. — E devo supor que ela se afogou. Onde posso encontrar os ossos dela?

— Minha mãe era Clímene — disse Deucalião. — Ou, se acreditarmos em fontes variantes, a Oceânide Hesíone. De qualquer modo, elas são ambas imortais, portanto estão vivas e certamente pouco dispostas a nos dar seus ossos.

— Temos de pensar — falou Pirra. — *Os ossos da nossa mãe*. Será que isso poderia ter outro significado? *Os ossos da nossa mãe*. Ossos maternos... Pense, Deucalião, pense!

Deucalião cobriu a cabeça com um pano dobrado, sentou-se ao lado da esposa, cuja cabeça já estava coberta, e ponderou sobre o problema com a testa franzida. Oráculos. Eles sempre fingiam e tergiversavam. Apanhou tristemente uma pedra e a jogou rolando pela encosta. Pirra agarrou o braço dele.

— Nossa mãe!

Deucalião olhou para ela, espantado. Ela tinha começado a bater no solo com as palmas da mão.

— *Gaia!* Gaia é a mãe de todos nós — gritou ela. — Nossa Mãe Terra! *Estes* são os ossos da nossa mãe, olhe... — Ela começou a juntar pedras no chão. — Vamos!

Deucalião levantou-se e esgaravatou em torno, coletando rochas e pedras. Partiram pelos campos abaixo de Delfos, jogando-as por cima dos ombros, como tinham sido instruídos, mas sem ousar olhar para trás até que tivessem coberto muitos *stadia*.

Ao se voltarem, o que viram encheu o coração deles de alegria.

Do chão onde as pedras de Pirra tinham caído, surgiram meninas e mulheres, centenas delas, sorrindo, saudáveis, inteiramente formadas. Da terra onde caíram as pedras de Deucalião, cresceram meninos e homens.

E foi assim que os antigos pelasgos se afogaram no Grande Dilúvio, e o mundo mediterrâneo foi repovoado por uma raça nova descendente, através de Deucalião e Pirra, de Prometeu, Epimeteu, Pandora e – mais importante, claro – Gaia.[83]

E é isto o que somos: uma combinação de previsão e impulso, de todos os dons e da terra.

Morte

Nossa raça humana, agora satisfatoriamente composta igualmente por homens e mulheres, procriou e se espalhou pelo mundo, construindo cidades e estabelecendo Estados-nação. Navios, charretes, chalés, castelos, cultura, comércio, comerciantes, mercados, agricultura, finanças, armas e trigo. Em resumo, começou a civilização. Foi uma era de reis, rainhas, príncipes e princesas, de caçadores, guerreiros, pastores, ceramistas e poetas. Uma era de impérios, escravos, guerras, comércio e tratados. Uma era de oferendas votivas, sacrifícios e adoração. Cidades, grandes e pequenas, escolheram seus deuses e deusas preferidos para serem divindades guardiãs, patronas e protetoras. Os próprios imortais não tinham vergonha de descer a suas cidades sob suas próprias formas ou sob a forma de humanos e animais, para fazer o que quisessem com os humanos que lhe apetecessem ou para punir aqueles que os tinham provocado e recompensar aqueles que os tinham bajulado. Os deuses nunca se cansavam de lisonjas.

Talvez o mais importante seja que a praga de sofrimentos saída do frasco de Pandora garantiu que, desse ponto em diante, a humanidade teria de enfrentar a inevitabilidade da morte sob todas as suas formas. Morte súbita, morte lenta e demorada, morte por violência, por doença, por acidente, por assassinato e por decreto divino.

O deus Hades descobriu, para sua grande alegria – ou o mais próximo de alegria a que esse deus macambúzio conseguia chegar –, que cada vez mais as sombras de seres humanos mortos começavam a chegar ao seu reino subterrâneo. A Hermes, foi atribuído um novo papel – o de Arquipsicopompo, ou "chefe dos condutores de almas" –, um dever que ele desempenhava com sua vivacidade e humor travesso costumeiros. Entretanto, à

83. Ver apêndice, p. 352.

medida que a população humana crescia, só aos mortos mais importantes era concedida a honra de uma escolta pessoal de Hermes; o resto era levado por Tânatos, a sombria, ameaçadora figura da Morte.

No instante em que os espíritos humanos partiam dos corpos, Hermes ou Tânatos os levavam à caverna subterrânea onde o rio Estige (Ódio) se encontrava com o rio Aqueronte (Angústia). Ali, o ameaçador e silencioso Caronte estendia a mão a fim de receber seu pagamento para transportar as almas através do Estige. Se o morto não tivesse pagamento a oferecer, teria de esperar cem anos nas margens, antes que o desagradável Caronte consentisse em levá-lo. Para evitar esse limbo, tornou-se costume entre os vivos depositar algum dinheiro, em geral um óbolo, na língua do morto, para pagar o barqueiro e garantir uma passagem segura e rápida.[84] Depois de pegar a taxa, Caronte punha a alma morta a bordo e empurrava com uma estaca sua canoa cor de ferrugem sobre as negras águas estigianas para o local do desembarque, o lugar de reunião do inferno.[85] Uma vez morto, nenhum mortal podia voltar ao mundo superior. Os imortais, se provassem qualquer porção de comida ou bebida no Hades, estavam fadados a voltar para o reino infernal.

E qual era seu destino final? Parece que isso dependia do tipo de vida que tivera o morto. No início, o próprio Hades era o árbitro, mas, nos últimos anos, ele delegou a Grande Pesagem a dois filhos de Zeus e EUROPA – MINOS e RADAMANTO, que, depois de suas próprias mortes, foram nomeados, com seu meio-irmão ÉACO, Juízes do Mundo Inferior. Eles decidiam se o indivíduo tinha tido uma vida heroica, média ou perversa e passível de punição.[86]

Os heróis e aqueles considerados extremamente justos (além dos mortos que tivessem algum sangue divino) viam-se transportados para os Campos Elísios, que ficavam em algum lugar no arquipélago conhecido como Ilhas Afortunadas, ou Ilhas dos Abençoados. Não há nenhum consenso real de

84. Caronte se contentava também em receber *danake*, ou *danace*, o equivalente persa, mais tarde incorporado na moeda da Grécia Antiga.

85. A descrição de Virgílio da visita de Eneias ao mundo inferior fala sobre a cor do barco de Caronte.

86. A história de como Zeus seduziu Europa será contada depois.

onde elas pudessem ficar, na verdade. Talvez sejam o que hoje chamamos de Canárias, talvez os Açores, as Pequenas Antilhas ou até as Bermudas.[87] Descrições posteriores colocam os Campos Elísios dentro do próprio reino de Hades.[88] Nesses relatos, as almas que reencarnavam três vezes, levando em cada ocasião uma vida heroica, justa e virtuosa, ganhavam uma transferência do Elísio para as Ilhas dos Abençoados.

A maioria inocente, cujas vidas não tinham sido nem especialmente virtuosas, nem especialmente perversas, poderia ficar estacionada por toda a eternidade no Campo de Asfódelos, cujo nome derivava das flores brancas que atapetavam suas pradarias. Essas almas tinham garantida uma vida pós-morte bastante agradável: antes de chegarem, bebiam das águas do esquecimento do rio Lete, de modo que podiam passar uma eternidade alegre e branda, sem preocupação com memórias perturbadoras da vida terrena.

Mas e os pecadores – os devassos, blasfemos, perversos e dissolutos –, o que acontecia com eles? Os menos importantes esvoaçavam nos saguões de Hades eternamente, sem sentimentos, força ou qualquer consciência real de sua existência, mas os mais profanos e imperdoáveis eram levados para o Campo de Punição, que ficava entre o Campo de Asfódelos e as profundidades abissais do próprio Tártaro. Ali, eram aplicadas torturas adequadas a seus crimes com severidade diabólica, por toda a eternidade. Vamos encontrar alguns desses pecadores mais famosos adiante. Nomes como SÍSIFO, ÍXION e TÂNTALO ainda ressoam através dos tempos.

Embora Homero descreva os espíritos dos que se foram como mantendo o rosto e a aparência que tinham em vida, relatos alternativos contam sobre um horroroso demônio, chamado EURÍNOMOS, que encontrava os mortos e, como as Erínias, tirava a carne de seus ossos. Outros poetas sugerem que as almas do mundo inferior tinham a capacidade da fala e gostavam de relatar as histórias de suas vidas uns para os outros.

Hades era o mais ciumento de todos numa família ciumenta. Ele não suportava perder sequer uma alma de seu reino. Cérbero, o cachorro de três cabeças, patrulhava os portões. Foram poucos, muito poucos, os heróis que

---

87. As Canárias são as candidatas de Byron para as Ilhas dos Abençoados em seu *Don Juan*.

88. Mas não na França, apesar do nome do grande bulevar de Paris, o Champs-Elysées.

enganaram ou ludibriaram Tânatos e Cérbero, conseguiram visitar o reino de Hades e voltar vivos para o mundo de cima.

E, assim, a morte se tornou uma constante na vida humana, como continua até hoje. Mas temos de saber que o mundo da Idade de Prata era muito diferente do nosso. Os deuses, semideuses e todos os tipos de imortais ainda andavam entre nós. Relacionamentos de tipo pessoal, social e sexual com os deuses eram tão normais entre os homens e mulheres da Idade de Prata quanto o relacionamento entre máquinas e assistentes de Inteligência Artificial é para nós, hoje. E, ouso dizer, muito mais divertidos.

Prometeu acorrentado

Zeus observou, fervendo de fúria, a sobrevivência de Pirra e Deucalião e o surgimento de uma nova raça de homens e mulheres a partir das pedras da terra. Ninguém, nem mesmo o Rei dos Deuses, podia interferir com a vontade de Gaia. Ela representava uma ordem mais antiga, mais profunda e mais permanente do que a dos olímpicos, e Zeus sabia que não tinha força para evitar o repovoamento do mundo. Mas podia, pelo menos, voltar sua atenção para Prometeu. Amanhecia no dia em que Zeus resolveu que o Titã deveria pagar por sua traição. Olhou para baixo do Olimpo e o viu na Fócida, ajudando na construção de uma nova cidade – como sempre, se metendo nos assuntos dos homens.

A humanidade tinha se propagado num piscar de olhos imortais, que chamaríamos de vários séculos. Tudo isso enquanto Prometeu, com paciência titânica, encorajava o espalhamento da civilização entre a Humanidade 2.0 – mais uma vez, ensinando às pessoas todas as suas artes, habilidades e práticas de agricultura, fabricação e construção.

Zeus adotou a forma de uma águia, arremeteu para baixo e se empoleirou nas madeiras de um templo semiconstruído que seria dedicado a ele mesmo. Prometeu, que estava esculpindo cenas da vida do jovem Zeus no frontão, olhou para cima e soube imediatamente que o pássaro era seu velho amigo. Zeus assumiu seu próprio formato e inspecionou a escultura.

— Se aquilo ali era para ser Adamanteia comigo, as proporções estão todas erradas — disse.

— Licença poética — replicou Prometeu, cujo coração batia rápido. Era a primeira vez que se falavam desde que Prometeu roubara o fogo.

— Chegou a hora de você pagar pelo que fez — anunciou Zeus. — Veja, eu posso chamar os Hecatônquiros para carregá-lo à força para o seu destino ou você pode escolher se inclinar ante o inevitável e vir sem estardalhaço.

Prometeu largou o martelo e o cinzel e limpou as mãos num pedaço de couro.

— Vamos lá — disse.

Não conversaram nem pararam para descanso ou refresco até alcançarem o sopé da cordilheira do Cáucaso, que separa os mares Negro e Cáspio. Ao longo do trajeto, Zeus quis dizer alguma coisa, teve vontade de pegar o amigo pelos ombros e abraçá-lo. Um pedido de desculpas lacrimoso lhe teria permitido perdoá-lo e fazer as pazes com ele. Mas Prometeu permaneceu silencioso. O sentimento abrasador em Zeus, de ter sido tratado iniquamente e de ter sido mal aproveitado, explodiu outra vez.

— Além disso — o deus disse a si mesmo —, grandes governantes não podem ser vistos exibindo fraqueza, especialmente quando se trata de traição por parte daqueles próximos a eles.

Prometeu abriu os olhos e olhou para cima. Ele viu os três Ciclopes de pé em uma grande encosta inclinada da rocha que formava o lado da montanha mais alta.

— Sei que você é bom em escalar encostas de montanhas — falou Zeus, com o que ele esperava ser um sarcasmo gelado, mas que saiu, até para seus ouvidos, como um murmúrio amuado. — Então, suba.

Quando Prometeu alcançou o lugar onde estavam os Ciclopes, eles o amarraram, acorrentaram e estiraram de costas, martelando suas algemas na rocha com poderosas estacas de ferro inquebrável. Duas lindas águias voaram do céu e deslizaram próximo a Prometeu, bloqueando a luz do sol. Ele podia ouvir o ar quente eriçando as penas delas.

Zeus gritou para ele:

— Você vai ficar acorrentado nessa rocha para sempre. Não há esperança de fuga ou perdão por toda a eternidade. Todos os dias, essas águias virão arrancar seu fígado, exatamente como você arrancou meu coração. Elas o comerão à frente dos seus olhos. Como você é imortal, o fígado crescerá de volta todas as noites. Essa tortura jamais cessará. A cada dia, a agonia parecerá maior. Você não terá nada além de tempo para pensar na enormidade do seu crime e na loucura de suas ações. Você, que foi chamado "previsão", não demonstrou nenhuma ao desafiar o Rei dos Deuses. — A voz de Zeus ressoou pelos cânions e ravinas. — E aí? Não tem nada a dizer?

Prometeu suspirou.

— Você está enganado, Zeus — disse ele. — Eu pensei muito sobre minhas ações, e com muito cuidado. Pesei o meu conforto contra o futuro da raça dos homens. Agora, vejo que vão florescer e prosperar independentemente de qualquer imortal, inclusive você. Saber isso é um bálsamo para qualquer dor.

Zeus olhou demoradamente para seu ex-amigo antes de falar:

— Você não merece águias — declarou ele, com uma frieza horripilante. — Que sejam abutres.

As duas águias imediatamente se transformaram em abutres fedorentos, feios, que rodearam uma vez o corpo estirado antes de caírem sobre ele. Suas garras afiadas como navalhas cortaram o ventre do Titã e, com horrendos guinchos de triunfo, começaram a se fartar.

Prometeu, o principal criador, defensor e amigo da humanidade, nos ensinou, roubou para nós, se sacrificou por nós. Todos nós temos nosso quinhão do fogo de Prometeu, sem o qual não seríamos humanos. É justo lamentar por ele e admirá-lo, mas, ao contrário dos deuses ciumentos e egoístas, ele jamais pediria para ser adorado, louvado e reverenciado.

E talvez você possa se alegrar ao saber que, apesar da punição eterna a que ele estava condenado, um dia surgiria um herói poderoso o suficiente para desafiar Zeus, desamarrar o defensor da humanidade e libertá-lo.

PERSÉFONE E A CARRUAGEM

O mundo sobre o qual Zeus reinara como senhor soberano do céu era uma mãe generosa para a humanidade. Homens, mulheres e crianças se serviam das frutas das árvores, dos grãos das gramíneas, dos peixes das águas e dos bichos dos campos sem esforço ou muito trabalho. Deméter, deusa da fertilidade e da colheita, abençoava o mundo natural. Se havia fome e privação, eram apenas consequência da crueldade humana e das ações daquelas terríveis criaturas soltas do frasco de Pandora, não um resultado da negligência divina. Tudo isso, no entanto, mudaria. Hades teve um papel nisso e – quem sabe? – talvez seu plano fosse, o tempo todo, apressar e aumentar a morte no mundo para que a população em seu próprio mundo crescesse. Os mecanismos de Moros eram intrincados.

Deméter teve uma filha, Perséfone, com seu irmão, Zeus. Ela era tão linda, pura e adorável que os deuses começaram a chamá-la de CORÉ, ou CORA, que significa simplesmente "a donzela". Os romanos a chamavam de PROSERPINA. Todos os deuses, especialmente os solteiros, Apolo e Hermes, eram loucamente apaixonados por ela, chegando até a propor casamento. Mas a protetora (alguns diriam superprotetora) Deméter a escondia na remota região campestre, longe dos olhares famintos dos deuses e dos imortais, tanto os honrados quanto os indignos, com a intenção de que ela permanecesse – como Héstia, Atena e Ártemis – virgem e independente para sempre. Havia um deus poderoso, no entanto, que deitou seus olhos cobiçosos sobre a garota e não tinha a intenção de respeitar os desejos de Deméter.

Aquilo de que a doce e sincera Perséfone mais gostava era ficar em comunhão com a natureza. Bem filha de sua mãe, suas maiores fontes de alegria eram as flores e o cultivo de coisas bonitas. Uma tarde dourada, um pouco afastada das acompanhantes designadas por sua mãe para protegê-la, Perséfone estava caçando borboletas, enquanto estas voavam de flor em flor em um prado florido, manchado pelo sol. De repente, ela ouviu um som profundo e ribombante, dilacerante. Era como um trovão, mas parecia estar vindo não do céu e, sim, do solo abaixo de seus pés. Ela olhou em torno, aturdida e amedrontada. A terra tremia e a colina à frente dela se partiu ao meio. De dentro da abertura surgiu, trovejando, uma grande carruagem. Antes que a garota aterrorizada tivesse a chance de se virar e correr, o cocheiro a tinha apanhado, dado a volta na carruagem e dirigido de volta através da fenda para o interior da montanha. Quando as alarmadas acompanhantes de Perséfone chegaram ao local, a abertura tinha se fechado sem deixar sinais de ter sequer existido.

O desaparecimento de Perséfone era tão inexplicável quanto súbito e completo. Num minuto, ela estava alegremente brincando pelo prado, no seguinte, tinha desaparecido de vista, sem deixar rastro.

É difícil descrever o desespero de Deméter. Todos já perdemos alguma coisa preciosa para nós – animal, vegetal ou mineral – e passamos pelos estágios agoniados de dor, medo e raiva que a privação súbita pode provocar. Quando a perda é tão pessoal, imprevista, absoluta e impossível de compreender, esses sentimentos são ampliados ao mais terrível grau. Embora, à medida que os dias passavam, ficasse cada vez menor a probabilidade de que Perséfone viesse a ser vista outra vez, Deméter jurou que encontraria a filha, mesmo que levasse toda a eternidade de sua existência imortal.

Deméter pediu ajuda a sua amiga Titã HÉCATE. Hécate era a deusa das poções, das chaves, dos fantasmas, dos venenos e de todo tipo de bruxaria e encantamento.[89] Ela possuía dois archotes que tinham a capacidade de iluminar todos os cantos da terra. Ela e Deméter examinaram esses cantos uma, duas, mil vezes. Jogaram luz sobre cada caverna e espaço escuro que encontraram. Esquadrinharam o mundo inteiro sem sucesso.

Passaram-se meses. Durante todo esse tempo, Deméter descuidou de suas responsabilidades. O milho, as colheitas, o amadurecimento das frutas

89. Ela aparece com destaque em *Macbeth* de Shakespeare.

e a semeadura das safras – tudo foi abandonado e nada germinou na terra. Nenhuma semente brotou, nenhum botão se abriu, nenhum broto cresceu, e o mundo começou a virar um deserto.

Os deuses estavam no Olimpo, em segurança, mas os gritos de fome e desespero das pessoas na terra chegaram aos ouvidos de Zeus. Apenas quando ele e outros estavam, uma noite, discutindo o mistério do desaparecimento de Perséfone, o Titã do sol, Hélio, se manifestou.[90]

— Perséfone? Ah, eu vi o que aconteceu com ela. Eu vejo tudo.

— Você viu? Então, por que não disse nada? — perguntou Zeus. — Deméter tem perambulado feito louca pela terra, procurando-a, desvairada de preocupação, e o mundo está se transformando num deserto. Por que diabos você não falou nada?

— Ninguém me perguntou! Ninguém nunca me pergunta nada. Mas eu sei um bocado. O olho do sol vê tudo — disse Hélio, repetindo uma frase que Apolo tinha usado com frequência durante seus dias como encarregado da carruagem do sol.

— O que aconteceu com ela?

— A terra se abriu, e quem viria em sua carruagem e a agarraria senão... Hades!

— *Hades!* — disseram os deuses em coro.

AS SEMENTES DE ROMÃ

Zeus imediatamente desceu ao mundo inferior para buscar Perséfone. Mas o Rei do Mundo Inferior não queria obedecer às ordens do Rei do Mundo Superior.

— Ela fica. É minha rainha.

— Como você ousa me desafiar?

— Você é meu irmão mais novo — disse Hades. — De fato, meu irmão *caçula*. Você sempre teve tudo o que quis. Eu exijo o direito de ficar com a garota que amo. Você não pode me negar.

90. Hélio podia ser tão chato e burro quanto era brilhante e rápido na carruagem do sol. Como ele conseguiu assumir essas tarefas de Apolo será revelado adiante.

— Ah, não? — questionou Zeus. — O mundo está passando fome. Os gritos dos mortais perecendo não nos deixam dormir. Se você se recusar a devolver Perséfone, vai logo descobrir a força e o alcance da minha vontade. Hermes não vai mais trazer os espíritos dos mortos para você. Nem uma única alma será mandada para cá. Serão todas despachadas para um novo paraíso, ou talvez até deixem de morrer. Hades se tornará um reino vazio, drenado de todo poder, influência ou majestade. Seu nome será assunto de piada.

Os irmãos se encararam. Hades foi o primeiro a piscar.

— Dane-se você — rosnou ele. — Dê-me mais um dia com ela e, depois, mande Hermes vir buscá-la.

Zeus voltou para o Olimpo, satisfeito.

No dia seguinte, Hades bateu à porta do quarto de Perséfone. Você pode se surpreender por ele ter batido, mas o fato é que, na presença dela, digna e confiante, até Hades, com tanto poder, se sentia inseguro e tímido. Ele a amava de todo o coração e, embora tivesse perdido o braço de ferro com Zeus, tinha a certeza de que não podia deixá-la ir embora. Além disso, detectara nela alguma coisa… alguma coisa que lhe deu esperança. Uma pequena centelha de amor correspondido?

— Minha querida — disse ele com uma delicadeza que teria assombrado quem o conhecesse. — A vontade de Zeus prevaleceu sobre a minha para enviá-la de volta ao mundo da luz.

Perséfone ergueu o rosto pálido e olhou fixamente para ele.

Hades a encarou, sério.

— Espero que você não pense mal de mim…

Ela não respondeu, mas Hades achou que conseguia detectar um pouco de cor enrubescendo sua face e seu colo.

— Divide um pouco de romã comigo, para mostrar que não há ressentimentos?

Sem prestar atenção, Perséfone pegou seis sementes na mão estendida e chupou lentamente seu dulçor ácido.

Quando Hermes chegou, o deus malandro descobriu que ele e Zeus tinham sido enganados.

— Perséfone comeu fruta do meu reino — disse Hades. — Ficou determinado que quem provasse a comida do inferno teria de voltar. Ela provou seis sementes de romã, de modo que tem de voltar para mim durante seis meses a cada ano.

Hermes inclinou-se. Ele sabia que era verdade. Tomando Perséfone pela mão, a levou para cima, para fora do mundo inferior. Deméter estava tão feliz por ver a filha que o mundo imediatamente começou a florir. Era uma alegria que duraria metade do ano, porque seis meses depois, de acordo com a inelutável lei divina, Perséfone foi obrigada a voltar para o mundo inferior. A tristeza de Deméter com essa partida fazia com que as árvores perdessem as folhas e um tempo morto se arrastasse sobre o mundo. Outros seis meses se passavam, Perséfone emergia do domínio de Hades e o ciclo de nascimento, renovação e crescimento começava outra vez. Foi assim que surgiram as estações: o outono e o inverno de Deméter sofrendo com a ausência da filha, e a primavera e o verão de seu júbilo com a volta de Perséfone.

Quanto à própria Perséfone... Bem, parece que ela passou a gostar de seu tempo sob a terra tanto quanto o tempo sobre ela. Durante seis meses, não era prisioneira de Hades, mas a satisfeita Rainha do Mundo Inferior, uma consorte amorosa que mantinha com seu marido imperioso o controle sobre o domínio dos mortos. Durante os outros seis meses, ela voltava a ser a risonha Coré da fertilidade, das flores, das frutas e do divertimento.

O mundo tinha encontrado um novo ritmo.

Hermafrodito e Sileno

Enquanto homens e mulheres da Idade de Prata se acostumavam à luta, ao trabalho e ao sofrimento que agora pareciam ser seu quinhão comum, os deuses continuavam a procriar. Hermes, que rapidamente cresceu com uma masculinidade bela, mas eternamente jovem, tornou-se pai de um deus da natureza com pés de cabra, PAN, com a ninfa DRÍOPE.[91] Pelas costas de Hefesto e Ares, ele também se deitou com Afrodite, uma união

91. Embora alguns digam isso, eu tendo a acreditar que Pan (FAUNO, para os romanos) era mais velho que os olímpicos. Talvez tão velho quanto a própria natureza. Vamos encontrá-lo de tempos em tempos, à medida que avançarmos.

abençoada com o nascimento de um filho de uma beleza transcendente chamado – em honra a cada genitor – HERMAFRODITO.

Esse menino lindo cresceu à sombra do monte Ida, cuidado por náiades.[92] Quando alcançou a idade de quinze anos, ele as deixou e foi correr pelo mundo. Viajando pela Ásia Menor, encontrou-se, numa tarde brilhante, com uma náiade chamada SALMÁCIS, que estava brincando nas águas claras de uma fonte perto de Halicarnasso. Hermafrodito, que era tão tímido quanto lindo, ficou muito confuso e infeliz quando essa criatura atrevida, atônita com a beleza dele, tentou seduzi-lo.

Ao contrário de outras de seu gênero – ninfas modestas, trabalhadoras, que atendiam diligentemente à manutenção de riachos, lagos e cursos de água pelos quais eram responsáveis –, Salmácis tinha fama de ser vaidosa e indolente. Ela preferia nadar preguiçosamente admirando suas próprias pernas na água a caçar e se exercitar com as outras náiades. Mas a paz e a autoestima dela foram despedaçadas pela beleza de Hermafrodito, e ela se esforçou muito para conquistá-lo. Quanto mais ela tentava – revolvendo-se nua na água, esfregando persuasivamente os seios, soprando tímidas bolhas embaixo da água –, mais desconfortável ficava o rapaz, até que ele gritou para que ela o deixasse em paz. Ela partiu numa onda, aborrecida, chocada e humilhada com a nova e desagradável experiência da rejeição.

Mas era um belo dia, no entanto, e Hermafrodito, com calor e suado pela excitação de lutar contra esse espírito cansativo, achando que ela estava a uma distância segura, tirou a roupa e mergulhou para se refrescar nas águas frescas da fonte.

Quase imediatamente, Salmácis, que tinha nadado de volta sob os juncos, pulou sobre ele como um salmão e se agarrou apertada a seu corpo nu. Revoltado, ele se sacudiu, se retorceu e rebolou para se livrar, enquanto ela gritava aos céus:

— Ó deuses, nunca deixem que este jovem e eu nos separemos! Deixem que sejamos sempre um!

Os deuses escutaram as preces dela e responderam com a literalidade insensível que sempre parecia deliciá-los. Em um instante, Salmácis

92. Há dois montes Idas: um em Creta, o lugar de nascimento de Zeus, e outro na Frígia, na Ásia Menor – hoje, Anatólia turca. Foi deste último que Hermafrodito surgiu.

e Hermafrodito se tornaram realmente um. O par se fundiu num único corpo. Um corpo, dois sexos. Não mais a náiade Salmácis e o jovem Hermafrodito, mas agora o intersexual, macho e fêmea coexistindo em uma só forma. Embora os romanos viessem a encarar esse estado de existência como uma desordem que ameaçava as normas severamente militaristas de sua sociedade, os gregos, de mente mais aberta, prezavam, celebravam e até veneravam o gênero hermafrodita. Estátuas e representações em cerâmicas e frisos de templos nos mostram que aquilo que os romanos temiam, os gregos pareciam achar admirável.[93]

Em seu novo estado, Hermafrodito se uniu à comitiva de EROTES, cuja natureza e objetivo descreveremos muito em breve.

Com uma ninfa desconhecida, Hermes[94] foi pai também do devasso SILENO, com nariz arrebitado e rabo de burro. Ele cresceu e se tornou um velho bêbado, barbado e barrigudo, de sobrancelhas franzidas, tema popular em pinturas, esculturas e recipientes esculpidos para bebidas, e que também vamos encontrar adiante.

Enquanto os deuses procriavam, os homens, também. Mas o fogo divino que agora fazia parte tanto da nossa natureza como da dos deuses significava que nós compartilhávamos com eles a capacidade não apenas de luxúria, copulação e reprodução, mas a capacidade de *amar*.

O amor, como os gregos compreendiam, é complicado.

---

93. Os grandes museus do mundo esconderam os tesouros que representavam figuras intersexuais como Hermafrodito. Muitos deles só recentemente vieram à luz, com mostras no Ashmolean Museum em Oxford e em outras instituições respeitadas, estabelecendo uma tendência para a redescoberta dessa área negligenciada. Isso coincide com a maior compreensão, de parte da sociedade inteira, da fluidez do gênero.

94. Ou, possivelmente, Pan.

CUPIDO E PSIQUÊ

EROTES

Os gregos destrincharam a entrelaçada complexidade do amor dando a cada filão um nome exclusivo e uma divindade que o representasse. Afrodite, a suprema deusa do amor e da beleza, era assistida por uma comitiva de deuses menores, alados e nus, chamados Erotes. Como muitos outros seres divinos (Hades e seu bando no mundo inferior, por exemplo), os Erotes subitamente se viram muito atarefados, já que a humanidade tinha se estabelecido e estava em progressão. Cada um dos Erotes era encarregado de promulgar e promover um tipo especial de paixão amorosa.

ANTERO – o padroeiro jovial do abnegado amor incondicional.[95]

EROS – o líder dos Erotes, deus do amor físico e do desejo sexual.

HEDILOGO – o espírito da linguagem do amor e dos termos carinhosos, e que agora, supõe-se, cuida dos cartões do Dia dos Namorados, de cartas de amor e da ficção romântica.

HERMAFRODITO – o protetor dos homens afeminados, das mulheres masculinizadas e daqueles que hoje chamamos de gênero fluido.

HIMEROS – a personificação do amor desesperado, impetuoso, o amor que está impaciente por ser satisfeito e prestes a estourar.

HIMENEU – o guardião da câmara nupcial e da música de casamento.

95. A conhecida estátua de alumínio de Alfred Gilbert, que forma o foco do Shaftesbury Memorial em Piccadilly Circus, em Londres, na verdade não é de Eros, mas de Antero, deliberadamente escolhida para celebrar o amor abnegado, que não exige retribuição. Foi considerada uma comemoração apropriada aos grandes empreendimentos filantrópicos do Earl of Shaftesbury ao apressar a abolição do trabalho infantil, a reforma das leis da demência e daí por diante.

POTHOS – a personificação do desejo lânguido, do amor pelo ausente e do que já partiu.

Desses todos, Eros era o mais influente e abrasador, com seu poder e sua capacidade de semear travessuras e discórdia. Há duas histórias com respeito a sua origem e identidade. Em um relato do surgimento do cosmos, ele eclodiu de um ovo chocado por Nix para semear toda a vida no universo. Poderia, portanto, ser contado entre os primeiríssimos espíritos primordiais que deram a partida na torrente da criação. Uma visão, talvez mais comumente adotada no mundo clássico, diz que ele era filho de Ares e Afrodite. Sob seu nome romano, CUPIDO, ele costuma ser representado como uma criança alada sorridente, prestes a atirar uma flecha de seu arco de prata, uma imagem bastante conhecida até hoje, fazendo de Eros o deus talvez mais instantaneamente identificado dentre todos os da Antiguidade clássica.

Cupidez e desejo erótico estão associados a ele, do mesmo modo que a paixão instantânea e incontrolável, resultante de se ter sido atingido por seu dardo, a flecha que compele sua vítima, uma vez alvejada, a se apaixonar pela primeira pessoa (ou até animal) que vir.[96] Eros pode ser tão caprichoso, travesso, aleatório e cruel quanto o próprio amor.

Amor, amor, amor

Os gregos tinham pelo menos quatro palavras para amor:

ÁGAPE – era o tipo de amor grande e generoso que descreveríamos como "caridade", e que poderia se referir ao tipo de amor santo, como o dos pais pelos filhos ou o do devoto por seu deus.[97]

EROS – o tipo de amor que recebeu o nome em homenagem ao deus, ou segundo o qual o deus foi batizado. O tipo que nos mete em mais encrencas.

96. *"Cupid draw back your bow / And let your arrow go / Straight to my lover's heart for me, for me…"* © Sam Cooke.

97. A Bíblia do Rei Jaime interpreta a conclusão do capítulo 13 da Primeira Epístola de São Paulo aos Coríntios (escrita em grego, é claro) como: "Agora, pois, permanecem a fé, a esperança e a caridade – as três. Porém, a maior delas é a caridade". Nas traduções modernas, a "caridade" é interpretada simplesmente como "amor".

Muito mais do que afetuoso, muito menos do que espiritual, *eros* e o erótico podem nos levar à glória e à desgraça, ao mais alto píncaro de felicidade e ao mais profundo poço de desespero.

FILIA – A forma de amor aplicada à amizade, à parcialidade e à estima. Vemos seus traços em palavras como "francófilo", "necrófilo" e "filantropia".

ESTÓRGICO – o amor e a lealdade que alguém possa ter pelo seu país ou pelo seu time de futebol pode ser encarado como estórgico.

O próprio Eros, embora mais tarde retratado por artistas da Renascença e do Barroco do modo como descrevi – um querubim risonho, esperto e com covinhas (algumas vezes, usando uma venda para representar a natureza imprevisível e arbitrária de sua mira) –, era, para os gregos, um jovem já completamente crescido e cheio de atributos. Artista, atleta (tanto sexual como esportivo), ele era considerado patrono e protetor do amor gay masculino, além de ser presença de destaque nos ginásios e nas pistas de corrida. Era associado a golfinhos, galos, rosas, tochas, liras e, é claro, àquele arco com a aljava cheia de flechas.

Talvez o mito mais conhecido envolvendo Eros e Psiquê – Amor Físico e Alma – seja quase absurdamente propício a interpretações e explicações. Acho, no entanto, que, como todos os mitos, é melhor narrá-lo não como alegoria, fábula simbólica ou metáfora, mas como história, mesmo. Apenas uma história. Tem muitos dos ritmos e enredos que associamos a narrativas de busca e a contos de fadas,[98] talvez porque tenha chegado até nós por meio daquele que muitos consideram o mais forte candidato a Primeiro Romance de Todos: *O asno de ouro*, do escritor romano Apuleio.[99] A influência dessa história sobre uma parte tão grande do pensamento ocidental, da literatura popular e da arte – sem mencionar seu charme – justifica, espero, contá-la novamente de forma completa.

---

98. É possível notar grandes semelhanças com *A bela e a fera* e *Cinderela*, por exemplo.

99. Apuleio, que fez sucesso no século II d.C., era do Norte da África, mas escreveu em latim, de modo que usou os nomes Cupido (intercambiável com *Amor*) para Eros, Vênus para Afrodite e *Anima* para Psiquê, uma tradução que convoca o sentido da palavra, não apenas de "alma", mas de "sopro de vida": "a que anima". Se fôssemos traduzir Apuleio literalmente, obteríamos uma história muito alegórica mesmo. "Amor disse para Alma: você não pode olhar para mim", "Alma fugiu de Amor" etc.

PSIQUÊ

Era uma vez uma terra cujo nome se perdeu, onde moravam um rei e uma rainha e suas três lindas filhas. Vamos chamar o rei de ARISTIDES e a rainha de DAMÁRIS. As duas garotas mais velhas, CALANTE e ZONA, eram lindas o bastante para serem admiradas em toda parte; mas a mais nova, cujo nome era PSIQUÊ, era tão inteiramente maravilhosa que muitos no reino abandonaram o culto de Afrodite e passaram, em vez disso, a reverenciar a menina. Afrodite era uma deusa ciumenta e vingativa e não suportava ter uma rival, ainda mais uma mortal. Ela chamou seu filho, Eros.

— Eu quero que você encontre um porco — disse ela —, o mais feio e peludo de toda a terra. Vá ao palácio onde mora Psiquê, atire uma flecha nela e certifique-se de que o porco seja a primeira coisa que ela veja.

Acostumado aos modos encantadores de sua mãe, Eros partiu muito alegremente em sua incumbência. Comprou um porco especialmente eriçado e fedorento de um guardador de porcos que vivia próximo ao palácio e o levou naquela noite para a janela do quarto onde Psiquê dormia. Mais desajeitadamente do que se poderia supor de um esbelto deus atlético, ele tentou subir pela janela sem fazer barulho, com o porco embaixo do braço.

Uma série de coisas aconteceu muito rapidamente.

Eros aterrissou em segurança no quarto iluminado pela lua.

Psiquê continuou dormindo tranquilamente.

Eros segurou o porco com firmeza entre as pernas.

Eros estendeu a mão para trás do ombro para tirar uma flecha da aljava.

O porco berrou.

Eros, aturdido, arranhou seu próprio braço com a ponta da flecha, quando puxou o arco.

Psiquê acordou sobressaltada e acendeu uma vela.

Eros viu Psiquê e ficou profundamente apaixonado por ela.

Que bagunça. O próprio deus do amor apaixonado. Seria possível achar que, em seguida, ele acertaria uma flecha em Psiquê e tudo acabaria bem. Mas, aqui, Eros se sai bastante bem. Seu amor era tão real, tão puro e tão absoluto que ele sequer pensava em tirar a escolha de Psiquê. Lançou sobre ela um último olhar desejoso, virou-se e pulou a janela de volta para a noite.

Psiquê viu o porco correndo, enlouquecido, fuçando em círculos no chão do seu quarto, concluiu que devia estar sonhando, apagou a vela e voltou a dormir.

Profecia e abandono

Na manhã seguinte, o rei Aristides ficou alarmado ao saber por um empregado que sua filha mais nova parecia ter transformado o quarto dela em algum tipo de chiqueiro. Ele e a rainha Damáris já estavam bastante preocupados com o fato de que, ao contrário de suas irmãs, Calante e Zona, que tinham se unido a ricos proprietários de terras, Psiquê teimava em não querer se casar. As notícias de que ela, agora, estava convivendo com porcos fizeram-no tomar uma decisão. Viajou até o oráculo de Apolo para indagar sobre o futuro da garota.

Depois dos sacrifícios e das preces apropriadas, a Sibila deu esta resposta:

— Enfeite sua filha com flores e a leve para um lugar alto. Deite-a sobre uma rocha. Aquele que virá para tomá-la como noiva é o ser mais perigoso da terra, do céu ou da água. Seu poder é temido por todos os deuses do Olimpo. Assim foi ordenado, assim terá de ser. Se não fizer isso, a criatura devastará todo o seu reino, e a discórdia e o desespero virão em sua esteira. Você, Aristides, será acusado de destruir a felicidade de seu povo.

Dez dias mais tarde, uma estranha procissão saiu da cidade. Carregada no alto de uma liteira, enfeitada com uma grinalda de flores e vestida no mais puro branco, sentava-se Psiquê, melancólica mas resignada. Tinham contado a ela sobre o pronunciamento do oráculo e ela tinha se resignado. Sua propalada beleza fora sempre uma fonte de irritação para ela. Ela odiava todo o rebuliço que causava, o comportamento estranho provocado por sua presença e o fato de se sentir extravagante e posta de lado. Ela planejara nunca se casar, mas, se fosse obrigada, um bicho voraz não seria pior do que um príncipe chato e bajulador com olhos de peixe morto. A agonia pelas atenções, pelo menos, terminaria rápido.

O povo avançou entoando comoventes lamentos de pesar e dor montanha acima, até a grande rocha de basalto na qual Psiquê seria deitada para o sacrifício. A mãe dela, Damáris, uivava, guinchava e soluçava. O rei Aristides dava tapinhas na mão dela e desejava estar em qualquer outro lugar. Calante e Zona, acompanhadas por seus maridos chatos e velhos, mas ricos, tentavam o melhor que podiam esconder a profunda satisfação sentida por saberem que em breve seriam, incontestavelmente, as mais belas da terra.

Psiquê fechou os olhos e respirou fundo, enquanto era amarrada à rocha, esperando todo mundo acabar com as lamentações e demonstrações de dor. Logo, todo o sofrimento e a dor estariam terminados.

Entoando hinos a Apolo, a multidão voltou morro abaixo, deixando Psiquê sozinha sobre a rocha. O sol brilhava sobre ela. Cotovias cantavam no céu azul. Ela tinha imaginado nuvens pesadas, ventos uivantes, chuvas torrenciais e trovões aterrorizantes como acompanhamento de sua violação e morte, não esse idílio glorioso, de sol de fim de primavera e cantos de pássaros.

Quem ou o que seria essa criatura? Se o relato de seu pai quanto à previsão do oráculo estivesse correto, até os altos olímpicos o temiam. Mas ela nunca tinha ouvido falar de nenhum monstro terrível em nenhuma das lendas e rumores de lendas com que tinha crescido. Nem mesmo Tufão e Equidna tinham o poder de alarmar os poderosos deuses.

De repente, um cálido sopro de vento enrugou sua túnica branca cerimonial. O sopro se tornou uma lufada, que criou um colchão de ar entre ela e o basalto frio sobre o qual jazia. Para sua grande surpresa, Psiquê se viu sendo erguida. O vento parecia ser quase uma coisa sólida – a sustentava, segurando-a firme e a carregando pelo ar.

O CASTELO ENCANTADO

Psiquê voava alto, acima do solo, segura nos braços fortes mas delicados de ZÉFIRO, o Vento do Oeste.

Isto não pode ser a besta que todos nós teríamos de temer, pensou consigo mesma. *Este vento deve ser o mensageiro e arauto da besta. Ele está me levando para meu destino. Bem, pelo menos, a viagem é confortável.*

Ela olhou para baixo, para a cidade onde crescera. Como as coisas todas pareciam pequenas, nítidas e arrumadas. Tão diferente do município grande demais, fedorento e caindo aos pedaços que ela conhecia e odiava. Zéfiro ganhou velocidade e altura e logo estavam passando sobre montes e ao longo de vales, planando sobre o oceano azul e zunindo por ilhas, até chegarem a um país que ela não reconheceu. Era fértil e densamente arborizado, e, durante a descida gradual, ela viu, construído numa clareira, um palácio magnífico, com torres redondas nos cantos, coroadas com torreões. Psiquê foi baixada, delicadamente e com facilidade, até aterrissar com um passo deslizante na grama florida em frente a um par de portões dourados. O vento foi embora soltando um chiado e um suspiro, e ela se viu sozinha. Não ouviu nenhum rugido, urro ou rosnado voraz, apenas uma música distante, flutuando do interior do palácio. Ao se aproximar, hesitante, os portões se abriram.

O palácio real onde Psiquê cresceu era – para os cidadãos comuns de seu país – ornamentado, opulento e avassalador, mas, ao lado do deslumbrante edifício fantástico em que ela estava entrando, não passava de uma choupana grosseira. Enquanto ela entrava, seus olhos corriam sobre colunas de ouro, madeira de cidra e marfim, painéis em relevo de prata esculpida com complexidade e talento artístico que ela nunca sonhara ser possível, e estátuas de mármore tão perfeitamente reproduzidas que pareciam se mexer e respirar. A luz brilhava nos saguões e corredores tremulantes de ouro, o chão em que ela pisava era um mosaico de pedras preciosas a dançar, e a música misteriosa ficava mais forte quanto mais ela entrava. Passou por fontes em que águas cristalinas brincavam em arcos milagrosos, se formando e reformando e quase desafiando a gravidade. Percebeu vozes femininas baixas. Ou ela estava sonhando, ou o palácio era divino. Nenhum mortal e, certamente, nenhum monstro poderia ter encomendado uma habitação tão fabulosa.

Chegou a um aposento central, quadrado, cujos painéis pintados mostravam cenas do nascimento dos deuses e da guerra com os Titãs. O ar era perfumado com sândalo, rosas e especiarias.

Vozes, visões e um visitante

Os sussurros e a música pareciam vir de todo lugar e de lugar nenhum, mas, de repente, cessaram. No grande silêncio que restou, uma voz baixa a chamou.

— Psiquê, Psiquê, não fique tímida. Não arregale os olhos e estremeça como uma corça assustada. Você não sabe que isso tudo é seu? Toda essa beleza, essas pedras preciosas, esse palácio grandioso e as terras em torno dele: tudo seu. Atravesse aquela porta e tome um banho. As vozes que você escuta são suas servas, para fazerem o que você mandar. Quando você estiver pronta, será servido um grande festim. Bem-vinda, amada Psiquê, bem-vinda e aproveite.

A garota, aturdida, entrou no aposento seguinte, uma câmara enorme cheia de tapeçarias e painéis de seda, iluminada por tochas flamejantes em suportes de bronze. Em uma extremidade havia uma reluzente banheira de cobre, e no centro uma cama simplesmente colossal, cuja estrutura envolta em murta era de cipreste polido e os lençóis eram salpicados de pétalas de rosa. Psiquê estava tão cansada, tão zonza e tão incapaz de qualquer entendimento que se deitou na cama e fechou os olhos, na esperança confusa de que o sono pudesse acordá-la desse sonho maluco.

Mas, quando acordou, ainda estava dentro do sonho. Levantou-se das macias almofadas de brocado e viu vapor subindo da banheira. Tirou a roupa e entrou na água.

Foi aí que as coisas ficaram muito estranhas.

Um frasco de prata ao lado da banheira se ergueu, dançou no ar e entornou seu conteúdo na água. Antes que ela tivesse tempo para soltar um grito de surpresa, uma gloriosa nuvem de fragrâncias desconhecidas assaltou seus sentidos. Agora, uma escova com cabo de marfim estava esfregando suas costas e uma jarra de água quente estava sendo esvaziada sobre seus cabelos. Mãos invisíveis massagearam, tocaram, bateram, provocaram e apertaram. Psiquê riu como uma garotinha e deixou que tudo acontecesse. Se era um sonho dentro do mundo real ou um momento de realidade dentro de um sonho, já não parecia ter importância. Ela ia curtir a aventura e ver aonde a levaria.

Damascos, sedas, cetins e gazes voavam de armários ocultos e planavam até a cama, para brilhar ao lado dela, farfalhando na antecipação de serem os escolhidos. Ela escolheu uma túnica de gaze lápis-lazúli – solta, confortável e excitante.

As portas do quarto se abriram e ela, um tanto hesitante, voltou à sala principal. Um grande banquete estava posto sobre a mesa. Mãos invisíveis iam de um lado para outro com travessas de frutas, copos de mel fermentado, pratos com aves exóticas assadas e pratos de doces. Nunca Psiquê vira ou imaginara tal banquete. Fora de si de alegria, ela mergulhou os dedos em pratos tão deliciosos que a fizeram dar gritos de entusiasmo. Os porcos no chiqueiro das fazendas de seus pais não fuçavam ou farejavam seus cochos de madeira com um abandono mais desinibido do que ela chafurdava nos mágicos recipientes de cristal, prata e ouro que se enchiam sozinhos com a mesma velocidade com que ela os esvaziava. Guardanapos voavam para limpar seus lábios manchados de vinho e seu queixo sujo de comida. Um coro invisível cantava baladas delicadas e hinos ao amor humano, enquanto ela devorava e engolia, extasiada.

Finalmente, ela acabou. Um sentimento de grande quentura e bem-estar se instalou sobre ela. Se ela estivesse sendo engordada para alimentar um ogro, que assim fosse.

As velas da mesa, então, se ergueram e levaram Psiquê de volta ao quarto de dormir. As tochas tremulantes e as suaves lâmpadas a óleo tinham se apagado e o quarto estava em escuridão quase completa. As mãos invisíveis a empurraram delicadamente para a beirada da cama e seu vestido de gaze foi erguido e retirado. Nua, ela se deitou de costas entre os lençóis de cetim e fechou os olhos.

Um instante mais tarde, arquejou, em choque. Alguém ou alguma coisa tinha deslizado para a cama, ao lado dela. Um hálito doce e caloroso se misturou ao dela. A pele dela tocou o corpo não de um bicho, mas de um homem. Ele não tinha barba e – ela sabia disso mesmo sem vê-lo – era lindo. Ela não conseguia ver nem sua silhueta, apenas sentir seu calor e sua firmeza juvenil. Ele beijou os lábios dela e eles se entrelaçaram.

Na manhã seguinte, a cama estava vazia e Psiquê foi banhada outra vez pelas servas invisíveis. À medida que o longo dia passava, ela conseguiu reunir a coragem para fazer perguntas.

— Onde estou?

— Ora, está aqui, alteza.

— E onde é aqui?

— Longe de lá, mas perto das proximidades.

— Quem é o dono deste palácio?

— *Você* é a dona.

Nunca uma resposta direta. Ela não pressionou. Sabia que estava num palácio encantado e podia sentir que suas servas eram escravas de suas próprias regras e exigências.

Naquela noite, na plena escuridão, o lindo jovem veio de novo para a cama dela. Ela tentou falar com ele, mas ele pôs um dedo sobre seus lábios e uma voz soou dentro da cabeça dela.

— Silêncio, Psiquê. Não faça perguntas. Ame-me como eu a amo.

E lentamente, à medida que os dias se passavam, ela se deu conta de que amava muito, sim, esse homem nunca visto. Todas as noites, eles faziam amor. Cada manhã, ela acordava e ele tinha partido.

O palácio era glorioso e não havia nada que as servas de Psiquê não fizessem para ela. Ela tinha tudo o que poderia desejar, o melhor para comer ou beber e música que a acompanhava por toda parte. Mas como eram longos os dias solitários que se estendiam entre as noites de amor delicioso, como ela achava difícil passar o tempo...

O "monstro" com quem ela dormia todas as noites era, você deve ter adivinhado, o deus Eros, cuja flecha autoinfligida tinha feito com que ele se apaixonasse por Psiquê, um amor agora ampliado pelas repetidas noites de deleite mútuo. O oráculo estivera certo ao dizer que Eros era um ser cujos poderes assustavam os deuses, porque não havia um, no Olimpo, que não tivesse sido conquistado por Eros em algum momento. Afinal, talvez ele fosse mesmo um monstro. Mas podia ser sensível e doce, além de caprichoso e cruel. Ele viu que Psiquê não estava inteiramente feliz e, uma noite, enquanto estavam deitados na escuridão, a inquiriu ternamente.

— O que a aflige, amada esposa?

— Detesto dizer isso quando você já me deu tanto, mas durante o dia eu me sinto só. Tenho saudade das minhas irmãs.

— Suas irmãs?

— Calante e Zona. Elas acham que eu estou morta.

— A convivência com elas só poderá trazer infelicidade, sofrimento e desespero, para elas e para você.

— Mas eu as amo…

— Sofrimento e desespero, estou lhe dizendo.

Psiquê suspirou.

— Por favor, acredite em mim — ele pediu. — É para o seu bem, isso de você ficar longe delas.

— E você? Não posso vê-lo? Será que jamais poderei ver o rosto daquele que amo tanto?

— Você não deve me pedir isso. Nunca me peça isso.

Os dias se passaram e Eros viu que Psiquê – apesar de todo o vinho e de toda a comida, de toda a música e das fontes mágicas e vozes encantadas – estava ansiosa.

— Alegre-se, amada! Amanhã é nosso aniversário de casamento — disse ele.

Um ano! Já se havia passado um ano inteiro?

— Meu presente para você é conceder seu desejo. Amanhã, meu amigo Zéfiro vai esperar por você do lado de fora do palácio e levá-la para onde você precisa estar. Mas, por favor, tenha cuidado. Não se deixe envolver demais na vida de sua família. Você tem de prometer nunca contar a eles nada a meu respeito. Nem uma palavra a meu respeito.

Psiquê prometeu e eles caíram um nos braços do outro para a noite de amor de aniversário. Nunca ela sentira mais adoração apaixonada ou deleite físico, e percebeu sentimentos de ardor e de amor iguais nele também.

Na manhã seguinte ela acordou, como sempre, na cama vazia. Com impaciência febril, ela se deixou vestir e tomou o café da manhã apresentado por suas serviçais, antes de correr, animada, para o grande portão na frente do palácio. Mal pisou do lado de fora e Zéfiro a arrebatou e voou com ela em seus braços fortes.

Irmãs

Enquanto isso, na terra natal de Psiquê, o povo lembrava o aniversário de sua captura pelo famoso mostro invisível. O rei Aristides e a rainha Damáris haviam liderado uma procissão de luto montanha acima até a laje de basalto na qual a filha tinha sido amarrada – desde então, chamada de "Rocha de Psiquê" em sua homenagem. Agora, permaneciam no monumento apenas as duas princesas Calante e Zona, que tinham avisado em alto e bom som a quem quisesse ouvir que desejavam ficar para trás a fim de prantearem em particular.

Uma vez sumida a multidão, elas arrancaram seus véus de luto e começaram a rir.

— Imagine que tipo de criatura a levou — disse Zona.

— Com asas, como uma Erínia… — sugeriu Calante.

— Com garras de ferro…

— E hálito causticante…

— Grandes caninos amarelos…

— Cabelos de serpente…

— Uma grande cauda que… *O que foi isso?*

Uma súbita lufada de vento fez com que se voltassem. E, aí, deram um grito de susto.

A irmã delas, Psiquê, estava de pé na frente delas, radiante, em um reluzente vestido branco com bordas de ouro. Estava espantosamente linda.

— Mas… — começou Calante.

— Achamos… — gaguejou Zona.

E, então, as duas em uníssono:

— *Irmã!*

Psiquê avançou com as mãos estendidas e o rosto iluminado com o mais doce sorriso de amor fraternal. Calante e Zona pegaram uma mão cada para beijar.

— Você está viva!

— E tão… tão…

— E esse *vestido*… deve ter custado, quer dizer, parece…

— E *você* parece… — disse Zona — tão… tão… Calante, qual é mesmo a palavra?

— Feliz? — sugeriu Psiquê.

— Alguma coisa — as irmãs concordaram. — Você definitivamente parece alguma coisa.

— Mas conte-nos, Psiquê querida…

— O que aconteceu com você?

— Nós aqui lamentando, *soluçando* um monte por você.

— Quem te deu esse vestido?

— Como é que você saiu da rocha?

— É ouro de verdade?

— Um monstro veio te buscar? Uma besta? Um ogro?

— E esse tecido!

— Um dragão, talvez?

— Como é que você faz para não amassar?

— Ele a levou para a cova dele?

— Quem arruma seu cabelo?

— Ele tentou mastigar seus ossos?

— Isso não é uma esmeralda de verdade, é?

Rindo, Psiquê levantou uma mão.

— Queridas irmãs! Vou contar-lhes tudo. Melhor ainda, vou mostrar-lhes tudo. Venha, vento, leve-nos lá.

Antes que as irmãs pudessem se dar conta do que estava acontecendo, as três foram erguidas e estavam viajando rapidamente pelo ar, na segurança dos braços do Vento do Oeste.

— Não resistam. Relaxem — recomendou Psiquê quando Zéfiro fez um giro sobre a montanha. Os gemidos de Zona começaram a diminuir e os soluços abafados de Calante se transformaram num choramingo. Não demorou muito para elas conseguirem até abrir os olhos durante alguns segundos sem gritar.

Quando o vento finalmente as depositou na grama em frente ao palácio encantado, Calante decidiu que aquele era o único modo de se viajar.

— Quem precisa de um cavalo estúpido puxando uma velha carruagem cambaleante e barulhenta? — questionou. — De agora em diante, vou pegar o vento...

Mas Zona não estava escutando. Ela estava de olhar fixo, petrificada, nos muros, nos torreões e na porta com rebites de prata do palácio, tudo brilhando ao sol da manhã.

— Entrem — convidou Psiquê. Que sentimento empolgante, mostrar às queridas irmãs o seu novo lar. Era pena que não pudessem conhecer seu amado marido.

Dizer que as garotas ficaram impressionadas seria subestimar criminosamente a questão. É claro que elas fungaram, bocejaram, deram risadas silenciosas, sacudiram a cabeça e fizeram muxoxos durante o trajeto de cômodo dourado a cômodo dourado através de corredores com painéis de prata e passagens encrustadas com pedras preciosas. Seus narizes empinados e franzidos pareciam sugerir que elas estavam acostumadas a coisa melhor.

— Só um *pouco* vulgar, não achamos, querida? — sugeriu Zona. Por dentro, ela disse para si mesma: *Isto é a casa de um deus!*

Calante estava pensando: *Se eu pudesse parar e fingir consertar as tiras da minha sandália, conseguiria arrancar um dos rubis encrustados naquela cadeira...*

Quando a equipe invisível de mordomos, lacaios e servas começou a servir o almoço, as irmãs passaram a ter mais dificuldade em mascarar a admiração e o assombro. Depois, cada uma por sua vez foi massageada com óleo e banhada.

Pressionada para dar detalhes sobre o senhor do castelo, Psiquê se lembrou da promessa e rapidamente inventou alguma coisa.

— Ele é um belo caçador e proprietário de terras local.

— Qual é o nome dele?

— Os olhos mais bondosos.

— E o nome dele é...?

— Ele ficou com muita pena de não estar com vocês. Mas, durante o dia, sempre sai para o campo com seus cães. Ele queria demais saudá-las pessoalmente. Talvez numa outra ocasião.

— Sim, mas como ele se chama?

— Na verdade, ele não tem um nome.

— O quê?

— Bem, ele *tem* um nome. É claro que ele tem um nome, todo mundo tem um nome, Zona, quer dizer, óbvio! Mas ele não o usa.

— Mas qual é?

— Meu deus, rápido! Já está escurecendo e Zéfiro não voa à noite. Vamos, queridas irmãs, sirvam-se de algumas coisinhas para levarem para casa. Aqui está um punhado de ametistas. Essas são safiras. Há ouro, prata... Não deixem de levar presentes para a mãe e o pai também.

Carregadas de tesouros preciosos, as irmãs se deixaram ser transportadas de volta à rocha. Psiquê foi se despedir, acenando, mas, ao mesmo tempo que estava aliviada, estava também com pena de vê-las irem embora. Embora tivesse apreciado a companhia delas e a oportunidade de mostrar seu ambiente e dar-lhes presentes, sua determinação em manter a promessa que fizera ao marido tornara a evasão a todas aquelas perguntas um negócio exaustivo.

De volta a casa, as irmãs – apesar dos tesouros fabulosos que agora possuíam – estavam se roendo de inveja, ressentimento e fúria. Como é que a irmã caçula, a burra e egoísta Psiquê, se encontrava agora na posição mais ou menos de uma deusa? Era tão terrivelmente injusto! Criatura mimada, vaidosa, feia! Bem, feia, talvez, não. Tinha certa beleza óbvia, um tanto vulgar, mas dificilmente comparável à beleza majestosa delas. Era tudo monstruosamente injusto: havia, quase com certeza, alguma coisa de bruxaria e maldade no fundo disso tudo. Como é que ela nem sequer sabia o nome de seu amo e senhor?

— O reumatismo do meu marido Sato — disse Calante — está piorando tanto que toda noite tenho de esfregar seus dedos, um a um, e depois aplicar emplastros e cataplasmas. É nojento e humilhante.

— Você acha que a *sua* vida é um inferno? — declarou Zona. — O meu Charion é careca como uma cebola, seu hálito fede e ele tem a energia sexual de um porco morto. Enquanto que Psiquê…

— Aquela puta egoísta…

As irmãs se agarraram uma na outra e se acabaram de soluçar.

Naquela noite, o marido de Psiquê, Eros, tinha boas notícias para ela. Ela estava despejando sobre ele toda a sua gratidão e explicando seu sucesso em conseguir evitar descrevê-lo para as irmãs, quando ele colocou o dedo sobre os lábios dela.

— Doce criança confiante. Tenho medo dessas irmãs e do que elas podem fazer com você. Mas estou contente por você estar feliz. Deixe-me fazê-la ainda mais feliz. — Ela sentiu a mão quente dele deslizar pela frente dela e delicadamente alisar sua barriga. — Nosso filho está crescendo aqui.

Psiquê perdeu o fôlego e o abraçou apertado, tonta de alegria.

— Se você mantiver isto em segredo — continuou ele —, a criança será um deus. Se você falar com um vivente que seja, será mortal.

— Vou guardar segredo — garantiu Psiquê. — Mas, antes de a minha condição se tornar aparente, deixe-me pelo menos ver Calante e Zona mais uma vez e me despedir delas.

Eros ficou perturbado, mas não tinha como negar um pedido tão decente e fraternal, de modo que consentiu.

— Zéfiro enviará um sinal para elas, e elas virão — disse ele, se inclinando para dar um beijo. — Mas lembre-se: nem uma palavra sobre mim ou sobre nosso bebê.

Uma gota de óleo

Na manhã seguinte, Calante e Zona acordaram sentindo o hálito de Zéfiro, parecendo um cachorrinho com fome, arfando e puxando as roupas de cama. Ao abrirem os olhos e sentarem-se, o vento foi embora, mas o instinto, a cobiça e a astúcia natos as fizeram perceber o significado daquilo, e elas correram até a rocha para esperar o transporte. Desta vez, estavam determinadas a chegar ao fundo do mistério do amado da irmã.

Psiquê estava lá para recebê-las quando desceram à frente do palácio. Abraçando-a carinhosamente, as irmãs esconderam a inveja furiosa que sentiam da boa sorte de Psiquê, manifestando, em vez disso, uma enxurrada de cacarejos e um clicar de dentes solícitos, acompanhados de muita abanação de cabeça.

— O que houve, Calante? — perguntou Psiquê, intrigada, quando se sentaram para um maravilhoso café da manhã com frutas, bolos e vinho de mel. — Por que tão tristonha, Zona? Vocês não estão felizes em me ver?

— Felizes? — gemeu Calante.

— Quem dera… — suspirou Zona.

— O que poderia estar preocupando vocês?

— Ah, menina, menina — disse Calante com um gemido. — Você é tão nova. Tão doce. Tão sem malícia.

— Tão fácil de ser enganada.

— Não estou entendendo.

As irmãs se entreolharam como se ponderando se revelariam duras verdades.

— O quanto, se é que algo, você conhece isso… essa *coisa* que vem todas as noites visitá-la?

— Não é uma coisa! — protestou Psiquê.

— Claro que é uma coisa. É o monstro previsto pelo oráculo.

— Cheio de escamas, aposto — disse Zona. — Ou, se não escamoso, peludo.

— Ele não é nada disso — respondeu Psiquê, indignada. — Ele é jovem e lindo e gentil. Tem a pele macia, músculos firmes...

— Qual a cor dos olhos dele?

— Bem...

— Ele é louro ou moreno?

— Irmãs queridas — disse Psiquê. — Vocês conseguem guardar um segredo?

Calante e Zona se aproximaram e deram palmadinhas amorosas na irmã.

— Se conseguimos guardar segredo? Que pergunta!

— O que acontece é — continuou Psiquê —, bem, acontece que eu na verdade não sei *como* ele é. Nunca o vi... apenas... senti.

— O quê? — Calante estava chocada.

— Quer dizer que você nunca nem olhou para o rosto dele?

— Ele insiste que eu não o devo ver. Vem até mim na maior escuridão da noite, desliza entre os lençóis e nós... bem, nós... vocês sabem... — Psiquê enrubesceu. — Mas consigo traçar o perfil dele e o que sinto não é o corpo de um monstro. É o corpo de um homem esplêndido e maravilhoso. Só que, pela manhã, ele já foi embora.

— Oh, sua *bobalhona*! — riu Zona. — Você não sabe — ela se interrompeu como se estivesse com medo de continuar.

As irmãs trocaram olhares penalizados e conhecedores.

— Ah, meu deus...

— Psiquê *não* sabe!

Calante respondeu com um som que era algo entre um riso e um suspiro.

Psiquê olhou de uma para a outra, perplexa.

— Sei o quê?

Calante pôs os braços em torno dela e explicou, com Zona interpondo suas próprias observações e afirmações. Os piores e mais horrendos monstros – na verdade, exatamente o tipo que o oráculo de Apolo havia previsto que a viria devorar! – possuem poderes – sempre possuíram, eram famosos por possuir, eram celebrados pelo mundo inteiro por isso! –, por exemplo, o poder de *se transformar*, de adotar formas enganosas – formas que podiam parecer empolgantes e atraentes ao toque de uma garota jovem – a inocente e boba! –, de modo a um dia plantar sua semente demoníaca dentro dela – pobre menina, ela não entende essas coisas, mas os homens conseguem fazer isso – e obrigá-la a dar à luz uma nova abominação, um monstro ainda mais terrível – uma *mutação* –, é como eles propagam sua espécie vil.

Psiquê levantou a mão.

— Parem! Por favor! Eu sei que vocês têm as melhores das intenções, mas vocês não sabem como ele é terno, como é gentil, como é delicado...

— É assim que eles são! É exatamente assim que eles são!

— Você não vê? Se alguma coisa prova a crueldade feroz desse monstro é exatamente a sua ternura e delicadeza!

— Um sinal certo de que deve ser um demônio horroroso.

Psiquê pensou na nova vida que crescia dentro dela e na insistência de seu marido para que não contasse nada. E na sua recusa em se deixar ver. Ah, meu deus. Talvez suas irmãs tivessem razão.

Elas viram que Psiquê estava vacilando e voltaram ao ataque.

— Eis o que você vai fazer, querida. Quando ele se unir a você esta noite, você o deixa fazer o que quiser...

— Argh!

— E, então, espere até ele adormecer. Mas deverá continuar acordada.

— De toda maneira, *fique acordada*.

— Quando você tiver certeza de que ele está absoluta e profundamente adormecido, você deverá se levantar e pegar uma lâmpada.

— E aquela navalha que suas servas usam para cortar o seu cabelo.

— É, você vai precisar dela!

— Acenda a lanterna no canto do quarto e a cubra para que ele não acorde.

— Depois volte até a cama, pé ante pé...

— Erga a lanterna...

— E corte seu pescoço escamoso de dragão...

— Serre suas veias nodosas...

— Mate-o...

— Mate a besta...

— Depois, reúna todo o ouro e a prata...

— E as pedras preciosas, isso é o mais importante...

E as irmãs continuaram falando, e falando, até que Psiquê ficasse plenamente convencida.

E assim, naquela noite aconteceu que, com Eros dormindo pacificamente na cama, Psiquê se viu de pé ao lado dele, com uma lanterna coberta em uma mão e uma navalha na outra. Ela ergueu o pano que cobria a lanterna. A luz caiu sobre a forma enroscada, nua, do mais lindo ser que ela jamais contemplara. O brilho tépido dançava em uma pele lisa, jovem – e sobre o mais maravilhoso par de asas emplumadas.

Psiquê não conseguiu conter um frêmito de assombro. Ela soube imediatamente para quem estava olhando. Não era nenhum dragão ou monstro, nenhum ogro ou abominação. Era o jovem deus do amor. Era o próprio Eros. Pensar que ela podia ter sonhado em fazer mal a ele. Como era lindo. Seus lábios cheios, rosados, estavam ligeiramente entreabertos e o dulçor de seu hálito chegou até ela quando se inclinou para o olhar mais de perto. Tudo nele era tão perfeito! O suave subir e baixar dos músculos dava à sua beleza juvenil um aspecto masculino, mas sem aquela feiura inchada que ela tinha visto nos corpos dos atletas e guerreiros campeões de seu pai. Seu cabelo desfeito brilhava com uma luz cálida que ficava entre o ouro de Apolo e o mogno de Hermes. E aquelas asas! Dobradas sob seu corpo, tinham a plenitude e a brancura das asas de um cisne. Ela estendeu uma mão trêmula e correu o dedo ao longo da linha das penas. A reação foi um leve sussurro trêmulo que mal fizeram qualquer som, mas foi o suficiente para fazer com que Eros adormecido se mexesse e murmurasse.

Psiquê deu um passo atrás e cobriu a lanterna, mas dentro de poucos momentos uma respiração serena e rítmica a assegurou de que Eros ainda estava dormindo profundamente. Ela descobriu a lanterna outra vez e viu que ele agora estava de costas para ela. Viu também que o movimento dele tinha feito com que um objeto curioso ficasse à mostra. A luz da lâmpada caiu sobre um cilindro de prata que ficava entre suas asas. Sua aljava!

Mal ousando respirar, Psiquê se inclinou para a frente e puxou uma única flecha. Virando-a na mão, ela lentamente passou o dedo na haste de ébano brilhante. A ponta da flecha estava afixada por uma fita de ouro... Segurando a lanterna no alto em sua mão esquerda, ela passou o polegar direito ao longo da ponta e então – *ai!* A ponta era tão afiada que tirou sangue. Nesse momento, passou sobre ela um sentimento, um sentimento de amor tão intenso por Eros adormecido, tal calor, paixão e desejo, tal devoção completa e eterna, que ela não conseguiu se conter e se aproximou para beijar os cachos em sua nuca.

Ai, tristeza! Ao fazer isso, um pingo de óleo quente da lanterna caiu sobre o ombro direito dele. Ele acordou com um grito de dor que, quando viu Psiquê de pé sobre ele, cresceu e se tornou um grande rugido de decepção e desespero. Suas asas se abriram e começaram a bater no ar. Enquanto ele se levantava, Psiquê se jogou para a frente e se agarrou à sua perna direita, mas a força dele era grande demais e ele a sacudiu para longe, sem uma palavra, e voou para a noite.

No momento em que ele saiu, tudo desmoronou. As paredes do palácio se romperam, desbotaram e dissolveram no ar da noite. Psiquê, desesperada, viu as colunas de ouro ao seu redor se fragmentarem em uma escura colunata de árvores e os ladrilhos de mosaico de pedras preciosas sob seus pés se misturarem numa confusão de lama e cascalho. Não demorou para que o palácio, os metais preciosos, as pedras preciosas – tudo – desaparecesse. O doce canto das servas se transformou no uivar de lobos e no grito das corujas, e os perfumes cálidos e misteriosos viraram açoites de ventos frios e impiedosos.

SOZINHA

Uma garota assustada e infeliz se encontrava numa floresta fria e deserta. Ela escorregou pelo tronco de uma árvore até se sentar sobre as raízes duras. A única coisa em que conseguia pensar era em dar fim à própria vida.

Foi acordada com um besouro que passava sobre seus lábios. Sentou-se com um estremecimento e tirou uma folha molhada que estava grudada na testa. Os horrores da noite anterior não tinham sido um sonho. Ela estava realmente sozinha numa floresta. Talvez tudo o que tinha acontecido antes fosse um sonho, e esta foi sempre a realidade? Ou será que ela tinha acordado dentro de outro episódio de um sonho mais amplo? Dificilmente valia a pena se dar o trabalho de tentar decifrar tudo. Sonho ou realidade, estava tudo intolerável para ela.

— Não faça isso, menina bonita.

Chocada, Psiquê elevou os olhos e viu o deus Pan de pé à sua frente. A carranca engraçada, o cabelo grosso e enrolado do qual saíam dois chifres, as largas ancas peludas que terminavam em pés de cabra – não podia ser outro personagem, mortal ou imortal.

— Não, não — disse Pan, sapateando com os cascos no solo lamacento. — Posso ler na sua cara, e não vai acontecer. Não permitirei.

— Não permitirá o quê? — desafiou Psiquê.

— Não permitirei que você se jogue de um penhasco alto sobre as rochas. Não permitirei que você atraia as atenções mortais de um animal selvagem. Não permitirei que você colha beladona e beba seus sucos venenosos. Não permitirei nada disso.

— Mas não posso viver! — gritou Psiquê. — Se você soubesse a minha história, entenderia e me ajudaria a morrer.

— Você tem de perguntar a si mesma o que a trouxe aqui — disse Pan. — Se foi amor, tem de rezar para Afrodite e Eros pedindo orientação e alívio. Se foi sua própria maldade o que causou a sua queda, então, tem de viver para se arrepender. Se foi provocado por outros, tem de viver para se vingar.

Vingança! Psiquê de repente entendeu o que precisava ser feito. Levantou-se.

— Obrigada, Pan — agradeceu ela. — Você me mostrou o caminho.

Pan mostrou os dentes num sorriso e fez uma mesura. Seus lábios sopraram um floreado de despedida no conjunto de flautas em sua mão.

Quatro dias mais tarde, Psiquê bateu aos portões da grande mansão de seu cunhado, Sato, marido de Calante. Um empregado a acompanhou até a sala de visitas de sua irmã.

— Psiquê! Querida! Funcionou tudo como planejado? Você parece um pouco...

— Não se importe comigo, querida irmã. Vou contar o que aconteceu. Segui suas instruções à risca, acendi a lâmpada sobre a forma adormecida do meu marido e quem seria ele, senão o grande deus Eros. O próprio Eros!

— Eros! — Calante apertou seu colar de âmbar.

— Oh, irmã, imagine minha decepção e como ele partiu meu coração quando me contou que só tinha me levado para seu palácio como um meio de conseguir *você*.

— Eu?

— Esse era o plano malévolo. "Traga-me sua linda irmã Calante", ele me disse. "Aquela dos olhos verdes e do cabelo ruivo."

— Mais acaju do que ruivo.

— "Traga-me. Diga a ela para ir até a rocha alta e lançar-se sobre Zéfiro, que a apanhará e a trará para mim. Diga tudo isso à linda Calante, Psiquê, eu imploro." Essa foi a mensagem dele, que fielmente reproduzi.

Pode-se imaginar a pressa com que Calante se preparou. Rabiscou uma mensagem para o marido explicando que eles não eram mais marido e mulher, afinal de contas, que o casamento deles tinha sido um erro calamitoso, que o oficiante que os casou o fizera bêbado, incapaz e sem qualificações, que ela nunca o amara, de qualquer modo, e que agora era uma mulher livre, e pronto.

Em cima da rocha alta de basalto, ela ouviu o sussurrar de uma brisa e, com um gemido de alegria e êxtase, lançou-se para o que achou ser Zéfiro.

Mas o espírito do Vento do Oeste não estava nem por perto. Com um grito de frustração, raiva, decepção e medo, Calante despencou morro abaixo, quicando de rocha afiada em rocha afiada até que seu corpo inteiro tivesse se virado do avesso, e ela aterrissou no fundo, morta como uma pedra.

Destino igual teve Zona, sua irmã, a quem Psiquê contou a mesma história.

As tarefas de Afrodite

Terminada a vingança, Psiquê tinha o resto da vida para pensar. Cada momento era preenchido com o amor e a saudade que ela sentia de Eros e com as pontadas de sofrimento, sabendo que ela estava fadada a jamais tornar a vê-lo.

Eros, enquanto isso, jazia numa câmara secreta, atormentado pela agonia da ferida no ombro. Você e eu conseguiríamos suportar com facilidade a chateação de uma queimadura de óleo de lâmpada, mas, embora Eros fosse imortal, aquele era um machucado infligido pela pessoa que ele amava. Essas feridas demoram muito para sarar, se é que saram.

A indisposição de Eros fez com que o mundo começasse a sofrer. Jovens e donzelas pararam de se apaixonar. Não havia casamentos. As pessoas começaram a murmurar e resmungar. Orações infelizes começaram a ser feitas para Afrodite. Quando ela as ouviu e soube que Eros estava escondido e negligenciando seus deveres, ficou aborrecida. A notícia de que uma garota mortal tinha roubado o coração de seu filho e feito tanto mal a ele transformou seu aborrecimento em raiva. Mas, quando ela descobriu que era a mesma garota mortal que ela certa vez tinha mandado que Eros humilhasse, ficou lívida. Como é que o plano de fazer Psiquê se apaixonar por um porco tinha saído tão terrivelmente pela culatra? Bem, desta vez, ela iria pessoalmente e de garantir forma conclusiva a queda da garota.

Por conta de encantamentos que ela não sabia que estavam sendo feitos, Psiquê viu-se um dia batendo à porta de um grande palácio. Criaturas terríveis a puxaram para dentro pelos cabelos e a jogaram numa masmorra. A própria Afrodite a visitou, levando sacos de trigo, cevada, milheto, sementes de papoula, grão-de-bico, lentilhas e feijão, que esvaziou na pedra e misturou.

— Se você quiser sua liberdade — disse —, separe todos os grãos e sementes diferentes e os arrume cada um em sua pilha. Termine essa tarefa antes do próximo nascer do sol e eu a libertarei.

Com uma risada que – nada adequada para uma deusa do amor e da beleza – estava entre um cacarejo e um guincho, Afrodite foi embora batendo a porta da cela às suas costas.

Psiquê caiu no chão soluçando. Seria impossível separar aquelas sementes, mesmo que ela tivesse um mês para fazê-lo.

Nesse exato momento, uma formiga, trafegando pelas pedras do chão, foi engolfada por uma lágrima quente e salgada, caída da face de Psiquê.

— Cuidado! — gritou ela, zangada. — Para você, pode ser uma pequena lágrima, mas para mim é um dilúvio.

— Mil desculpas — disse Psiquê. — Temo não a ter visto. Meu sofrimento tomou conta de mim.

— Que sofrimento pode ser tão grande que faz com que você saia por aí afogando formigas honestas?

Psiquê explicou sua situação e a formiga, que tinha uma natureza prestativa e generosa, se ofereceu para ajudar. Com um chamado inaudível para o ouvido humano, ela convocou sua grande família de irmãos e irmãs e, juntos, começaram a separar as sementes.

Com as lágrimas secando nas faces, Psiquê observou assombrada dezenas de milhares de alegres formigas correndo apressadas para lá e para cá, peneirando e separando as sementes com precisão militar. Bem antes dos dedos rosados de Eos terem aberto os portões da aurora, o serviço estava feito e sete pilhas arrumadas, perfeitas, aguardavam a inspeção de Afrodite.

A fúria frustrada da deusa foi algo digno de nota. Outra tarefa impossível foi imediatamente planejada.

— Você está vendo aquele bosque lá adiante, no outro lado do rio? — disse Afrodite puxando Psiquê pelo cabelo e obrigando-a a olhar pela janela. — Há carneiros pastando e perambulando desprotegidos. Carneiros especiais, com lã de ouro. Vá até lá imediatamente e me traga de volta um tufo da lã deles.

Psiquê partiu para o bosque com boa vontade, mas sem a menor intenção de obedecer a essa última ordem. Ela resolveu usar sua liberdade para fugir, não apenas da prisão da odiosa maldição de Afrodite mas da prisão da própria vida odiosa. Mergulharia no rio e se afogaria.

Só que, enquanto ela estava à beira do rio, respirando fundo e reunindo coragem para mergulhar, um dos juncos se sacudiu – embora não estivesse soprando brisa nenhuma – e sussurrou para ela.

— Psiquê, minha doce Psiquê. Atormentada por grandes desafios como você está, não polua minhas águas limpas com sua morte. Há um jeito de evitar seus problemas. Aqueles carneiros são selvagens e violentos, guardados pelo macho mais feroz, cujos chifres podem rasgá-la como uma fruta madura. Você os está vendo pastar ali, sob aquela figueira na margem de lá? Aproximar-se deles agora significa uma morte rápida e dolorosa. Mas se você se deitar para dormir, à tarde, eles terão ido para outras pastagens e você poderá nadar até a árvore e encontrará maçarocas de lã dourada presas aos galhos mais baixos.

Naquela noite, a confusa e enraivecida Afrodite jogou de lado a lã dourada e insistiu para que Psiquê descesse ao mundo inferior para pedir uma amostra de um creme de beleza à Perséfone. Como ela pouco pensava em outra coisa que não na morte desde que Eros a deixara, a pobre menina consentiu de boa vontade e seguiu as orientações de Afrodite até o Hades, onde tinha a plena intenção de ficar e suportar uma eternidade miserável, solitária e sem amor.

A UNIÃO DO AMOR E DA ALMA

Certo dia, uma andorinha faladeira relatou a Eros as tarefas atribuídas a Psiquê por sua mãe ciumenta e sem limites. Tentando ignorar a dor ainda agonizante de sua ferida, ele se levantou e, com um esforço enorme, abriu as asas. Voou direto para o Olimpo, onde exigiu uma audiência imediata com Zeus.

Eros contou a história dele para uma plateia enlevada de olímpicos fascinados. A mãe dele sempre detestara Psiquê. A dignidade e a honra de Afrodite como olímpica tinham sido ameaçadas pela beleza da menina e pela disposição de um punhado de humanos idiotas para venerar uma donzela mortal em vez de uma deusa imortal. Aí, ela enviara Eros para fazer com que Psiquê se apaixonasse por um porco. Ele apresentou bem o caso.

Zeus mandou Hermes até o mundo inferior para buscar Psiquê e uma águia para chamar Afrodite. Quando as duas estavam presentes à frente da companhia celeste, Zeus falou.

— Essa confusão foi extraordinária e indigna. Afrodite, amada. Sua posição não está ameaçada; jamais poderá estar. Olhe para baixo, para a terra, e veja como seu nome é santificado e louvado em toda parte. Eros, você tem sido durante muito tempo um menino bobo, impudente e irresponsável. O fato de você amar e ser amado fará com que você cresça, e poderá salvar o mundo dos piores excessos de suas flechas travessas e mal direcionadas. Psiquê, venha e beba da minha taça. Isto é ambrosia e, agora que a provou, você é imortal. Aqui, com todos testemunhando, você estará para sempre unida a Eros. Abrace sua nora, Afrodite, e vamos todos festejar.

Tudo foi riso e prazer no casamento de Eros com Psiquê. Apolo cantou e tocou sua lira, Pan se juntou com sua flauta. Hera dançou com Zeus, Afrodite dançou com Ares e Eros dançou com Psiquê. E estão dançando juntos até hoje.[100]

100. No devido tempo, Psiquê deu à luz a filha deles: HEDONÊ, que viria a ser o espírito do prazer e do deleite sensual. Os romanos a chamaram VOLÚPIA. O hedonismo e a voluptuosidade, é claro, são dela.

OS BRINQUEDOS DE ZEUS

PARTE DOIS

MORTAIS

IO

Os humanos do mundo mediterrâneo eram, naquela época, governados principalmente por reis. O modo como esses autocratas estabeleciam domínio sobre seu povo variava. Alguns eram descendentes de imortais, até de deuses. Outros, como é característico dos humanos, tomavam o poder pela força das armas ou intrigas políticas.

ÍNACO foi um dos primeiríssimos governantes na Grécia. Ele foi o primeiro rei de Argos, na península do Peloponeso, então uma cidade nova, movimentada e, hoje, uma das mais velhas cidades continuamente habitadas no mundo. Mais tarde, Ínaco foi semideificado e transformado num rio, mas, durante sua vida como humano, sua consorte MÉLIA lhe deus duas filhas, IO e MICENA.[101]

Micena casou-se satisfatoriamente com um nobre chamado ARESTOR, mas o destino de Io era ser a primeira garota mortal a atrair as atenções predatórias de Zeus. Ínaco tinha escolhido Hera, a Rainha do Céu, como divindade padroeira de Argos, e sua filha Io tinha sido criada como sacerdotisa no mais importante santuário dedicado a Hera no mundo grego. Os flertes de Zeus com qualquer mulher já eram suficientes para provocar indignação em sua esposa, mas uma tentativa de deflorar uma de suas próprias sacerdotisas levaria sua zanga aos limites. Mesmo assim, ele desejava muito a adorável Io. Como tê-la sem Hera descobrir?

---

101. Ela deu o nome à cidade de Micenas.

Zeus alisou a barba, pensou, pensou e encontrou o que ele acreditava ser um golpe de mestre. Transformou Io em uma vaca, uma linda novilha jovem, roliça, com flancos amplos e tremulantes e grandes olhos gentis.[102] Se pudesse escondê-la num pasto, Hera jamais a veria e ele poderia visitá-la quando quisesse. Ou assim ele imaginou. Quando a luxúria vem, a discrição, o bom senso e a sabedoria vão embora, e o que pode parecer um esconderijo esperto para alguém nas garras da paixão parece uma idiotice transparentemente desajeitada para todo mundo mais.

É mais fácil esconder de uma esposa ciumenta uma centena de montanhas do que uma amante. Hera, para quem as vacas eram sagradas e que possuía, portanto, um olho aguçado, experiente, para avaliar a espécie, notou o animal e imediatamente suspeitou sua identidade verdadeira.

— Que novilha adorável — comentou Hera displicentemente para Zeus certo dia durante o café da manhã no Olimpo. — Que forma perfeita. Pestanas tão longas e olhos atraentes.

— Ahn? Aquela coisa velha? — disse Zeus, olhando para baixo com um ar de tédio fingido para onde Hera estava apontando.

— Aquele é um dos seus pastos, querido, de modo que ela deve ser uma das suas.

— É possível — respondeu Zeus —, bem possível. Tenho milhares de vacas perambulando por aí. Não se pode esperar que eu identifique todas elas.

— Eu gostaria muito de ter essa novilha em particular — pediu Hera —, como presente de aniversário.

— Er... Mesmo? Aquela? Estou certo de que posso encontrar um animal muito mais gordo e mais adequado.

— Não — disse Hera, e aqueles que a conheciam teriam reconhecido um brilho nos olhos dela e o aço em sua voz. — É aquela que eu quero.

— Certamente, certamente — concordou Zeus, fingindo um bocejo. — É sua. Há um pote de ambrosia perto do seu cotovelo... Empurra para mim, por favor?

Hera conhecia muito bem o marido que tinha. Não havia como parar suas propensões libidinosas, uma vez excitadas. Ela mandou transferir Io

102. Uma novilha está para uma vaca como uma potranca está para uma égua.

para um pequeno piquete com portão e colocou seu servidor ARGO, neto de Ínaco, para vigiá-la.

Argo, filho de Micena e Arestor, era seguidor fiel de Hera, como todos os argivos da época,[103] mas, além disso, tinha um dom especial que o tornava o guardião perfeito para sua tia Io. Ele tinha cem olhos. Seu apelido era PANOPTES, "o que vê tudo".[104] Obedecendo à vontade de Hera, ele estacionou no pasto, fixou cinquenta olhos em Io e deixou os outros cinquenta varrendo o entorno, acima e abaixo, à espreita de algum saqueador.

Zeus viu isso e ficou andando para lá e para cá, furioso. Seu sangue fervia. Deu um soco na palma da mão. Ele teria Io. Passou a ser uma questão de honra derrotar Hera nessa guerra silenciosa e não admitida. Ele conhecia os limites de sua própria esperteza, no entanto, de modo que chamou o malandro mais astuto e amoral do Olimpo para ajudá-lo.

Hermes entendeu imediatamente o que precisava ser feito. Sempre feliz em agradar a Zeus e semear travessuras, correu para o piquete de Io.

— Oi, Argo. Deixe-me fazer companhia a você por um tempo — disse ele, destrancando o portão e entrando. — Bela novilha você tem aqui.

Argo voltou uma dúzia de olhos na direção de Hermes, que se sentou no capim, puxou um conjunto de flautas e começou a tocar. Durante duas horas, ele tocou e cantou. A música, o calor da tarde, o perfume de papoulas, lavanda e tomilho silvestre, o suave rumorejar e remoinhar de um riacho por perto... Lentamente, os olhos de Argo começaram a se fechar, um a um.

Quando o centésimo olho por fim se fechou, Hermes baixou as flautas, avançou e apunhalou Argo no coração. Todos os deuses eram capazes de grande crueldade – Hermes podia ser tão mau quanto qualquer um deles.

Com Argo morto, Zeus abriu o portão para o pasto e soltou Io. Mas, antes que ele tivesse uma chance de mudá-la de volta para a forma humana,

---

103. "Argivo" significa "cidadão de Argos", mas, nos últimos anos, tem sido muitas vezes usado para significar qualquer grego – especialmente como distinção de um troiano.

104. Há quem goste de sugerir que a ideia de Argo ter cem olhos veio de um jeito caprichoso de expressar sua extrema vigilância. Pode muito bem ter sido dito de brincadeira e depois acreditado seriamente, sustentam eles, que ele "tinha olhos na parte de trás da cabeça". Repudiamos tais proposições aborrecidas, sem romantismo, com o desprezo que elas merecem. Argo tinha cem olhos. Fato.

Hera, que tinha visto tudo, mandou uma mutuca, que ferroou Io de forma tão dolorida e persistente que a vaca pinoteou, gritou e fugiu a galope, para longe do alcance de Zeus.

Lamentando a morte de seu amado serviçal, Hera tirou os cem olhos brilhantes de Argo e os fixou na cauda de uma velha ave muito sem graça e deselegante, transformando-a no que hoje conhecemos como pavão. Foi assim que a ave, agora altiva, colorida e prosa, passou a ser para sempre associada com a deusa.[105]

Io, enquanto isso, continuou correndo ao longo da margem norte do mar Egeu, nadando pelo lugar em que a Europa se transforma na Ásia, o ponto que ainda chamamos, em sua homenagem, de a travessia da vaca, ou, do grego, Bósforo.[106] Sempre em frente, ela correu, se debatendo, pulando e guinchando em agonia, até chegar ao Cáucaso. Lá, a mutuca pareceu abrandar durante algum tempo, o suficiente para ela ver a figura de Prometeu torturado de dor, acorrentado na vertente da montanha.

— Sente-se e recupere um pouco o fôlego, Io — disse o Titã. — Alegre-se. As coisas vão melhorar.

— Dificilmente ficariam piores — gemeu Io. — Sou uma vaca. Estou sendo atacada pela maior e mais rancorosa mosca que o mundo já viu. E Hera vai me destruir. É só uma questão de eu ser picada até a morte ou enlouquecer e me afogar no mar.

— Sei que parece difícil para você — disse Prometeu —, mas eu algumas vezes vejo o futuro e sei o seguinte: você vai voltar à forma humana. Vai fundar uma grande dinastia na terra onde o Nilo se arrasta. E, de sua linhagem, vai surgir o maior de todos os heróis.[107] Então, queixo para cima e alegre-se, hein?

Foi difícil para Io, mesmo em seu tormento, não dar atenção a essas palavras de alguém que – enquanto ela olhava horrorizada – estava sendo rasgado e deglutido por um par de abutres mal-encarados. O que eram suas inconveniências menores contra essa perpétua agonia?

---

105. Pintores e escultores muitas vezes retrataram Hera em uma carruagem puxada por pavões, e, claro, há a peça de Sean O'Casey, *Juno e o pavão.*

106. É estranho que "Oxford" e "Bósforo" signifiquem exatamente a mesma coisa.

107. O próprio herói que iria um dia desacorrentar Prometeu e libertá-lo.

Ao fim, Io voltou mesmo à forma humana. Ela se encontrou com Zeus no Egito e teve dele um filho, ÉPAFO, que desempenhará uma parte importante na história de Faetonte, a seguir. *Supostamente*, Zeus engravidou Io apenas pousando delicadamente a mão sobre ela – Épafo significa "toque". Io também teve uma filha com Zeus, chamada KEROESSA, cujo filho BISAS foi fundador da grande cidade de Bizâncio. Se Keroessa foi concebida por toque ou pelo método mais tradicional de geração, não sabemos.

Io pode ter sido uma vaca, mas era uma vaca muito influente e importante.

A echarpe encharcada de sêmen

Uma história bastante tocante conta como Atena, sem sacrificar sua castidade, teve um papel na concepção e no nascimento de um dos fundadores da cidade-Estado de Atenas.

O manco Hefesto, desde que partira a cabeça de Zeus, ajudando a trazer Atena ao mundo, desenvolvera uma forte paixão pela deusa. Um dia, incapaz de controlar sua luxúria, seguiu-a até algum canto do alto Olimpo e tentou tomá-la à força. Deu que, em sua excitação, ele só conseguiu derramar sua semente na coxa dela. Atena, em nojo silencioso, retirou o turbante e o usou para limpar a bagunça, antes de o jogar montanha abaixo.

O pano encharcado aterrissou no solo, bem abaixo. O sêmen divino de Hefesto empapou a terra e engravidou Gaia. Dela, nasceu um menino, ERECTEU. Do céu, Atena olhou para baixo, viu aquilo e determinou que a criança deveria ser imortal. Ela desceu do Olimpo, botou a criança numa cesta de vime, fechou e a colocou sob os cuidados de três irmãs mortais, HERSE, AGLAUROS e PANDROSO. Por motivo algum, Atena disse a elas, a cesta deveria ser aberta. Mas Aglauros e Herse não conseguiram resistir e deram uma espiada. Viram um bebê se debatendo, preso nos anéis de uma cobra que se retorcia. Todas as cobras eram sagradas para Atena, e essa fazia parte do encantamento que a deusa estava usando para dotar o bebê Erecteu com a imortalidade. A visão chocante fez com que as duas mulheres instantaneamente enlouquecessem e se jogassem do ponto mais alto do morro, agora, chamado Acrópole, ou “cidadela alta”. Erecteu mais tarde se tornou (ou foi pai, as versões da história discordam) ERICTÔNIO, o lendário fundador de Atenas.[108]

Se você hoje visitar a Acrópole, em Atenas, ainda poderá ver, bem ao norte do Partenon, o lindo templo chamado Erecteion. Seu pórtico famoso, de colunas cariátides em forma de donzelas drapeadas, é um dos grandes tesouros arquitetônicos do mundo. Perto dali, foram erigidos santuários à pobre Aglauros e também a Herse, o mínimo que deviam fazer.[109]

108. O nome “Erictônio” é algumas vezes usado tanto para Erecteu quanto para vários de seus descendentes. Seu nascimento ctônico de Gaia pode ser visto nos dois nomes.

109. Quanto a Pandroso, a irmã obediente que resistiu à vontade de espiar dentro da cesta, um templo foi construído para ela perto do templo de Minerva, e foi instituído um festival em sua honra, chamado *Pandrosia*.

FAETONTE

O FILHO DO SOL

Erecteu era filho de Atena, por procuração; Gaia e Hefesto eram seus pais biológicos. Três genitores imortais podia ser considerado um exagero (e bravata dos atenienses quanto ao seu fundador), mas não era raro os mortais alegarem tais progenitores. A história do corajoso, mas imprudente, FAETONTE,[110] assim como o mito de Perséfone, explicam como se deram determinadas mudanças na geografia do mundo, além de oferecer um exemplo bem literal de uma advertência muito presente no mito grego – de como o orgulho vem antes da queda.

Os genitores de Faetonte eram divinos, mas ele foi criado pelo padrasto, MEROPS, um homem mortal sem importância. Sempre que Merops viajava, a mãe de Faetonte, CLÍMENE, que pode ou não ter sido imortal,[111] encantava o garoto com histórias de seu divino pai, o glorioso sol Apolo Febo.[112]

110. Faetonte (como o nome alternativo de Apolo, "Febo") significa "o brilhante". Algumas vezes, é apresentado como *Phaethon, Phaëton* ou *Phathon.*

111. Filha de Oceano e Tétis, a Oceânide Clímene pode ser considerada uma das mais influente mães em toda a mitologia grega. De suas relações com o Titã Jápeto, ela era, de um lado, mãe de Atlas e Menoécio (dois dos Titãs que furiosamente se opuseram aos deuses durante a Titanomaquia e foram devidamente punidos) e, do outro, de Epimeteu e Prometeu. Só essa prole já estabelece a importância de Clímene como a grande matriarca do mundo primitivo. Alguns, no entanto, dizem que a Oceânide Clímene e a Clímene que era mãe de Faetonte não eram, de jeito algum, a mesma mulher, e que, na realidade, a mãe de Atlas e dos outros Titãs deveria ser chamada ÁSIA, para não a confundir com a Clímene mortal, mãe de Faetonte. Fica tudo muito confuso e é melhor deixar isso para os acadêmicos e os que têm tempo para gastar.

112. Até mesmo a natureza do pai de Faetonte é debatida. Em algumas versões da história, seu pai é o Titã do sol, Hélio. Eu acompanho Ovídio e atribuo a paternidade de Faetonte ao deus Apolo.

Ao atingir idade suficiente, Faetonte foi mandado para a escola com outros meninos mortais, alguns dos quais eram inteiramente humanos e outros que, como ele, podiam alegar ancestralidade divina, por um lado ou pelo outro. Um desses era Épafo, filho de Zeus e Io. Com pais tão ilustres, Épafo sentia-se no direito de mandar em seus colegas. Faetonte, que era um jovem orgulhoso e apaixonado, odiava ser mandado por Épafo e vivia irritado pela arrogância e pelo ar de superioridade do outro.

Épafo era insuportável. Sempre *blasé* com relação à sua origem social, dizia coisas do tipo:

— No próximo fim de semana, o papai, Zeus (você sabe), me convidou para ir jantar no Olimpo. Ele disse que vai me deixar sentar no trono dele, talvez tomar um ou dois goles de néctar. Já tomei antes, é claro. Seremos apenas alguns poucos. O tio Ares, minha meia-irmã Atena, algumas ninfas, talvez, para arredondar o número. Vai ser divertido.

Faetonte voltava para casa furioso, depois de ter de ouvir essas citações displicentes.

— Como é que — ele se queixava com a mãe — Épafo vê o pai dele todos os fins de semana e eu nem *conheci* o meu?

Clímene dava um abraço apertado no filho e tentava explicar.

— Apolo é tão ocupado, querido... Todos os dias, ele tem de atravessar o céu inteiro conduzindo sua carruagem. E, depois de terminado o serviço, precisa cuidar de santuários em Delos, em Delfos e sei lá onde mais. Profecias, música, arco e flecha... Ele é o mais ocupado de todos os deuses. Mas tenho certeza de que virá nos visitar em breve. Quando você nasceu, ele deixou isso aqui para você. Eu ia esperar para lhe dar quando você fosse um pouco mais velho, mas você já pode ficar com ela agora...

Clímene foi até um armário, pegou uma flauta dourada, esquisita, e entregou a ele. O menino imediatamente a levou à boca e soprou, produzindo um chiado ofegante, longe de musical.

— O que ela faz?

— Faz? O que você quer dizer, querido?

— Zeus deu a Épafo um chicote de couro mágico que faz com que os cães obedeçam a todos os comandos dele. O que isso aqui faz?

— É uma flauta, meu amor. Faz música. Música linda, encantadora.

— Como?

— Bem, você vai aprender como formar as notas e depois você... bem, você vai tocá-la.

— E onde está a mágica nisso?

— Você nunca ouviu música de flauta? É o som mais mágico que existe. Mas é preciso praticar muito.

Faetonte jogou o instrumento de lado, desgostoso, e correu para o quarto, onde ficou emburrado o resto do dia e da noite.

Cerca de uma semana mais tarde, no último dia do período antes das longas férias de verão, ele se viu abordado pelo irritante e condescendente Épafo.

— Oi, Faetonte — disse ele com voz mole. — Queria saber se você gostaria de vir comigo para a vila da família no litoral do Norte da África na semana que vem? Grupo pequeno. Só o papai, talvez Hermes, Deméter e alguns faunos. Saímos amanhã. Pode ser divertido. O que você diz?

— Ah, que pena — exclamou Faetonte. — Meu pai, Apolo Febo, você sabe, me convidou para... dirigir com ele a carruagem do sol, na semana que vem. Não posso decepcioná-lo.

— Como é que é?

— É, eu não contei? Ele vive me convidando para ajudar a tirar o peso de seus ombros, dirigir o sol um pouco para ele.

— Você está dizendo a sério que... *Mentira*. Caras, vocês têm de vir aqui ouvir isso! — Épafo chamou os outros meninos para onde ele e Faetonte estavam, um encarando o outro. — Conte para eles — exigiu.

Faetonte agora foi pego na mentira. Orgulho, fúria e frustração o fizeram ir em frente. Imaginem se ele ia recuar e deixar aquele esnobe insuportável ganhar o dia.

— Na verdade, não é nada — disse ele. — É só que o meu pai, Apolo, está insistindo para que eu aprenda a dirigir os cavalos do sol. Só isso.

Os outros meninos, liderados pelo sarcástico Épafo, demonstraram descrença e escárnio com vaias.

— Todos nós sabemos que seu pai é aquele chato do Merops! — provocou um deles.

— Ele é só meu padrasto! — gritou Faetonte. — Meu pai verdadeiro é Apolo. É, sim! Vocês vão ver. Esperem só e verão. Vai demorar um pouco até chegar ao palácio dele, mas um dia, muito em breve, olhem para o céu. Eu vou acenar para vocês. Serei eu dirigindo o dia. Vocês vão ver!

E ele correu para casa, seguido por gritos e vaias e o riso zombeteiro de seus colegas de colégio ressoando em seus ouvidos. Um dos meninos, seu amigo e namorado, CYGNUS[113] correu atrás dele.

— Ah, Faetonte — exclamou Cygnus —, o que você falou? Não pode ser verdade. Você já se queixou comigo tantas vezes de que nem sequer conhece seu verdadeiro pai. Volte e diga para eles que você estava brincando.

— Deixe-me em paz, Cygnus — disse Faetonte, empurrando-o. — Vou até o Palácio do Sol. É o único jeito de calar aquele porco do Épafo. Quando você me vir outra vez, todo mundo vai me respeitar e me reconhecer por aquilo que realmente sou.

— Mas eu sei quem você é — disse o infeliz Cygnus. — Você é Faetonte e eu o amo.

PAI E SOL

Nada que Cygnus dizia conseguia fazer com que Faetonte mudasse de ideia. Ele assistiu, agoniado, a Faetonte reunindo seus poucos pertences.

— Olhe para cima e você me verá — disse Faetonte, dando-lhe um beijo de despedida. — Vou acenar quando passar por aqui.

O Palácio do Sol ficava, é claro, a leste; na verdade, tão a leste quanto chegar à Índia. Não há consenso sobre como Faetonte chegou até lá. Já li que falcões mágicos do sol relataram a Apolo o lento esforço do garoto, viajando desde a terra firme da Grécia, através da Mesopotâmia e da terra que hoje chamamos de Irã, e que o deus instruiu que essas aves magníficas o erguessem e o trouxessem voando o resto do caminho.

Seja lá como Faetonte chegou, já era noite, e ele foi imediatamente chamado até a sala do trono do palácio, onde Apolo estava sentado sob

113. Ou Cycnus.

uma luz fraca, trajando um manto púrpura que brilhava com o ouro, a prata e as pedras preciosas que decoravam a sala. Só o trono em que ele estava sentado tinha mais de dez mil rubis e esmeraldas encravados. O jovem caiu de joelhos, dominado pela magnificência do palácio, pelo deslumbramento das pedrarias e, acima de tudo, pela glória radiante de seu pai, o deus.

— Então, você é o garoto da Clímene, não é? Levante-se, deixe-me dar uma olhada em você. Sim, dá para ver que você pode ser fruto da minha semente. Tem o molde do semblante, a coloração... Disseram-me que você percorreu um longo trajeto para chegar até aqui. Por quê?

A pergunta era direta, e Faetonte se viu um tanto atrapalhado. Conseguiu gaguejar algumas palavras a respeito de Épafo e "os outros meninos", e estava dolorosamente consciente de parecer mais um garoto mimado do que o filho altivo de um olímpico.

— Sim, claro. Muito maus, muito desrespeitosos. E onde é que eu entro?

— Durante toda a minha vida — disse Faetonte, ardendo com o amor-próprio e o ressentimento em combustão lenta dentro dele há tanto tempo —, durante toda a minha vida, minha mãe me falou do grande e glorioso Apolo, o deus dourado, meu pai perfeito e brilhante. M-m-mas você nunca nos visitou! Você nunca nos convidou para lugar algum. Você sequer me reconheceu.

— Bem, é, desculpe. Fui remisso. Tenho sido um pai horrível, gostaria de poder compensar isso — Apolo pronunciou as palavras que pais ausentes pronunciam em toda parte e todos os dias, mas sua mente estava, na verdade, nos cavalos, na música, na bebida... em qualquer coisa menos naquela criança chata, emburrada e queixosa.

— Se você pelo menos me concedesse um desejo. Um desejo, apenas isso.

— Claro, claro. Diga qual é.

— De verdade? Mesmo?

— É claro.

— Você *jura* que concede?

— Juro — confirmou Apolo, se divertindo com a extrema seriedade do garoto. — Juro pela minha lira. Juro pelas frias águas que fluem do próprio Estige. Diga.

— Quero conduzir seus cavalos.

— Meus cavalos? — repetiu Apolo, sem entender bem. — Conduzi-los? O que você quer dizer?

— Quero dirigir a carruagem do sol pelo céu. Amanhã.

— Ah, não — falou Apolo, com um sorriso se espalhando pelo rosto. — Não, não, não! Não seja tolo. Ninguém pode fazer isso.

— Você prometeu!

— Faetonte, Faetonte. É um ato de coragem, e é esplêndido até sonhar em fazer uma coisa dessa. Mas ninguém, *ninguém* conduz esses animais, exceto eu.

— Você jurou por Estige!

— O próprio Zeus não conseguiria controlá-los! São os garanhões mais selvagens, mais teimosos e intratáveis que já nasceram. Atendem ao meu toque, e só ao meu. Não, não. Você não pode pedir uma coisa dessa.

— Mas eu *pedi*. E você *jurou*!

— Faetonte! — Os outros onze deuses teriam ficado pasmos ao ouvir um tom tão implorativo, desesperado, na voz de Apolo. — Eu *imploro*! Qualquer outra coisa. Ouro, comida, poder, conhecimento, amor… É só dizer e será perpetuamente seu. Mas isso, não. Isso, nunca.

— Eu pedi e você jurou — respondeu o jovem teimoso.

Apolo baixou sua cabeça dourada e, por dentro, disse um palavrão.

Ah, esses deuses com sua línguas rápidas. Ah, esses mortais e seus sonhos loucos. Será que não vão aprender nunca?

— Certo. Vamos conhecê-los, então. Mas saiba de uma coisa — Apolo disse enquanto se aproximavam das cocheiras e o cheiro de cavalos ficava mais forte e pungente nas narinas de Faetonte. — Você pode mudar de ideia a qualquer momento. Não vou pensar mal de você. Francamente, vou até admirar.

Com a aproximação do deus, os quatro garanhões, com crinas brancas e douradas, batiam os cascos e se mexiam em suas baias.

— Ei, Pyrois! Oa, Phlegon! Silêncio agora, Aeos! Quieto, Aethon! — Apolo chamou um de cada vez. — Tudo bem, avance, garoto, deixe que eles o conheçam.

Faetonte jamais vira cavalos tão lindos. Os olhos deles tinham um brilho dourado e os cascos tiravam faíscas das lajes. Cheio de assombro, sentiu, no entanto, uma repentina pontada de medo, que tentou descartar como sendo ansiedade com a antecipação.

Alinhada na frente dos portões maciços da madrugada, estava uma quadriga dourada, a grande carruagem à qual os quatro garanhões logo seriam atrelados. Uma discreta figura feminina num manto cor de açafrão passou apressada. Faetonte sentiu, vinda dela, uma fragrância que não conseguiu identificar, mas que o fez ficar tonto de deleite.

— Era Eos — disse Apolo. — Logo, estará na hora de ela abrir os portões.

Faetonte já tinha ouvido falar de Eos, a deusa do alvorecer. Ela era chamada *rhododaktylos* – "a de dedos róseos" – e admirada por toda parte por sua doçura e beleza suave.

Enquanto ajudava o pai a levar os garanhões para a posição à frente da carruagem, Faetonte, de repente, se sentiu empurrado para o lado.

— O que esse mortal está fazendo aqui?

Uma figura imensa, vestida numa armadura brilhante de couro amarelado, tinha pegado as rédeas dos quatro cavalos de uma só vez e os estava conduzindo para a frente.

— Ah, Hélio, eis você aí — disse Apolo. — Este é Faetonte. Meu filho Faetonte.

— E daí?

Faetonte sabia que Hélio era irmão de Eos e da deusa da lua, Selene, e ajudava Apolo em suas obrigações diárias com a carruagem. Apolo parecia ligeiramente sem jeito na presença do Titã.

— Bem, a questão é que Faetonte vai dirigir a carruagem hoje.

— Como é que é?

— Bem, ele pode ir aprendendo agora, não acha?

— Você está *brincando*?

— Eu meio que prometi.

— Bem, então, meio que *desprometa*.

— Hélio, não posso. Você sabe que não posso.

Hélio bateu os pés e deu um rugido que fez os cavalos recuarem e relincharem.

— Você nunca deixou que *eu* dirigisse, Apolo! Nunca. Quantas vezes eu pedi e quantas vezes você me disse que não estou pronto? E agora você deixa esse... esse pirralho pegar as rédeas?

— Hélio, você vai fazer como mandei — disse Apolo. — Eu falei, então... está falado.

Apolo pegou os quatro tirantes de couro da mão de Hélio e ergueu Faetonte para o assento da carruagem. Hélio deu uma gargalhada ao ver o garoto escorregar para a frente e para trás.

— Ele rola nela como um grão de ervilha! — disse ele, com uma risada num tom surpreendentemente agudo.

— Ele vai ficar bem. Agora, Faetonte. Essas rédeas são suas linhas de comunicação com os cavalos. Eles conhecem o caminho, percorrem esse trajeto todos os dias, mas você tem de mostrar que você é quem manda, entendeu?

Faetonte acenou a cabeça avidamente.

Algo de seu excitamento nervoso e da fúria de Hélio pareceu ter sido transmitido aos cavalos, que empinaram e bufaram impacientemente.

— O mais importante — continuou Apolo — é não voar nem muito alto, nem muito baixo. Um curso médio entre o céu e a terra, certo?

Faetonte acenou mais uma vez com a cabeça.

— Ah, e eu quase esqueci. Estenda as mãos... — Apolo pegou um pote e derramou óleo nas palmas estendidas de Faetonte. — Espalhe isso pelo corpo todo. Vai protegê-lo do calor e da luz gerados pelos garanhões ao galoparem pelo ar. A terra embaixo será aquecida e iluminada à medida que você passa, de modo que mantenha linhas retas para o oeste, na direção do Jardim das Hespérides. É uma viagem de doze horas. Fique calmo. Lembre-se: os cavalos sabem. Chame-os pelo nome, Aeos e Aethon, Pyrois e Phlegon.

À medida que Apolo dizia os nomes, eles empinavam as orelhas.

— Mas ainda não é tarde demais, menino. Você os viu, você os manipulou, eu dou esculturas de ouro deles, elaboradas por Hefesto, para você levar para casa. Isso deverá satisfazer seus amigos da escola.

Outro riso agudo de Hélio mandou um rubor para as faces de Faetonte.

— Não — disse ele, firmemente. — Você fez uma promessa e eu também.

Alvorada

Enquanto Faetonte falava, Eos se adiantou numa reluzente nuvem de pérola e rosa. Inclinou-se sorridente para Apolo e Hélio, lançou uma indagação intrigada na direção de Faetonte na carruagem e tomou posição nos portões da madrugada.

Para um viajante que vá para leste e para cima, nas nuvens onde o Palácio do Sol estava escondido, o primeiro sinal de que Eos estava trabalhando aparecia sempre sob a forma de um rubor coral difundido pelo céu. À medida que ela ia abrindo os portões, esse cor-de-rosa suave se afirmava num lampejo de ouro, que crescia cada vez mais brilhante e mais ardente.

Para Faetonte, dentro do palácio, o efeito era o contrário: as portas se abriam para revelar o mundo escuro do outro lado, iluminado apenas por um lampejo prateado da irmã de Eos e Hélio, a deusa da lua, Selene, que chegava ao fim de seu curso noturno. À medida que Eos abria mais ainda os portões, Faetonte via luz cor-de-rosa e dourada se irradiar para fora, abafando a escuridão da noite. Como se fosse um sinal, os quatro cavalos empinaram as orelhas, estremeceram e recuaram. Faetonte foi jogado para trás e a carruagem embaixo dele começou a rodar para a frente.

— Lembre-se, menino — gritou Apolo. — Não fique em pânico. Mão firme. Não agarre as rédeas. Apenas mostre para os cavalos que você está no controle. Tudo vai dar certo.

— Afinal de contas — exclamou Hélio, quando a carruagem começou a sair do solo —, o que pode dar errado? — Seus guinchos de riso em falsete atingiram Faetonte como um chicote.

Trocando de ponto de vista outra vez, para o viajante que esteja olhando para leste a partir da estrada abaixo, o lampejo dourado virou uma grande bola de fogo cada vez mais difícil de olhar sem se apertar os olhos. O rápido rubor da madrugada terminou e o dia começou.

A VIAGEM

Os cavalos de Apolo avançaram para cima, batendo o ar com as patas. Tudo bem. Eles sabiam o que estavam fazendo. Alcançaram determinada altura, nivelaram e arremeteram para a frente. Isso era fácil.

Faetonte se ergueu, com cuidado para não forçar os tirantes, e olhou em torno. Ele conseguia ver a curva que marcava a separação entre o céu azul e a escuridão cheia de estrelas. Dava para ver o efeito da luz que saía da carruagem. Ele estava magicamente insulado, de algum modo protegido contra o seu calor e clarão, mas, com a aproximação deles, grandes nuvens se derretiam e se transformavam em vapor. Olhou para baixo e viu as longas sombras das montanhas e árvores se contraírem com o seu avanço. Viu o mar enrugado mandar de volta milhões de cintilações de luz, e o brilho do orvalho subir em um nevoeiro tremulante ao se aproximarem da costa da África. Em algum lugar ali, bem a leste do Nilo, Épafo estaria de férias na praia. Ah, seria o maior triunfo de todos os tempos!

Quando o litoral girou, mais claramente à vista, Faetonte puxou as rédeas, tentando fazer com que Aeos, o cavalo-guia à sua esquerda, se voltasse para baixo. Aeos talvez estivesse pensando em outras coisas, uma palha dourada ou éguas bonitas, certamente não podia imaginar um puxão que o tirasse do curso. Em pânico, ele recuou e mergulhou, puxando junto os outros cavalos. A carruagem virou no ar e despencou diretamente para a terra. Em vão, Faetonte puxou as rédeas que, não sabia como, tinham se emaranhado em suas mãos. A terra verde gritou em sua direção e ele viu sua morte certa. Deu um último puxão desesperado nas rédeas e, no último minuto – ou em resposta ao puxão, ou como um movimento instintivo para se salvar –, os quatro garanhões fizeram uma curva para cima e galoparam cegamente para o norte. Mas não antes de Faetonte ver, com terror e consternação, que o calor terrível da carruagem de fogo tinha incendiado a terra.

Enquanto eles voavam em frente, uma feroz cortina de chamas varreu a terra abaixo, queimando e torrando tudo e todos sobre ela. A faixa toda abaixo da costa norte da África foi arrasada. Até hoje, a maior parte daquela terra é um grande deserto árido que nós chamamos de Saara, mas que para os gregos é A Terra que Faetonte Queimou.

Ele agora estava terrivelmente fora de controle. Os cavalos tinham certeza de que a conhecida mão firme de Apolo não estava lá para guiá-los. Teria sido uma alegria selvagem pela liberdade ou o pânico pela falta de controle o que enlouqueceu os quatro? Depois de mergulhar o suficiente para fazer com que a terra pegasse fogo, eles saltaram tão longe na direção da curva púrpura que separava o céu das estrelas que o mundo embaixo esfriou e escureceu. O próprio mar congelou e a terra se transformou em gelo.

Debatendo-se, balançando, arremessando e disparando em frente, sem qualquer controle ou senso de direção, a carruagem pulava e se virava no ar como uma folha numa tempestade. Lá embaixo, as pessoas da terra olhavam para cima com espanto e alarme. Faetonte gritava com os cavalos, implorava, ameaçava, sacudia as rédeas… mas tudo em vão.

A QUEDA

No Olimpo, as notícias da devastação causada na superfície da terra chegaram ao conhecimento dos deuses e, por fim, aos ouvidos do próprio Zeus.

— Olhe o que está acontecendo — exclamou Deméter, perturbada. — As colheitas estão sendo queimadas pelo sol ou congeladas. É um desastre.

— As pessoas estão com medo — disse Atena. — Por favor, pai. Algo tem de ser feito.

Com um suspiro, Zeus pegou um raio. Viu onde a carruagem do sol estava mergulhando, num tombo maluco, sobre a Itália.

O raio, como todos os raios de Zeus, atingiu o alvo. Faetonte foi explodido para fora da carruagem e despencou em chamas sobre a terra, onde caiu, com um assobio e um chiado, como um foguete apagado nas águas do rio Erídano.

Os grandes corcéis do sol se apaziguaram com a ausência dos gritos de pânico e os violentos puxões do garoto em seus tirantes e, por fim, se estabeleceram na altitude e no curso adequados, instintivamente se dirigindo para a terra das Hespérides no oeste longínquo.

Apolo Febo não era um pai bom nem afetuoso, mas a morte de seu filho o atingiu com força. Ele jurou nunca mais dirigir a carruagem do sol, passando a obrigação para Hélio que, grato e entusiasmado, daí por diante, se tornou para sempre o único cocheiro do sol.[114]

Cygnus, o amoroso amigo de Faetonte, foi até o rio Erídano, em cujas águas tinha mergulhado o pobre Faetonte morto. Sentou-se na margem,

114. SOL era o nome romano de Hélio. Quando você inspira o gás que recebeu o nome dele, ele faz você rir com exatamente o mesmo guincho zombeteiro, agudo, histérico, que o próprio Hélio tinha quando ridicularizava Faetonte.

lamentando a perda de seu namorado num choro tão sentido que Apolo, perturbado, o fez ficar mudo e, finalmente, sentindo pena e remorso do sofrimento incessante mas agora silencioso e inconsolável, o transformou num lindo cisne. Essa espécie, o cisne branco, se tornou sagrada para Apolo. Como lembrança da morte do amado Faetonte, a ave fica em silêncio durante a vida inteira até o momento exato de sua morte, quando canta, com terrível melancolia, seu estranho e adorável adeus, seu canto do cisne. Em honra a Cygnus, o nome científico da espécie é *Cygnus olor*.

E Épafo? Será que olhou para cima e viu Faetonte lá no alto, acima dele, dirigindo a grande carruagem, ou estava muito ocupado comendo tâmaras e flertando com as ninfas a bordo do navio que o levava com seus amigos para a praia de férias no Norte da África? Gostaríamos de pensar que ele olhou para cima e que o clarão da carruagem o cegou, uma punição adequada por seus escárnios cruéis. Na verdade, Épafo acabou se tornando um grande patriarca. Ele se casou com a filha de Nilo, MÊNFIS, com cujo nome ele batizou a cidade que fundou. Tiveram uma fila, LÍBIA, e sua linhagem, que incluía seu neto EGITO, continuou reinando sobre o Egito durante gerações.

O próprio Faetonte acabou sendo posto entre as estrelas na constelação chamada Auriga, o Cocheiro.[115] Os franceses batizaram uma carruagem esportiva de corrida, leve, perigosa, de *phaéton* em sua homenagem. Era o transporte preferido de jovens desmiolados no final do século XVIII e início do XIX que, inadvertidamente repetindo o mito de Faetonte em sua impetuosidade juvenil, com bastante frequência viravam suas carruagens, para fúria de seus pais sofredores.

Uma classicista e professora norte-americana, Edith Hamilton, ofereceu este epitáfio a Faetonte:

> Aqui jaz Faetonte, que, na carruagem do deus sol, viajou.
>
> Embora tenha fracassado enormemente, mais enormemente ele ousou.

---

115. A palavra, até agradável, que designa ser posto entre as estrelas, o equivalente clássico da canonização, talvez, é "catasterismo". Uma obra de prosa antiga, em grande parte perdida, chamada *Catasterismi*, contando as origens mitológicas das constelações, é creditada a certo Pseudo-Eratóstenes de Alexandria.

CADMO

O TOURO BRANCO

Graças a Faetonte, as terras desérticas e as regiões polares geladas faziam agora com que os homens tivessem de lidar com temperaturas extremas, além do ciclo sazonal provocado pela estadia de Perséfone no mundo inferior. A lição de Faetonte, no entanto, não impediu que a humanidade buscasse ir sempre mais alto. Nenhuma lição, por mais sombria que seja, parece nos deter. Pela Grécia inteira, reinos continuavam a surgir e a cair. O mundo grego, naquela época, abrangia também a Ásia Menor, aquele inchaço que cobre o que hoje chamamos de Turquia, além da Síria e das terras do Levante (o Líbano moderno). A influência dessa parte do mundo sobre a cultura e a mitologia gregas foi imensa, produzindo muito comércio, escrita alfabética e, por fim, a fundação do primeiro exemplo de *polis*, a cidade-Estado que viria a atingir o seu auge com o estabelecimento de Troia, Esparta e Atenas. É uma história de Zeus, transformações, um dragão, serpentes, uma cidade e um casamento.

O rei da cidade levantina de Tiro, AGENOR (filho de Poseidon e Líbia), e sua rainha, TELÉFASSA (filha de Nilo e da ninfa das nuvens NEFELE) tiveram cinco filhos: uma menina, Europa, e quatro meninos, CADMO (ou, algumas vezes, na grafia mais grega, KADMOS), CÍLIX, FÊNIX e TASOS.

Os filhos de Agenor estavam, certa tarde, brincando em um prado coberto de flores, quando Europa se afastou de seus irmãos. Tinha sido atraída por um lindo touro branco que pastava na relva alta. Quando ela se aproximou, o animal ergueu a cabeça e olhou para ela. Fascinada por alguma coisa em seu olhar, ela se aproximou ainda mais. O hálito do touro era suave e seu focinho, macio e acariciável. Ela teceu guirlandas de flores em torno dos chifres dele e passou os dedos pelo seu dorso grosso, calidamente convidativo. Depois, sem nem saber bem por quê, ela subiu nas costas dele. Inclinou-se para a frente e pegou um chifre em cada mão.

— Oh, coisa mais linda — ela soprou nos ouvidos dele. — Tão forte, sábio e gentil.

O animal, com um movimento da imensa cabeça, começou a trotar para a frente. O trote logo se transformou em algo próximo a um galope. Europa ria e o incentivava a continuar.

Cadmo e seus irmãos mais novos estavam competindo para ver quem conseguia jogar uma pedra mais longe (Cadmo sempre ganhava – era um atirador de pedras, discos e lanças especialmente talentoso). Eles se viraram exatamente a tempo de ver sua irmã ser carregada nas costas de um touro até desaparecer. Correram atrás o mais rápido que podiam, mas o touro ia numa velocidade inacreditável. Pareceu aos irmãos, por mais impossível que fosse, que os cascos do animal já não tocavam mais o chão.

Em pânico, chamaram Europa pelo nome e gritaram para ela se atirar no chão, mas ou ela não ouviu, ou não deu atenção a eles. O touro subiu cada vez mais alto no ar até desaparecer da vista.

Cadmo voltou para casa e deu a notícia aos pais, o rei Agenor e a rainha Teléfassa. Ruidosas foram as lamentações e recriminações.

Enquanto isso, o touro branco voou com Europa cada vez mais para oeste do reino dela, Tiro, através do Mediterrâneo, na direção das ilhas gregas. Encantada e completamente destemida, Europa riu quando a primeira terra faiscou embaixo dela, e depois, o mar. Europa estava fascinada. A viagem foi tão notável que toda a massa de terra a oeste de sua terra natal foi, desde então, chamada de Europa em sua homenagem.

Não pararam até chegarem à ilha de Creta, onde o touro se revelou ser...

... quem mais senão Zeus?

Se foi a transformação de Io numa novilha o que o inspirou a tomar o formato de um touro, não temos como saber, mas o truque pareceu funcionar, porque Europa permaneceu muito feliz em Creta pelo resto de sua vida. Ela viria a dar a Zeus três filhos, Minos, Radamanto e Sarpedão – que depois de mortos foram ser, você pode lembrar, juízes no mundo inferior, pesando as vidas das almas mortas e atribuindo as punições e recompensas de acordo.

A BUSCA POR EUROPA

De volta a Tiro, os infelizes pais de Europa mandaram Cadmo e seus três irmãos irem encontrar a irmã deles, com instruções firmes de nem pensar em voltar para casa sem ela.

Os habitantes de Tiro já eram navegantes e comerciantes famosos. O irmão de Cadmo, Fênix (não confundir com a ave mítica), viria a suceder Agenor como governante do reino, que renomeou de Fenícia em homenagem a si próprio. As habilidades dos fenícios como mercadores trariam a eles grande riqueza e prestígio. Eles comerciavam seda e especiarias do Extremo Oriente, mas foi a invenção e propagação do *alfabeto* o que lhes deu uma vantagem tão grande sobre seu vizinhos e rivais. Pela primeira vez na história da humanidade, podia-se escrever qualquer língua de acordo com o seu som, o que significava que todo o litoral mediterrâneo, inclusive o Norte da África e o Oriente Médio, conseguiu se comunicar pela primeira vez usando símbolos,[116] gravados sobre papiros, pergaminho, cera ou cacos de cerâmica, e que podiam ser citados em voz alta. As marcas na página ou na tela que você agora está interpretando enquanto lê derivam daquele alfabeto fenício. E foi Cadmo quem levou a maravilhosa invenção de seu povo para a Grécia, no curso de sua longa procura por Europa.

116. Antes dessa grande ideia fenícia, a escrita tinha o formato de símbolos visuais, como hieróglifos e pictogramas. Como nossos números, não tinham qualquer relação com seus sons. O "24" escrito, por exemplo, não dá ideia alguma sobre a pronúncia e dizemos o signo de modo diferente de acordo com as práticas de nossa língua. Os caracteres alfabéticos (i.e. fonéticos) em *vinte e quatro*, ou *twenty-four*, ou *vingt-quatre*, ou *Vierundzwanzig* explicam como devem ser ditos. Essa foi a descoberta crucial. O alfabeto fenício foi adaptado pelos gregos para o sistema de escrita mais ou menos em uso lá até hoje. Seu parentesco próximo com o cirílico espalhou-se da Bultária, no século IX d.C., para os Bálcãs, a Rússia e muitas outras regiões da Europa Oriental e da Ásia, enquanto que os romanos adaptaram o grego *alfa* e *beta* para o sistema alfabético que você está interpretando tão fluentemente neste exato instante. Heródoto, o "Pai da História", que viveu no século V a.C., ainda chamava essa escrita de "cadmiana".

Durante anos, viajaram em vão. Por algum motivo, talvez alguma influência divina invisível, Creta parecia ser o único lugar onde não procuraram. A ilha em que desembarcaram por mais tempo foi Samotrácia, bem ao norte do Egeu.

Em Samotrácia morava uma Plêiade chamada ELECTRA.[117] As Plêiades, ou Sete Irmãs, eram (como você deve se lembrar) filhas de Atlas e da Oceânide Pleione. Essa Electra tinha tido, com Zeus, dois filhos, DARDANO[118] e IASIÃO, além de uma filha, HARMONIA.[119] Cadmo ficou imediatamente cativado pela beleza e pelos modos doces e plácidos de Harmonia e a levou com ele em sua busca. Não se sabe se de início ela estava lá muito a fim, mas o casal saiu de Samotrácia e se dirigiu para a Grécia – ostensivamente em busca de Europa, mas, na verdade, no que dizia respeito a Cadmo, atrás de um objetivo maior.

O ORÁCULO FALA

Cadmo é muitas vezes chamado "o Primeiro Herói". Se quiser fazer as contas, você verá que ele era um ser de quinta geração, de genitores igualmente humanos e divinos. Podia traçar sua linhagem até o início da vida através de seu avô paterno, Poseidon, cujo pai era Cronos, filho de Urano. Pelo lado de sua avó, Líbia, ele descendia de Ínaco, acrescentando uma quantidade de sangue humano real ao sangue que já corria em suas veias.

---

117. Não a ELECTRA trágica, filha de AGAMENON e CLITEMNESTRA, mas outra bem anterior. O nome é interessante; é a forma feminina de *electron*, a palavra grega para "âmbar". Os gregos notaram que, esfregando âmbar vigorosamente com um pano, ele atrai magicamente poeira e fiapos. Da palavra *electron* vieram "elétrico", "eletricidade", "eletrônico" e daí por diante.

118. Ele deu o nome a Dardanelos, o local dos desafortunados desembarques de Galípoli, na Primeira Guerra Mundial.

119. Algumas fontes alegam que Ares e Afrodite eram os pais de Harmonia. Sua ascensão posterior à posição de deusa da harmonia (CONCÓRDIA, para os romanos) certamente indica um *pedigree* mais divino. Visto o que Ares estava prestes a fazer com ela, pode-se considerá-lo um pai muito pouco natural – tão leal ao seu dragão aquático e tão cruel com sua filha humana. Outros mitógrafos, especialmente Roberto Calasso, um escritor italiano cujas interpretações criativas do mito valem a pena ser lidas, deu uma elegante solução conciliatória e sugeriu que Harmonia era mesmo filha de Afrodite e Ares, mas foi dada para ser amamentada e adotada por Electra de Samotrácia.

Tinha a inquietude e a sede de correr o mundo características do herói, além das doses necessárias de coragem, confiança e autoconfiança. Poseidon gostava do neto, como era natural, mas ele era o queridinho e protegido de Atena, especialmente agora que tinha se aliado a Harmonia, uma das mais devotas seguidoras da deusa.

Exatamente como o irmão de Cadmo, Tasos, tinha se estabelecido numa ilha menor nas imediações, batizada Tasos, e Fênix tinha dado seu nome ao reino fenício, o terceiro dos irmãos de Cadmo, Cílix, abandonou a busca por Europa, voltando para o leste, para a Ásia Menor, com o fim de estabelecer seu próprio reino, que ele chamou de Cilícia.[120]

Com Harmonia a seu lado e uma grande comitiva de seguidores leais de Tiro para servir aos dois, Cadmo seguiu para Delfos, a fim de consultar o oráculo. Como todos os heróis, ele sabia, no fundo, que estava destinado a grandes feitos, mas não sabia bem qual seria o seu futuro; ainda precisava de orientação na questão da busca pela perdida Europa.

Você já sabe o suficiente sobre oráculos para não ficar surpreso com a excentricidade da resposta de Pítia.

— Cadmo, filho de Agenor, filho de Poseidon — entoou ela. — Deixe de lado a busca por sua irmã e siga a novilha marcada com uma meia-lua. Siga a vaca até que ela caia de exaustão. Onde a vaca cair, lá você deverá construir.

— Construir o quê?

— Adeus, Cadmo, filho de Agenor, filho de Poseidon.

— Sim, mas essa vaca...

— A novilha com a meia-lua ajudará Harmonia e seu herói, filho de Agenor, filho de Poseidon.

— Olha só...

— Ade-e-e-e-us...

Cadmo e Harmonia se entreolharam, deram de ombros e saíram de Delfos com sua comitiva de tirienses leais. Era possível que uma vaca realmente se materializasse magicamente à frente deles, ou talvez algum mensageiro celeste aparecesse para levá-los até tal animal. Enquanto isso, eles podiam ficar olhando em torno.

120. Ela forma a faixa de terra que separa a Turquia da Síria e agora é chamada de Çukurova.

Pois bem. Delfos e seu oráculo, estádios e templos ficam situados na região da Grécia chamada Fócida. O rei da Fócida, PELAGON, ouvindo falar que Harmonia e Cadmo – a essa altura, famoso pela terra toda por causa de seu presente do alfabeto – estavam na área, enviou mensageiros para os convidar como hóspedes de honra no palácio real. Era um convite que o casal, cansado da viagem e sua comitiva faminta, teve o maior prazer em aceitar.

OS JOGOS FOCENSES

Três dias de banquetes e festanças em sua honra tinham passado agradavelmente e sem percalços, quando Cadmo e Harmonia, entre um banquete e outro, dando um passeio vespertino pelos jardins do palácio, viram, impedindo seu caminho, o pai de Pelagon, ANFIDAMAS.

— Tive um sonho — disse Anfidamas, chegando perto do casal e exalando vapores de vinho de mel para cima deles — no qual você, Cadmo, corria, atirava lanças e discos e ganhava os maiores prêmios que o mundo já viu. Veja, meu filho Pelagon amanhã inaugura os Jogos Focenses. Uma pequena reunião local, mas sonhos são sonhos e têm um objetivo. Quando é que Morfeu mente? Meu conselho é que você participe. — Com um soluço benevolente, ele foi embora.

— Bem, e agora? — questionou Cadmo, pondo um braço em torno da cintura de Harmonia e olhando pensativamente para a lua. — Por que não? Ainda está para nascer o homem que consiga atirar um disco ou uma lança tão longe quanto eu. E acho que sou bastante rápido na pista, também.

— Meu herói! — suspirou Harmonia, enterrando a cabeça no peito dele. Ela não fez isso por admiração adoradora, mas para abafar o riso: achava a vaidade dos homens, quando se tratava de proezas físicas, infinitamente divertida.

A concorrência contra a qual Cadmo se lançou no dia seguinte consistia principalmente de jovens locais insignificantes e guardas barrigudos do palácio. Quando ele mandou o disco direto para fora dos terrenos do palácio, tiveram de mandar um servidor ir buscá-lo e a multidão aplaudiu.

Ao final da tarde, Cadmo tinha vencido todas as competições. Harmonia olhava furiosa para as mulheres e meninas que mandavam beijos e jogavam flores aos pés dele.

Pelagon, que não era um monarca rico, enviou seu mordomo em busca de um prêmio adequado para seu nobre *victor ludorum*.

— Povo da Fócida — exclamou o rei, colocando uma coroa de folhas de oliveira, trançada às pressas, na testa de Cadmo —, contemplem seu campeão, nosso honrado hóspede, o príncipe Cadmo de Tiro. E aqui está um prêmio digno de sua grande velocidade, força e graça.

Houve um ruidoso aplauso, que caiu num silêncio surpreso quando o mordomo do palácio apareceu pela multidão tocando uma grande vaca. O silêncio borbulhou numa risadinha e a risadinha explodiu numa gargalhada. A vaca mastigou o rúmen, ergueu a cauda e espalhou do traseiro um jato de bosta líquida. A multidão vaiou, zombeteira.

Pelagon ficou rubro. O pai dele, Anfidamas, disse para Cadmo, com uma piscadela:

— Ah, bem. Morfeu não pode acertar todas as vezes, hein?

Mas Harmonia cutucou Cadmo, muito animada.

— Olhe — sussurrou ela. — Olhe, Cadmo, *olhe*!

Cadmo viu imediatamente o que atraíra a atenção dela. Nas costas da vaca, havia uma marca no formato de uma meia-lua. Não havia outra maneira de descrevê-la. Claramente uma meia-lua!

Pelagon estava murmurando alguma coisa pouco convincente no ouvido dele a respeito do *pedigree* do animal, de quanto dava de leite por dia, mas Cadmo interrompeu-o.

— Sua majestade não poderia ter encontrado um prêmio mais maravilhoso e mais bem-vindo! Estou fascinado de encanto e gratidão.

— Está? — disse um Pelagon ligeiramente atônito.

O mordomo ficou tão espantado que deixou cair a chibata de salgueiro com que vinha batendo no bicho para empurrá-lo na direção do pódio do vencedor. Levou mais ou menos uns trinta segundos para que a novilha, percebendo que já não havia aquela chicotada ardida para obrigá-la a avançar, desse a volta e começasse a se afastar.

— De verdade — disse Cadmo, pulando do pódio e ajudando Harmonia a descer depois dele. — É mesmo o presente perfeito. Exatamente o que queríamos…

A vaca atravessou a multidão. Cadmo e Harmonia, de costas para o grupo real, começaram a segui-la. Por cima do ombro, Cadmo gritou para o rei, gaguejando agradecimentos e cortesias incoerentes:

— Sua majestade nos desculpe… uma estadia magnífica… tão gratos por sua hospitalidade… comida excelente, diversões maravilhosas… muita bondade… ahn… adeus…

— Muito obrigado — repetiu Harmonia. — Jamais esqueceremos. Nunca. A novilha mais linda! Até logo.

— M-mas! O quê? Quer dizer…? — balbuciou Pelagon, intrigado por essa despedida rápida e súbita. — Achei que vocês iam ficar até amanhã.

— Não temos tempo. Venham, homens. Conosco! — gritou Cadmo, chamando sua comitiva de servidores, homens de armas, seguidores de acampamentos e atendentes tirienses. Afivelando armaduras em movimento, deixando cair comida e beijando adeuses para novos amigos, eles alcançaram Cadmo, Harmonia e a vaca.

— Doido — disse Anfidamas, observando a pluma de poeira espiralar para o alto a distância, à medida que o exército confuso de Cadmo desaparecia das vistas. — Bem doido. Eu disse isso desde o início.

O DRAGÃO AQUÁTICO

Durante três dias e três noites, Cadmo, Harmonia e seu séquito de tirienses fiéis seguiram sua novilha com a marca da meia-lua enquanto ela se arrastava subindo e descendo morros, por entre prados, campos e atravessando riachos. Pareciam estar viajando para sudeste, na direção da província da Beócia.[121]

Harmonia acreditava que a novilha era a própria Europa. Afinal de contas, ao raptá-la, Zeus tinha se transformado num touro, então, por que não poderia ela também ter se transformado num bovino? Cadmo, hipnotizado

121. Uma região central da Grécia, ao norte do golfo de Corinto. Sem revelar muito, vale relatar que uma vez levou o nome de "Cadmeis"…

pelo balanço rítmico do amplo traseiro da vaca, estava mais inclinado a achar que a coisa toda era uma brincadeira cruel para confundi-lo.

De repente, depois de descer um morro íngreme e chegando à orla de uma ampla planície, a novilha deitou-se pesadamente e deu um gemido de exaustão.

— Meu deus — disse Cadmo.

— Exatamente como o oráculo profetizou! — exclamou Harmonia. — O que Pitia falou? "Onde a vaca cair, lá você deverá construir." Então...

— *Então*? — protestou Cadmo, chateado. — O que você quer dizer com "então"? Construir? Construir o quê? Construir como?

— Sabe o que mais? — disse Harmonia. — Vamos sacrificar a vaca para Palas Atena. A pobrezinha já está mesmo quase morta. Atena nos guiará.

Cadmo concordou em erguer um tipo primitivo de acampamento ali mesmo. Para que pudesse purificar adequadamente o sacrifício, mandou que alguns de seus homens trouxessem água de uma fonte por perto.

Cadmo cortou a garganta da vaca e estava justamente salpicando o sangue dela num altar improvisado enfeitado com flores silvestres e sálvia queimada quando um dos tirienses voltou no mais lamentável estado de aflição, trazendo más notícias. A fonte era guardada por um dragão sob a forma grotesca de uma serpente gigante. Já tinha matado quatro homens, apertando-os em seus anéis e arrancando-lhes a cabeça com suas enormes mandíbulas. O que poderiam fazer?

Heróis não torcem as mãos e pensam no que fazer, heróis agem. Cadmo correu para a fonte, apanhando no caminho uma pedra bem pesada. Escondeu-se atrás de uma árvore, assobiou para atrair a atenção do dragão e depois atirou a pedra na cabeça dele, esmagando seu crânio e matando-o imediatamente.

— Chega de serpentes aquáticas — disse Cadmo, olhando para o sangue e os miolos do monstro, que se misturavam à água da fonte.

Uma voz ressoou firme e forte.

— Filho de Agenor, por que você fica olhando para a serpente que matou? Você também será uma serpente e suportará os olhares de estranhos.

Cadmo olhou em torno, mas não conseguiu ver ninguém. A voz deve ter soado dentro dele. Sacudiu a cabeça e voltou para o acampamento, igualmente encantado com o aplauso de seus apoiadores e pelos beijos de admiração de Harmonia, a quem ele não disse nada a respeito da voz que ouvira.

Longe o suficiente para que Cadmo não escutasse, um de seus homens ofegava com o contentamento irritante daqueles que têm más notícias a dar. Esse homem vinha da Beócia e cochichou para seus companheiros, sacudindo a cabeça judiciosamente, que *Drakon Ismenios*, o Dragão Ismênio que Cadmo acabara de matar, era conhecido por ser consagrado a Ares, o deus da guerra. De fato, continuou ele, algumas pessoas acreditavam que fosse *filho* de Ares!

— Nada de bom pode resultar daí — disse, fazendo muxoxos. — Você não aborrece impunemente o deus das batalhas. Não mesmo. Não faz a menor diferença quem seu avô é.

Vale reconhecer, aqui, que um dos desafios mais penosos enfrentados pelos heróis e mortais naquele tempo tinha a ver com os relacionamentos com os diferentes deuses. Era um negócio delicado trilhar pelo ciúme e pelas animosidades dos olímpicos. Mostrando lealdade e serviço demais a um, você arriscava provocar a inimizade de outro. Se Poseidon e Atena gostassem de você como gostavam de Cadmo e Harmonia, por exemplo, era alta a probabilidade de Hera, ou Ártemis, ou Ares, ou até o próprio Zeus fazerem o possível para o atrapalhar ou empatar. E os céus que ajudassem o idiota que matasse um de seus preferidos. Todos os sacrifícios e oferendas votivas no mundo não conseguiam apaziguar um deus afrontado, um deus vingativo, um deus que tivesse ficado sem graça na frente dos outros.

Cadmo, ao matar um favorito de Ares, certamente tinha feito do mais agressivo e impiedoso dos deuses um inimigo.[122] Só que ele não sabia nada disso, porque os murmúrios nas fileiras de sua comitiva não tinham chegado aos seus ouvidos. Ele alegremente acendeu o incenso e completou seu sacrifício a Atena, achando que as coisas iam sair muito bem para o lado dele. Esse sentimento foi reforçado pela aparição imediata e benévola

122. Ovídio chama o Dragão Ismênio de *Anguis Martius*, a "Serpente de Marte". Parece que *(ap)ophis* (serpente) e *drakon* (dragão) não eram muito distintos na mitologia grega, do mesmo modo como *Wurm* (verme) e *Drachen* (dragão) são intercambiáveis na lenda germânica.

de Atena. Satisfeita com a oferenda da novilha, ela deslizou da nuvem de fumaça fragrante que Cadmo tinha mandado para cima e favoreceu seus humildes adoradores com um sorriso grave.

OS DENTES DO DRAGÃO

— Levante-se, filho de Agenor — disse a deusa, dando um passo à frente e erguendo o suplicante Cadmo. — Seu sacrifício foi agradável para nós. Se seguir cuidadosamente as minhas instruções, tudo ficará bem. Are a planície fértil. Are-a bem. Depois, semeie os sulcos com os dentes do dragão que você matou.

Com essas palavras, ela deu um passo atrás, para dentro da fumaça, e sumiu. Se Harmonia e os outros não tivessem confirmado que eles tinham também ouvido exatamente as mesmas palavras ditas por Atena, Cadmo podia pensar que as tinha sonhado. Mas instruções divinas são instruções divinas, por mais estranhas que pareçam. Aliás, quanto mais estranhas, Cadmo estava começando a perceber, mais provável que fossem divinas.

Primeiro, ele esculpiu um arado de madeira de azinheira. Depois, como não havia animais de tração, reuniu uma equipe voluntária de seus atendentes mais leais. Eles teriam dado a vida pelo carismático Príncipe de Tiro, então, para eles, puxar um arado não era nada.

Era final da primavera e o solo da planície estava solto o suficiente para ser riscado por sulcos rasos, mas retos e bem marcados, sem precisar de um esforço assim tão terrível por parte dos tirienses.

Uma vez o campo arado, Cadmo passou a fazer covas com uns três centímetros de profundidade, com a extremidade arredondada de uma lança. Em cada cova, jogou um dente do dragão. Os dragões de água têm diversas fileiras de dentes, feito os tubarões, cada uma pronta a avançar quando a fileira da frente se desgasta de tanto moer ossos de homens. No total, Cadmo plantou quinhentos e doze dentes. Ao terminar, afastou-se para vistoriar o campo.

Soprava um leve vento pela planície, apanhando as cristas dos sulcos e fazendo subir lufadas de poeira. Remoinhos de pó iam para lá e para cá. Desceu um grande silêncio.

Harmonia foi a primeira a ver a terra em um dos sulcos se mexer. Ela apontou e todos os olhos a seguiram. Um arquejo e um grito abafado subiram do povo que observava. A ponta de uma lança estava aparecendo, depois, um elmo, seguido de ombros, uma placa peitoral, pernas protegidas por couro... até que um soldado inteiramente armado se levantou, selvagem e feroz, batendo os pés. Depois outro, e mais outro, até que o campo estava cheio de homens de luta, marchando no lugar nas linhas sulcadas. O clamor e as batidas das armaduras, o choque e os golpes de suas fivelas, seus cintos e suas botas, o clamor e as pancadas do metal e do couro de suas couraças, grevas e escudos, seu resmungo ritmado e seus gritos marciais, tudo isso cresceu a um grande estrondo horroroso que encheu de medo todos os espectadores.

Todos, menos Cadmo, que audaciosamente deu um passo à frente e levantou a mão.

— Espartos! — gritou ele pela planície, dando a eles um nome que, no grego, *spartoi*, significa "homens semeados". — Meus Espartos! Eu sou o príncipe Cadmo, seu general. Descansar.

Talvez porque eles tivessem nascido de dentes de dragão puxados das mandíbulas de uma criatura sagrada para o deus da guerra, esses soldados, no início, se encheram de uma agressividade extraordinária. Em resposta ao comando de Cadmo, simplesmente bateram e sacudiram seus escudos e lanças.

— Silêncio! — gritou Cadmo.

Os guerreiros não lhe deram atenção. A marcha deles no lugar se transformou numa lenta marcha para à frente. Exasperado, Cadmo pegou uma pedra e, com sua costumeira habilidade e força, atirou sobre as fileiras. Ela atingiu o ombro de um dos soldados. O homem olhou para o soldado ao seu lado e, achando que tinha sido ele o agressor, se jogou com um rugido poderoso e com a espada desembainhada. Em instantes, gritos de batalha de gelar o sangue foram ouvidos pelo campo todo, enquanto os soldados caíam uns sobre os outros.

— Parem! Parem! Eu lhes ordeno que parem! — gritou Cadmo como um pai frenético na linha lateral observando seu filho ser esmagado em uma disputa pela bola. Batendo os pés de frustração, ele se voltou para Harmonia. — Qual é o sentido de Atena se dar a esse trabalho todo de me obrigar a criar uma raça de homens, apenas para eles destruírem uns aos outros? Olhem essa violência, essa sede de sangue. O que significa isso?

Mas, enquanto ele falava, Harmonia apontava para o centro da confusão. Cinco dos Espartos de Cadmo estavam de pé em círculo, os únicos sobreviventes. O resto jazia morto, o sangue deles empapando o solo do qual tinham vindo. Os cinco avançaram, com as espadas apontando para o chão. Chegaram até Cadmo e se ajoelharam, com a cabeça inclinada.

O alívio foi grande, grande foi a alegria dos tirienses. O dia tinha sido estranho, o mais estranho que os mortais já tinham visto em toda a história. Mas parecia haver emergido algum tipo de ordem.

— Qual é o nome deste lugar? — perguntou Cadmo. — Alguém aqui sabe?

Uma voz se elevou, a voz do homem que tinha avisado que o Dragão Ismênio era sagrado para Ares.

— Sou daqui por perto — disse ele. — Chamamos este lugar de "a planície de Tebas".

— Então, nesta planície, vou construir uma grande cidade. Daqui em diante, não somos mais tirienses, mas tebanos — grandes gritos de vivas se elevaram. — E esses cinco Espartos serão meus senhores tebanos.

O casamento de Cadmo e Harmonia

Os Cinco Senhores Fundadores de Tebas receberam os nomes de EQUIONTE, UDEU, CTÔNIO, HIPERENOR e PELORO.[123]

Sob a supervisão de Cadmo e de seu fiel exército de seguidores tiranienses, eles lentamente construíram uma cidadela (a Cadmeia), da qual brotou uma cidade próspera. Com o tempo, essa cidade se tornou a poderosa cidade-Estado de Tebas.[124] A muralha que a cercava apresentava sete grandes portões de bronze, cada um dedicado à glória de um deus olímpico.

---

123. Ctônio teve o nome que os definia todos como seres ctônicos.

124. A *polis* ou "cidade-Estado" viria a ser a unidade definidora do governo na Grécia Antiga. Atenas é a mais conhecida, mas Esparta, Tebas, Rodes, Samos e muitas outras prosperaram por todo o mundo grego, formando alianças, comerciando e brigando umas com as outras. Apesar de os deuses nos terem dado a palavra "democracia", a *polis* podia também ser governada por um rei (*tyranos*, em grego, de modo que, quando falamos de "tirano", nem sempre falamos de "déspota") ou pelo "governo de poucos", que em grego é *oligarchy*. De *polis* vieram todas aquelas palavras, como "polido", "político" e "polícia".

A muralha foi construída por ANFIÃO e ZETO, filhos gêmeos de Zeus e ANTÍOPE, filha do deus-rio local, ASOPO. Hermes tinha sido amante de Anfião e havia o ensinado a tocar lira. Na construção da grande muralha em torno de Cadmeia, Anfião cantou, acompanhado pela lira, e as pesadas pedras carregadas por Zeto ficaram tão encantadas pela música que flutuaram para o lugar e a muralha da cidade foi terminada rapidinho. Como resultado, Anfião e Zeto, além de Cadmo, tiveram os créditos de cofundadores de Tebas.

Terminado o trabalho, Cadmo e Harmonia se voltaram para a questão de seu casamento. Descendentes de Titãs e deuses, aliados a olímpicos e também punidos por eles, mas muito mortais e muito humanos, os dois poderiam hoje ser chamado de "casal celebridade". Suspeito que a imprensa e a mídia social de hoje não resistiriam a apelidá-los de "Cadmonia".

O *status* de primeiros amantes do mundo conhecido significava que a festa de casamento alcançaria uma honra nunca antes concedida a uma união mortal, contando com a presença dos maiores da terra e dos maiores do céu. Os presentes foram estupendos. Afrodite emprestou a Harmonia sua cinta, um item de lingerie mágico que tinha o poder de provocar o desejo mais estonteante e arrebatador.[125] Diz-se que Harmonia era muito pudica e que seu amor por Cadmo ainda não tinha se consumado. Essa cinta, emprestada pela deusa do amor e da beleza (e que podia muito bem ser a mãe natural de Harmonia) para ser usada durante a lua de mel, foi, portanto, um presente de grande valor.

Mas nenhum presente ultrapassou o colar que Cadmo deu à noiva. Era a mais linda joia que já se vira. Elaborado, com as melhores calcedônia, jaspe, esmeraldas, safiras, jade, lápis, ametista, prata e ouro, provocou suspiros de admiração entre os convidados quando ele o prendeu no pescoço de sua linda noiva.[126] Correu um murmúrio de que tinha também sido um presente dado por Afrodite.

---

125. Simplesmente não consigo encontrar uma definição convincente para "cinta". Alguns pensam que é um cinto, outros, um dispositivo mais como um suporte com um painel de elástico forte, ou espartilho – outros a descreveram como um "sutiã mítico". Calasso diz que é uma "faixa macia para enganar".

126. A excelente descrição de Roberto Calasso no livro *O casamento de Cadmo e Harmonia* é: "Uma guirlanda de luz dourada oscilando até quase o chão".

O murmúrio acrescentou que tinha sido feito por Hefesto. O murmúrio avançou ainda mais e sugeriu que Hefesto tinha sido impelido por sua mulher, Afrodite, a elaborar o colar, porque ela, por sua vez, tinha sido impelida a fazer isso por seu amante Ares, que – como você lembra – acalentava uma bronca contra Cadmo por ter matado o Dragão Ismênio. Acontece que a verdade cruel e chocante a respeito do colar era que ele era amaldiçoado. Profunda e irrevogavelmente amaldiçoado. Infortúnio miserável e calamidade trágica cairiam sobre a cabeça de quem o usasse ou possuísse.

Isso tudo é ao mesmo tempo confuso e fascinante. Se Ares e Afrodite fossem realmente os pais verdadeiros de Harmonia, por que quereriam destruir a própria filha? Tudo para vingar uma serpente aquática morta? Além disso, será que a doce Harmonia podia mesmo ser filha do Amor e da Guerra? E, se fosse verdade, por que o resultado suave dessas duas forças poderosas e assustadoras seria amaldiçoado por eles com tanta crueldade desnaturada?

A união de Cadmo e Harmonia parece, como a de Eros e Psiquê, sugerir um casamento de dois aspectos principais e contraditórios de nós mesmos. Talvez a tradição oriental de conquista, escrita e comércio representada por Cadmo – o nome dele deriva da velha raiz árabe e hebraica *qdm*, que quer dizer "do leste" – possa ser vista aqui se fundindo com amor e sensualidade para criar uma nova Grécia, dotada de ambos.

Mas, nesta história como em tantas outras, o que realmente podemos discernir é o enigma enganador, ambíguo e inconstante de violência, paixão, poesia e simbolismo que jaz no coração da mitologia grega e se recusa a ser solucionado. Uma álgebra demasiadamente instável e adequada para ser computada tem forma humana e divina, não é pura e matemática. É divertido tentar interpretar esses símbolos e as reviravoltas na narrativa, mas as substituições não funcionam exatamente e as respostas dadas, em geral, não são mais claras do que as de um oráculo ambíguo.

Então, de volta à história. O casamento foi um grande sucesso. A cinta fez seu trabalho afrodisíaco (literalmente) e o feliz casal foi abençoado com seus próprios descendentes: dois filhos, POLIDORO e ILÍRIO, e quatro filhas: AGAVE, AUTÔNOE, INO e SÊMELE.

Cadmo, entretanto, ainda tinha de pagar por ter matado o dragão. Ares o condenou a trabalhar em nome dele durante um ano olímpico, que parece corresponder a oito anos humanos.

Depois disso, Cadmo voltou a governar a cidade que tinha construído. Mas a praga do colar poluiria qualquer felicidade ou satisfação que ele pudesse ter como rei.

DESTINADO À POEIRA

Depois de muitos anos de paz e prosperidade em Tebas, uma das filhas de Cadmo e Harmonia, Agave, se casou com PENTEU, filho de Equionte, um dos cinco senhores fundadores (os últimos Espartos que sobraram, você lembra). Cansado do reinado, mas, como tantos outros heróis depois dele, incapaz de conter a coceira dos pés e a sede de viagens, Cadmo disse um dia a Harmonia:

— Vamos viajar. Vamos conhecer mais o mundo. Penteu está pronto para assumir o trono na nossa ausência.

Eles viram muita coisa. Muitas cidades e muitas metrópoles. Viajaram como um casal normal de meia-idade, sem pedir grandes recepções ou banquetes em sua honra. Só um pequeno grupo de atendentes os acompanhou. Infelizmente, no entanto, Harmonia incluiu o maldito colar na bagagem.

Depois de muitas viagens pela Grécia, eles resolveram visitar o reino acima, na direção do Adriático ocidental, ao sul dos Bálcãs e de frente para a costa leste da Itália, que tinha sido estabelecido pelo seu caçula, Ilírio, e que era, previsivelmente, chamado de Ilíria.[127]

Uma vez lá, Cadmo se sentiu repentinamente cansado e foi tomado de uma apreensão insuportável. Ele clamou aos céus.

— Durante os últimos trinta anos, eu soube, no coração, que, ao matar aquela serpente-d'água danada, tinha matado a chance de felicidade para mim e para minha mulher. Ares não tem piedade. Não vai descansar

---

127. Cenário de *Noite de reis* de Shakespeare e de *As mãos sujas* de Jean-Paul Sartre. Os *dalmatae* (um nome derivado de uma palavra albanesa primitiva para "carneiro") eram uma tribo ilíria do noroeste da região Dalmácia que deu o nome a esse litoral dálmata (e ao cachorro).

enquanto eu não estiver tão achatado na terra quanto uma cobra. Se isso acalmá-lo e trouxer mais paz à minha vida atormentada, então, que me deixe terminar minha vida deslizando pela poeira. Assim seja.[128]

Logo que essas palavras saíram de sua boca, essa prece infeliz se tornou uma realidade infeliz. O corpo dele começou a encolher dos lados e espichar no comprimento, sua pele começou a empolar e formar escamas lisas, e a cabeça, a se achatar num losango. A língua que tinha proferido esse desejo horroroso aos céus, agora, se agitava e dardejava entre duas presas. O homem que tinha sido Cadmo, príncipe de Tiro e rei de Tebas, caiu se retorcendo no solo, uma cobra comum.

Harmonia soltou um grande grito de desespero:

— Deuses, tenham piedade! — gritou ela. — Afrodite, se é minha mãe, mostre agora algum amor e deixe que eu me una na terra com aquele que amo. Os frutos do mundo são pó, para mim. Ares, se é meu pai, mostre misericórdia. Zeus, se, como alguns dizem, *você* for meu pai, então, em nome de toda a criação, tenha piedade, eu imploro.

Não foi, no entanto, nenhum desses três quem ouviu essas preces, mas a misericordiosa Atena, que a transformou numa serpente. Harmonia deslizou pela poeira atrás de seu marido-serpente e eles se enroscaram com amor um no outro.

O par acabou seus dias à sombra de um templo dedicado a Atena, mostrando-se apenas quando precisavam aquecer o corpo ao sol do meio-dia. Quando chegou o final, Zeus os fez voltar à forma humana a tempo de morrerem. Os corpos deles foram levados para ser enterrados com grande cerimônia em Tebas, e Zeus enviou duas grandes serpentes para guardarem suas tumbas pela eternidade.

Vamos deixar Cadmo e Harmonia em seu eterno repouso. Eles morreram sem saber que sua filha mais moça, Sêmele, tinha, na ausência deles, soltado no mundo uma força que o mudaria para sempre.

---

128. Sendo de Tiro, Cadmo provavelmente usou a palavra para "assim seja" mais comumente usada pelo Oriente Médio: *Amen*.

NASCIDO DUAS VEZES

ATERRISSAGEM DA ÁGUIA

Depois que Cadmo e Harmonia partiram em suas viagens, o genro deles, Penteu, reinou em Tebas.[129] Ele não era um rei forte, mas era honesto e fez o melhor que pôde com o caráter e a astúcia limitados que conseguia reunir. Embora a cidade-Estado progredisse bastante bem sob seu governo, ele não podia descuidar dos filhos de Cadmo, seus cunhados e cunhadas, cuja avidez e ambição eram uma ameaça constante. Mesmo sua mulher, Agave, parecia desdenhar dele e ansiar pelo seu fracasso. Sua cunhada mais nova, Sêmele, era a única com quem ele se sentia à vontade, na verdade porque ela era menos mundana do que seus irmãos, Polidoro e Ilírio, e nem de longe tão ambiciosa por riqueza e posição como suas irmãs Agave, Autônoe e Ino. Sêmele era uma garota linda, gentil e generosa, contente com a vida que tinha, como sacerdotisa no grande templo de Zeus.

Um dia, ela sacrificou a Zeus um touro especialmente impressionante em tamanho e vigor. Completa a oferenda, foi até o rio Asopo lavar o sangue. Aconteceu que Zeus, agradado com o sacrifício e com a intenção de ir ver como Tebas estava prosperando, voava sobre o rio naquela hora, em seu disfarce favorito, de águia. A visão do corpo nu de Sêmele reluzindo na água o deixou muito excitado, e ele aterrissou, se transformando rapidamente outra vez na forma adequada. Quando digo "forma adequada", é que, quando os deuses queriam se revelar a humanos, se apresentavam num

129. Os filhos de Cadmo e Harmonia, Polidoro e Ilírio, ainda eram novos demais para governar. Em tempo, Polidoro reinaria em Tebas e Ilírio reinaria sobre o reino que adotou seu nome, a Ilíria, como já vimos.

disfarce reduzido, administrável, para não ofuscar nem intimidar demais. Desse modo, o personagem que apareceu na margem do rio, sorrindo para Sêmele, parecia humano. Grande, lindo de morrer, poderoso e dotado de um brilho pouco comum, mas, mesmo assim, humano.

Cruzando os braços sobre os seios, Sêmele gritou:

— Quem é você? Como ousa espiar uma sacerdotisa de Zeus?

— Você é uma sacerdotisa de Zeus?

— Sou. Se tem a intenção de me fazer qualquer mal, eu grito para o Rei dos Deuses e ele vai correr em meu socorro.

— Não diga!

— Pode ter certeza. Agora, vá embora.

Mas o estranho se aproximou.

— Gostei de você, Sêmele — disse ele.

Sêmele recuou.

— Você sabe o meu nome?

— Sei muitas coisas, fiel sacerdotisa. Porque sou o deus ao qual você serve. Sou o Pai-Céu, o Rei do Olimpo. Zeus, o todo-poderoso.

Sêmele, ainda pela metade dentro do rio, arquejou e caiu de joelhos.

— Agora, venha — chamou Zeus, caminhando pela água na direção dela. — Deixe-me olhar nos seus olhos.

Foi esguichado, frenético e molhado, mas fizeram amor de verdade. Depois que acabou, Sêmele sorriu, enrubesceu, riu e depois chorou, apoiando a cabeça no peito de Zeus e soluçando sem parar.

— Não chore, queridíssima Sêmele — disse Zeus, passando os dedos pelo cabelo dela. — Você me agradou.

— Desculpe, meu senhor. Mas eu o amo e sei bem demais que o senhor nunca poderá amar uma mortal.

Zeus baixou os olhos para ela. A explosão de lascívia que ele sentira tinha acabado, mas ele estava surpreso por sentir sinais de algo mais profundo, brilhando como brasa em seu coração. Era um deus que operava em momentos verticais, sem pensar em consequências, e realmente sentiu naquele momento um grande manancial de amor pela linda Sêmele, e disse isso a ela.

— Sêmele, eu a amo tanto! A amo sinceramente. Acredite-me quando juro pelas águas deste rio que vou sempre olhar por você, cuidar de você, protegê-la, honrá-la. — Prendeu o rosto dela entre as mãos e se inclinou para dar um beijo terno em seus lábios macios, receptivos. — Agora, adeus, minha querida. Virei uma vez a cada lua nova.

Vestida em sua túnica, com o cabelo ainda úmido e inteiramente aquecida e brilhante com amor e felicidade, Sêmele voltou pelos campos na direção do templo. Ao olhar para cima, com a mão protegendo os olhos, viu uma águia voar e se elevar pelo céu, aparentemente para o próprio sol, até que o fulgor dele fizesse seus olhos lacrimejarem e a obrigasse a desviar o olhar.

A esposa da águia

Zeus tinha boas intenções.

Essas duas palavras muito frequentemente pressagiavam desastre para algum pobre semideus, ninfa ou mortal. O Rei dos Deuses realmente amava Sêmele e realmente tinha a intenção de fazer por ela o melhor que podia. No fervor dessa nova paixão, ele deu um jeito de, muito convenientemente, esquecer os tormentos que Io tinha suportado, enlouquecida pela mutuca enviada por sua esposa vingativa.

Bem, Hera podia não ter mais os cem olhos de Argo para reunir informações para ela, mas tinha milhares de outros olhos em outros lugares. Se tinha sido uma das irmãs ciumentas, Agave, Autônoe ou Ino, que espionaram Sêmele e cochicharam para Hera a história do ato de amor no rio, ou uma das próprias sacerdotisas da Rainha do Céu, não se sabe. Mas que Hera descobriu, descobriu.

Foi assim que, certa tarde, Sêmele, voltando romanticamente ao lugar de seus encontros amorosos regulares com Zeus, encontrou uma velha encurvada, apoiada numa bengala.

— Nossa, que garota bonita — grasnou a velha, ligeiramente exagerando na voz estridente e cacarejada de velha miserável.

— Obrigada — disse a ingênua Sêmele, com um sorriso amistoso.

— Caminhe comigo — pediu a bruxa, puxando Sêmele em sua direção com a bengala. — Deixe que eu me apoie em você.

Sêmele era educada e atenciosa por natureza em uma cultura em que aos velhos, de qualquer modo, eram dadas as maiores atenções e respeito, então, acompanhou a velha e aguentou sua rudeza sem se queixar.

— Meu nome é Béroe — disse a velha.

— E eu sou Sêmele.

— Que nome bonito! E aqui está Asopo. — Béroe indicou as águas claras do rio.

— É — assentiu Sêmele. — Esse é o nome do rio.

— Ouvi contarem — aqui, a voz da velha baixou para um cochicho áspero — que uma sacerdotisa de Zeus foi seduzida aqui. Bem aqui nos juncos.

Sêmele ficou em silêncio, mas o rubor que imediatamente se espalhou do pescoço para as faces a traiu tão completamente quanto qualquer palavra dita.

— Ah, meu deus! — guinchou a velha. — Foi você! E, agora que reparo, posso ver sua barriga. Você está grávida!

— Estou... estou... — confirmou Sêmele com uma conveniente mistura de reserva e orgulho. — Mas... se a senhora conseguir guardar um segredo...

— Oh, esses velhos lábios nunca contam nada. Pode me contar o que quiser, minha cara.

Bem, o fato é que o pai dessa criança é nenhum outro senão o próprio Zeus.

— Não! — disse Béroe. — Não diga. Mesmo?

Sêmele acenou muito afirmativamente com a cabeça. Ela não gostou do tom cético da velha.

— Verdade. O próprio Rei dos Deuses.

— Zeus? O grande deus Zeus? Bem, bem. Estou pensando... Não, não devo dizer.

— Dizer o quê, senhora?

— Você parece uma inocente, tão doce. Tão confiante. Mas, minha querida, como pode *saber* que era Zeus? Não é exatamente isso o que um sedutor malvado poderia dizer, só para conquistá-la?

— Ah, não, era Zeus. Eu sei que era Zeus.

— Seja indulgente com uma velha e o descreva para mim, minha filha.

— Bem, ele era alto. Tinha uma barba. Forte. Amável...

— Ah, não, sinto dizer, mas essa dificilmente é a descrição de um *deus*.

— Mas *era* Zeus, era sim! Ele se transformou numa águia. Eu vi com meus próprios olhos.

— É um truque que pode ser aprendido. Faunos e semideuses conseguem fazer isso. Até mesmo alguns homens mortais.

— Era Zeus. Eu *senti*.

— Hum... — Béroe pareceu duvidar. — Vivi entre os deuses. Minha mãe é Tétis e meu pai, Oceano. Criei e cuidei dos jovens deuses depois que eles renasceram do estômago de Cronos. É verdade. Conheço os modos deles e suas naturezas e digo-lhe isto, minha filha. Quando um deus se manifesta como realmente é, parece uma grande explosão. Uma coisa magnífica de força e de fogo. Inesquecível. Inconfundível.

— E foi exatamente isso que eu senti.

— O que você sentiu não passou do êxtase do amor mortal. Acredite. Agora, me diga, esse seu amante voltará a visitá-la?

— Ah, sim, claro. Ele me visita fielmente a cada mudança de lua.

— Se eu fosse você — disse a velha —, eu o faria prometer se revelar para você como *realmente é*. Se for Zeus, você saberá. Caso contrário, temo que você tenha sido enganada, e você é adorável e confiante e doce demais para que isso seja permitido. Agora, deixe-me contemplar a vista. Xô, xô, vá embora.

E, assim, Sêmele deixou a velha, cada vez mais indignada. Ela não pôde impedir a sensação, aquela velha criatura enrugada e verruguenta a tinha impressionado. É bem típico da velhice tentar tirar qualquer prazer que a juventude possa ter. Suas próprias irmãs, Autônoe, Ino e Agave, não tinham acreditado quando ela contou a elas, orgulhosamente, que amava Zeus e que Zeus a amava. Guincharam com um riso incrédulo e zombeteiro e a chamaram de boba e crédula. E agora essa Béroe também duvidava de sua história.

Entretanto, *talvez* houvesse alguma verdade no que suas irmãs e a velha bruxa tinham dito. Os deuses certamente tinham mais do que carne rija e músculos sólidos, por mais atraentes que fossem esses atributos.

— Bem — disse Sêmele para si mesma —, mais duas noites e haverá uma nova lua no céu, e, então, poderei provar àquela horrível velha intrometida que ela está errada.

Se Sêmele tivesse por acaso olhado para trás na direção do rio, poderia ter testemunhado uma visão extraordinária daquela horrível velha intrometida, agora jovem, linda, majestosa e imperiosa, subindo para as nuvens numa carruagem púrpura e dourada puxada por uma dúzia de pavões. E, se tivesse o dom da segunda visão, Sêmele poderia ter visto a verdadeira BÉROE, velha babá inocente dos deuses, levando sua vida a quilômetros de distância, respeitavelmente aposentada no litoral da Fenícia.[130]

A MANIFESTAÇÃO[131]

Era com alguma impaciência que Sêmele, na noite da lua nova, andava de cá para lá às margens do rio Asopo, esperando seu amante. Ele chegou, por fim, dessa vez, como um garanhão – preto, brilhante e vistoso, galopando pelos campos em sua direção enquanto o sol se punha ao oeste atrás dele, parecendo incendiar sua crina. Ah, como ela o amava!

Ele a deixou alisar seu flanco e acariciar suas narinas quentes antes de se transformar no formato que ela conhecia tão bem e amava tanto. Abraçando-o e segurando-o com força, ela começou a chorar.

— Minha garota querida! — disse Zeus, correndo os dedos pela barriga dela, onde traçou o contorno do filho deles. — Chorando outra vez? O que estou fazendo de errado?

— Você é realmente o deus Zeus?

— Sou.

— Promete me conceder qualquer desejo?

— Ah, é mesmo necessário? — falou Zeus, com um suspiro.

— Não é nada... Nada de poder, nem sabedoria, nem joias ou qualquer dessas coisas. E não quero que você destrua ninguém. É uma coisa pequena, realmente é.

— Então — cedeu Zeus com um tapinha afetuoso embaixo do queixo dela —, vou conceder o seu desejo.

---

130. A verdadeira Béroe, uma Oceânide que tinha realmente cuidado dos jovens deuses, deu o nome à cidade de Beirute.

131. Outra palavra para a aparição e revelação de um deus para um mortal é "teofania".

— Promete?

— Prometo. Prometo por este rio. Não, já jurei outra coisa por ele. Vou prometer a você pelo próprio grande rio Estige.[132] — Erguendo a mão numa solenidade simulada, ele entoou: — Amada Sêmele, eu juro pelo sagrado Estige que vou conceder seu próximo desejo.

— Então — disse Sêmele, respirando fundo —, mostre-se para mim.

— Como assim?

— Quero vê-lo como você realmente é. Não como homem, mas como deus, em sua verdadeira divindade.

O sorriso congelou no rosto de Zeus.

— Não! — ele exclamou. — Tudo menos isso! Não deseje uma coisa dessa. Não, não, não!

Era o tom de voz que os deuses frequentemente usavam quando se davam conta de que tinham sido apanhados numa promessa imprudente. Apolo dera o mesmo grito, você deve lembrar, quando Faetonte exigiu que ele honrasse seu voto. Sêmele foi assaltada por uma suspeita.

— Você prometeu, você jurou pelo Estige! Você jurou, fez um juramento!

— Mas, minha querida menina, você não sabe o que está pedindo.

— Você *jurou*! — Sêmele chegou mesmo a bater o pé.

O deus olhou para o céu e gemeu.

— É verdade. Dei minha palavra, e minha palavra é sagrada.

Enquanto falava, Zeus começou a se transformar no formato de uma grande nuvem de tempestade. Do centro dessa massa escura, brilhou a luz mais forte que se pode imaginar. Sêmele olhou, com um grande sorriso extático de alegria se espalhando pelo rosto. Só um deus poderia mudar assim. Só o próprio Zeus poderia crescer e crescer com um fogo tão estonteante e tal grandeza dourada.

Mas o brilho estava se tornando tão violento, tão terrível na ferocidade de seu clarão que ela suspendeu o braço para proteger os olhos. Mesmo assim, o brilho se intensificou. Com um estrondo tão ruidoso que seus ouvidos estouraram e se encheram de sangue, a irradiação explodiu em centelhas que instantaneamente cegaram a menina. Surda e cega, ela cambaleou

132. Era comum, como você pode lembrar pela promessa de Apolo a Faetonte, os deuses jurarem pelo odioso rio escuro.

para trás, mas tarde demais para evitar a força abrasadora de um raio tão poderoso que partiu o corpo dela, matando-a instantaneamente.

Acima, em torno e dentro dele, Zeus ouviu o riso triunfante de sua mulher. É claro. Ele deveria saber. De algum modo, Hera tinha coagido a pobre garota a extrair a horrível promessa dele. Bem, ela não atingiria o filho deles. Com um ribombar de trovão, Zeus voltou à forma de carne e sangue e arrancou o feto da barriga de Sêmele. Era pequeno demais para respirar, então Zeus pegou uma faca, fez um corte na própria coxa e enfiou o embrião lá dentro. Segurando-o firme dentro desse útero improvisado, Zeus se ajoelhou e costurou a criança firmemente em sua carne tépida.[133]

O MAIS NOVO DEUS

Três meses mais tarde, Zeus e Hermes viajaram até Niso, no litoral norte da África, uma região que fica, acredita-se, em geral, em algum lugar entre a Líbia e o Egito. Ali, Hermes abriu a costura na coxa de Zeus e trouxe à luz um filho dele, DIONISO.[134] O bebê foi amamentado pelas ninfas da chuva de Niso;[135] e, uma vez desmamado, teve como tutor o barrigudo Sileno, que viria a ser seu companheiro e seguidor mais próximo – um tipo de Falstaff para o Príncipe Hal do jovem deus. Sileno também tinha seu próprio séquito, os *sileni* – criaturas parecidas com sátiros, para sempre associados com palhaçadas, algazarra e pândega.

Ainda rapaz, Dioniso fez a descoberta com a qual será sempre associado: descobriu como fazer vinho a partir de uvas. É possível que QUÍRON, o centauro, tenha ensinado a ele o truque; mas outra história, mais charmosa, é a do amor apaixonado do jovem por um moço chamado AMPELOS.[136]

133. Uma história assombrosa. Como o próprio Ovídio disse: "Se alguém acredita nisso...".

134. O nome provavelmente junta "deus" (*Dio*, significando Zeus) com o Niso de seu local de nascimento.

135. Zeus, agradecido, as recompensou, acrescentando-as aos céus como as Híades, uma constelação em espiral que, quando nascia e se punha, os gregos acreditavam que pressagiava chuva.

136. Os livros 10, 11 e 12 do extenso poema épico de 48 livros *Dionisíacas*, escrito pelo poeta grego Nono de Panópolis no século V d.C., detalham amplamente esse relacionamento e seus resultados.

Dioniso estava tão apaixonado que organizava todo tipo de competições esportivas entre ele e Ampelos, sempre deixando o outro ganhar. Isso parece ter feito com que o rapaz ficasse um tanto mimado ou, pelo menos, temerário e estouvado. Um dia, montado num touro selvagem, ele cometeu o erro de se gabar de que comandava seu touro com chifres com mais habilidade do que a deusa Selene conduzia sua lua com chifres. Selene escolheu uma punição diretamente do repertório de ruindades de Hera e mandou uma mutuca para ferroar o touro, o que fez com que o animal enlouquecido derrubasse e chifrasse Ampelos.

Dioniso correu para o lado do jovem agonizante, mas não conseguiu salvá-lo.[137] Em vez disso, transformou magicamente o corpo morto e retorcido em uma planta trepadeira, enquanto as gotas de sangue solidificaram e incharam em frutinhas saborosas cuja pele brilhava com uma florescência e um lustro que o deus muito admirou. Seu amante se tornara uma vinha (chamada de *ampelos* na Grécia até hoje). Dela, Dioniso produziu a primeira safra e bebeu o primeiro gole de vinho. Sua magia de transformar o sangue de Ampelos em vinho foi o presente do deus para o mundo.

A combinação dos efeitos intoxicantes de sua invenção e a inimizade de Hera – cujo ódio por qualquer filho bastardo de Zeus, divino ou não, era sempre implacável – deixou Dioniso louco durante um tempo. Para fugir das pragas dela, ele passou os anos seguintes viajando por toda parte, espalhando a viticultura e as técnicas de se fazer vinho pelo mundo todo.[138] Na Assíria, conheceu o rei e a rainha, Estáfilo e Mete, e o filho deles, Botrys.

137. Nono interrompe a ação aqui (o que faz com frequência: seu poema é assombrosamente chato, dado esse magnífico assunto), fazendo com que Eros viesse consolar Dioniso com histórias de outros grandes amantes masculinos. Ele fala de KALAMOS e KARPOS (sendo o último filho de Zéfiro, o Vento do Oeste, e CLÓRIS, ninfa da primavera e da formação de brotos – como em "clorofila" e "cloro"), dois lindos jovens apaixonados um pelo outro. Durante uma competição de natação (atletismo e caça parece ter sido um tema para lindos jovens acabando em tragédia, como vamos ver nas histórias de JACINTO, ACTEON, CROCUS e ADÔNIS, entre outros), Karpos morre, e Kalamos, desesperado de dor, se suicida. Kalamos é então transformado em juncos, e Karpos, em fruta: são as palavras gregas para "junco" e "fruta" até hoje.

138. Diz-se que ele deu os segredos da vinha para todas as terras conhecidas, exceto a Britânia e a Etiópia. É uma triste verdade que nenhum desses países tem uma boa reputação de fabricar vinho, embora isso hoje esteja mudando e os vinhos da Inglaterra estejam ganhando fama. Talvez o mesmo aconteça com as safras etíopes.

Depois de um banquete em honra a Dioniso, Estáfilo morreu da primeira ressaca fatal da história. Como compensação, em honra a eles, Dioniso deu o nome de *Staphylos* a cachos de uvas, de *methe* ao líquido alcoólico e à bebedeira, e de *botrys* à própria uva.

A ciência tomou esses nomes e os imortalizou de um modo que exemplifica maravilhosamente o relacionamento contínuo entre a mitologia grega e a nossa língua. Quando biólogos do século XIX olharam no microscópio e viram uma bactéria com uma cauda da qual brotavam aglomerações de nódulos parecidos com uvas, chamaram-na de *Staphylococcus*. "Álcoois metilados" e "metano" derivam seu nome de Mete. *Bothrytis*, a "podridão nobre" que afeta de modo benigno as uvas na vinha, emprestando a magníficos vinhos de sobremesa seu buquê incomparável (e terrivelmente caro), deve seu nome a Botrys.

Em suas aventuras, o novo deus era acompanhado não apenas por Sileno e sua comitiva de sátiros, mas também por um intenso bando de mulheres – as MÊNADES.[139]

Dioniso foi logo estabelecido como o deus do vinho, da folia, da bebedeira delirante, da dissipação sem inibições e do "futuro orgástico". Os romanos o chamavam pelo nome de BACO e o adoravam com tanta devoção quanto os gregos. Ele assumiria um tipo de oposição polar a Apolo – um representando a luz dourada da razão, harmonia, música, poesia lírica e matemática, e o outro incorporando as energias mais sombrias da desordem, liberação, música selvagem, sede de sangue, delírio e loucura.

É claro que as personalidades e as histórias dos deuses eram vivas, de modo que, muitas vezes, se afastavam de tais identidades simbólicas congeladas. Apolo, como veremos muito em breve, podia ser sanguinário, enfurecido e cruel, enquanto que Dioniso podia ser mais do que apenas a personificação da bebedeira e do deboche. Ele era, algumas vezes, chamado de "o Libertador", uma força vital vegetal, cuja liberdade de ação podia, de modo benevolente, aliviar e renovar o mundo.

139. Os mistérios violentos dessas adoradoras extremadas foram descritos em toda a sua chocante selvageria pelo dramaturgo ateniense Eurípides, no século V a.C., em *As bacantes*. Nessa tragédia sangrenta, Dioniso volta a Tebas para se vingar daquelas irmãs de sua mãe que se recusaram a acreditar na alegação de Sêmele de que estava grávida de um filho de Zeus. O deus enlouquece Penteu e faz com que suas próprias tias enfeitiçadas, Agave, Ino e Autônoe, despedacem o pobre, membro por membro.

Treze à mesa

A folha da vinha, o *thyrsus* – um bastão encimado com um cone de pinheiro –, uma carruagem puxada por leopardos ou outros bichos exóticos, acompanhantes depravados demonstrando ereções estrondosas, potes transbordantes de vinho... A Ideia Dionisíaca acrescentou muito ao mundo. A importância desse novo deus foi tal que ele simplesmente tinha de ser bem recebido no Olimpo. Mas já havia uma totalidade de doze deuses em residência e treze era, mesmo naquela época, considerado um número de má sorte. Os deuses coçaram o queixo e pensaram no que poderiam fazer. Eles queriam Dioniso – a verdade é que gostavam dele e da energia festiva que ele trazia a qualquer reunião. E, mais do que tudo, gostaram da ideia de acrescentar vinho ao néctar, em vez de mel fermentado e simples suco de fruta.

— Isso vem na hora certa — disse Héstia, erguendo-se. — Sinto cada vez mais que sou necessária no mundo lá embaixo para ajudar pessoas e suas famílias a estarem presentes nos templos que celebram as virtudes do lar, da casa e da saleta de entrada. Deixem o jovem Baco ficar no meu lugar.

Houve um murmúrio pouco convincente de protestos quando Héstia desceu, mas ela foi insistente e a troca foi feita, para deleite de todos os deuses – menos uma. Hera considerava Dioniso o maior insulto que Zeus fizera a ela. Apolo, Ártemis e Atena eram suficientemente vergonhosos como acréscimos ilegítimos ao dodecateon, mas que um deus bastardo e *semi-humano* fosse admitido no céu ofendia-a até a alma. Ela jurou sempre se abster da bebida venenosa de Dioniso e acabar pessoalmente com as bebedeiras que destruíam a paz e o decoro do céu.

Afrodite deu à luz um filho de Dioniso. Hera amaldiçoou o bebê, cujo nome era PRIAPO, com feiura e impotência, e mandou que o jogassem do Olimpo. Priapo se tornou o deus da genitália masculina e dos falos; ele era especialmente apreciado pelos romanos como uma divindade menor, representante do grande tesão. Mas seu destino eram a limitação e a decepção. Ele vivia num constante estado de excitação que, por causa da praga de Hera, sempre falhava quando ele tentava fazer alguma coisa. Esse problema crônico e constrangedor fez com que fosse natural ele se tornar eternamente associado ao álcool, o dom de seu pai para o mundo, que "provoca o desejo, mas prejudica o desempenho".

Com Hera gostando ou não, Dioniso, Nascido Duas Vezes, o único deus a ter uma progenitora mortal, subiu para assumir seu lugar, agora como pleno membro dos finalmente fixos Doze do Olimpo.

OS LINDOS E OS MALDITOS

DEUSAS ZANGADAS

ACTEON

A casa cadmiana foi uma das dinastias mais importantes do mundo grego. Primeiro, Cadmo, como fundador de Tebas e portador do alfabeto e, depois, sua família, foram fundamentais na formação da Grécia. Mas, como muitas das grandes casas, havia uma maldição ligada a ela. A morte do dragão aquático permitiu que se construísse a cidade, mas também lançou a maldição de Ares sobre ela. As Moiras raramente deixavam que a glória e o triunfo ficassem sem o acompanhamento do sofrimento e do pesar.

Uma filha de Cadmo, Autônoe, teve um filho, Acteon, com um deus menor chamado ARISTEU, muito venerado na Beócia (algumas vezes o chamavam de "o Apolo dos campos"). Como muitos dos heróis tardios, Acteon teve como tutor o grande e sábio centauro Quíron, que o treinou. Crescido, tornou-se um caçador e líder muito admirado, famoso na caça e na habilidade e força suave com que manobrava seus amados cachorros.

Um dia, tendo perdido o faro de um veado especialmente nobre, Acteon e seus companheiros caçadores se separaram para retomar o rastro. Tropeçando em alguns arbustos por acaso, Acteon acabou no poço em que Ártemis estava se banhando. Como sua presa favorita era consagrada à deusa, e ele estava caçando, Acteon devia pensar melhor antes de ficar olhando atônito para a nudez dela. Ela também era a feroz rainha do celibato, da castidade e da virgindade. Mas era tão linda, tão mais adorável do que qualquer outro ser que Acteon jamais tinha visto, que ele ficou paralisado no local, com a boca aberta e os olhos – não só os olhos – salientes.

Pode ter sido a quebra de um graveto embaixo de seu pé, pode ter sido o ruído da baba de Acteon caindo no chão, mas alguma coisa fez Ártemis se virar. Ela viu um rapaz ali, comendo-a com os olhos, e o sangue dela ferveu. A ideia de qualquer um espalhando por aí que a tinha visto nua era tão detestável para ela que ela clamou:

— Você, homem mortal! Esse seu olhar é uma profanação. Eu o proíbo de jamais falar. Se proferir sequer uma sílaba, seu castigo será terrível. Indique-me que compreendeu.

O infeliz rapaz assentiu com a cabeça. Ártemis desapareceu das vistas e ele foi deixado sozinho para pensar em seu destino.

Atrás dele, ouviram-se gritos atiçando os cães, e seus companheiros caçadores anunciaram que estavam mais uma vez no rastro do cheiro. Instintivamente, Acteon gritou. No momento em que fez isso, a praga de Ártemis o atingiu e ele foi transformado num veado.

Acteon levantou a cabeça, agora pesada com os chifres, e galopou pela floresta até que chegou numa poça de água. Olhou para baixo, para a poça, e, quando viu sua imagem, deu o que teria sido um gemido, mas que saiu como um poderoso berro. O berro foi respondido por muitos latidos e ganidos. Dentro de poucos segundos, sua própria matilha de cães já tinha enchido a clareira. Eles tinham sido treinados pelo próprio Acteon para rasgar a garganta de um veado e se fartar com seu sangue quente como recompensa.[140] Quando as criaturas uivantes e rosnadoras pularam sobre ele, batendo as mandíbulas, Acteon ergueu as patas dianteiras na direção do Olimpo, como que implorando piedade aos deuses. Eles, ou não ouviram, ou não deram atenção. Em segundos, ele foi despedaçado. O caçador foi caçado!

---

140. Se quiser impressionar seus amigos, você pode decorar a seguinte lista de cães, machos e fêmeas, dada por Ovídio em sua versão do mito. Senão, podem sempre servir como nomes úteis para senhas de computador. *Cães:* Melampus, Ichnobates, Pamphagos, Dorceus, Oribasos, Nebrophonos, Lailaps, Theron, Pterelas, Hylaeus, Ladon, Dromas, Tigris, Leucon, Asbolos, Lacon, Aello, Thoos, Harpalos, Melaneus, Labros, Arcas, Argiodus, Hylactor. *Cadelas*: Agre, Nape, Poemenis, Harpyia, Canache, Sticte, Alce, Lycisce, Lachne, Melanchaetes, Therodamas, Oresitrophos.

ERISÍCTON

A deusa Deméter é associada à abundância frutífera e à generosa liberalidade da natureza, mas, se pressionada além de sua indulgência usual, ela podia ser tão vingativa quanto Ártemis. É o que mostra esta história da punição inclemente de ERISÍCTON, rei da Tessália.

Precisando de madeira para a construção de novos apartamentos em seu palácio, o ousado, destemido e impaciente Erisícton um dia levou um grupo de lenhadores para a floresta, onde se depararam com um bosque de carvalhos florescentes.

— Excelente! — exclamou ele. — Machado neles, rapazes.

Mas seus homens recuaram, murmurando e sacudindo a cabeça.

Erisícton se dirigiu ao capataz.

— O que houve com eles?

— Essas árvores são sagradas para Deméter, senhor.

— Bobagem. Ela tem mais do que o suficiente. Derrube-as.

Mais murmúrios.

Erisícton arrancou o chicote do capataz, que na verdade só o brandia para se mostrar, e o estalou ameaçadoramente sobre as cabeças dos lenhadores.

Cortem aquelas árvores ou sintam o ardor! — gritou ele.

Com o rei estalando o chicote e a ordem para continuar, os homens relutantemente abateram as árvores. Mas, ao chegarem a um carvalho gigante que ficava sozinho na extremidade do bosque, pararam outra vez.

— Ora, esse é o mais alto e mais largo de todos! — disse Erisícton. — Ele sozinho fornece madeira para os esteios e as colunas da minha sala do trono e ainda sobra o bastante para uma cama grande para mim.

O capataz apontou um dedo trêmulo para os galhos do carvalho, cheios de guirlandas penduradas.

O rei não ficou impressionado.

— E...?

— Meu senhor — sussurrou o capataz —, cada coroa corresponde a uma prece concedida pela deusa.

— Se as preces já foram concedidas, ela não vai mais precisar dos arranjos de flores. Corte-o.

Mas vendo que o capataz e sua equipe estavam amedrontados demais para continuar, o impetuoso Erisícton agarrou um machado e começou a derrubá-lo ele mesmo.

Ele era um homem forte e, como a maior parte dos governantes, adorava mostrar sua vontade, suas habilidades e sua força. Não demorou muito para o tronco estalar e o poderoso carvalho começar a balançar. Será que Erisícton escutou os gritos lamentosos de uma hamadríade nos ramos? Se ouviu, não deu bola: oscilou o machado outra vez, e mais outra, até que a árvore despencou – galhos, coroas votivas, guirlandas, hamadríade e tudo.

Com a morte do carvalho, a hamadríade morreu também. Com seu último suspiro, ela amaldiçoou Erisícton por seu crime.

Deméter ouviu falar do sacrilégio de Erisícton e mandou uma mensagem para Limos. Limos era uma das vis criaturas saídas do pote de Pandora. Era um demônio feminino da fome que podia ser considerado o inverso de Deméter, o oposto necessário da deusa no mundo mortal. Uma, o arauto fecundo e generoso da colheita, a outra, a impiedosa e cruel precursora da fome e das pragas da lavoura. Como as duas existiam num irreconciliável relacionamento de matéria e antimatéria, era impossível se encontrarem em pessoa, de modo que Deméter enviou uma ninfa como mensageira às montanhas, para insistir que Limos jogasse a praga da hamadríade sobre Erisícton, tarefa que o malévolo demônio adorou realizar.

Limos tinha, de acordo com Ovídio, meio que parado de se cuidar. Peitos caídos, murchos, um espaço vazio no lugar do estômago, vísceras podres à mostra, olhos encovados, lábios crespados, pele escamosa, cabelo delambido e áspero, tornozelos inchados e com pústulas: a personagem e cara da Fome apresentava um espetáculo assombroso e horrível. À noite, ela penetrou no quarto de Erisícton, pegou o rei adormecido nos braços e soprou seu hálito fétido sobre ele. Seus fumos venenosos entraram pela boca, pela garganta e pelos pulmões dele. Pelas suas veias e em cada célula de seu corpo, correu o terrível e insaciável verme da fome.

Erisícton acordou de sonhos estranhos sentindo-se muito, *muito* faminto. Surpreendeu seus cozinheiros pedindo um café da manhã enorme. Comeu cada migalha e, mesmo assim, seu apetite não foi saciado. Durante o dia inteiro, ele descobriu que, quanto mais comia, mais faminto ficava.

Com o passar dos dias e, depois, das semanas, as pontadas de fome o roíam cada vez mais profundamente. Não importava o quanto ele consumisse, nunca conseguia se satisfazer, nem ganhar sequer alguns gramas de peso. A comida dentro dele funcionava como combustível em um incêndio, fazendo com que a fome queimasse cada vez mais ferozmente. Por esse motivo, as pessoas começaram a se referir a ele pelas costas como AETHON, que significa "queimando".

Ele talvez tenha sido o primeiro homem a comer sua própria casa e lar. Um a um, seus tesouros e suas posses, até mesmo seu palácio, foram vendidos para comprar comida. Mas ainda não era suficiente, porque nada conseguia aplacar seu colossal apetite. Por fim, ele foi forçado a vender sua filha MESTRA para levantar fundos para aquietar as exigências impiedosas de seu apetite insaciável.

Foi um ato mais astucioso e menos bárbaro do que talvez pareça: a linda Mestra tinha sido amante de Poseidon, que a tinha recompensado com a habilidade de alterar seu feitio quando quisesse – um poder presenteado especialmente pelo deus do mar, sempre cambiante. A cada semana, Erisícton oferecia sua filha para um pretendente rico e aceitava o dote dado pelo noivo. Mestra acompanhava o noivo até a casa dele, fugia sob a forma de um animal ou outro e voltava para Erisícton, pronta para ser vendida outra vez para um novo pretendente crédulo.

Mesmo esse arranjo acabou sendo insuficiente para apagar as terríveis chamas da fome e, um dia, desesperado, ele mastigou sua mão esquerda. Depois, foi o braço, então, o ombro, os pés e as coxas. Não demorou muito e o rei Erisícton de Tessália tinha se comido inteiro. Deméter e a hamadríade estavam vingadas.

O MÉDICO E O CORVO

O NASCIMENTO DA MEDICINA

Era uma vez uma jovem princesa imensamente atraente chamada CORÔNIS, que vinha do reino de Phlegyantis, na Tessália. Sua beleza era tão arrebatadora que chamou a atenção do deus Apolo, e este a tomou como amante. Você pode achar que o companheirismo e o amor do mais lindo dos deuses bastaria para qualquer uma, mas Corônis – embora grávida do filho de Apolo – se deixou levar pelo charme de um mortal chamado ÍSQUIS e dormiu com ele.

Um dos corvos brancos de Apolo presenciou esse ato de traição e foi contar ao seu senhor o insulto feito à honra dele. Enraivecido, Apolo pediu que sua irmã Ártemis o vingasse. De muito boa vontade, ela atacou o palácio de Phlegyantis com setas de prata – dardos envenenados que espalhavam uma doença terrível por todo o conjunto de moradias. Além de Corônis, muitos foram contaminados. O corvo viu tudo e voltou para fazer um relatório completo para Apolo.

— Ela está morrendo, meu senhor, morrendo!

— Mas ela disse alguma coisa? Admitiu a culpa?

— Sim, disse sim. "Eu mereço meu destino", ela falou. "Diga ao grande Apolo que não peço perdão nem imploro piedade, não imploro piedade, só que ele salve a vida do nosso filho. Salve a vida do nosso filho." Há! Há! Há!

O corvo crocitou com um prazer tão malicioso que Apolo perdeu a paciência e o fez ficar preto. Desde então, todos os corvos, urubus e gralhas-calvas têm essa cor.[141]

---

141. Embora em uma adaptação dos livros *Gormenghast* para o canal BBC eu tenha trabalhado com um corvo albino chamado Jimmy White.

Quando Apolo, agora cheio de remorso, chegou a Phlegyantis, assolada pela praga, encontrou Corônis morta em sua pira fúnebre, rodeada pelas chamas. Com um grito de dor, ele atravessou as chamas, cortou a barriga dela e retirou o filho, ainda vivo. Apolo elevou Corônis às estrelas, como a constelação do Corvus, o Corvo.[142]

O menino resgatado, que Apolo chamou de Asclépio, foi posto sob os cuidados do centauro Quíron. Talvez por ter nascido a partir de um procedimento cirúrgico (embora violento), talvez porque a infecção grassasse em torno enquanto ele estava no útero, talvez por seu pai ser Apolo, deus da medicina e da matemática – provavelmente, por todos esses motivos –, Asclépio demonstrou desde cedo alguns talentos notáveis no campo da medicina.

Enquanto o menino crescia, ficou muito claro para Quíron que ele rapidamente demonstrava aliar uma mente incisiva, lógica e curiosa a um dom natural para a cura. Quíron, ele mesmo excelente naturalista, herborista e altamente racional, teve imenso prazer em treinar o garoto nas artes médicas. Além de dar a ele uma base completa em anatomia de animais e seres humanos, ensinou a ele que o conhecimento é adquirido por meio da observação e da anotação cuidadosas, e não da invenção de teorias. Mostrou como colher plantas medicinais, moê-las, misturá-las, aquecê-las e transformá-las em pós, poções e preparações que podiam ser comidas, bebidas ou misturadas ao alimento. Instruiu-o sobre como estancar sangramentos, preparar e aplicar cataplasmas, fazer curativos em feridas e reduzir fraturas. Aos catorze anos, ele já tinha salvo a perna de um soldado de ser amputada, tirado uma garota febril das portas da morte, livrado um urso de uma armadilha, salvado a população de uma aldeia de uma epidemia de disenteria e aliviado o sofrimento de uma cobra machucada, aplicando um unguento que ele mesmo inventara. Esse último caso se mostrou inestimável, porque a serpente, agradecida, lambeu o ouvido de Asclépio, enquanto cochichava para ele muitos segredos sobre as artes da cura que nem mesmo Quíron conhecia.

Atena, para quem as serpentes eram sagradas, também conferiu seus agradecimentos sob a forma de um pote com o sangue das Górgonas.

---

142. *Koronis* é uma palavra grega para "corvo" ou "gralha-calva". O significado original é "curvado"; se é em referência às curvas da princesa ou ao bico da ave, não sei dizer.

Você talvez ache que não foi um bom presente. Longe disso. Algumas vezes, a lei dos opostos se aplica. Provar ou tocar em uma única gota do *ichor* prateado-dourado que faz os deuses serem imortais é fatal para os homens. O sangue de uma criatura tão mortal e perigosa quanto a Górgona com cabelos de serpentes, por outro lado, tem o poder de trazer os mortos de volta à vida.

Aos vinte anos, Asclépio tinha dominado todas as artes da cirurgia e da medicina. Abraçou seu professor Quíron num carinhoso adeus e saiu para se estabelecer sozinho como o primeiro médico, farmacêutico e curandeiro do mundo. Sua fama se espalhou com grande rapidez pelo Mediterrâneo. Os doentes, os mancos e os infelizes foram em bandos para seu consultório, em frente ao qual ele pendurou uma placa – um bastão de madeira com uma serpente enrolada em torno, até hoje visto em ambulâncias, clínicas e sites médicos (muitas vezes, não dignos de confiança).[143]

Casou-se com EPÍONE, cujo nome significa "suavizante" ou "alívio da dor". Juntos, tiveram três filhos e quatro filhas. Asclépio treinou suas filhas com o mesmo rigor que Quíron tinha usado com ele.

A mais velha, HÍGIA, foi ensinada nas práticas de limpeza, dieta e exercício físico, atualmente chamadas de "higiene" em homenagem a ela.

A PANACEIA, ele revelou as artes da saúde universal, das preparações medicinais e da produção de remédios e tratamentos que podiam curar qualquer coisa – que é o significado de seu nome: "cura tudo".

ACESO foi instruída no processo da cura propriamente dita, inclusive o que hoje chamamos de imunologia.

A garota mais nova, IASO, se especializou na convalescência e na recuperação.

Os rapazes mais velhos, MACAÃO e PODALÍRIO, se tornaram os protótipos do médico de exército. Seus serviços, mais tarde, na Guerra de Troia, foram registrados por Homero.

143. Alguns usam o bastão de Asclépio (ou bastão de Hipócrates), um tosco bastão de madeira envolvido por uma única serpente. Outros usam o *caduceu* de Hermes, um bastão mais delgado e elegante envolvido por duas serpentes cujas cabeças se encontram no topo e são encimadas por um par de asas. Não parece haver significado profissional ou clínico algum na escolha; é puramente uma questão de preferência.

O filho caçula, TELÉSFORO, costuma ser descrito como encapuzado e de crescimento muito limitado. Seu campo de estudo foi a reabilitação e a convalescença, a volta do paciente à saúde plena.

Tudo poderia ter ido bem se Asclépio tivesse mantido bem fechado o pote que Atena lhe dera. Bem fechado. Talvez tenha sido a glória de ser celebrado como um tipo de santo e salvador ou um desejo genuíno de derrotar a doença com todas as artes que possuía, isso não podemos saber, mas Asclépio usou o sangue da Górgona uma vez para reviver o corpo de um paciente morto, e depois uma segunda vez, e logo o estava usando tão livre e regularmente quanto óleo de rícino.

Hades começou a reclamar e a se irritar. Um dia, não conseguiu mais aguentar e chegou ao ponto de sair do mundo inferior e se pôr de pé na frente do trono de seu irmão Zeus.

— Esse homem está me negando almas. Ele as puxa de volta de Tânato bem na hora em que estão prestes a atravessar para o nosso lado. Alguma coisa tem de ser feita.

— Concordo — disse Hera. — Ele está subvertendo a ordem adequada das coisas. Se uma pessoa foi marcada para morrer, não é de modo algum aceitável que um mortal venha interferir. Sua filha fez uma grande besteira em dar a ele o sangue da Górgona.

Zeus franziu a testa. Não podia negar a verdade do que eles diziam. Ele estava decepcionado com Atena. Ela não o traíra de um modo tão flagrante e imperdoável quanto Prometeu, mas havia pontos de semelhança que o perturbavam. Mortais eram mortais e pronto. Permitir que eles tivessem acesso a poções que lhes dessem jurisdição sobre a morte era muito errado.

O raio que atingiu Asclépio foi totalmente inesperado, como são os raios vindos de um céu sem nuvens. Matou-o na hora. A Grécia inteira lamentou a perda de seu amado e respeitado médico e curandeiro, mas Apolo fez mais do que lamentar a morte de seu filho. Ele ficou muito furioso. Assim que teve a notícia, ele mesmo partiu para a oficina de Hefesto e, com três rápidas flechas, matou Brontes, Estéropes e Arges, os Ciclopes cuja eterna tarefa e prazer era fabricar os raios de Zeus.

Essa rebeldia assombrosa não podia ser aceita. Zeus era intolerante com respeito a qualquer ameaça à sua autoridade e sempre agia com rapidez para acabar com o menor indício de insurreição. Apolo foi expulso do Olimpo e mandado para servir o rei da Tessália, ADMETO, em um posto humilde, durante um ano e um dia. Admeto tinha ganhado a aprovação de Zeus por sua recepção extraordinariamente calorosa e sua bondade para com estranhos – sempre um caminho direto para o coração de Zeus.

Quando jovem, Apolo já tinha sido punido, você vai se lembrar, por matar a serpente Píton. A beleza, o esplendor e o charme dourado dele escondiam uma vontade obstinada e um temperamento forte. Entretanto, ele se submeteu com bastante presteza à punição. Era impossível não gostar de Admeto e, ao servi-lo como seu vaqueiro, Apolo garantiu que cada vaca sob seus cuidados parisse gêmeos.[144] Gado e gêmeos eram especiais para ele.

Asclépio, enquanto isso, foi elevado aos céus como a constelação de Ofiúco, o Serpentário.

Tradições posteriores afirmaram que Zeus devolveu Asclépio à vida e o elevou a deus. A verdade é que, por todo o mundo mediterrâneo, ele, sua mulher e suas filhas eram adorados como divinos. Surgiram por toda parte templos dedicados a ele, conhecidos como *asclepia*, muito semelhantes aos *spas* e às academias de ginástica de hoje em dia. Os sacerdotes oficiantes usavam branco e banhavam, massageavam e mimavam os suplicantes pagantes com óleos, cremes e ridículas misturas patenteadas, exatamente como hoje. As cobras (do tipo não venenoso), sempre sagradas para Asclépio, eram encorajadas a deslizar pelas salas de tratamento e pela clínica, uma visão talvez menos comum em nossos templos de saúde contemporâneos. Os cuidados com o espírito e a mente eram tão comuns quanto agora. Afinal, "holístico" é uma palavra derivada do grego. Contavam-se sonhos para os sacerdotes pela manhã, depois de um pernoite (conhecido como "incubação"), e o próprio Asclépio muitas vezes se manifestava para os pacientes. Especialmente, creio, para aqueles que pagavam mais.

144. O poeta e estudioso Calímaco, que viveu no século III a.C., sugeriu que Apolo e Admeto se tornaram amantes entusiasmados durante esse período de servidão.

O Santuário de Asclépio em Epidauro era uma atração tão grande quanto é hoje o famoso teatro da cidade. Aqueles que o visitam ainda podem ver registros das doenças, tratamentos, dietas e curas dos pacientes que iam lá em grande número.

CRIME E CASTIGO

A aparição, a interferência e o relacionamento regulares dos deuses com a sociedade humana, que hoje seriam tão notáveis, excitantes e perturbadores, eram tidos como certos pelos mortais mais tolos e convencidos da Idade de Prata. Alguns reis eram tão incensados que não davam bola para os preceitos mais elementares dos deuses exibindo o mais flagrante desrespeito por eles. Tais atos blasfemos de lesa-majestade raramente passavam sem punição. Como pais que advertissem os filhos com horríveis fábulas morais, ou como Dante ou Hieronymus Bosch com suas admoestatórias paisagens infernais, os gregos antigos pareciam se deleitar com os detalhes e o talento encantador das elaboradas torturas excruciantes que o Olimpo e o Hades reservavam para homens e mulheres cujas transgressões os irritassem especialmente.

ÍXION

Aos olhos de Zeus, não há pecado mais grave do que a traição à xênia, o dever sagrado dos anfitriões em relação aos convidados e dos convidados em relação aos anfitriões. Poucos mortais demonstraram mais desprezo por esses princípios do que Íxion, o rei dos lápitas, uma antiga tribo da Tessália.

Seu primeiro crime foi por pura ganância. Conhecemos a ideia dos dotes, a prática das famílias de noivas em potencial pagarem para se livrar das filhas. Bem no início, as coisas eram feitas ao contrário: futuros maridos pagavam à família da noiva pelo direito de se casar com sua filha. Íxion se casou com a linda DIA, mas se recusou a pagar o preço combinado ao pai dela, o rei DEIONEU da Fócida. Como retaliação, o insultado Deioneu mandou um grupo armado tomar uma manada dos melhores cavalos de Íxion. Escondendo sua irritação sob um amplo sorriso, Íxion convidou Deioneu para jantar em seu palácio, em Lárissa. Quando ele chegou, Íxion o empurrou para dentro de uma fossa cheia de brasas. Essa flagrante quebra das regras da hospitalidade foi superada pelo pecado ainda mais grave, que era matar alguém da família. O assassinato de um parente era considerado tabu do tipo mais odioso. Com esse crime, Íxion cometera um dos primeiros assassinatos de sangue; a não ser que fosse purificado de sua transgressão, as Moiras o perseguiriam até ele enlouquecer.

Os príncipes, senhores e donos de terras na vizinhança da Tessália tinham motivos para não gostar de Íxion e nenhum se ofereceu para efetuar a *catharsis*, o processo ritual de purificação que o iria redimir. O Rei dos Deuses, no entanto, estava num humor de clemência admirável. O povo da Tessália tinha agido com rapidez para mostrar sua revolta com o crime duplo de Íxion, o abuso da xênia e o assassinato de um familiar. Zeus estava a fim de ser indulgente. Ele não apenas liberou Íxion de seu tormento, mas chegou ao ponto de convidá-lo para um banquete no Olimpo.

Era uma honra rara para mortais. A sedução e a grandiosidade de um festim no Olimpo superavam qualquer coisa que Íxion tivesse visto antes. A beleza majestosa de Hera o impressionou especialmente. Se pelo efeito inebriante da grande ocasião ou do vinho, ninguém depois conseguiu decidir – talvez não passasse de uma grosseira estupidez congênita –, mas, longe de se comportar com a gratidão modesta que se poderia esperar de qualquer mortal convidado para a mesa de jantar imortal, Íxion cometeu o catastrófico engano de tentar seduzir a Rainha do Céu. Soprou beijos, piscou, tentou mordiscar a orelha dela, sussurrou comentários lascivos e tentou várias vezes agarrar-lhe os seios. Ele não apenas insultou a mais digna e decorosa entre os olímpicos, mas, mais uma vez, transgrediu as leis da xênia. Fracassar nos deveres de convidado era considerado tão odioso quanto fracassar nos deveres de anfitrião.

Depois de Íxion cambalear Olimpo abaixo, dando palmadas em costas e arrotando agradecimentos, a ofendida Hera contou a Zeus sobre o ultraje à sua honra. Zeus ficou igualmente enraivecido. Resolveu montar uma armadilha para Íxion. O Amontoador de Nuvens apanhou uma nuvem e a esculpiu numa imagem anatomicamente exata e funcional de Hera. Soprou, trazendo-a à vida, e a mandou para baixo, até um prado fora de Lárissa, onde ele tinha visto Íxion dormindo espalhado sobre a grama, roncando sob o efeito do banquete.

Quando Íxion acordou e encontrou Hera a seu lado, rolou por cima dela e copulou com ela ali mesmo. Ao ver essa indescritível blasfêmia, Zeus jogou um raio e uma roda cheia de fogo. O raio mandou Íxion pelos ares e o prendeu à roda, que Zeus fez sair rodando pelos céus. Com o tempo, o firmamento foi considerado bom demais para ele e Íxion, atado à sua roda de fogo, foi enviado ao Tártaro, onde até hoje roda, calcinado e em agonia.

A Nuvem-Hera recebeu o nome de NEFELE. Sua união com Íxion produziu um filho, CENTAURO, um menino feio e malformado que se tornou um homem solitário e infeliz que tinha prazer não com humanos, mas com as éguas selvagens do monte Pélion, onde ele gostava de perambular. A progênie indomável e selvagem dessa união pouco natural entre homem e cavalo foi chamada, por causa dele, de "centauros".[145]

CONSEQUÊNCIAS

Muitos dos mitos gregos levam a séries de consequências. Como já vimos, personagens principais de uma história se casam e fundam dinastias, das quais nascem ainda mais heróis lendários. E há montes de mitos subsidiários que saem da Roda de Íxion.

Já que estamos falando do monte Pélion, por exemplo, vale mencionar a história de IFIMEDIA, que estava tão apaixonada por Poseidon que ia regularmente sentar-se na praia, pegando água do mar e derramando-a sobre os seios e o colo. Poseidon ficou tocado com essa demonstração de adoração, saiu do oceano e, numa onda, a cingiu para se unir a ela. Nasceram filhos gêmeos, OTO e EFIALTES. Eram verdadeiros gigantes, no nosso sentido moderno: enquanto meninos, cresciam um palmo

145. Só um desses híbridos de equino-humano tinha sido visto antes na terra: O grande Quíron, tutor de Asclépio, Aquiles e muitos outros. O nascimento de Quíron pode ser retraçado à época de Cronos, filho de Urano e Gaia, pai de Zeus e Hera. Durante uma pausa na Titanomaquia, Cronos ficou caído por FILIRA, uma Oceânide de grande beleza. Ela repeliu os avanços dele, até que, cansado de seu acanhamento, ele se transformou em um grande garanhão preto e a tomou contra a vontade dela. Quíron foi o filho dessa união e – apesar de ter acontecido muitas centenas de anos antes dos Centauros – é chamado de centauro por convenção.

por mês. Ficou claro que, quando ficassem adultos, seriam os maiores seres vivos.

Como talvez você se lembre, o ciumento e ambicioso Poseidon sempre cogitara a possibilidade de seu irmão mais moço, Zeus, escorregar e ser derrubado do trono. O deus do mar pôs na cabeça de seus filhos, que cresciam tão rapidamente, a ideia de desafiar o céu, criando sua própria montanha, da qual governariam o mundo. O plano deles era arrancar o monte Ossa e amontoá-lo sobre o Olimpo. Em cima do Ossa, empilhariam o monte Pélion. Mas, antes que os gêmeos tivessem alcançado sua altura total e a força necessária para o feito, Zeus ficou sabendo da possibilidade da rebelião deles e mandou Apolo abatê-los com flechas. O castigo dos dois no mundo inferior foi ficarem amarrados em pilares com serpentes que se contorciam.

Só para continuar o fio da narrativa até uma de suas conclusões (mais um exemplo de como uma história pode levar a outros mitos, até mais significativos e com mais amplas consequências), você deverá saber que Nefele, a imagem de Hera como nuvem, casou-se com um rei da Beócia chamado ATAMAS,[146] com quem teve dois filhos, FRIXO e HELE. Nefele teve motivos para salvar a vida de Frixo – um Isaac para seu pai Abraão – quando Atamas amarrou o filho no chão e estava prestes a sacrificá-lo. Exatamente como o deus hebraico revelou para Abraão um carneiro numa moita e salvou a vida de Isaac, Nefele enviou um carneiro de ouro para resgatar seu filho Frixo. A lã de ouro desse carneiro fez surgir a grande busca de Jasão e seus Argonautas. Tudo por causa de um rei bêbado e degenerado que teve a temeridade de lançar olhares lúbricos para Hera.

A Roda de Íxion se tornou um tema popular para artistas e escultores, e a expressão "uma roda de fogo" é algumas vezes usada para descrever uma carga, punição ou obrigação dolorosa.[147] A expressão "empilhar Pélion sobre Ossa" também é utilizada, significando acrescentar dificuldade sobre dificuldade.

---

146. Atamas era irmão de Sísifo, cuja infâmia conheceremos logo.

147. O Rei Lear de Shakespeare exclama:

> És uma alma em êxtase, mas eu estou atado
> A uma roda de fogo, que minhas próprias lágrimas
> Queimam como chumbo derretido.

TÂNTALO

Talvez o tormento mais conhecido que os deuses já projetaram tenha sido aquele bolado para o malvado rei Tântalo. As consequências de seus crimes tiveram ramificações que percorreram os anos. A praga lançada sobre sua casa só foi retirada bem no final da idade mítica.

Tântalo governava o reino da Lídia, na Ásia Menor ocidental, região mais tarde conhecida como a província turca da Anatólia. Depósitos minerais do monte Sípilo, nas imediações, tinham rendido a ele riquezas imensas, a partir das quais ele estabeleceu uma cidade próspera, que despudoradamente chamou de Tantális. Casou-se com DIONE (uma das Híades, ou ninfas da chuva, que tinham amamentado o bebê Dioniso) e com ela teve um filho, PÉLOPE, e uma filha, NIOBE.[148]

Ou havia algum defeito na personalidade de Tântalo, ou seu poder e riqueza o iludiram até ele acreditar que era igual aos deuses. Como Íxion antes dele, cometeu o erro de abusar da hospitalidade de Zeus, em seu caso voltando de um banquete no Olimpo com os bolsos cheios de ambrosia e néctar roubados. Além disso, cometeu a falta grave de contar histórias a respeito da vida particular e dos maneirismos dos deuses, divertindo seus cortesãos e amigos com imitações e fofocas insolentes.

Mas aí, ele cometeu um assassinato de sangue, ainda pior do que o crime de Íxion ao jogar o sogro numa cova com brasas. Ao ouvir dizer que os olímpicos estavam furiosos com a zombaria dele e com o roubo do néctar e da ambrosia, fez uma espalhafatosa demonstração de arrependimento e implorou que aceitassem sua própria hospitalidade como compensação pelo seu mau comportamento.

Veja, isso tudo ocorreu mais ou menos na época em que Deméter estava procurando sua filha Perséfone, que fora raptada. Sofrendo, ela deixava que todas as coisas em crescimento murchassem e morressem. O mundo estava

148. Houve um outro filho, BRÓTEAS, que gostava de caçar e cuja vida parece que foi sossegada, se comparada à dos irmãos. Diz-se que ele esculpiu uma imagem de Cibele, a deusa-mãe da Anatólia, na rocha do monte Sípilo. Partes dessa escultura ainda são visíveis para os turistas.

estéril e infértil, e ninguém sabia quanto tempo isso ia durar. A perspectiva de uma festa foi vista como uma agitação bem-vinda. Conhecendo o estilo de vida opulento e de ostentação do rei Tântalo, os deuses estavam esperando com grande animação os lendários prazeres de sua mesa.[149] Estavam prestes a ter um choque.

Como Licaão, o rei pelasgo, antes dele, Tântalo serviu seu próprio filho aos deuses. O jovem Pélope foi morto, desmembrado, assado, envolvido num grosso molho e posto à frente dos convidados. Imediatamente, eles sentiram que alguma coisa estava errada e se recusaram a comer. Mas Deméter, que só pensava na filha perdida, distraidamente beliscou e comeu o ombro esquerdo do garoto.

Quanto Zeus percebeu o que tinha acontecido, chamou uma das três Moiras, Cloto, a fiandeira. Ela reuniu as partes do corpo, mexeu todas num grande caldeirão e montou tudo de volta. Deméter, alertada para seu lapso horrível, encomendou a Hefesto um ombro de marfim para substituir o que ela tinha comido. Cloto colocou a prótese, que se encaixou perfeitamente. Zeus soprou no corpo do menino e Pélope voltou à vida.

A grande beleza de Pélope atraiu Poseidon e, durante algum tempo, eles se tornaram amantes. Entretanto, foças mais sombrias estavam agindo contra o jovem, e sua vida e seus feitos posteriores atraíram uma maldição sobre ele e sobre sua casa.[150] Combinada com a praga recebida pelo abominável crime de Tântalo, essa praga viria a perseguir seus descendentes até o último de sua linhagem, ORESTES.

O próprio Tântalo foi despachado direto para o Tártaro e punido de maneira adequada a alguém que ousou tentar os deuses a comer a carne da vítima de um crime de sangue. Foi posto numa piscina com água até a cintura. Acima de sua cabeça, oscilava o ramo de uma árvore, no qual

149. Os Olímpicos podiam subsistir de ambrosia e néctar, mas também adoravam a variedade oferecida pelas dietas dos mortais.

150. Chamada, por convenção histórica, de casa dos Atridas, por causa de um de seus filhos. A queda da casa de Pélope e Atreu envolve os destinos de muitos heróis e guerreiros até a Guerra de Troia e suas consequências. Agamenon, Clitemnestra e Orestes são todos descendentes de Pélope e são ditos terem herdado a praga dele e de Tântalo. O nome de Pélope continua, é claro, no Peloponeso, a grande península a sudoeste da parte maior da Grécia.

estavam penduradas frutas suculentas e apetitosas. A fome e a sede o assolavam, mas, cada vez que ele estendia o braço para pegar uma delas, o galho balançava para fora de seu alcance. Cada vez que se inclinava para beber, as águas da piscina se encolhiam, negando-se a ele. Ele não conseguia sair porque acima dele, ameaçando esmagá-lo se tentasse fugir, pairava uma grande pedra do pesado elemento esverdeado que um dia seria chamado de "tântalo".[151]

Lá está Tântalo, até hoje, agonizando, próximo da satisfação que sempre lhe é negada, representando a frustração torturante que leva seu nome – *tantalizado*, mas jamais satisfeito, até o final dos tempos.[152]

---

151. Tântalo é um desses metais refratários, essenciais, nos dias de hoje, à manufatura de muitos de nossos dispositivos eletrônicos.

152. Um *tantalus* é um pequeno armário contendo duas ou três garrafas de bebida, em geral *brandy*, uísque ou rum. As bebidas estão visíveis, mas o armário é trancado, desse modo tantalizando as crianças da casa, fora de seu alcance.

SÍSIFO

Amor fraterno

O castigo que Sísifo enfrenta no Hades também entrou para a língua e para as histórias, mas há muito mais nesse relato do que a famosa pedra que ele está fadado a empurrar morro acima interminável e inutilmente. Sísifo era um homem malvado, ganancioso, fingido e frequentemente cruel, mas quem não consegue encontrar alguma coisa atraente – até mesmo heroica – no insaciável entusiasmo e na forma explicitamente desafiadora com que ele vivia (na verdade, *sobre*vivia)? Poucos mortais ousaram desafiar a paciência dos deuses de modo tão inconsequente. Seu desprezo temerário e sua recusa em se desculpar ou obedecer fazem lembrar um Don Giovanni grego.

Deucalião e Pirra, os sobreviventes do Grande Dilúvio, tiveram um filho chamado HELENO, em homenagem ao qual os gregos até hoje se chamam helenos. O filho de Heleno, Éolo, teve quatro filhos – Sísifo, SALMONEU, ATAMAS e CRETEU. Sísifo e Salmoneu se detestavam com o ódio mais visceral e implacável que o mundo jamais vira. Rivais pelo afeto dos pais, rivais em tudo, desde o berço nenhum conseguia suportar ver o outro se dar bem. Os dois príncipes acharam que o reino do pai, Eólia, como era chamada a Tessália naquela época, era pequeno demais para eles e se mudaram, um para o sul e o outro para o oeste, para fundar seus próprios reinos. Salmoneu reinava sobre a Élida e Sísifo estabeleceu a Éfira, mais tarde, chamada Corinto. Dessas fortalezas, eles se encaravam com raiva através do Peloponeso, a inimizade amarga crescendo a cada ano que passava.

O ódio de Sísifo por Salmoneu o deixava sem sono. Ele o queria morto, morto, morto. Esse desejo era tão agoniante que, para se livrar dele, esfaqueava a própria coxa repetidamente com uma adaga. Mas não havia nada a fazer. A vingança das Moiras seria terrível, se ele ousasse assassinar o irmão. O fratricídio estava entre os piores crimes de sangue. Por fim, ele resolveu consultar o oráculo em Delfos.

— Filhos de Sísifo e Tiro se erguerão para abater Salmoneu — entoou Pítia.

Aquilo foi música para os ouvidos de Sísifo. TIRO era sua sobrinha, filha de seu odiado irmão Salmoneu. Tudo o que ele tinha de fazer era casar-se e ter filhos com ela. Filhos que "se ergueriam para abater Salmoneu". Naquela época, tios podiam se casar com sobrinhas sem causar espanto algum, de modo que ele começou a cortejar e seduzir Tiro com cavalos, joias, poemas e oceanos de charme pessoal, porque Sísifo era bastante cativante, quando queria. Com o tempo, sua corte deu resultado, eles se casaram e ela teve dois meninos saudáveis.

Um dia, alguns anos mais tarde, Sísifo estava fora, pescando com seu amigo MELOPS. Estendidos ao sol nas margens do rio Sythas, começaram a conversar. Nesse exato momento, Tiro saiu do palácio com uma empregada, os dois meninos – agora, com cinco e três anos de idade – e uma cesta de comida e vinho, com a ideia de surpreender Sísifo com um piquenique em família.

De volta à margem do rio, Melops e Sísifo falavam preguiçosamente a respeito de cavalos, mulheres, esporte e guerra. O grupo de Tiro atravessou pelos campos.

— Diga-me, majestade — disse Melops —, sempre intrigou-me que, apesar de sua amarga divergência com o rei Salmoneu, o senhor tenha escolhido se casar com a filha dele. Pelo que posso ver, continua não gostando dele, como nunca gostou.

— Não gosto? Eu o abomino, detesto, desprezo e odeio — respondeu Sísifo, rindo alto. Um riso que permitiu a Tiro, que se aproximava, saber exatamente onde ele estava. À medida que seu grupo chegava mais perto, ela conseguia ouvir cada palavra que o marido dizia.

— Só me casei com aquela vaca da Tiro porque odeio demais Salmoneu — ele estava dizendo. — Veja, o oráculo de Delfos falou-me que, se eu tivesse dois filhos com ela, quando crescessem, eles o matariam. Então, quando ele morrer pela mão de seus próprios netos, eu ficarei livre daquele vil porco do meu irmão sem temer a perseguição das Erínias.

— Isso é… — Melops tentou encontrar a palavra.

— Brilhante? Astucioso? Engenhoso?

Tiro conteve os filhos, que já vinham correndo para o local onde podiam ouvir o pai. Virando-os no sentido contrário, ela os empurrou rapidamente para uma curva no rio, com a babá seguindo atrás.

Tiro tinha engolido inteiramente o charme de Sísifo, mas amava o pai, Salmoneu com uma fidelidade que ultrapassava qualquer outra consideração. A ideia de deixar seus filhos crescerem e matarem o avô estava fora de questão. Ela sabia como desafiar a profecia do oráculo.

— Venha, menino — disse ela para o mais velho —, olhe para o rio. Você consegue ver os peixinhos?

O garotinho se ajoelhou na ribanceira e olhou para baixo. Tiro pôs uma mão no pescoço dele e o empurrou para debaixo da água. Quando ele parou de se debater, ela fez o mesmo com o menor.

— Agora — falou ela, calmamente, para a empregada traumatizada —, isto é o que você vai fazer…

Sísifo e Melops apanharam um monte de peixes naquela tarde. Justo quando a luz estava começando a esmaecer e eles estavam embalando as coisas para voltar, a empregada de Tiro apareceu à frente deles, fazendo uma mesura nervosa.

— Desculpe, majestade, mas a rainha pede que o senhor vá saudar os príncipes. Eles estão na ribanceira, esperando vossa majestade. Bem atrás do salgueiro, senhor.

Sísifo foi ao local indicado e encontrou seus dois filhos estendidos na grama, pálidos e sem vida.

A empregada correu para salvar a vida e nunca mais se ouviu falar dela. Tiro, quando o enraivecido Sísifo chegou ao palácio com a espada desembainhada, estava em segurança, a caminho do reino de seu pai, na Élida. Ao chegar em casa, Salmoneu a casou com seu irmão Creteu, com quem ela foi profundamente infeliz.

O próprio Salmoneu, tão orgulhoso e prosa quanto seu irmão odiado, estabeleceu-se na Élida como um tipo de deus. Alegando igualar o poder de Zeus em atrair tempestades, ele ordenou a construção de uma ponte de latão, sobre a qual gostava de dirigir sua carruagem a velocidades alucinantes, arrastando chaleiras, caldeirões e panelas de ferro para imitar o som do trovão. Ao mesmo tempo, tochas acesas eram atiradas para cima para imitar os raios. Essa blasfêmia impertinente atraiu o olhar de Zeus, que acabou com a confusão com um raio de verdade. O rei, a carruagem, a ponte de latão, os utensílios de cozinha e tudo o mais foram explodidos e reduzidos a átomos, e a sombra de Salmoneu foi jogada para a danação eterna nas mais baixas profundezas do Tártaro.

As tarefas de Sísifo

Sísifo deu uma grande festa para comemorar a morte de seu absurdo irmão fabricante de trovões. Na manhã seguinte, foi acordado por uma delegação de senhores, donos de terras e fazendeiros ofendidos. Após esfregar o sono dos olhos e clarear as ideias com uma taça de vinho sem água, consentiu em ouvir qual era a questão.

— Majestade, alguém está roubando o nosso gado! Cada um de nós tem uma perda a relatar. Seus rebanhos reais também estão diminuídos. Vossa majestade é um rei sábio e inteligente. Certamente, consegue encontrar quem é o responsável.

Sísifo os mandou embora com a promessa de investigar. Ele tinha uma boa ideia de que o ladrão era seu vizinho AUTÓLICO, mas como provar? Sísifo era astucioso e esperto, mas Autólico era filho do próprio Hermes, o príncipe dos ladrões e malandros, o deus que ainda bebê tinha roubado o gado de Apolo. Autólico tinha herdado de Hermes não apenas a propensão para pegar vacas que não lhe pertenciam, mas também poderes de encantamento que tornavam muito difícil apanhá-lo no ato.[153] Além disso, o gado que Sísifo e seus vizinhos tinham perdido era marrom e branco e tinha chifres generosos, enquanto o de Autólico era preto e branco, e inteiramente sem chifres. Era desconcertante, mas Sísifo tinha certeza de que os feitiços ensinados por Hermes estavam por trás disso tudo e que Autólico estava secretamente mudando a cor das vacas roubadas.

153. O artista malandro, batedor de carteiras, velhaco e "abocanhador de bobagens sem importância" na peça *Conto do inverno*, de Shakespeare, é chamado Autólico.

— Muito bem — disse para si mesmo —, vamos ver o que é mais forte, a mágica barata do filho bastardo trapaceiro de um deus ou a sagacidade e inteligência de Sísifo, fundador de Corinto, o rei mais inteligente do mundo.

Ele mandou que se gravassem, nos cascos de todo o gado, dele e dos vizinhos, as palavras "AUTÓLICO ME ROUBOU" em letras minúsculas. Ao longo das sete noites seguintes, como esperado, os rebanhos locais continuaram a ser regularmente depauperados. No oitavo dia, Sísifo e os principais donos de terras fizeram uma visita a Autólico.

— Saudações, meus amigos! — exclamou o vizinho com um aceno alegre. — A que devo a honra desta visita?

— Viemos inspecionar seu gado — anunciou Sísifo.

— À vontade. Está pensando em também criar vacas pretas e brancas? O *pedigree* do meu rebanho é único na região, é o que me dizem.

— Ah, claro, único mesmo — retorquiu Sísifo. — Quem é que já viu cascos como estes? — Levantou uma pata dianteira de uma das vacas.

Autólico se inclinou, leu as palavras gravadas no casco e deu de ombros alegremente.

— Ah — disse ele —, foi divertido enquanto durou.

— Levem-nas todas — mandou Sísifo. Enquanto os donos de terras conduziam os animais para fora, Sísifo olhou na direção da casa de Autólico. — Acho que vou pegar para mim *todas* as suas vacas — declarou ele. — Até a última novilha. — Com isso, ele queria dizer ANFITEIA, a própria esposa de Autólico.

Sísifo não era um homem legal.[154]

A ÁGUIA

A façanha de ludibriar o filho vigarista do deus subiu à cabeça de Sísifo. Ele começou a acreditar que era realmente o homem mais inteligente e mais cheio de recursos no mundo. Estabeleceu-se como um tipo de solucionador

154. Essa violação de Anfiteia fez surgir o rumor de que Sísifo era o verdadeiro pai da filha de Autólico, ANTICLEIA. Anticleia gerou LAERTES e Laertes gerou o grande herói ODISSEU, também conhecido como Ulisses, que era famoso, acima de tudo, por sua astúcia e recursos.

de problemas real, dando palpites em todo tipo de questões trazidas a ele e cobrando somas enormes por seus pareceres. Mas há uma diferença entre engano e bom senso, astúcia e julgamento, perspicácia e sabedoria.

Lembra-se de Asopo? Nas águas desse rio beócio, a princesa tebana Sêmele tinha se banhado, atraindo as atenções de Zeus e acarretando o nascimento de Dioniso. Infelizmente, o deus daquele rio teve uma filha, EGINA, que era linda o suficiente para atrair o olhar de Zeus. Sob a forma de uma águia, o deus desceu voando e agarrou a garota, levando-a para uma ilha no litoral da África. O pobre deus-rio, desamparado, procurou-a por toda parte, perguntando a todo mundo que encontrava se tinha visto algum sinal de sua amada filha.

— Uma menina vestida com uma pele de cabra, você diz? — respondeu Sísifo quando chegou a sua vez de ser pressionado por informação. — Ora, sim, acabei de ver uma donzela assim ser arrancada por uma águia, não faz muito tempo. Ela estava se banhando no rio quando ele mergulhou, vindo do sol... Foi a coisa mais...

— Para onde a levou? Você viu?

— Essas pulseiras são de ouro verdadeiro? Devo dizer que são muito finas.

— Fique com elas, são suas. Apenas, por piedade, diga-me o que aconteceu com Egina.

— Eu estava no alto de um morro, de modo que vi tudo. A águia a levou para... Esse seu anel é esmeralda, não é? Ora, muito obrigado, agora, deixe-me ver... Sim, eles voaram através do mar e aterrissaram ali, naquela ilha. Venha até a janela. Você mal a percebe no horizonte, vê? Oenone, é como eles chamam a ilha, eu creio. É lá que vai encontrá-los. Ah, já está indo?

Asopo alugou um barco e partiu para a ilha. Nem tinha chegado ao meio do caminho quando Zeus o viu vindo e mandou-lhe um raio pela proa. A explosão varreu Asopo e o barco numa gigantesca pororoca de volta até seu próprio estuário e para dentro de seu rio.[155]

Mas Sísifo! Zeus há algum tempo já estava de olho nesse vilão. Não tinha passado despercebido do deus da xênia que Sísifo tinha um histórico de abusar dos hóspedes que passavam por suas terras. Cobrava impostos,

155. Asopo era encarregado de pelo menos dois rios. Havia aquele na Beócia, que banhava Tebas, e esse outro, que passava por Corinto.

saqueava seus tesouros, violentava as mulheres, transgredindo sem a menor vergonha cada cânone das leis sagradas da hospitalidade. E, agora, ousava interferir em questões que não eram de sua conta, meter-se nos negócios de seus superiores, contar histórias sobre o próprio Rei dos Deuses. Era hora de adotar medidas. Tinha de ser dado um exemplo que servisse de aviso a outros. Morte e danação para ele.

Apesar do sangue real de Sísifo, sua vida tinha sido malvada demais, desavergonhada demais, julgou Zeus, para merecer a dignidade de ser conduzido por Hermes ao mundo inferior. Em vez disso, Tânato, a própria Morte, foi enviado para algemá-lo e o acompanhar.

Trapaceando a Morte

Na medida em que um espírito tão sombrio era capaz de uma emoção tão alegre, Tânato sempre gostou daquele momento em que se manifestava à frente dos marcados para morrer.

Aparecendo diante deles sem estar visível para ninguém mais, em sua forma descarnada, sob um manto negro, fiapos de gases infernais fluindo dela, estendia o braço para suas vítimas com uma lentidão cruelmente deliberada. No momento em que tocava a carne delas com a ponta de seu dedo ossudo, saía da alma delas uma patética lamúria. Tânato adorava ver a pele de sua vítima empalidecer e os olhos estremecerem e se velarem à medida que a vida se extinguia. Acima de tudo, adorava o som do último suspiro tremulante da alma, quando ela emergia da carcaça mortal e se submetia às suas algemas, pronta a ser levada.

Sísifo, como a maior parte dos astutos intrigantes ambiciosos, tinha sono leve. A mente dele girava sem parar e o menor ruído o acordava. E assim foi que até o sussurro silencioso da Morte deslizando em seu quarto de dormir fez com que ele se sentasse.

— Quem, infernos, é você?

— Quem, infernos, realmente? O *Inferno* é exatamente quem eu sou. Muahahahaha! — Tânato soltou seu riso sinistro, macabro, que tantas vezes fazia com que os mortais moribundos gritassem enlouquecidos.

— Pare de resmungar. Qual é o seu problema? Está com dor de dente? Indigestão? E não fique falando por adivinhações. Qual é o seu nome?

— Meu nome... — Tânato fez uma pausa de efeito. — Meu nome...

— Não tenho a noite inteira.

— Meu nome é...

— Você ao menos tem um nome?

— Tânato.

— Ah, então, você é a Morte, não é? Hum... — Sísifo pareceu pouco impressionado. — Achei que fosse mais alto.

— Sísifo, filho de Éolo — entoou Tânato, em tons reprimidos —, rei de Corinto, senhor de...

— Sim, sim, eu sei quem *eu* sou. É você que parece estar tendo dificuldade em se lembrar do seu nome. Sente-se, por que não se senta? Alivie o peso de seus pés.

— Meu peso não está nos meus pés. Estou pairando.

Sísifo olhou para o chão.

— É mesmo. E veio me buscar, não veio?

Nada confiante em que qualquer palavra sua fosse ser recebida com o respeito e admiração que merecia, Tânato mostrou a Sísifo suas algemas e as chacoalhou ameaçadoramente em seu rosto.

— Então, você trouxe algemas, também. Ferro?

— Aço. Aço inquebrável. Grilhões forjados nos fogos de Hefesto por Estéropes, o Ciclope. Encantadas pelo meu senhor Hades. Quem quer que elas prendam não pode ser solto, salvo pelo próprio deus.

— Impressionante — concedeu Sísifo. — Mas, na minha experiência, nada é inquebrável. Além do mais, não há sequer uma fechadura ou tranca.

— O fecho e a mola foram inventados de forma astuta demais para serem vistos por olhos mortais.

— É o que você diz. Não acredito nem por um segundo que funcionem. Aposto que você não consegue fechá-las nem em torno de seu braço magro. Quero ver, tente.

Uma ridicularização tão escancarada de suas preciosas algemas não podia ser suportada.

— Homem tolo! — exclamou Tânato. — Esses dispositivos tão intrincados estão além da compreensão de um mortal. Veja aqui! Uma vez atrás das minhas costas e passando uma vez pela frente. Fácil. Junte os meus pulsos e feche as pulseiras. E se você tiver a bondade de apertar exatamente aqui para prender o fecho, há um painel invisível e... olhe!

— Estou vendo — disse Sísifo, pensativamente. — Estou vendo, *mesmo*. Eu estava enganado, muito enganado. Que trabalho maravilhoso.

— Ah.

Tânato tentou tirar as algemas, mas a parte superior inteira de seu corpo estava presa e imóvel.

— Ahn... Ajuda?

Sísifo pulou da cama e abriu a porta de um enorme guarda-roupa na extremidade do quarto. Foi a coisa mais simples do mundo fazer o corpo bem amarrado de Tânato, que pairava pelo ar, atravessar o quarto. Com um empurrão, ele escorregou e bateu com o nariz no fundo do armário.

Girando a chave, Sísifo exclamou, alegremente:

— A fechadura desse armário pode ser barata e feita pelo homem, mas posso garantir que funciona tão bem quanto qualquer grilhão forjado nos fogos de Hefesto.

Ouviram-se gritos abafados de desespero, implorando para sair, mas com um caloroso "muahahaha", Sísifo se mandou, surdo às súplicas da Morte.

Vida sem a Morte

Os primeiros dias da prisão de Tânato passaram sem incidentes. Nem Zeus, nem Hermes, nem mesmo o próprio Hades pensaram em verificar se Sísifo tinha dado entrada nas regiões infernais como combinado. Mas, quando se passou uma semana inteira sem a chegada de qualquer nova alma morta, os espíritos e demônios do mundo inferior começaram a murmurar. Outra semana se passou e nem uma única alma defunta foi admitida para processamento, com exceção de uma venerável sacerdotisa de Ártemis, cuja vida impecável merecia a honra de uma escolta pessoal ao Elísio por Hermes, o Psicopompo. Essa súbita parada no fluxo de almas deixou perplexos os habitantes do Hades, até que alguém notou que não viam Tânato há dias. Grupos de busca foram enviados, mas não conseguiram encontrar a Morte. Isso jamais acontecera antes. Sem Tânato, o sistema todo desabou.

No Olimpo, as opiniões estavam divididas. Dioniso achou a situação toda hilária e ergueu um brinde ao fim da letal cirrose de fígado. Apolo, Ártemis e Poseidon estavam mais ou menos neutros no assunto. Deméter temia que a autoridade de Perséfone como Rainha do Mundo Inferior estivesse sendo desrespeitada. As estações sobre as quais mãe e filha tinham domínio exigiam que a vida constantemente acabasse e começasse outra vez, e só a presença da morte podia fazer com que isso acontecesse. A impropriedade de tal escândalo deixou Hera indignada, o que, por sua vez, fez com que Zeus ficasse impaciente. Até o geralmente alegre e irrefreável Hermes estava ansioso, porque o funcionamento regular do mundo inferior, era em parte, responsabilidade dele.

Mas foi Ares quem achou a situação mais intolerável. Estava revoltado. Olhava para baixo e via batalhas sendo travadas no reino humano com sua ferocidade costumeira, mas *ninguém morria*. Os guerreiros estavam sendo trespassados por lanças, pisoteados por cavalos, eviscerados pelas rodas das carruagens e decapitados por espadas, mas não morriam. Era uma paródia de combate. Se soldados e civis não morressem, bem, então... a guerra não tinha sentido. Não resolvia nada. Não alcançava nada. Nenhum dos lados numa batalha poderia ganhar.

Divindades menores estavam tão divididas com a questão quanto os olímpicos. As Queres continuavam a beber o sangue daqueles que caíam em batalha e não estavam nem aí para o que acontecia com as almas deles. Duas das Horas, Dice e Eunômia, concordaram com Deméter em que a ausência da morte perturbava a ordem natural das coisas. Irene, irmã delas, deusa da paz, mal conseguia conter sua satisfação. Se a ausência da Morte significava a ausência da guerra, então, com certeza, seu tempo tinha chegado.

Ares atazanava os pais, Hera e Zeus, com um clamor tão incessante que, no fim, eles não aguentaram mais. Declararam que Tânato tinha de ser encontrado. Hera exigiu saber onde ele tinha sido visto pela última vez.

— Hermes — falou Zeus —, por certo, não faz muito tempo, você o mandou buscar a alma daquele vilão de coração negro, Sísifo?

— Pô! — Hermes deu uma palmada na coxa, aborrecido. — Claro! *Sísifo*. Mandamos Tânato ir acorrentá-lo e acompanhá-lo até o Hades. Esperem aqui.

As asas de Hermes se agitaram, estremeceram e zuniram, e ele partiu. Voltou num piscar de olhos.

— Sísifo nunca chegou ao mundo inferior. Tânato foi enviado a Corinto para buscá-lo há meia lua e nenhum dos dois foi visto desde então.

— Corinto! — rugiu Ares. — O que estamos esperando?

O armário trancado no quarto foi logo encontrado e arrombado, revelando o humilhado Tânato, sentado choroso no canto, sob alguns mantos. Hermes o levou para as regiões infernais, onde Hades agitou as mãos para soltar as algemas encantadas.

— Mais tarde conversaremos sobre isso, Tânato — disse ele. — No momento, uma represa de almas espera por você.

— Primeiro, deixe-me buscar aquele vilão do Sísifo, senhor — pediu Tânato. — Ele não vai conseguir me enganar duas vezes.

Hermes arqueou uma sobrancelha, mas Hades olhou para Perséfone, sentada a seu lado no trono. Ela assentiu. Tânato era seu preferido entre todos os servidores no mundo inferior.

Rituais de sepultamento

Já concordamos que Sísifo não era bobo. Nem por um segundo ele achou que Tânato ia ficar trancado no seu guarda-roupa pela eternidade. Mais cedo ou mais tarde, a Morte seria libertada e de novo posta em seu encalço.

Na cidadezinha em que ele se alojara temporariamente, Sísifo se dirigiu à mulher. Depois que sua sobrinha, Tiro, afogara seus filhos e o largara, ele se casara outra vez. Sua nova rainha era tão boa e obediente quanto Tiro tinha sido teimosa e do contra.

— Minha querida — disse ele, atraindo-a para perto. — Sinto que em breve vou morrer. Depois que eu tiver dado meu último suspiro e minha alma tiver voado, o que você vai fazer?

— Vou fazer o que deve ser feito, meu senhor. Vou lavá-lo e ungi-lo. Colocarei um óbolo na sua língua para que possa pagar o barqueiro.

Ficarei de vigília durante sete dias e sete noites sobre seu caixão. Serão queimadas oferendas para agradar o rei e a rainha do mundo inferior. E, desse modo, o seu trajeto para os Campos de Asfódelos será uma jornada abençoada.

— Suas intenções são boas, mas isso é exatamente o que você *não* deve fazer — afirmou Sísifo. — Assim que eu tiver morrido, quero que você me dispa inteiramente e me jogue no meio da rua.

— Meu senhor!

— Estou falando sério. *Seriíssimo*. Esse é o meu desejo, minha súplica, minha ordem. Não importa o que outros digam, você *não* vai dizer preces, *não* vai fazer sacrifícios, *não* vai efetuar exéquias. Trate meus restos mortais como faria com os de um cão. Prometa-me.

— Mas…

Sísifo a pegou pelos ombros e olhou fundo nos olhos dela para reforçar a seriedade de suas ordens.

— Se você me ama e está ligada a mim, se espera nunca ser assombrada pela minha sombra zangada, prometa fazer *exatamente* o que eu disse. Jure por sua alma.

— Eu… Eu juro.

— Isso é bom. Agora, vamos beber. Um brinde: à vida!

Seu cálculo de tempo, como sempre, estava impecável, porque naquela mesma noite Sísifo foi acordado pelo sussurro da Morte à sua cabeceira.

— Sua hora chegou, Sísifo de Corinto.

— Ah, Tânato. Eu já estava esperando você.

— Não espere me enganar.

— Eu? Enganá-lo? — Sísifo se levantou e se inclinou em submissão dócil, apresentando os punhos para serem algemados. — Nada podia estar mais longe de minha cabeça.

As algemas foram presas e os dois deslizaram para a boca do mundo inferior. Tânato deixou Sísifo na margem mais próxima do Estige e foi embora, ansioso para adiantar o serviço com a grande represa de almas que estavam esperando para serem coletadas.

Caronte, o barqueiro, atravessou o rio com sua canoa e Sísifo subiu a bordo. Ao empurrar o barco, afastando-se da margem, Caronte estendeu a palma.

— Não tenho — disse Sísifo, apalpando os bolsos.

Sem uma palavra, Caronte empurrou-o pela borda para a escuridão do Estige. Estava frio, abominavelmente frio, mas Sísifo deu um jeito de atravessar o rio. As águas queimaram e empolaram sua pele quase ao limite do que ele podia suportar, mas, uma vez do outro lado, Sísifo apresentava exatamente a figura lamentável que queria.

Sombras passavam por ele desviando os olhos.

— Qual é o caminho para a sala do trono? — perguntou a uma delas. Seguindo as orientações, viu-se na presença de Perséfone.

— Venerada rainha. — Sísifo inclinou a cabeça. — Suplico uma audiência com Hades.

— Meu marido hoje está no Tártaro. Eu respondo por ele. Quem é você e como ousa vir à minha frente nessas condições?

Sísifo estava nu, com uma orelha arrancada e um olho pendurado fora da órbita. Seu corpo espectral estava coberto de marcas de mordidas, vergões, hematomas, cortes e feridas abertas, testemunho do tratamento rude de sua contraparte física nas ruas de Corinto, acima. Sua mulher tinha obedecido às suas instruções.

— Senhora — ele fez uma profunda reverência à frente de Perséfone —, ninguém sente essa impropriedade mais agudamente do que eu. Minha mulher, minha odiosa, malvada, monstruosa e blasfema mulher, foi ela que me causou esse estado lamentável. Mesmo enquanto eu estava lá deitado, morrendo, eu a ouvi dizer para suas companheiras: "Não vamos gastar ouro em ritos de sepultamento. Os deuses do mundo inferior não significam nada para nós. Joguem o corpo dele fora, para que os cães o comam. Vamos gastar numa grande festa o dinheiro que ele separou para o funeral. Os novilhos que ele guardou para sacrificar a Hades e Perséfone serão assados para nosso prazer". Ela riu e bateu palmas, e esses, venerável rainha, foram os últimos sons que ouvi no mundo.

Perséfone estava indignada.

— Ela *ousou*? Ela *ousou*? Será castigada.

— Sim, majestade. Mas como?

— Esfolada viva…

— Nada mau. Mas eu diria, com sua permissão, não seria engraçado — Sísifo sorriu ao ter uma ideia —, não seria engraçado se a senhora me fizesse voltar ao mundo superior, vivo? Imagine o choque dela!

— Hum…

— E eu garantirei que todos os dias ela pague por sua insolência e desrespeito. Nada de ouro ou festanças, nada além de maus-tratos, insultos e servidão. Mal posso *esperar* para ver a cara dela quando eu aparecer à sua frente, vivo e bem e inteiro… e talvez… talvez ainda mais jovem e vital e belo do que nunca? Ela só tem vinte e seis anos, mas imagine o tormento dela se eu viver mais! Eu a usaria como minha escrava. Cada dia seria uma *tortura* para ela.

Perséfone sorriu com a ideia e bateu palmas.

— Que assim seja. — Os anos passados no mundo inferior tinham dado a Perséfone um orgulho régio e uma rígida crença no funcionamento adequado do reino infernal.

E foi assim que Sísifo foi levado de volta ao mundo superior, onde ele e sua rainha, encantada, viveram felizes para sempre.

Sua morte, quando finalmente chegou, foi uma outra questão.

Rolando a pedra

Zeus, Ares, Hermes e Hades não gostaram quando souberam que Sísifo tinha fugido da morte uma segunda vez. No entanto, Perséfone tinha tomado aquela decisão, e a decisão de um imortal não podia ser desfeita por outro.

Quando, depois de quase cinquenta anos de vida serena e próspera, o tempo de vida da mulher mortal de Sísifo enfim chegou ao cabo, o contrato entre Perséfone e Sísifo expirou com ela. Tânato fez a ele uma terceira e última visita.

Dessa vez, Sísifo pagou a passagem a Caronte e atravessou o Estige em boa ordem. Hermes o esperava na outra margem.

— Bem, bem, bem. Rei Sísifo de Corinto. Mentiroso, fraudador, velhaco e vigarista. Assim que eu gosto. Nenhum mortal conseguiu enganar a morte uma vez. Você conseguiu duas. Esperto.

Sísifo fez uma mesura.

— Uma façanha dessa merece uma chance de imortalidade. Siga-me.

Hermes conduziu Sísifo por inúmeras passagens e galerias até uma vasta câmera subterrânea. Uma grande rampa ia do chão até o teto. No fundo, havia uma rocha, iluminada por um facho de luz.

— O mundo superior — disse Hermes, indicando a fonte da luz.

Sísifo viu que a ladeira levava a uma passagem quadrada no alto do teto, através da qual brilhava um raio de luz do dia. Quando Hermes apontou, a entrada se fechou e o facho de luz desapareceu.

— Agora, tudo o que você tem de fazer é rolar essa rocha ladeira acima. Quando você chegar ao topo, o buraco vai se abrir. Você vai poder trepar para fora e viver para sempre como o imortal Rei Sísifo. Tânato jamais o visitará outra vez.

— Só isso?

— Só isso — confirmou Hermes. — É claro, se você não gostar dessa ideia, eu posso levá-lo para o Elísio, onde poderá passar uma feliz eternidade na companhia das outras almas dos finados virtuosos. Mas, se você escolher a pedra, deverá continuar tentando até conseguir e ganhar sua liberdade e imortalidade. Escolha. Uma pós-vida idílica aqui ou um lance para a imortalidade acima.

Sísifo examinou a rocha. Era volumosa, mas nada colossal. A ladeira era íngreme, mas não era um precipício. Gradiente de quarenta e cinco graus, não mais do que isso. Então. Uma eternidade saltando pelos campos do Elísio com os chatos e bem-comportados ou a eternidade lá em cima, no mundo real de diversão, sujeira, brincadeiras e delírio?

— Sem truques?

— Sem truques, sem pressão — disse Hermes, pondo a mão no ombro de Sísifo e exibindo o sorriso mais estonteante. — A escolha é sua.

Você sabe o resto. Sísifo aplicou o ombro à rocha e começou a empurrá-la ladeira acima. A meio do caminho, ele estava confiante em que a vida eterna estava garantida. Três quartos percorridos e... pombas, aquilo era trabalho duro. Cinco sextos, dor. Seis sétimos, *agonia*. Sete oitavos... Ele estava a menos de três centímetro do topo, agora, à distância de uma unha, apenas mais um esforço supremo e... *Nããããooo*! A pedra escorregou, pulou por cima de Sísifo e rolou de volta para o fundo.

Bem, nada mau para um primeiro esforço, pensou Sísifo consigo mesmo. *Se eu for devagar, se conservar minhas forças, posso chegar lá. Eu sei que posso. Vou descobrir uma técnica. Talvez eu vá de costas, apoiando o peso nas costas. Eu sei que posso...*

Sísifo ainda está lá, nos átrios de Tártaro, empurrando aquela rocha ladeira acima e chegando até o topo, antes que ela role de volta e ele tenha de começar tudo outra vez. Ficará lá até o final dos tempos. Ainda acredita que consegue. Apenas mais um último esforço supremo e ele estará livre.

Pintores, poetas e filósofos perceberam muitas coisas no mito de Sísifo. Já viram uma imagem do absurdo da vida humana, da futilidade do esforço, da crueldade impiedosa do destino, do invencível poder da gravidade. Mas viram também algo da coragem, poder de recuperação, fortaleza, resistência e autoconfiança da humanidade. Eles veem algo de heroico na nossa recusa em nos submetermos.

HÚBRIS

Para os gregos, húbris era um tipo especial de orgulho. Muitas vezes, levava os mortais a desafiarem os deuses, provocando castigos inevitáveis, de um tipo ou de outro. É uma falha comum, se não essencial, na elaboração dos heróis da tragédia grega e de muitos outros personagens principais no mito grego. Algumas vezes, as falhas não são nossas, mas dos deuses, que são ciumentos, mesquinhos e vaidosos demais para aceitar que os mortais os podem igualar ou ultrapassar.

TODO LÁGRIMAS

Lembre-se de que Pélope não era o único filho de Tântalo e Dione. Eles tiveram também uma filha, Niobe. Apesar do terrível acontecimento que recaiu sobre seu pai e das tristes aventuras de seu irmão, ela era uma mulher altiva e confiante. Conheceu e se casou com Anfião, filho de Zeus com Antíope. Era um antigo amante de Hermes, você deve se lembrar, um dos gêmeos que construíram os muros de Tebas, encantando as pedras com o canto e o dedilhar da lira.[156] Juntos, Niobe e Anfião tiveram sete filhas e sete filhos, os nióbides.

Inchada de convencimento e vaidade a níveis perigosos e, Niobe gostava de dizer para quem quisesse ouvir quão importante ela era e como sua linhagem era real e divina.

156. Uma vez que tinha se casado com Niobe e a levado para Tebas, a cidade que ele ajudou a fundar, Anfião acrescentou três cordas às quatro originais da lira, de modo que, em honra ao local de nascimento dela, na Ásia Menor, ele podia tocar música no que ainda hoje é chamado de modo lídio.

— Pelo lado da minha mãe, alego descender de Tétis e Oceano. Eles são Titãs de primeira geração, vocês sabem. Pelo lado do meu pai, bem, temos Tmolo, é claro, o de mais alto nascimento de todas as divindades de montanha da Lídia. Meu querido marido Anfião é filho de Zeus e Antíope, a filha do rei NICTEU, um dos Espartos tebanos originais que brotaram dos dentes do dragão. Então, meus amados filhos e filhas realmente podem se gabar de uma linhagem mais distinta, podemos dizer, do que qualquer outra família no mundo. Não que eu vá jamais permitir que se gabem, é claro. Os bem-educados nunca são pomposos.

Essa bobagem toda podia não ser mais do que ligeiramente lamentável, se não fosse pelo fato de Niobe se atrever a se comparar com a Titânide Leto, mãe de deuses. Exatamente no dia em que o povo de Tebas se reunia anualmente para cantar louvores a Leto e contar a história do milagroso nascimento de Ártemis e Apolo em Delos – bem naquele dia, sagrado para a Titânide e para a sua dignidade –, Niobe desabafou seu ataque mais arrogante.

— Quer dizer, eu seria a primeira a admitir que os queridos gêmeos de Leto, Ártemis e Apolo, eram encantadores e inteiramente divinos, é claro que eram. Mas só *dois* filhos? Uma menina e um menino? Oh, céus, não consigo entender como é que ela pode sequer se chamar de mãe. E quem vai dizer que meus sete filhos e sete filhas não serão, alguns deles, senão *todos*, elevados ao posto de divinos e imortais?[157] Dado o nascimento deles, acho que têm uma grande probabilidade, não acham? Na minha opinião, celebrações para uma mãe tão preguiçosa, vulgar e improdutiva como Leto são de muito mau gosto. No ano que vem, vou me certificar de que o festival seja inteiramente cancelado.

Quando Leto ouviu dizer que aquela tebana pretensiosa a estava insultando desse modo, e ousando se estabelecer acima dela, explodiu em lágrimas na frente de seus gêmeos solidários.

— Aquela mulher horrorosa, arrogante, convencida — engasgou Leto. — Ela disse que sou preguiçosa por ter apenas dois filhos... Ela disse que sou

---

157. Naquela época, como na subsequente Idade dos Heróis, havia sempre a possibilidade de humanos atingirem uma posição imortal. Aconteceria com HÉRACLES. Nas civilizações posteriores, imperadores romanos podiam ser deificados, católicos romanos, santificados e atores de cinema, catasterizados na Calçada da Fama.

improdutiva... Ela me chamou de vulgar. Ela disse que impediria o povo de Tebas de festejar meu d-d-dia de comemoração...

Ártemis pôs um braço em torno dela enquanto Apolo andava de cá para lá dando socos na mão.

— Ela tem catorze filhos — queixou-se Leto. — Então, suponho que, comparada a ela, sou inadequada...

— Chega! — interrompeu Ártemis. — Vamos, irmão, ela fez nossa mãe chorar. É hora dessa mulher aprender o significado das lágrimas.

Ártemis e Apolo foram direto para Tebas, onde caçaram cada um dos catorze filhos de Anfião e Niobe. Ártemis matou as sete filhas com suas flechas de prata; Apolo matou os sete filhos com as suas de ouro. Quando levaram a notícia do massacre para Anfião, ele se suicidou caindo sobre sua espada. A dor de Niobe também foi insuportável. Ela fugiu para sua terra natal e encontrou refúgio nas encostas do monte Sípilo. Não importa quão esnobe, estouvada, orgulhosa e absurda ela tivesse sido, uma infelicidade tão absoluta e inconsolável era terrível de ver. Os próprios deuses não aguentaram ouvir seus incessantes lamentos e a transformaram numa pedra. Mas nem mesmo pedra sólida conseguia reter lágrimas como as dela. O choro de Niobe empurrou suas lágrimas através da pedra e as mandou cascateando numa cachoeira montanha abaixo.

Até hoje, os visitantes do monte Sípilo podem ver a formação rochosa na qual ainda se podem perceber os contornos de um rosto feminino. Em turco, é conhecida como *A layan Kaya*, ou "Rocha que chora".[158] Tem vista para a cidade de Manisa, o nome moderno de Tantalis. As águas que jorram dessa rocha fluirão para sempre em sua dor.

Apolo e Marsias: bochechas infladas

Os mortais humanos não são os únicos seres capazes de exibir orgulho excessivo. A autoimagem machucada da deusa Atena levou, indiretamente, à queda de uma convencida criatura chamada MARSIAS.

158. A rocha é calcário, mas o elemento nióbio, de composição e características muito semelhantes ao tântalo, recebeu o nome por causa da rainha das lágrimas.

Tudo começou quando Atena orgulhosamente inventou um novo instrumento musical, que ela chamou de *aulos*. Era uma flauta com palheta dupla da família que chamamos hoje de madeiras, parecida com o moderno oboé ou com o corne-inglês.[159] Havia um problema com esse esplêndido instrumento: sempre que Atena o tocava – por mais maravilhosa, sem dúvida, que fosse a música que saía dele –, só provocava gargalhadas em seus companheiros olímpicos. Não havia meios de Atena conseguir emitir um som agradável sem soprar tão forte que suas bochechas se estufassem. Ver essa deusa, a própria personificação da dignidade, ficar toda vermelha e inchada como um sapo-boi era mais do que sua desrespeitosa família podia aguentar sem morrer de rir. Sábia como Atena era, e livre (pela maior parte) de afetação e convencimento, ela não era *inteiramente* sem vaidade, e não suportava ser ridicularizada. Depois de três tentativas de ganhar os deuses com os sons melífluos de seu novo instrumento, ela praguejou e o jogou para baixo do Olimpo.

O *aulos* caiu na Ásia Menor, no reino da Frígia, perto do rio Meandro (cujo curso serpenteante dá seu nome a todos os cursos de água cheios de desvios), e foi apanhado por um sátiro chamado Marsias. Como seguidor de Dioniso, Marsias era dotado de curiosidade, além de outros traços desonrosos. Ele tirou a poeira do *aulos* e soprou. O resultado foi um pequeno pio. Ele riu, coçando o tremor que fazia cócegas em seus lábios. Bufou e soprou forte outra vez até produzir uma nota musical, longa e alta. Foi divertido. Continuou desse jeito, soprando e soprando, até conseguir, depois de um tempo surpreendentemente curto, tocar uma música de verdade.

Dentro de um ou dois meses, sua fama tinha se espalhado por toda a Ásia Menor e a Grécia. Ele passou a ser celebrado como "Marsias, o Musical", cuja habilidade no *aulos* conseguia fazer árvores dançarem e pedras cantarem.

A fama e a adulação que sua música trazia davam-lhe uma enorme satisfação. Como todos os sátiros, ele exigia pouco além de vinho, mulheres e música para ser feliz, e seu domínio sobre a terceira garantia um suprimento fácil dos outros dois.

---

159. É uma agradável coincidência que um dos principais usos do paládio, o elemento batizado em homenagem a Palas Atena, seja usado na fabricação de instrumentos de sopro de madeira. Ou *será mesmo* uma coincidência? Hmm...?

Uma noite, com o fogo estalando, e com as Mênades a seus pés olhando para ele em adoração, ele exclamou, embriagado, aos céus.

— Olhe aqui, Apolo! Você, deus da lira! Você se acha tão musical, mas aposto que se houvesse uma compichão... uma compenção... uma condição... Qual é a palavra?

— Competição? — sugeriu uma Mênade sonolenta.

— Uma dessas, sim. Se houvesse... isso que ela disse... eu ganhava. Fácil. Com um pé nas costas. Qualquer um pode dedilhar uma lira. Mixuruca. Mas minhas flautas.... Minhas flautas ganham de suas cordas em qualquer dia. Então, é isso.

As Mênades riram, Masias também riu, arrotou e caiu num sono satisfeito.

A COMPETIÇÃO

No dia seguinte, Marsias saiu com seus muitos seguidores para o lago Aulocrene. Eles tinham combinado se encontrar lá com outros sátiros para uma grande festa na qual Marsias ia tocar danças selvagens, coribânticas, de sua própria composição. Ele ia arrancar alguns juncos das margens do lago (cuja abundância era indicada pelo próprio nome – *aulos* significa "junco" e *krene*, "fonte" ou "nascente") e cortar uma nova boquilha para seu *aulos*. Soprando e dançando, ele conduziu seus seguidores numa alegre trilha de música, até que virou uma curva e viu seu caminho bloqueado por um espetáculo assombroso e perturbador.

Um palco tinha sido construído num prado e, nele, estavam sentadas as nove Musas num amplo semicírculo. No centro do palco, com uma lira na mão, estava Apolo de pé, um sombrio sorriso brincando em seus lindos lábios.

Marsias parou numa derrapada, os diversos sátiros, faunos e Mênades trombando nele e uns nos outros, numa verdadeira balbúrdia.

— Bem, Marsias — disse Apolo. — Está pronto para pôr suas bravas palavras à prova?

— Palavras? Que palavras? — Marsias tinha se esquecido de sua bravata na bebedeira da noite anterior.

— "Se houvesse uma competição entre mim e Apolo", você disse, "eu o venceria com um pé nas costas". Chegou a sua chance de descobrir se isso é verdade. As próprias Musas viajaram desde o Parnaso para nos ouvir e julgar. A palavra delas é final.

— M-m-mas... eu... — A boca de Marsias estava subitamente muito seca e suas pernas, subitamente muito bambas.

— Você é ou não é um músico melhor do que eu?

Marsias ouviu atrás dele um murmúrio de dúvida de seus seguidores, e as chamas de seu amor-próprio se incendiaram outra vez.

— Em uma competição justa — ele declarou, com uma rajada de bravata —, eu certamente consigo tocar melhor do que você.

O sorriso de Apolo se ampliou.

— Excelente. Venha aqui para o palco. Vou começar. Eis aqui uma pequena melodia. Veja se você consegue responder a ela.

Marsias tomou posição ao lado de Apolo, que se inclinou para afinar a lira. Depois que acabou, suavemente dedilhou e delicadamente pinçou. Saiu a mais linda melodia – sutil, doce e sedutora. Foram quatro frases e, depois que soou a última, os seguidores de Marsias romperam num aplauso aprovador.

Imediatamente, Marsias levou o *aulos* à boca e repetiu as frases. Mas deu a cada uma delas uma modulação pequena e refinada – uma chuva de notas ornamentais aqui, uma cascata de acidentes ali. Um arquejar de admiração de seus seguidores e até um aceno de aprovação da própria Calíope o encorajaram a terminar com um floreio.

Apolo replicou imediatamente com uma variação nas frases em tempo duplo. A complexidade de suas pinçadas e de seus dedilhados era maravilhosa de se ouvir, mas Marsias respondeu com ainda maior velocidade, a melodia borbulhando e cantando de suas flautas com um esplendor mágico que provocou ainda mais aplausos da plateia.

Então, Apolo fez uma coisa extraordinária. Virou sua lira de cabeça para baixo e tocou as frases de trás para a frente – elas ainda se mantinham como uma melodia, mas estavam imbuídas de um mistério e uma estranheza que enfeitiçaram todos os que ouviam. Ao terminar, Apolo acenou para Marsias com a cabeça.

Marsias tinha um ouvido excelente e começou a tocar as melodias invertidas exatamente como Apolo, mas o deus o interrompeu com desdém.

— Não, não, sátiro! Você tem de virar seu instrumento de cabeça para baixo como eu fiz.

— Mas isso... isso não é justo! — protestou Marsias.

— E isto, então? — Apolo tocou sua lira e cantou: — Marsias consegue soprar nessa coisa infernal. Mas consegue ao mesmo tempo cantar?

Furioso, Marsias tocou tudo o que podia. O rosto ficou roxo com o esforço, e as bochechas ficaram tão inchadas que ele parecia que ia estourar, centenas de notas explodindo numa revoada de semínimas, colcheias, semicolcheias – enchendo o ar com uma música que o mundo jamais tinha escutado antes. Mas a voz divina de Apolo, os acordes e arpejos que voavam das cordas douradas de sua lira... Como poderiam as flautas de Marsias competir com um som como aquele?

Arfando de exaustão e soluçando de frustração, Marsias exclamou em voz alta:

— Não foi justo! Minha voz e meu sopro cantam no meu *aulos* tanto quanto sua voz canta para o ar. É claro que não posso virar o instrumento de cabeça para baixo, mas qualquer juiz imparcial vai dizer que minha habilidade é a maior.

Julgamento

Com um glissando final de triunfo, Apolo se voltou para o júri das Musas.

— Doces irmãs, não me cabe dizer, é claro que são vocês que decidem. A quem vocês concederiam a palma da vitória?

Marsias, agora, estava descontrolado. A humilhação e um ardente sentimento de injustiça o levaram a se virar contra as juízas.

— Elas não podem ser imparciais, são suas tias ou suas meias-irmãs ou alguma dessas coisas incestuosas. São sua família. Nunca ousarão...

— Psiu, Marsias! — apelou uma Mênade.

— Não o escute, grande deus Apolo! — recomendou outra.

— Ele está histérico.

— Ele é bom e honrado.

— Ele tem boa intenção.

Não demorou muito para as Musas se reunirem e anunciarem os resultados.

— Unanimemente declaramos — disse Euterpe — que Apolo é o vencedor.

Apolo fez uma mesura e sorriu docemente. Mas sua ação seguinte pode fazer com que você desconsidere para sempre esse deus dourado e lindo, o melodioso Apolo do raciocínio, charme e harmonia.

Ele pegou Marsias e o esfolou. Não há um jeito bom de dizer isso. Para punir Marsias por seu húbris em ousar desafiar um olímpico, ele descascou a pele do corpo vivo do sátiro, que gritava, e a pendurou num pinheiro como lição e aviso para todos.[160]

O "Esfolamento de Marsias" se tornou um dos temas preferidos de pintores, poetas e escultores. Para alguns, sua história ecoa o destino de Prometeu: um símbolo da luta do artista-criador para se equiparar aos deuses, ou da recusa dos deuses em aceitar que artistas mortais possam superar o divino.[161]

160. Agora, se você realmente não tem estômago para a ideia de tal crueldade por parte de um deus, fora isso, tão admirável, talvez prefira outra leitura da história. O filólogo e mitógrafo húngaro Károly Kerényi, um dos grandes pioneiros do estudo da mitologia grega, chamou a atenção para o fato de que os sátiros costumeiramente se vestiam com peles de animais. Ele defende que o que Apolo realmente fez foi confiscar o pelo de Marsias, de modo que ele tivesse de andar nu. Só. A punição não foi além disso. É uma interpretação amável e convincente, mas nenhuma geração de artistas jamais acreditou nela.

161. Uma versão do mito sustenta que foi um Apolo caprichoso e mal-humorado que desafiou o dotado Marsias, e não o contrário, tornando a fábula mais uma questão de ciúme divino do que de húbris mortal.

ARACNE

A TECELÃ

Em um pequeno chalé próximo a uma cidadezinha chamada Hypaepa, no reino da Lídia,[162] residia um comerciante e artesão chamado IDMON. Ele trabalhava numa cidade jônica das imediações, chamada Cólofon, como vendedor de pigmentos, especializando-se na caríssima cor púrpura da Foceia. Sua mulher tinha morrido no parto de uma menina, ARACNE. Nenhum pai jamais teve tanto orgulho de uma filha quanto Idmon tinha de Aracne. Porque, desde a tenra infância, ela demonstrara a mais extraordinária perícia como tecelã.

Fiar e tecer tinham, naturalmente, grande importância naquela época. Além do cultivo de alimentos, poucas coisas eram tão fundamentais para o bem-estar humano quanto a manufatura confiável de têxteis para vestimenta e mobília. E a palavra é exatamente "manufatura". Significa literalmente "fazer à mão" – que é como todo o trabalho era feito. O velo ou a fibra eram fiados e montados em teares para serem tecidos em panos de lã ou linho. Tanto era a província de mulheres especializadas que o próprio gênero recebeu nomes, em algumas culturas e línguas, que refletem a prática. Em inglês, ainda se fala do *distaff side* (linhagem feminina ou, literalmente, o lado da roca) de uma família. A roca era o fuso em torno do qual a lã ou o linho eram enrolados em preparação para a elaboração da trama. E aquelas que fiavam eram chamadas "fiandeiras" (em inglês, *spinsters*, uma palavra aplicada sem conotações negativas a qualquer mulher solteira).

Mas, como em qualquer prática humana, há quem tenha a misteriosa habilidade de elevar o cotidiano comum ao nível da arte.

162. A Lídia é um cenário comum para muitos mitos. Os gregos colonizaram a região que chamaram de Jônia, que inclui a Lídia, e que hoje reconheceríamos como a região da Anatólia, na Turquia.

Desde bem o início, a perícia de Aracne no tear era comentada, sendo o orgulho da Jônia inteira. A velocidade e a precisão de seu trabalho eram espantosas; a segurança e a destreza com a qual ela escolhia um fio colorido após o outro, quase sem olhar, assombravam os admiradores, que muitas vezes enchiam o chalé de Idmon para vê-la trabalhar. Mas eram as imagens, os padrões e os intrincados desenhos que emergiam do borrão de sua naveta que faziam os espectadores explodirem em aplausos espontâneos e a declararem inigualável. As florestas, os palácios, as marinhas e as vistas de montanha que ela criava eram tão reais que parecia que se podia pular nelas. Não eram apenas os cidadãos mortais de Cólofon e Hipaepa que vinham vê-la em seu tear: náiades locais do rio Pactolo e oréades do monte Tmolo, nas imediações, também se amontoavam no chalé e sacudiam a cabeça, maravilhadas.

Elogios como os que ela recebia teriam subido à cabeça de qualquer um. Aracne não era uma menina mimada nem convencida – na verdade, quando não estava trabalhando no tear, o comportamento dela se apresentava prático e prosaico, em vez de caprichoso ou temperamental. Entendia que tinha recebido um dom e não reivindicava crédito pessoal por ele. Mas reconhecia o próprio talento e acreditava que, ao dar a ele o valor adequado, estava simplesmente sendo honesta.

— Sim — murmurou ela, olhando para o seu trabalho uma tarde fatídica. — Eu realmente acho que, se a própria Palas Atena se sentasse para fiar comigo, não conseguiria se equiparar à minha perícia. Afinal de contas, eu faço isso todos os dias e ela só tece de vez em quando, para se divertir. Não é à toa que sou tão superior.

Com tantas ninfas presentes no chalé de Idmon, pode ter a certeza de que logo as notícias das impensadas palavras de Aracne chegariam aos ouvidos de Atena.

A COMPOSIÇÃO

Uma semana depois, mais ou menos, o grupo costumeiro se reuniu em torno dela. Aracne sentou-se ao tear, completando uma tapeçaria que representava a fundação de Tebas. Exclamações de admiração saudaram a descrição do surgimento da terra dos guerreiros dos dentes do dragão, mas os "ohs" e "ahs" de seus admiradores foram interrompidos por uma ruidosa batida na porta do chalé.

A porta foi aberta e revelou uma velha senhora encurvada e enrugada.

— Espero ter vindo ao lugar certo — ofegou ela, arrastando um grande saco. — Disseram-me que uma tecelã maravilhosa mora aqui. Ariadne, não é?

Foi convidada a entrar.

— O nome dela é Aracne — corrigiram, apontando para a garota sentada ao tear.

— Aracne. Estou vendo. Posso olhar? Querida, são seus mesmo? Maravilhosos.

Aracne assentiu, satisfeita.

A velha deu um puxão no tear.

— É difícil acreditar que uma mortal possa fazer um trabalho desse. Por certo, a própria Atena deu uma mão nisso, não?

— Não acho — respondeu Aracne com um toque de impaciência — que Atena consiga fazer uma coisa dessa qualidade. Agora, por favor, não o desfaça.

— Ah, acha que Atena é inferior a você?

— Em tecelagem, dificilmente é uma questão de opinião.

— Imagino o que você diria se ela estivesse aqui agora.

— Eu a incentivaria a declarar que sou a melhor tecelã.

— Então, incentive, mortal insensata!

Com essas palavras, as rugas do rosto antigo se desfizeram, os olhos baços clarearam até um cinzento brilhante e a velha senhora encurvada se endireitou na magnífica forma da própria Atena. Os espectadores caíram para trás de surpresa. As ninfas, em particular, se encolheram nos cantos, envergonhadas e com medo de serem vistas perdendo tempo admirando o trabalho de uma mortal.

Aracne empalideceu e seu coração disparou, mas ela conseguiu aparentar compostura. Era desconcertante ter aqueles olhos cinzentos fixos nela, mas toda a sabedoria e a fixidez do olhar não eram capazes de alterar a pura verdade.

— Bem — disse ela, com a voz mais calma que conseguiu. — Não desejo ofender, mas acho que é a pura verdade que, como artista do tear, eu não tenho rivais, na terra *ou* no Olimpo.

— É mesmo? — Atena levantou uma sobrancelha. — Vamos ver, então. Você quer ir primeiro...

— Não, por favor... — Aracne vagou seu assento e apontou para o tear. — Depois da senhora.

Atena examinou a estrutura.

— É, vai servir — declarou. — Púrpura focense, estou vendo. Nada mau, mas eu prefiro a tíria. — Assim dizendo, puxou do saco uma quantidade de lãs coloridas. — Agora, então...

Dentro de segundos, ela estava em ação. A naveta de madeira voava para trás e para a frente e, magicamente, começaram a aparecer imagens maravilhosas. O grupo se aproximou. Todos viram que Atena estava trazendo à vida nada menos do que a história dos próprios deuses. Lá estava a castração de Urano em todos os seus detalhes macabros; como o sangue parecia grudento. O nascimento de Afrodite; como a maresia era fresca e úmida. Havia um painel que mostrava Cronos engolindo os filhos de Reia, e aqui outro, de Zeus bebê sendo amamentado por Amalteia. Atena chegou a tecer na tapeçaria a história de seu próprio nascimento da cabeça de Zeus. Em seguida, vinha uma estonteante representação de todos os doze deuses entronados no Olimpo. Mas ainda não tinha acabado.

Como se deliberadamente para humilhar Aracne em público por sua presunção, Atena passou a criar painéis que mostravam o preço pago por mortais que ousaram se igualar ou achar que eram superiores aos deuses. No primeiro, ela mostrou a rainha RODOPE e o rei HEMO da Trácia, transformados em montanhas por ousarem se comparar em grandeza, como casal, a Hera e Zeus. Em outro painel, Atena teceu a imagem de GERANA, a rainha dos pigmeus, que proclamava que sua beleza e importância eram maiores, de longe, do que as da Rainha do Céu e tinha sido transformada, por uma Hera enraivecida, numa garça. No mesmo canto, ela teceu uma imagem de ANTÍGONA, que teve os cabelos transformados em serpentes por ato de atrevimento semelhante.[163] Por fim, Atena adornou a borda de seu trabalho com desenhos de oliveiras – a árvore

163. Mais tarde, os deuses tiveram pena dela e a transformaram numa cegonha. As cegonhas, desde então, passaram a comer cobras, aparentemente. Essa não era a ANTÍGONA tebana, filha de ÉDIPO, mas uma menina troiana com o mesmo nome.

sagrada para ela –, antes de se levantar para receber a aclamação que lhe era devida.

Aracne foi amável ao se unir aos aplausos. A cabeça dela tinha rodado tão rapidamente quanto a naveta de Atena, e ela sabia exatamente o que ia criar. Um tipo de insanidade a assaltara. Vendo-se na posição não desejada de competir contra uma deusa do Olimpo, ela agora queria mostrar ao mundo não apenas que era melhor tecelã, mas que os humanos eram melhores do que os deuses, em todos os sentidos. Ela ficou com raiva de que Atena apresentasse um assunto tão grandioso como o nascimento e estabelecimento das divindades do Olimpo, e depois descrevesse fábulas tão grosseiras de húbris punidas. Bom, ela também podia jogar com as parábolas. Iriam ver.

Aracne sentou-se, estalou os dedos e começou. A primeira forma que veio à vida embaixo de seus dedos céleres foi a de um touro. Havia uma menina montada nele. Outro painel mostrava o touro subindo aos ares e atravessando o mar. A menina olhava para trás por cima das ondas na direção de rapazes correndo em pânico para os penhascos. Era isso mesmo? Seria aquela a cena do sequestro de Europa e aqueles meninos, Cadmo e seus irmãos?

Um murmúrio ergueu-se por parte dos espectadores, que se apertaram por todos os lados para verem melhor. A série de imagens seguintes tornou bem claro qual era a intenção de Aracne. Lá estava ASTÉRIA, filha dos Titãs Febe e Céos, desesperadamente se transformando numa codorna para tentar escapar das atenções vorazes de Zeus sob a forma de uma águia. Ao lado dessa, Aracne teceu uma imagem de Zeus como um cisne se insinuando em torno do corpo de LEDA, mulher de TÍNDARO. Depois, ele era um sátiro dançante perseguindo a linda Antíope; em seguida, o lascivo deus aparecia em uma de suas mais estranhas metamorfoses – uma chuva de ouro, sob cuja manifestação improvável ele podia ser visto claramente engravidando a aprisionada DÂNAE, filha do rei ACRÍSIO de Argos. Muitos desses arrebatamentos e seduções eram assunto de fofocas mortais. Era imperdoável Aracne trazê-los à vida em seda colorida. Seguiram-se mais cenas da depravada carreira de Zeus – a desafortunada ninfa Egina e a adorável Perséfone molestadas por ele sob a forma de uma serpente pintada.

O rumor de que fora assim que Zeus certa vez tomara Perséfone, sua própria filha com Deméter, já tinha sido assunto de murmúrios; Aracne mostrar aquilo era um sacrilégio.

No entanto, Zeus não foi o único deus cujas histórias de depravação ela escreveu com fios. Agora, apareciam cenas de Poseidon, o deus do mar, mostrado, primeiro, como um touro, galopando atrás de ARNE, da Tessália, depois, disfarçado como o mortal ENIPEUS para ganhar o amor de Tiro e, finalmente, como um golfinho perseguindo a encantadora MELANTO, filha de Deucalião.

As pilhagens de Apolo foram as que apareceram a seguir: Apolo, a águia, Apolo, o leão, Apolo, o pastor, todos espoliando donzelas sem piedade ou vergonha. E Dioniso também foi retratado, disfarçado como um grande cacho de uvas para enganar a linda ERÍGONA, e em um ataque de mau humor, transformando ALCÁTOE e as MINÍADES[164] em morcegos, por ousarem preferir uma vida contemplativa a uma de folia frenética.

Todos esses episódios e outros mais foram evocados pela arte de Aracne. Eles compartilhavam um tema comum: os deuses se aproveitando enganosa e muitas vezes selvagemente de mulheres mortais. Aracne completou o trabalho tecendo em torno dele uma beirada com flores e folhas de hera interlaçadas. Depois que acabou, ela calmamente empurrou a naveta para o lado e levantou para se espreguiçar.

A recompensa

Os espectadores recuaram horrorizados, fascinados e perturbados. A audácia da garota era de tirar o fôlego, mas não havia como negar a suprema perícia e maestria com que aquele trabalho ousado, mas blasfemo, tinha sido executado.

---

164. Filhas de Mínias, o rei da Beócia. Elas eram LEUCIPE, ARSIPE e ALCÁTOE. Uma espécie de morcego recentemente descoberta recebeu o nome de *Myotis alcathoe* em sua homenagem. O destino das irmãs foi muitas vezes usado como advertência para aquelas que eram tentadas a se afastar de uma vida de orgias dionisíacas – temos maior probabilidade de esperar avisos na outra direção, hoje em dia.

Atena se adiantou para examinar cada centímetro da superfície e não conseguiu ver defeito nem falha. Era perfeito. Perfeito, mas sacrílego e inadmissível. Em silêncio, ela rasgou a trama e despedaçou cada cena. Finalmente, incapaz de dominar a raiva, agarrou a naveta e a atirou na cabeça de Aracne.

A dor da lançadeira batendo em sua testa pareceu acordar Aracne de um transe. O que tinha ela feito? Que loucura a possuíra? Jamais poderia tecer outra vez. Seria obrigada a pagar um preço altíssimo por sua insolência. As punições que tinham sido impostas às garotas cujos destino ela registrara em sua tapeçaria não eram nada se comparadas às que a esperavam.

Ela pegou um pedaço de cânhamo grosso do chão.

— Sem tecer, não poderei viver! — exclamou ela, e correu para fora do chalé antes que tivessem tempo de impedi-la.

Os espectadores se juntaram à janela e à porta aberta e observaram, paralisados de horror, Aracne correr pela grama, jogar a corda por cima de um galho de macieira e se enforcar. Voltaram-se ao mesmo tempo para olhar Atena.

Uma lágrima rolou pela face da deusa.

— Ah, menina tola — disse ela.

O grupo de espectadores a seguiu num silêncio chocado, enquanto ela caminhava do chalé até a árvore. Aracne estava balançando na ponta da corda, seus olhos mortos saltando da cabeça.

— Um talento como o seu não pode morrer nunca — declarou Atena. — Você há de fiar e tecer durante todos os seus dias, fiar e tecer, fiar e tecer...

Enquanto ela falava, Aracne começou a se enrugar e encolher. A corda em que estava pendurada se esticou num filamento fino de seda brilhante que agora ela puxava, não mais uma garota, mas uma criatura destinada a sempre, atarefadamente, fiar e tecer.

Foi assim que apareceu a primeira aranha – o primeiro *aracnídeo*. Não foi uma punição como alguns acham, mas um prêmio por vencer uma grande competição, um prêmio para uma grande artista. O direito de trabalhar e tecer obras-primas perpetuamente.

MAIS METAMORFOSES

Vimos deuses transformarem homens e mulheres em animais por pena, punição ou ciúme. Mas, assim como eles podiam ser tão orgulhosos e mesquinhos quanto os humanos, podiam ser igualmente motivados pelo desejo. A carne mortal, como já vimos, era tão apetitosa para eles quanto a imortal. Algumas vezes, seus impulsos eram pouco mais do que luxúria primitiva, mas eles também podiam se apaixonar genuinamente. Há muitas histórias de deuses perseguindo e transformando os moços e as moças mais adoráveis em animais, novas plantas e flores, e até rochas e cursos de água.[165]

Niso e Cila

NISO era um rei de Megara, uma cidade no litoral da Ática.[166] A invencibilidade dele tinha sido concedida sob a forma de um único cacho de cabelo

165. Algumas vezes, esses mitos podem ser considerados etiológicos – em outras palavras, explicando como coisas passaram a ser do jeito como são. Aracne pode ser vista como uma história que explica por que as aranhas tecem, Melissa nos conta por que uma abelha faz mel, e daí por diante. Feito fábulas do tipo "como o elefante ganhou sua tromba". Certamente, os nomes de flores e animais que têm relação com muitos desses tipos de mitos chegaram até nós em nomenclatura científica latina, como *Daphne laureola*, para lauréola-macha, ou os nomes comuns de plantas de jardim, narciso, jacinto etc.

166. A Ática é a região da Grécia que inclui Atenas. "Grego ático" é a forma clássica da linguagem que vem até nós na poesia, no drama, na oratória e na filosofia dos grandes autores do século V e do início do IV a.C. Para muitos gregos de fora da Ática, era talvez o que a Inglaterra é para outros países do Reino Unido, a esnobe região dominante em que os de fora pensam, sem tato e preguiçosamente, quando dizem "Grécia".

roxo, que o mantinha imune a qualquer dano humano. Por algum motivo, seu reino foi atacado pelas forças do rei Mino, de Creta. Um dia, a filha de Niso, a princesa CILA,[167] avistou Mino a bordo de um de seus navios de guerra, quando ele passava perto dos muros de Megara, e se apaixonou. Ficou tão enlouquecida de desejo que resolveu roubar o cacho roxo de seu pai e dá-lo para Mino, em seu navio; em compensação, ele compensaria a generosidade dela com amor. Só que, sem a mecha, Niso ficou tão vulnerável quanto qualquer mortal. E, enquanto ela secretamente ia até Mino, o pai dela foi morto numa revolta no palácio.

Mino, longe de apreciar o ato de deslealdade de Cila com seu próprio pai, ficou tão aborrecido que não quis nada com ela. Chutou-a para fora do navio, levantou velas e foi embora de Megara para nunca mais voltar.

A paixão era tão avassaladora que, mesmo assim, Cila não conseguia desistir do homem que amava. Ela nadou atrás de Mino, chamando-o pateticamente. Miou e gritou tão lamentosamente atrás dele que foi transformada numa gaivota. O humor dos deuses era de tal ordem que, ao mesmo tempo, o pai dela, Niso, foi transformado numa águia marinha.

Desde então, por vingança, ele é incansável em atormentar a filha através dos oceanos.

CALISTO

Antes de ser transformado num lobo – como você pode lembrar – durante os primeiros dias da humanidade pelasgiana, o rei Licaão da Arcádia[168] tinha uma filha linda, chamada CALISTO. Ela foi criada como uma ninfa dedicada à caçadora virgem Ártemis.

Há muito, Zeus espumava de desejo por essa garota linda, inatingível, e a enganou um dia, transformando-se na própria imagem de Ártemis. Ela

---

167. Não confundir com o cruel monstro marinho CILA, que, com o rodamoinho CARIBDE, constituiu uma barreira intransponível para os marinheiros no estreito de Messina, entre a Sicília e a Itália continental.

168. Sim, aquele que foi transformado por Zeus em um lobo durante os primeiros dias da humanidade pelasgiana.

prontamente caiu nos braços da grande deusa que seguia, só para se ver violada por Zeus.

Algum tempo mais tarde, banhando-se nua no rio, ela foi vista por Ártemis, que, enraivecida pelo estado de gravidez de sua seguidora, expulsou a pobre Calisto de seu círculo. Sozinha e infeliz, ela perambulou pelo mundo, antes de dar à luz um filho, ARCAS. Hera, que nunca demonstrou piedade nem pela menos astuta e mais inocente das amantes de seu marido, puniu Calisto transformando-a numa ursa.

Alguns anos mais tarde, Arcas, agora um rapaz, estava caçando na floresta quando encontrou uma grande ursa. Estava prestes a atirar sua lança sobre ela, quando Zeus interveio para evitar um matricídio inadvertido, e os elevou aos céus como as constelações de Ursa Maior e Ursa Menor. Hera, ainda zangada, amaldiçoou essas constelações de modo que elas jamais compartilhassem as mesmas águas, o que (disseram-me) explica suas posições circumpolares permanentemente opostas.[169]

Procne e Filomela

O rei PANDIÃO de Atenas tinha duas lindas filhas, PROCNE e FILOMELA. Procne, a mais velha, deixou Atenas para se casar com o rei TEREU da Trácia, com quem teve um filho, ICTYS.

Certo ano, sua irmã mais nova, Filomela, veio passar o verão inteiro com a família na Trácia. O coração tenebroso de Tereu, um dos mais tenebrosos que já bateram, ficou ferozmente perturbado pela beleza de sua jovem cunhada e, uma noite, ele a arrastou até seus aposentos e a estuprou. Com medo de que sua mulher e o mundo pudessem descobrir o crime odioso, Tereu arrancou a língua de Filomela. Sabendo que ela não sabia ler e escrever, sentiu-se seguro de que ela jamais conseguiria comunicar a nenhuma pessoa a verdade abominável do que havia ocorrido.

Mas, ao longo da semana seguinte, Filomela teceu uma tapeçaria na qual descreveu para sua irmã Procne todos os detalhes de sua violação.

169. Na verdade, Calisto tem dupla tarefa no céu, já que vive como uma das luas de Júpiter.

As irmãs, lesadas e enraivecidas, planejaram uma vingança que se equipararia com o mal monstruoso do crime. Sabiam como ferir Tereu mais profundamente. Ele era um homem violento e repulsivo, dado a raivas desenfreadas e depravações indizíveis, mas tinha um ponto fraco – o profundo amor por seu filho Ictys. Procne e Filomela conheciam bem esse afeto ilimitado. Ictys era também filho de Procne, mas qualquer amor maternal que ela tivesse alguma vez sentido tinha sido completamente dominado pelo ódio e por um insaciável desejo de vingança. Depois de deixar toda piedade de lado, as irmãs foram até o quarto do menino e o assassinaram enquanto dormia.

— Filomela voltará para Atenas logo — Procne disse ao marido na manhã seguinte. — Por que hoje à noite não damos um banquete de despedida a ela, como agradecimento pela gentil hospitalidade que você ofereceu?

Filomela murmurou e acenou vigorosamente com a cabeça.

— Ela também parece achar que é uma boa ideia.

Tereu grunhiu seu consentimento.

Na festa daquela noite, foi servido um suculento ensopado, que o rei consumiu gulosamente. Embebeu todos os molhos em pedaços de pão, mas achou que ainda tinha espaço para mais. A pouca distância da mão, havia uma travessa coberta com uma cúpula de prata.

— O que tem aí embaixo?

Filomela empurrou a travessa em sua direção com um sorriso. Tereu ergueu a tampa e deu um grito de horror ao ver a cabeça do filho morto rindo para ele. As irmãs deram gritos de júbilo. Quando percebeu o que tinha sido feito a ele e compreendeu por que o ensopado estava tão deliciosamente tenro, Tereu deu um grande rugido e agarrou uma lança da parede. As duas mulheres correram da sala e gritaram aos deuses pedindo ajuda. Enquanto o rei Tereu as perseguia fora do palácio e pela rua, ele se sentiu repentinamente subindo no ar. Estava sendo transformado em uma poupa, e seus brados de dor e de fúria começaram a soar como gritos desesperados. Ao mesmo tempo, Procne foi transformada numa andorinha e Filomela, num rouxinol.

Embora os rouxinóis sejam conhecidos pela melodiosa beleza de seu canto, só o macho da espécie é que canta. As fêmeas, como Filomela sem língua, permanecem mudas.[170] Até hoje, muitas espécies de andorinhas trazem o nome de Procne e a poupa ainda usa uma coroa real.

GANÍMEDES E A ÁGUIA

No canto noroeste da Ásia Menor, havia um reino chamado Trôade ou Troia, em homenagem a seu governante, o rei Tros. Troia ficava do outro lado do mar Egeu, a oeste da Grécia continental; atrás dela, ficavam todo o resto do que é agora a Turquia e as terras antigas a leste. Ao norte, estavam os Dardanelos e Galípoli e, ao sul, a grande ilha de Lesbos. A cidade principal, Illium (que viria a ser conhecida simplesmente como cidade de Troia), derivava seu nome de ILOS, o filho mais velho de Tros, e de sua rainha, CALÍRROE, filha do deus-rio local, ESCAMANDRO. Pouco se falou do segundo filho, ASSÁRRACO, pois era o terceiro filho que atraía o olhar e tirava o fôlego de todos os que o avistavam.

Nenhum jovem mais lindo do que esse príncipe, GANÍMEDES, jamais viveu ou se movimentou sobre a terra. O cabelo dele era dourado; a pele, como mel cálido; seus lábios, um suave e doce convite para se perder em beijos loucos e mágicos.

Sabia-se que meninas e mulheres de todas as idades gritavam e até desmaiavam quando ele olhava para elas. Homens que nunca na vida tinham cogitado a atração por seu próprio sexo descobriam seus corações martelando, o sangue subindo e pulsando em seus ouvidos quando o viam. A boca ficava seca e eles se viam gaguejando bobagens e dizendo qualquer coisa para tentar agradar ou atrair sua atenção. Quando chegavam em casa, escreviam e imediatamente rasgavam poemas que rimavam olhar com amar, lábios com sábios, juventude com atitude, felicidade com saudade e desejo com beijo.

170. Os gregos achavam que o som que a poupa fazia era *pou? pou?*, o que significa "Onde? Onde?" – talvez indicando o desesperado Tereu chamando o filho. Shakespeare chamou o rouxinol de "Philomel" no soneto CII – "*As Philomel in summer's front doth sing*" (como Filomel canta na frente do verão) – mas, para confundir, o nome Philomela é mais comumente visto no nome científico do tordo-músico: *Turdus philomelos.*

Ao contrário de muitos nascidos com o terrível privilégio da beleza, Ganímedes não era amuado, petulante ou mimado. Seus modos eram encantadores e nada afetados. Quando sorria, seu sorriso era bondoso e seus olhos cor de âmbar se acendiam num calor amistoso. Quem o conhecia bem dizia que sua beleza interior se equiparava com, ou até mesmo excedia, a exterior.

Se ele não fosse um príncipe, é provável que tivessem feito mais espalhafato por causa de sua aparência espantosa, e a vida dele teria sido impossível. Mas, como era o filho preferido de um grande governante, ninguém ousava seduzi-lo, e ele vivia uma comportada vida de cavalos, música, esportes e amigos. Supostamente, um dia, o rei Tros o casaria com uma princesa grega e ele se tornaria um homem belo e viril. A adolescência, afinal de contas, era uma coisa passageira.

Não contaram com o Rei dos Deuses. Se Zeus tinha ouvido falar desse resplandecente farol de beleza juvenil, ou se acidentalmente o avistou, não se sabe. O certo é que o deus ficou simplesmente enlouquecido de desejo. Apesar da linhagem régia do importante mortal, apesar do escândalo que causaria, apesar da fúria e do ciúme certos de Hera, Zeus se transformou numa águia, voou para baixo, pegou o menino em suas garras e voou com ele para o Olimpo.

Foi uma coisa terrível de se fazer, mas, para surpresa geral, acabou sendo mais do que apenas um ato de luxúria devassa. Pelo jeito, realmente tinha algo a ver com amor de verdade. Zeus adorava o garoto e queria estar sempre ao seu lado. Os atos de amor físico entre os dois só reforçavam sua adoração. Zeus deu a ele o dom da imortalidade e a eterna juventude, e o nomeou seu copeiro. Desde então, até o fim dos tempos, ele seria sempre Ganímedes, cuja beleza de formas e de alma tinha feito o deus se apaixonar. Todos os demais deuses, com a exceção inevitável de Hera, receberam bem o rapaz no céu. Era impossível não gostar dele: sua presença iluminou o Olimpo.

Zeus despachou Hermes com um presente de cavalos divinos para o rei Tros, a fim de compensar a família pela perda.

— Seu filho é um acréscimo bem-vindo e amado no Olimpo — Hermes disse a ele. — Ele jamais morrerá e, ao contrário de qualquer mortal, sua beleza exterior se equiparará sempre com sua beleza interior, o que quer dizer que ele estará eternamente satisfeito. O Pai Céu o ama completamente.

Bem, o rei e a rainha de Troia tinham mais dois filhos, e os cavalos eram mesmo os melhores do mundo, sem precisar olhar os dentes, e se o Ganímedes deles ia ser um membro permanente da companhia de Olímpicos imortais e Zeus realmente o amava…

Mas será que o garoto amava Zeus? É difícil saber. Os antigos acreditavam que sim. Ele costuma ser representado sorrindo e feliz. Tornou-se um símbolo daquele tipo particular de amor entre pessoas do mesmo sexo que viria a se tornar uma parte tão central na vida grega. Parece que seu nome era uma espécie de trocadilho deliberado, derivando de *ganumai*, "alegrando", e *medon*, "príncipe" e/ou *medeon*, "genitália". "Ganímedes", o príncipe alegre com a genitália que traz alegria, com o tempo, se alterou para a palavra "catamito".

Zeus e Ganímedes ficaram juntos como um casal feliz durante muito tempo. É claro que o deus era tão infiel a ele quanto à sua própria mulher, mas eles mesmo assim se tornaram amantes quase permanentes.

Quando o reino dos deuses estava chegando ao fim, Zeus recompensou esse lindo adolescente, seu dedicado subordinado, amante e amigo, enviando-o como uma constelação para a parte mais importante dos céus, o Zodíaco, onde ele ainda brilha como Aquário, o Copeiro.

Amantes do luar

Uma palavra a respeito de duas irmãs imortais. Já conhecemos, de passagem, Eos, ou AURORA, como os romanos a chamavam, e sabemos que sua tarefa era começar cada dia abrindo os portões que deixavam, primeiro, o deus Apolo, depois, o irmão dele, Hélio, passar com sua carruagem. Uma irmã deles, Selene (LUNA, para os romanos), dirigia pelo céu da noite o equivalente noturno, a carruagem da lua. Com Selene, Zeus teve duas filhas, PANDIA (que os atenienses celebravam a cada lua cheia) e ERSA (algumas vezes, HERSE), a personificação divina do orvalho.

Eos, irmã de Selene, se apaixonou algumas vezes. Um adolescente lindo e heroico chamado CÉFALO atraiu seus olhares e ela o raptou. Nem pensou no fato de que ele já estava comprometido – casado, aliás, com PRÓCRIS, filha de Erecteu, primeiro rei de Atenas (produto do sêmen derramado de Hefesto) e sua rainha, PRAXITEIA. Apesar da beleza radiante de Eos e do luxuoso Palácio do Sol em que o instalou, Céfalo, raptado, se viu morrendo de saudades de sua esposa Prócris. Não importava quais artes do amor a deusa da aurora empregasse, não conseguia excitá-lo. Decepcionada e humilhada, ela concordou em devolvê-lo à mulher. Só que o ciúme e o amor-próprio ferido estavam o tempo todo fervendo dentro dela. Como ousava ele preferir uma humana a uma deusa? A ideia de que uma mulher comum pudesse estimular Céfalo, enquanto seu ser divino o deixava frio...

Com uma displicência maldosa, ela começou a plantar dúvidas na cabeça dele.

— Ééé... — suspirou ela, sacudindo tristemente a cabeça, quando se aproximaram da casa dele. — Fico triste de imaginar como é que a oh-tão-pura Prócris andou se comportando na sua ausência.

— O que você está querendo dizer?

— Ah, o número de homens que ela andou acolhendo. Nem dá para pensar.

— Como você a conhece pouco! — respondeu Céfalo, acaloradamente. — Ela é tão fiel quanto adorável.

— Rá! — disse Eos. — É só ter mel e dinheiro.

— Como assim?

— Palavras doces e moedas de prata levam as mais virtuosas à traição.

— Como você é cínica.

— Eu me levanto sobre o mundo com a primeira luz e vejo o que as pessoas fazem no escuro. Não é cinismo, é realismo.

— Mas você não conhece Prócris — insistiu Céfalo. — Ela não é como as outras pessoas. É fiel e leal.

— Pff! Ela pularia para a cama de qualquer um assim que você virasse as costas. Eu diria... — Eos parou, como se uma ideia lhe tivesse de repente vindo à cabeça. — E se você a fosse conhecer *disfarçado*? Mostre-se disposto, inunde-a de elogios, diga que a ama, ofereça alguns presentinhos... Aposto que ela vai cair por você.

— Nunca!

— Como quiser, mas... — Eos deu de ombros e apontou para a margem ao longo da qual estavam caminhando. — Ah, olhe, há um monte de roupas e um elmo. Imagine se você também tivesse uma barba...

Eos desapareceu e, naquele exato momento, Céfalo descobriu que estava realmente barbado. A muda de roupa que aparecera inexplicavelmente à beira da estrada parecia chamá-lo.

Apesar de seus protestos em contrário, as palavras de Eos tinham plantado nele uma semente de dúvida. Ao vestir aquela fantasia absurda, Céfalo se convenceu de que não estava cedendo à dúvida, mas se preparando para mostrar a Eos como seu cinismo estava mal colocado. Ele e Prócris a chamariam naquela mesma alvorada, enquanto o céu ficava cor-de-rosa, dizendo:

"Como você estava errada, deusa da madrugada!", exclamariam. "Como conhece pouco o coração de um mortal apaixonado." Coisas desse tipo. Ela ia ver.

Logo depois, Prócris abriu a porta para um belo estranho barbado, com elmo e túnica. A aparência dela era um tanto fatigada e cansada. O desaparecimento súbito e inexplicável de seu marido não tinha sido nada fácil. Antes de ela ter tempo de perguntar o que o visitante queria, no entanto, Céfalo meteu o ombro na porta e dispensou os empregados.

— Você é uma mulher muito linda — disse ele, num forte sotaque da Trácia.

Prócris enrubesceu.

— Senhor, tenho de...

— Venha, vamos nos sentar neste sofá.

— Realmente, não posso...

— Vamos lá, ninguém está olhando.

Prócris sabia que isso ultrapassava os limites da xênia mais do que o necessário, mas consentiu. O homem era muito invasivo.

— O que uma beldade como você está fazendo sozinha em uma casa tão grande? — Céfalo apanhou um figo numa tigela de cobre, deu uma dentada lasciva e balançou a metade suculenta que restou na frente de Prócris.[171]

---

171. Em grego, "aquele que mostra figos" é *sycophant* – parece que *ou* os vendedores da fruta nas ruas e feiras eram conhecidos por suas atenções bajuladoras, lisonjeiras,

— Senhor!

Quando ela abriu a boca para protestar, Céfalo empurrou o figo para dentro.

— Uma visão para inflamar os próprios deuses — disse ele. — Seja minha!

— Sou *casada*! — Ela tentou dizer através das sementes e polpa.

— Casamento? O que é isso? Sou um homem rico e darei a você todas as joias e todos os ornamentos que pedir, se você ceder. Você é tão linda! E eu a amo.

Prócris fez uma pausa. Pode ter sido porque ela estava tentando engolir o resto do figo. Pode ser que ela tivesse ficado tentada pela oferta de coisas preciosas. Talvez estivesse emocionada com a repentina e intensa declaração de amor. A pausa foi longa o suficiente para fazer com que Céfalo se levantasse furioso, jogasse fora seu disfarce e se revelasse.

— Então! — trovejou ele. — É isso o que acontece quando você fica sozinha! Mulher desonrada e traiçoeira!

Prócris arregalou os olhos, sem acreditar.

— Céfalo? É você?

— Sim! Sim, é seu pobre marido! É *assim* que você se comporta quando não estou aqui. Vá embora! Saia das minhas vistas, infiel Prócris. Fora!

Ele avançou sacudindo o punho, e Prócris, aterrada, fugiu. Fora de casa, ela correu, correu para a floresta, sem parar até cair de exaustão na beira de um bosque dedicado a Ártemis.

A deusa descobriu Prócris deitada ali na manhã seguinte e extraiu dela a história do que havia acontecido.

Durante um ano e um dia, Prócris acompanhou a caçadora divina e sua comitiva de donzelas ferozes, mas, por fim, já não aguentava mais.

— Ártemis, você cuidou de mim, me ensinou as artes da caça e me mostrou como os homens devem sempre ser afastados. Mas não posso mentir: em meu coração, amo meu marido, Céfalo, como sempre amei. Ele errou comigo, mas o que ele fez de errado foi provocado por seu grande

---

ou mostrar um figo equivalia a um gesto fálico (afinal de contas, os figos foram sempre considerados uma fruta erótica), *ou* pode ter alguma coisa a ver com o modo como os figos são colhidos. Seja lá por qual motivo, mostrar figo/sicofantismo se tornou uma palavra associada com contextos jurídicos atenienses àqueles que instauravam processos privados frívolos, maliciosos ou injustificados. Seus modos bajuladores fizeram com que a palavra "sicofanta" adotasse seu significado comum hoje.

amor por mim, e anseio por perdoá-lo e me deitar em seus braços, mais uma vez sua mulher.

Ártemis ficou com pena de vê-la partir, mas estava num humor caridoso. Não apenas deixou Prócris voltar para o marido sem primeiro arrancar os olhos dela ou lançá-la aos porcos (ações nada estranhas a ela) como deu a ela dois presentes notáveis para apresentar a Céfalo, como oferenda de paz.

Laelaps e Alopex Teumesios

Um dos presentes que Prócris recebeu foi um cachorro notável, chamado LAELAPS, que tinha o poder de pegar qualquer coisa, absolutamente qualquer coisa que perseguisse. Fosse para caçar um veado, um javali, um leão ou até mesmo um ser humano, jamais deixava de derrubar sua presa. O segundo presente, de igual valor, era uma lança que sempre acertava o alvo. Quem possuísse as duas coisas poderia, com todo o direito, se chamar de maior caçador humano no mundo. Não espanta que Céfalo tenha ficado contente em receber sua mulher, carregada com esses presentes, de volta ao lar e à casa, ao seio e à cama.

A fama de Céfalo cresceu e cresceu – histórias de sua perícia como caçador eram sussurradas em admiração de reino a reino. As notícias chegaram aos ouvidos do regente tebano, CREONTE.[172] Como tão frequentemente nesta história incivilizada, Tebas nessa época estava sendo assolada por um flagelo, desta vez uma raposa feroz, chamada localmente de Raposa Cadmeana e temida pelo mundo grego como ALOPEX TEUMESIOS, a Raposa Teumessiana, uma predadora cujo dom especial era, por ordem divina, nunca ser apanhada, não importando quantos cães, cavalos ou homens estivessem em seu encalço ou em posição de prendê-la. Achava-se que esse terror vulpino tinha sido solto por Dioniso, ainda com sede de vingança da cidade que o tinha rejeitado e zombado de sua mãe Sêmele.

172. Creonte foi aquela alma do pragmatismo e boa governança cuja trágica história familiar foi tema de peças do ciclo tebano de Sófocles, *Édipo Rei*, *Édipo em Colono* e *Antígona*. Quando eu tinha dezesseis anos, eu o representei e recebi críticas. Não vou dizer mais nada.

Creonte, cada vez mais desesperado, tendo ouvido falar dos dons quase sobrenaturais de Céfalo e seu cachorro-maravilha, Laelaps, mandou um recado para Atena, implorando por tê-lo emprestado. Céfalo tinha o maior prazer em emprestar o cão maravilhoso, que foi logo posto no rastro da raposa.

O desastre que se seguiu revela uma maravilhosa qualidade da mente grega: a fascinação pelo paradoxo. O que acontece quando uma raposa inalcançável é posta contra um cão inescapável? É parecido com o problema da força irresistível que encontra um objeto irremovível.

A Raposa Cadmeana corria em círculos enquanto, rente em seus calcanhares, voava Laelaps, do qual presa nenhuma conseguia escapar. Eles ainda estariam presos nesse circuito lógico, imagino, se Zeus não tivesse feito algo a respeito.

O Rei dos Deuses olhou para a cena abaixo e ponderou o estranho problema autocontraditório, que apresentava uma afronta a qualquer raciocínio e sentido adequados, e que irritantemente subvertia as ideias incorporadas na esplêndida palavra grega *nous*. A autoridade de Zeus estava subscrita por uma lei maior que dizia que deus nenhum tinha o poder de desfazer os encantamentos divinos de outro. Isso significava que o cachorro e a raposa estavam fadados a ficar presos naquela condição impossível para sempre, zombando publicamente da ordem das coisas. Zeus resolveu o enigma transformando a raposa e o cão em pedra. Desse modo, ficariam congelados no tempo, suas possibilidades perfeitas inalcançadas pela eternidade, seus destinos para sempre irreconciliados. Com o tempo, até mesmo esse estado imobilizado lhe pareceu desafiar o bom senso, de modo que ele os catasterizou – mandou-os para o céu, onde se tornaram as constelações do Cão Maior e do Cão Menor, Canis Major e Canis Minor.

Céfalo e Prócris, lamento dizer, não foram muito longe. Sem Laelaps, mas ainda armado com a lança encantada que não podia errar o alvo, o que Céfalo mais gostava de fazer era perambular pelos morros e vales que cercavam Atenas, apanhando qualquer presa que aparecesse. Em uma tarde muito quente, depois de três horas perseguindo presas e lançando, cansado e ensopado de suor, ele se deitou para cochilar. O calor do dia, mesmo à sombra de seu grande carvalho preferido, o deixou incomodado.

— Venha, Zéfiro — ele chamou, preguiçosamente, o Vento do Oeste. — Deixe-me senti-lo na minha pele. Abrace-me, acalme-me, tranquilize-me, console-me, brinque em mim…

Para o maior azar, Prócris tinha ido até onde Céfalo estava, para surpreendê-lo com um prato de azeitonas e um pouco de vinho. Exatamente quando ela chegou perto, ouviu as últimas palavras do marido, "deixe-me senti-lo na minha pele. Abrace-me, acalme-me, tranquilize-me, console-me, brinque em mim…". Depois de todo aquele estardalhaço de raiva possessiva, ele agora a estava traindo? Prócris não podia acreditar em seus ouvidos! O prato e o odre de vinho caíram de seus dedos sem forças e ela soltou um gritinho involuntário.

Céfalo sentou-se. O que era aquilo tropeçando na vegetação? Aquele fungado! Um porco, pelos céus! Ele apanhou sua lança e a jogou na direção dos arbustos dos quais tinha vindo o barulho. Ele nem precisava mirar com cuidado. A lança encantada faria todo o trabalho.

Fez. Prócris morreu em seus braços aflitos.

Uma história encantadoramente estranha e infeliz.[173] Tudo aconteceu, temos de nos lembrar, simplesmente porque Eos resolveu raptar um apetitoso mortal.

ENDIMIÃO

Céfalo não foi o único rapaz a atrair o olhar de uma dessas duas deusas. Uma noite, enquanto a irmã de Eos navegava sua carruagem de prata pela noite através da Ásia Menor ocidental, viu lá embaixo ENDIMIÃO, um jovem pastor de grande beleza, deitado, nu e no maior sono na encosta ao lado de uma caverna no monte Latmos. A visão daqueles adoráveis membros, todos prateados por seus raios de luz, e do atraente sorriso sedutor que brincava em seus lábios enquanto ele sonhava encheram tanto Selene de

173. No *Sonhos de uma noite de verão* de Shakespeare, Bottom e seus amigos confusos memoravelmente deformam os nomes desses amantes condenados em sua apresentação de "Píramo e Tisbe": *Píramo* (*Bottom*): Shafalus não era tão fiel a Procrus. *Tisbe* (*flauta*): Como Shafalus a Procrus, eu a você.

desejo que ela exclamou pedindo que Zeus, pai de Endimião, garantisse que ele jamais mudaria. Queria vê-lo exatamente naquela posição todas as noites. Zeus concedeu o desejo dela. Endimião permaneceu exatamente onde estava, preso em sono eterno. A cada lua nova, o único dia no mês lunar em que sua carruagem não podia ser vista, Selene descia e fazia amor com o menino adormecido. Essa prática conjugal pouco convencional não evitou que ela tivesse cinquenta filhas com ele. Vou deixar que você imagine os aspectos práticos físicos, as posturas e posições que permitiram isso.

Um relacionamento estranho, mas que funcionou e fez Selene feliz.[174]

---

174. Constitui o tema do prolongado poema *Endymion* de John Keats.

EOS E TITONO

A vida amorosa de Eos, irmã de Selene, continuava tumultuada. Fazia algum tempo, a deusa da aurora emergira de um desastroso caso amoroso com o deus da guerra. Afrodite, a ciumenta amante de Ares, ficou sabendo do caso, e intimamente determinou que Eos jamais encontraria alegria exatamente no reino em que Afrodite era soberana – o amor.

Eos era uma Titânide puro-sangue, com os apetites daquela raça. Além do mais, como portadora da alvorada, acreditava na esperança, promessa e oportunidade anunciadas em cada novo dia. Assim, ao longo dos anos, Eos tropeçou, com otimismo trágico, de relacionamento em relacionamento, cada qual condenado pela praga de Afrodite, da qual ela, felizmente, não sabia.

A fogosa Eos era especialmente atraída por jovens mortais: Do mesmo modo como ela raptou Céfalo, tentou fazer o mesmo com um rapaz chamado CLITO. Isso levou a sofrimento, porque ele era mortal e morreu no que, para ela, foi um piscar de olhos.

Devia haver alguma coisa no ar de Troia, naqueles dias. LAOMEDONTE, o sobrinho do bem-amado copeiro de Zeus, Ganímedes,[175] tinha um filho chamado TITONO, que se transformou num homem com beleza igual à de seu tio-avô. Titono talvez fosse um pouco mais delgado, mais esbelto e menor em estatura do que Ganímedes, mas isso não o tornava menos desejável. Tinha uma doçura sorridente, inteiramente dele mesmo, que o tornava encantador e irresistível. Dava vontade de abraçá-lo e ficar com ele para sempre.

175. Laomedonte era filho do irmão mais velho de Ganímedes, Ilos, o rei de Troia.

Certa tarde, Eos viu aquele rapaz maravilhoso caminhando na praia ao lado dos muros de Ilium. Todos os seus namoros, paixões e aventuras, até o caso com Ares... todos esses, ela agora se deu conta, não passaram de caprichos infantis, paixões passageiras sem significado. Dessa vez era para valer. Agora era *real*.

Amor à primeira vista

Quando Eos se aproximou pela areia, Titono olhou para cima e se apaixonou por ela tão instantânea e completamente quanto ela tinha se apaixonado por ele. Eles imediatamente se deram as mãos, sem sequer trocar uma palavra, e caminharam ao longo da orla, como namorados.

— Qual é o seu nome?

— Titono.

— Eu sou Eos, a alvorada. Venha comigo para o Palácio do Sol. Venha morar comigo e ser meu amante, meu marido, meu igual, meu governante, meu súdito, meu tudo.

— Eos, eu vou. Sou seu para sempre.

Eles riram e fizeram amor com as ondas quebrando em volta. Os dedos róseos de Eos encontraram modos de enlouquecer Titono de alegria. Da parte dela, ela sabia que, *desta vez*, podia fazer dar certo.

Os apartamentos dela, de coral, pérola, ágata, mármore e jaspe, dentro do Palácio do Sol se tornaram a casa deles. Poucos casais foram tão felizes. A vida deles era completa. Eles compartilhavam tudo. Liam poesia um para o outro, davam longas caminhadas, ouviam música, dançavam, cavalgavam, sentavam-se em companheirismo silencioso, riam e faziam amor. Todas as manhãs, ele observava, orgulhoso, enquanto ela abria os portões para deixar Hélio e sua carruagem passarem correndo.

O favor

Entretanto, um problema importunava Eos. Ela sabia que, um dia, seu lindo, amado, jovem mortal teria de ser tirado dela, como Clito havia sido.

A ideia da morte dele provocava nela um desespero íntimo que ela não conseguia esconder direito.

— O que foi, amor? — Titono perguntou certa noite, ao surpreender um franzido em seu belo semblante.

— Você confia em mim, não confia, menino querido?

— Sempre e inteiramente.

— Vou viajar amanhã à tarde. Volto assim que puder. Não me pergunte para onde ou por que eu vou.

Seu destino era o Olimpo e uma audiência com Zeus.

— Imortal Pai Céu, Senhor do Olimpo, Amontoador de Nuvens, Atrator das Tempestades, Rei de Todos…

— Sim, sim, sim. O que você quer?

— Suplico um favor, grande Zeus.

— É claro que você suplica um favor. Ninguém na minha família me visita por qualquer outro motivo. É sempre favor. Favores, favores, favores e nada mais que favores. O que é, desta vez? Alguma coisa a ver com o garoto troiano, eu suponho?

Um pouco agitada com isso, Eos continuou.

— Sim, venerado senhor. Você sabe como é, quando a gente se une a um jovem mortal… — Ela se permitiu um olhar na direção de Ganímedes, que estava de pé atrás do trono de Zeus, sempre pronto a preencher a taça dele com néctar. Com o olhar dela, Ganímedes sorriu e baixou os olhos, enrubescendo lindamente.

— Sim… *E?* — Zeus começou a tamborilar os dedos no braço do trono. Nunca um bom sinal.

— Não consigo suportar a ideia de que, um dia, Tânato virá pegar meu príncipe Titono. Peço que você lhe conceda a imortalidade.

—Ah. É mesmo? Imortalidade, é? Só isso? Imortalidade. Hum. Sim, não vejo por que não. Imunidade da morte. É isso mesmo tudo o que você quer para ele?

— Sim, senhor, isso é tudo.

O que mais poderia haver? Ela o tinha pegado num momento de bom humor? O coração dela começou a pular de alegria.

— Concedido — disse Zeus, batendo palmas. — Deste momento em diante, seu Titono é imortal.

Eos pulou de sua posição prostrada de súplica com um grito de alegria e correu para beijar a mão de Zeus. Ele pareceu muito satisfeito, também, e riu e sorriu enquanto aceitava os agradecimentos dela.

— Não, não. Foi um prazer. Tenho certeza de que você voltará para me agradecer, logo, logo.

— Claro, se o senhor quiser que eu venha… — Parecia uma solicitação estranha.

— Ah, tenho certeza de que você estará por aqui sem demora — repetiu Zeus, ainda incapaz de conter o riso. Não sabia como o diabinho da travessura tinha penetrado na mente dele. Mas nós sabemos que era a maldição de Afrodite realizando sua obra implacável.

Eos correu de volta para o Palácio do Sol, onde seu adorado esposo esperava pacientemente por seu retorno. Quando ela deu as notícias, ele a abraçou e abraçou, e eles dançaram pelo palácio fazendo tanto barulho que Hélio bateu nas paredes e resmungou que havia gente que tinha de se levantar antes do amanhecer.

CUIDADO COM O QUE VOCÊ DESEJA

Eos deu a Titono dois filhos: EMÁTION, que viria a governar a Arábia, e MÊMNON, que veio a ser um dos maiores e mais temidos guerreiros no mundo antigo.

Certa noite, Titono estava deitado com a cabeça no colo de Eos enquanto ela distraidamente torcia seu cabelo dourado entre os dedos. Ela cantarolava baixinho, mas se interrompeu com um súbito assobio de surpresa.

— O que foi, meu amor? — murmurou Titono.

— Você confia em mim, não confia, querido?

— Sempre e inteiramente.

— Vou viajar amanhã à tarde. Volto assim que puder. Não me pergunte onde ou por que eu vou.

— Já não tivemos essa conversa antes?

O destino dela era o Olimpo e outra audiência com Zeus.

— Rá! Eu disse que você voltaria, não disse? Não disse, Ganímedes? Quais foram exatamente as minhas palavras para você, Eos?

— O senhor falou: "Tenho certeza de que você voltará para me agradecer, logo, logo".

— Foi isso mesmo. O que é isso que você está me mostrando?

A mão de Eos estava estendida para Zeus. Ela segurava algo entre um trêmulo indicador róseo e um trêmulo polegar róseo. Era um único filamento de prata.

— Olhe! — disse ela entre soluços.

Zeus olhou.

— Parece um fio de cabelo.

— É um fio de cabelo. Da cabeça do meu Titono. É *grisalho*.

— E daí?

— Meu senhor! O senhor *prometeu*. Jurou que concederia a imortalidade a Titono.

— E concedi.

— Então, como explica isto?

— Imortalidade foi o benefício que você pediu e imortalidade foi o benefício que eu concedi. Você não falou nada sobre *envelhecer*. Você nunca solicitou a eterna juventude.

— Eu… você… mas… — Eos cambaleou para trás, consternada. — Isso não pode acontecer!

— Você disse: imortalidade. Não foi, Ganímedes?

— Foi, meu senhor.

— Mas eu supus… Afinal, não é óbvio o que eu quis dizer?

— Lamento, Eos — disse Zeus, levantando-se. — Não se pode esperar que eu interprete as solicitações de todo mundo. Ele não morrerá. É essa a questão. Vocês sempre estarão juntos.

Eos foi deixada sozinha, chorando, esfregando o chão com o cabelo.

O GAFANHOTO

O fiel Titono e seus filhos saltitantes receberam Eos quando ela voltou. Ela fez tudo o que pode para esconder seu pesar, mas Titono sentiu que havia alguma coisa perturbando-a. Depois que puseram os meninos na cama, ele a conduziu até o balcão e serviu uma taça de vinho. Eles se sentaram e observaram as estrelas durante algum tempo antes de ele falar.

— Eos, meu amor, minha vida. Eu sei o que você não está me dizendo. Posso ver sozinho. O espelho me diz, todas as manhãs.

— Oh, Titono! — ela enterrou a cabeça no peito dele e se acabou de soluçar.

O tempo passou. Todas as manhãs, Eos cumpria seu dever e abria as portas para o novo dia. Os garotos cresceram e saíram de casa. Os anos se sucederam com a inevitabilidade impiedosa que nem os deuses conseguem alterar.

O pouco cabelo que sobrou na cabeça de Titono agora estava branco. Ele ficou terrivelmente enrugado, encolhido e fraco com idade extremamente avançada, mas mesmo assim não conseguia morrer. Sua voz, antes tão suave e doce, tinha se transformado num som arranhado, áspero e seco. A pele e a estrutura ficaram tão contraídas que ele mal conseguia caminhar.

Ele seguia a linda, sempre jovem Eos tão fiel e amorosamente quanto sempre.

— Por favor, tenha piedade de mim — guinchava em seus assobios roucos. — Mate-me, esmague-me, deixe tudo acabar, eu imploro.

Mas ela já não conseguia entender o que ele dizia. Só ouvia pios e trinados. No íntimo, entretanto, tinha uma ideia muito exata do que ele estava tentando dizer.

Eos podia não ter a capacidade de conceder imortalidade ou juventude eterna, mas era dotada de poder divino suficiente para fazer algo para acabar com o sofrimento de seu amado. Certa noite, quando achou que nenhum dos dois aguentava mais, ela fechou os olhos, concentrou-se e observou, em meio a lágrimas quentes, enquanto o corpo encolhido do pobre Titono passava pelas poucas mudanças necessárias para ser transformado de velho murcho em gafanhoto.[176] Sob esse novo formato, Titono pulou do chão frio de már-

---

176. Em algumas versões, numa cigarra. Sempre me ensinaram que era um gafanhoto, talvez porque eles sejam mais comuns na Grã-Bretanha. Em livros para crianças britânicas, provavelmente, achou-se que uma cigarra seria um inseto mais difícil para visualizarmos. Por estranho que pareça, o nome Titono continua vivo, biologicamente, não como cigarra ou gafanhoto, mas como um tipo de borboleta, *Ornithoptera tithonus*.

more para o parapeito do balcão, antes de saltar para a noite. Ela o viu à fria luz da lua de sua irmã Selene, agarrado a uma longa folha de grama que balançava com a brisa noturna. Ele esfregava as patas traseiras emitindo um som que podia ser um grato chiado de adeus amoroso. As lágrimas dela escorreram e, em algum lugar, Afrodite riu.[177]

---

177. Uma feliz ideia inspirou o geólogo Albert Oppel a batizar um dos períodos Jurássicos tardios, o Titoniano, como homenagem a Eos, porque é a idade que marca o *alvorecer* do Cretáceo. Alfred, o "Tinthonus" de lorde Tennyson, é um de seus poemas mais amados e antológicos. Ele toma a forma de um monólogo dramático dirigido a Eos, no qual este implora que ela o livre da senilidade.

> … Depois de muitos verões morre o cisne.
> A mim, só a imortalidade cruel consome: eu murcho lentamente em teus braços,
> Aqui, no silencioso limite do mundo,
> A sombra de um cabelo branco pairando como um sonho…

O poema contém uma frase famosa que pode ser considerada um dos grandes temas da mitologia grega:

> Os próprios deuses não podem retirar seus dons.

O VICEJAR DA JUVENTUDE

A história de Eos e Titono pode ser considerada um tipo de tragédia doméstica. A mitologia grega nos oferece muito mais histórias de amor entre deuses e mortais que com muita frequência se enquadram no gênero de "romance condenado", introduzindo algumas vezes elementos de comédia romântica, farsa ou horror. Os deuses parecem sempre contar esses casos de amor com flores. A palavra grega para "flor" é *anthos* – de modo que o que se segue é, muito literalmente, uma antologia romântica.

JACINTO

Jacinto, um belo príncipe espartano, teve a infelicidade de ser amado por duas divindades, Zéfiro, o Vento do Oeste, e o dourado Apolo. O próprio Jacinto preferia o lindo Apolo e repetidamente repeliu os avanços do vento, brincalhões, mas cada vez mais agressivos.

Certa tarde, Apolo e Jacinto estavam competindo em eventos atléticos e Zéfiro, num ataque de ciúme, desviou com um sopro o disco de Apolo, que deslizou em alta velocidade na direção de Jacinto. Atingiu-o em cheio na testa, matando-o instantaneamente.

Imerso na dor, Apolo recusou a Hermes o direito de transportar a alma do jovem para o Hades, misturando, em vez disso, o sangue mortal que fluía da testa adorada com suas próprias divinas lágrimas aromáticas. Esse suco inebriante caiu no solo e dali floresceu a maravilhosa e perfumada flor que tem o nome de jacinto até hoje.

Croco e Esmílace

Croco era um jovem mortal que sofria de amores, sem sucesso, pela ninfa ESMÍLACE. Por piedade, os deuses (na verdade, não sabemos qual) o transformaram na flor do açafrão a que chamamos de croco, enquanto que ela se tornou uma trepadeira espinhosa, muitas espécies da qual ainda florescem sob o nome de esmílace.

De acordo com outra versão desse mito, Croco era amante e companheiro do deus Hermes, que acidentalmente o matou com um disco e, em sua dor, o transformou na flor do croco. É tão semelhante à história de Apolo e Jacinto que a gente fica pensando se algum bardo em algum lugar ficou bêbado ou confuso.

Afrodite e Adônis

Havia, no início, um rei de Chipre chamado TEIA, renomado por sua notável beleza. Ele e sua mulher, CENCHREIS, tiveram uma filha, ESMIRNA, também conhecida como MIRRA, que cresceu abrigando um amor incestuoso por seu belo pai.

Bem, Chipre era sagrada para Afrodite, tendo sido a ilha na qual ela primeiro pôs os pés ao nascer da espuma do mar, e foi uma Afrodite despeitada que soprou em Esmirna esse desejo pouco natural pelo próprio pai. Parece que a deusa andava chateada pela inadequação das rezas e sacrifícios oferecidos a ela pelo rei Teia.

Teia tivera a temeridade de abrir um novo santuário dedicado a Dioniso, um culto que estava ficando popular entre os ilhéus. Afrodite considerava a negligência com seus próprios templos o pior crime possível, muito pior do que o incesto. Na cabeça dos mortais, no entanto, mesmo aqueles da notoriamente liberal e decadente Chipre, o incesto era um tabu dos mais graves. Esmirna, angustiada, tentou abafar seus sentimentos culposos. Mas Afrodite, que realmente estava determinada a semear o mal, enfeitiçou a empregada de Esmirna, HIPÓLITA, e levou a história toda a uma crise perturbadora.

Uma noite, quando Teia já tinha se embebedado bastante, como gostava de fazer desde que descobrira as virtudes vinosas do deus Dioniso, Hipólita, enfeitiçada por Afrodite, levou Esmirna ao quarto e à cama dele. O rei fez amor sofregamente com a filha, embriagado demais para questionar sua boa sorte. Na escuridão da noite e nas brumas do vinho, ele não reconheceu o fruto de seu próprio sangue; só sabia que uma garota jovem, desejável e apaixonadamente disposta aparecera para dar prazer a ele, como algum tipo de súcubo divino.

Depois de uma semana dessas intensas e alegres visitas, Teia acordou uma manhã determinado a saber mais a respeito dela. Fez correr a notícia de que recompensaria com uma montanha de ouro quem descobrisse a identidade dessa estranha misteriosa que vinha tornando suas noites tão loucamente prazerosas.

Esmirna andava agindo por paixão, num tipo de sonho maluco de lascívia, mas, quando ouviu dizer que Chipre inteira estava tentando descobrir o segredo de suas visitas noturna a Teia, fugiu do palácio para se esconder na floresta. Ela queria morrer, mas não podia abandonar a criança que já sentia crescendo dentro de si. Imprecando contra as leis dos homens que faziam dela uma criminosa do amor, implorou aos céus que se apiedassem dela.[178] Em resposta às suas súplicas, os deuses transformaram Esmirna na árvore chorona da mirra.

Depois de dez meses, a árvore se abriu e liberou um menino mortal. As náiades ungiram a criança com as lágrimas suaves que saíam da mirra – um bálsamo que permanece até hoje a fonte do mais importante óleo de nascimento e coroação – e ele recebeu o nome de Adônis.

O bebê de Esmirna cresceu e se tornou um jovem de deslumbramento físico sem paralelos. Oh, céus, já escrevi isso vezes demais para que acreditem em mim de novo. Mas é verdade que todos aqueles que olhavam para ele se apaixonavam para sempre, e verdade também que o nome dele continua vivo como descrição do modelo de beleza masculina. No mínimo, é necessário que saibamos que Adônis era adorável o suficiente para atrair, como nenhum outro mortal ainda tinha atraído, a única que tinha

178. "A civilização humana fez leis odiosas, e o que a natureza permite, as leis ciumentas proíbem", é a queixa dela, segundo Ovídio em suas *Metamorfoses*.

feito tanto para que ele nascesse: a própria deusa do amor e da beleza, Afrodite.

Eles se tornaram amantes. O caminho para essa união tinha sido muito louco e tortuoso: a deusa, num espírito de vingança maliciosa, tinha feito com que o pai cometesse um ato proibido com sua filha, que produziu um filho a quem Afrodite amava, talvez mais completamente do que qualquer outro ser. Uma vida inteira de terapia certamente não conseguiria consertar uma confusão psíquica como essa.

Adônis e Afrodite faziam tudo juntos. Ela sabia que os outros deuses detestavam o garoto – Deméter e Ártemis não suportavam ver tantas meninas doentes de amor por ele, Hera desaprovava rigidamente a questão de uma afronta tão vergonhosa e flagrantemente indecente às sagradas instituições do casamento e da família, enquanto Ares tinha um ciúme tempestuoso da intensa obsessão de sua amante. Afrodite sentiu isso tudo e ficou determinada a manter Adônis em segurança contra os danos que sua família ressentida pudesse causar a ele.

Seu precioso amante mortal, como a maior parte dos garotos e homens gregos, mostrava uma grande paixão pela caça. Então, a protetora Afrodite disse-lhe que, embora ele fosse livre para caçar presas de tamanho administrável e ferocidade limitada – lebres, coelhos e pombas, por exemplo –, estava terminantemente proibido de perseguir leões, ursos, javalis e veados maiores. Mas meninos não têm jeito e, quando as meninas estão longe, não conseguem resistir a voltar ao que são e a seus caprichos. E, então, aconteceu que, certa tarde, o amado de Afrodite se viu sozinho no rastro de um grande javali (alguns dizem que, na verdade, o javali era o próprio Ares disfarçado). Adônis acuou o bicho, e estava justamente puxando sua lança, pronto para o golpe, quando o javali se virou com um rugido selvagem, as presas em riste. Adônis, assustado, deixou cair a lança ao pular para trás, mas era um jovem corajoso e conseguiu se estabilizar e plantar os pés com firmeza suficiente para aguentar o ataque do javali. Quando este arremeteu disparado, Adônis torceu o corpo numa volta graciosa, como um dançarino – o bruto não acertou e, ao passar, Adônis o agarrou pelo pescoço. Mas o javali era esperto. Deixou a cabeça cair, para que o garoto pensasse que o tinha dominado. Ajoelhando, Adônis empurrou a cabeça do animal com uma mão, enquanto, com a outra, procurava a faca que guardava no cinto. O javali sentiu sua chance e puxou a cabeça para cima, rosnando, erguendo e torcendo suas enormes presas. Elas rasgaram o estômago de Adônis e ele caiu no chão, mortalmente ferido.

Afrodite chegou a tempo de ver seu bem-amado sangrando até morrer e o javali – ou era Ares? – grunhindo em triunfo enquanto galopava para o fundo da floresta. Não havia nada que a chorosa deusa pudesse fazer, além de segurar Adônis e vê-lo sufocar o último suspiro em seus braços. De seu sangue e das lágrimas dela brotaram anêmonas vermelhas, cujo nome vem dos ventos (*anemoi*, em grego) que tão rapidamente dispersam as pétalas dessa flor maravilhosamente adorável, conhecida por ter uma vida tão curta quanto a juventude e ser tão frágil quanto a beleza.[179]

179. O longo poema de Shakespeare *Vênus e Adônis* reconta o mito, baseando-se na antiga versão que Ovídio relata em suas *Metamorfoses*. Na interpretação de Shakespeare, a morte de Adônis faz com que Vênus amaldiçoe o amor e decrete que daí por diante ele seria sempre manchado de tragédia. Como ela profetiza em sua dor:

> A dor daí por diante o amor assistirá…
> Será o motivo de guerra e eventos trágicos
> E estabelecerá discórdia entre o filho e o pai…
> Aqueles que mais amam não curtirão seus amores.
> Uma profecia que parece ser verdadeira demais.

ECO E NARCISO

TIRÉSIAS

A mais conhecida de todas as histórias que envolvem a transformação de um jovem em uma flor começa com uma mãe preocupada que leva seu filho para ver um profeta. Além dos adivinhos e das Sibilas que falavam em nome de oráculos divinos, havia determinados seres mortais selecionados que os deuses também privilegiavam com o dom da profecia. Conseguir uma consulta com um deles não era diferente de marcar uma hora para ver um médico.

As duas videntes mais famosas na mitologia grega foram CASSANDRA e TIRÉSIAS. Cassandra era uma profetisa troiana cuja maldição era que ela sempre acertava em cheio nos seus prognósticos, só que ninguém acreditava neles. O tebano Tirésias suportou uma existência igualmente estressante. Nascido homem, foi transformado em mulher por Hera, como castigo por bater com um pau em duas serpentes que estavam copulando, o que a aborreceu enormemente na época, por motivos que só ela sabe. Depois de servir a Hera como sacerdotisa durante sete anos, Tirésias foi retornado à sua forma original de homem, para depois ser cegado por Atena após espiar enquanto ela se banhava, nua, no rio.[180] Essa é uma história que explica a

180. Note-se a semelhança da ofensa com o crime de Acteon ao espiar Ártemis. O recato dos deuses enquanto se banhavam era prodigioso.
T.S. Elliot faz uma referência memorável a Tirésias na seção "O sermão do fogo" de seu poema *A terra devastada* (em tradução de Paulo Mendes Campos, Rio de Janeiro: Civilização Brasileira, 1956):

> Eu, Tirésias, cego, palpitando entre duas vidas,
> Um ancião de enrugados seios femininos, posso ver

cegueira dele, mas eu prefiro a variante que conta como ele foi levado até o Olimpo para ser árbitro de uma aposta entre Zeus e Hera. O casal discutia a respeito de que gênero gostava mais de sexo. Como Tirésias, tendo sido tanto homem como mulher, estava numa posição única para responder a essa questão, concordou-se em que seu julgamento seria decisivo.

Tirésias declarou que, em sua experiência, o sexo era *nove vezes* mais prazeroso para as mulheres do que para os homens. Isso enraiveceu Hera, que tinha apostado com Zeus que os homens tiravam maior prazer do ato. Talvez ela estivesse baseando sua opinião na infindável libido do marido e em seu próprio impulso sexual, mais moderado. Como recompensa por seus esforços, Hera cegou Tirésias. Um deus jamais pode reverter os efeitos de outro, de modo que o máximo que Zeus pôde fazer por Tirésias foi conceder a ele, como compensação, a faculdade da segunda visão, o dom da profecia.[181]

NARCISO

Houve, uma vez, uma náiade chamada LIRÍOPE, que se uniu ao deus-rio CEFISO e teve um filho, NARCISO, cuja beleza era tão notável que ela ficou preocupada com o futuro dele. Liríope já tinha experiência de vida suficiente para saber que a extrema beleza era um privilégio horrível, um atributo perigoso que podia levar a consequências trágicas e até fatais. Quando Narciso chegou à idade de quinze anos e começou a atrair atenções indesejadas, ela resolveu agir.

— Vamos a Tebas — disse a ele — ver Tirésias e pedir que ele adivinhe a sua fortuna.

[...]
Eu, Tirésias, um ancião de tetas enrugadas
Observada a cena, e predisse o resto
[...]
E eu, Tirésias, como que sofri tudo de antemão...

181. A honra de ser convidado para julgar entre os deuses pode ser o máximo para um mortal, mas, como esta história mostra, e como o príncipe troiano Páris viria a descobrir, os resultados podem ser catastróficos.

Assim, mãe e filho caminharam durante duas semanas até Tebas e entraram na fila que se formava todas as manhãs em frente ao templo de Hera para ver o profeta.

— Embora você seja cego e não possa ver o meu filho — ela explicou para Tirésias, quando por fim chegou a vez deles —, pode acreditar quando digo que todos os que o veem ficam tontos com sua aparência. Nenhum mortal mais lindo jamais pisou sobre a terra.

Narciso corou até as raízes douradas do cabelo e mexeu os pés, morrendo de vergonha.

— Conheço o suficiente sobre os deuses — continuou Liríope — para temer que uma beleza assim possa ser mais uma praga do que uma bênção. O mundo sabe o que aconteceu a Ganímedes, Adônis, Titono, Jacinto e todos os outros meninos muito menos bonitos do que o meu filho. Então, eu pediria que você me dissesse, grande vidente, se Narciso terá uma vida longa e feliz. Será a *moira* dele atingir, satisfeito, uma idade avançada?[182] Os cegos veem tudo o que é invisível para o resto de nós. Diga-me, eu imploro, o destino do meu amado filho.

Tirésias estendeu a mão e traçou o contorno do rosto de Narciso.

— Não tema — declarou. — Desde que ele não se reconheça, Narciso viverá uma vida longa e feliz.

Liríope riu alto.

— Desde que ele não se reconheça! — Um pronunciamento tão estranho não poderia ter nenhuma aplicação séria. Como é que alguém pode se reconhecer?

ECO

Deixamos Liríope agradecendo alegremente Tirésias no templo de Hera em Tebas e viajamos uma curta distância pelos sopés do monte Helicon, onde os riachos e prados em torno do distrito de Téspias eram cheios das ninfas

182. Como você deve se lembrar, as Moiras eram entidades do destino. Os gregos achavam que para cada indivíduo havia uma *moira* pessoal, exclusiva, que podia ser expressa em uma mistura de necessidade, destino, justiça e fortuna. Algo entre sorte e *kismet*.

mais graciosas em toda a Grécia. Tão graciosas que, muitas vezes, recebiam visitas do próprio Zeus, cujo fraco por ninfas graciosas já foi registrado.

A oréade ECO não era a menos graciosa delas, mas tinha um traço de personalidade que fazia com que Zeus e outros pretendentes em potencial se afastassem: era uma tremenda *tagarela*. Uma mistura de fofoqueira de aldeia, vizinha abelhuda e melhor amiga mais do que solícita, Eco achava impossível se manter calada. Não havia nada de malicioso em sua tagarelice; na verdade, ela até frequentemente se esforçava para falar bem das amigas, para encobri-las, elogiá-las e pintar a melhor imagem delas. Havia, nisso, um elemento de vaidade, aqui, porque ela tinha uma voz linda, tanto falada quanto cantada. Como muitas pessoas dotadas de uma língua melíflua, adorava exercitá-la. Até certo ponto, era protegida pela deusa Afrodite, que admirava o seu canto, sempre em louvor ao amor. Em resumo, Eco era uma romântica. Seus detratores podiam chamá-la de sentimental, até de piegas, melosa, mas não podiam negar suas boas intenções e a grandeza de seu coração.

Zeus gostava de visitar as irmãs oréades e as primas náiades de Eco em segredo, e Eco curtia ser confidente e melhor amiga de todas elas. Ficava emocionada com a ideia de que suas parentes e companheiras estavam tendo casos com Zeus, o Amontoador de Nuvens, o próprio Rei dos Deuses. Era um segredo que ela gostava de guardar.

Hera sempre suspeitara das ausências de Zeus, mas, ultimamente, elas estavam ficando mais prolongadas. Um pintassilgo leal a ela disse-lhe que eram as encostas mais baixas do Hélicon que seu marido andava visitando, de modo que ela resolveu, numa tarde dourada, ir até lá e ver se conseguia apanhá-lo no ato de traição. Mal tinha desmontado de sua carruagem quando uma ninfa da montanha saltou até ela, fervilhando com um papo inconsequente. Era Eco, em seu fluxo volúvel.

— Rainha Hera!

Hera levantou as sobrancelhas.

— Eu a conheço?

— Oh, majestade! — exclamou Eco caindo de joelhos. — Que sorte temos em vê-la aqui! Que *honra* para nós! E na sua carruagem! Posso alimentar os pavões? Ter uma deusa do Olimpo *aqui*! Não consigo me lembrar da última vez que um olímpico se dignou a nos notar. É uma grande...

— Certamente, meu marido Zeus é um visitante regular destes bosques e destas águas?

Eco sabia muito bem que Zeus estava perto, na ribanceira de um rio fazendo coisas impróprias com uma bela ninfa do rio. O amor dela pela intriga, pelo drama e pelo romance, agora, a levou a proteger o par. Com cascatas de baboseiras inconsequentes jorrando como água de uma fonte, ela guiou os passos da deusa na direção oposta à do rio.

— Há uma bela árvore de azevinho aqui nesta clareira, majestade, que eu estava pensando em consagrar à senhora, com sua permissão… Perdão… *Zeus?* Oh, não, nunca o vi por aqui.

— Verdade? — Hera fixou um olhar duro em Eco. — Escutei um rumor de que ele estava aqui agora. Hoje mesmo.

— Não, não, minha rainha! Não, não, *não*! Na verdade… um empregado das Musas desceu do Hélicon faz meia hora para pegar água do nosso riacho e ele mencionou especificamente que, hoje, o poderoso Zeus está em Téspias, honrando seu templo lá.

— Ah, entendo. Bem, obrigada. — Hera fez um cumprimento com a cabeça e, constrangida, deu a volta na carruagem e voou para as nuvens. É mortificante a testemunharem tentando apanhar seu marido com a boca na botija.

Eco saltitou para longe, contente de ter sido útil para a sua companheira ninfa e para Zeus. A bem da verdade, teria ficado igualmente contente em proteger um par de amantes mortais. Ela adorava facilitar o caminho de amantes em toda parte. Ela própria nunca sentira amor, com exceção do amor por ajudar os outros a amarem, que ela achava ser o maior amor de todos. Era tão generosa que nunca sequer se deu o trabalho de contar a Zeus ou à sua irmã sobre sua ação útil, o que alguém em busca de recompensa certamente teria feito. Ela cantava enquanto colhia flores e achava que a vida de uma ninfa era uma vida boa.

ECOLALIA

No dia seguinte, de volta ao Olimpo, Hera mandou chamar o pintassilgo que tinha cochichado para ela sobre a infidelidade de Zeus.

— Você mentiu para mim — guinchou ela. — Fez com que eu me passasse por tola!

Hera agarrou o passarinho pelo bico para que ele mal pudesse respirar e estava prestes a castigá-lo de algum jeito estranho e horrível que teria para sempre alterado a nossa concepção de pintassilgos, quando o companheiro dele adejou perto das orelhas e do cabelo dela, exclamando bravamente:

— Mas, venerada rainha, ele disse a verdade! Eu vi o Rei Zeus lá, eu mesmo. Bem enquanto você estava falando com aquela ninfa Eco, ele estava se deitando com uma náiade a menos de um quilômetro de distância. Se não acredita em mim, pergunte às borboletas e às garças. Pergunte à sacerdotisa do templo em Téspias quando foi a última vez em que ele esteve lá. Ele não vai lá há três luas!

Hera relaxou a pegada no passarinho, que já estava quase rubro. Ele voltou a respirar outra vez, mas os pintassilgos machos até hoje apresentam peito cor-de-rosa.

Eco estava alegremente batendo os pés num riacho quando Hera e sua carruagem de pavões desceram mais uma vez. A ninfa foi saltando e espirrando água até a margem para saudar a deusa, com um amplo sorriso de boas-vindas dividindo suas feições perfeitas com covinhas. O sorriso de recepção rapidamente se transformou num "Oh" de medo, quando ela viu o olhar de raiva no rosto de Hera.

— Então — disse a deusa com uma calma gelada. — Você diz que meu marido não esteve aqui. Você diz que ele não estava aqui ontem. Você diz que ele estava em Téspias santificando um templo.

— Isso... Isso certamente foi o que entendi — gaguejou Eco, assustada.

— Sua *mentirosa* tola, fofoqueira, faladeira! Como ousa tentar enganar a Rainha dos Céus? Quem você acha que é?

— Eu... — Pela primeira vez, Eco não conseguia pensar no que dizer.

— Bem, você pode gaguejar e balbuciar. Adora o som da sua voz, não é? Ouça isto...

Hera se pôs de pé e ergueu os braços bem alto. Os olhos dela pareciam brilhar com uma luz púrpura. Eco tremeu ante a grandeza da cena e desejou ser engolida pelo chão.

— Eu determino que seus poderes malvados e mentirosos de fala fiquem imóveis. Deste momento em diante, você será muda, a não ser que alguém fale com você. Não terá o poder de responder, só de repetir a última coisa que tiverem dito. Ninguém pode desfazer esta maldição. Só eu. Entendeu?

— ... entendeu! — exclamou Eco.

— É isso o que acontece quando você desobedece aos deuses.

— ... obedece aos deuses!

— Eu não perdoo. Sem perdão.

— ... sem perdão!

Com um bufo e um zombeteiro riso de triunfo, Hera se foi, deixando a infeliz ninfa tremendo de medo e frustração. Não importava o quanto ela tentava falar, não saía palavra alguma. A garganta dela parecia se prender e se apertar a cada vez. Uma de suas irmãs a encontrou sem palavras, vomitando e cuspindo.

— Olá, Eco. O que você está fazendo?

— O que você está fazendo? — disse Eco.

— Eu perguntei primeiro.

— Eu perguntei primeiro.

— Não, fui *eu*.

— Não, fui *eu*!

— Bem, se você vai ficar assim, vá para o inferno.

— Vá para o inferno! — exclamou Eco atrás dela, louca de sofrimento.

Uma a uma, todas as suas amigas e toda a sua família a marginalizaram. A maldição lançada sobre alguém que tinha, até então, vivido para a fofoca alegre, que não valorizava nada mais do que um papo bem-humorado, e que experimentava todo o seu prazer na réplica tagarela, era tão terrível que Eco agora não queria nada além de ficar sozinha para chafurdar em agonia silenciosa.

Eco e Narciso

Um dia, retumbaram, através da dolorosa solidão do inferno particular de Eco, todos os risos, gritos e clamores tumultuosos de uma caçada. Os jovens de Téspias tinham perseguido um javali até a floresta, e um dos caçadores tinha se separado dos outros. Era um jovem de beleza tão transcendental que Eco, que tinha a vida inteira sido deixada de lado por qualquer tipo de ternura ou paixão, se apaixonou instantaneamente.

O jovem era Narciso, agora mais velho e mais deslumbrante do que nunca. Ele também jamais tinha sido vítima de paixão alguma. Estava tão acostumado a ver meninas e meninos, homens e mulheres, faunos e sátiros, ninfas e dríades, oréades e centauros e tudo quanto era ser, sensíveis ou insensíveis, guinchando e suspirando e desmaiando em sua presença que achava absurdo todo esse negócio de amor. Tornava as pessoas estúpidas. Narciso detestava que se embevecessem ou desmaiassem por sua causa. Enraivecia-o ver o inconfundível olhar de amor aparecendo nos olhos alheios. Havia alguma coisa muito irritante e feia a respeito desse olhar. Algo tão faminto, perdido e desesperador, tão melancólico, assombrado e infeliz.

Para Narciso, amor e desejo eram doenças. Ele tinha aprendido isso do pior modo possível um ano antes, quando um garoto chamado AMEINIAS declarou seu amor por ele. Narciso respondeu, o mais delicadamente que pôde, que o sentimento não era retribuído. Mas Ameinias não aceitava "não" como resposta e passou a assombrar cada passo de Narciso. Juntava-se a ele em sua caminhada matinal para a escola, acompanhando-o e olhando para ele como um cachorrinho perdido e adorador até que Narciso não aguentou mais e gritou para ele ir embora e nunca mais voltar.

Naquela noite, Narciso foi acordado por um barulho estranho fora de seu quarto. Olhou pela janela e viu, à luz da lua, Ameinias pendurado numa pereira, com uma corda em volta do pescoço. O garoto sufocou uma praga antes de morrer.

— Que você seja tão infeliz no amor quanto eu fui, lindo Narciso![183]

Desde então, Narciso adquiriu o hábito de manter a cabeça abaixada. Cobria o máximo possível o corpo e era lacônico e rude com estranhos, sem nunca os fitar nos olhos.

Mas, agora, ele olhou ao redor, viu que o resto de seu grupo de caça tinha ido embora e que estava esplendidamente sozinho. Resolveu se aproveitar

183. Ameinias, de acordo com algumas fontes, se tornou uma erva cheirosa. Possivelmente endro. Talvez cominho. Talvez anis.

das águas frescas do riacho e suas convidativas margens cobertas de musgo. Tirou a roupa e mergulhou.

Assim que avistou aquela forma ágil e dourada, meio iluminada pelo sol, meio manchada pela sombra e toda escorrendo com água, Eco prendeu a respiração. E quando, espiando através das folhas, viu o rosto dele, o lindo rosto de Narciso, não conseguiu mais controlar seus sentidos. Não fosse pela praga de Hera, teria gritado ali mesmo. Em vez disso, olhou silenciosamente maravilhada enquanto o jovem nu depositava as roupas e arco e flechas na grama e se deitava para dormir.

Quando o amor vem tarde, vem como um tornado. Todo o ser da pobre Eco foi varrido pelo sentimento por esse jovem impossivelmente lindo. Nada, nem mesmo o horror da maldição de Hera, jamais tinha feito com que o coração batesse tão violentamente em seu peito. O sangue pulsava e subia em seus ouvidos. Era como se estivesse girando no centro de um grande ciclone. Eco simplesmente *tinha* de olhar aquele adorável jovem mais de perto. Se ela sentia tais paixões tumultuosas girando dentro de si à visão *dele*, então, talvez estivesse na natureza das coisas que ele fosse sentir o mesmo ao *avistá-la*? Não devia ser assim? Aproximou-se lentamente, mal ousando respirar. A cada passo, ela se sentia cada vez mais emocionada, até estar palpitando e tremendo inteira de excitação. As histórias de amor à primeira vista que durante toda a sua vida tinha escutado cantarem, afinal, eram verdadeiras! Aquele menino lindo estaria fadado a retribuir o amor dela. O cosmos e a criação não fariam sentido se não fosse assim.

É claro, você e eu sabemos que o cosmos e a criação não fazem sentido algum, nem nunca fizeram. A pobre Eco estava prestes a descobrir essa verdade.

Se as batidas do coração dela ou o grito de algum pássaro, alguma coisa fez com que o Narciso adormecido abrisse os olhos exatamente quando Eco chegou perto.

Os olhos dele encontraram-se com os dela.

Eco era uma ninfa bonita, linda, aliás. Mas Narciso só viu os olhos. Aquele olhar, outra vez! Aquele olhar desvairado, faminto, assombrado. Aqueles olhos carentes, suplicantes. Eca!

— Quem é você? — ele disse, virando-se

— Quem é você?

— Não interessa. Isso é assunto meu.

— Isso é assunto meu!

— Não, não é. Você me acordou.

— Você me acordou!

— Suponho que, como todas as outras, você se apaixonou por mim.

— Apaixonou por mim!

— Amor! Estou de saco cheio de amor.

— Cheio de amor!

— Não vai rolar. Nunca. Vá embora!

— Nunca vá embora!

— Não me importa o quanto você chore para mim. Detesto olhar para você.

— Olhar para você!

— Pare, está bem? Simplesmente, não! — exclamou Narciso. — Vá embora!

— Não vá embora!

— Você está me deixando louco!

— Me deixando louco!

— Vá embora antes que eu faça algo tão desesperado...

— Tão desesperado!

— Não me tente, agora.

— Me tente agora!

Narciso apanhou sua atiradeira de caça e armou-a com uma pedra.

— Vá. Simplesmente vá. Se não, eu a vou ferir. Entende?

— Não entende!

A primeira pedra não acertou, mas Eco se virou e fugiu antes que Narciso pudesse recarregar e tentar outra vez. Enquanto ela corria, ele gritou para ela.

— E nunca mais volte!

— Nunca mais volte! — exclamou ela.

Ela fugiu dele e continuou correndo até cair no chão chorando, com o coração estourando de dor e vergonha.

Narciso a viu ir embora. Sacudiu a cabeça, zangado. Será que ele jamais ficaria livre dessas pessoas idiotas chorosas e suas loucuras grudentas e lamurientas? Amor e beleza! Palavras, apenas palavras.

Encalorado e com sede depois de todo o estresse e drama, ele se ajoelhou para beber do riacho. Mas prendeu a respiração, atônito, quando viu nas águas o rosto mais adorável em que já pusera os olhos, a face doce e surpresa do jovem mais lindo. Tinha cabelo dourado e suaves lábios vermelhos. Narciso reconheceu, emocionado, que os olhos sedutores e amorosos tinham o olhar faminto e carente que ele sempre achara tão repelente nos outros. Mas exatamente a mesma expressão na deslumbrante face desse estranho misterioso fez o peito de Narciso inchar e o coração bater de alegria. Devia ser porque a gloriosa criatura no rio sentia o mesmo que ele! Narciso se inclinou para beijar os adoráveis lábios, e os adoráveis lábios subiram para beijá-lo, mas, assim que Narciso baixou o rosto, o semblante do estranho se desfez em mil pedaços dançantes e encapelados até que ele não conseguia mais vê-lo, e Narciso descobriu que estava beijando apenas água fria.

— Fique parado, amado — sussurrou ele, e o menino pareceu sussurrar a mesma coisa para ele.

Narciso levantou a mão. O menino levantou a mão em resposta. Narciso quis acariciar a face adorável do garoto, e o garoto quis fazer o mesmo. Mas o rosto se fraturava e se dissolvia no momento em que Narciso se aproximava.

Tentaram e tentaram várias vezes.

Enquanto isso, nos arbustos atrás deles, Eco – inflamada e fortalecida por seu grande amor – tinha voltado para tentar a sorte outra vez. O coração dela falhou uma batida quando o ouviu dizer:

— Eu o amo!

— Eu o amo! — ela respondeu.

— Fique comigo!

— Fique comigo!

— Nunca me deixe!

— Nunca me deixe!

Só que, quando ela se aproximou mais, Narciso se virou com um rosnado e sibilou para ela:

— Vá embora! Deixe-nos em paz. Nunca mais volte! Nunca, nunca, nunca!

— Nunca, nunca, nunca! — gemeu Eco.

Com um rugido selvagem, Narciso apanhou uma pedra e atirou nela. Eco correu e tropeçou. Narciso, então, agarrou seu arco e, com certeza, teria atirado para matar se ela não tivesse conseguido levantar e desaparecer na floresta.

Narciso olhou ansiosamente de volta para o riacho, com medo de que o garoto maravilhoso tivesse ido embora. Mas lá estava ele – um ar preocupado e ansioso no rosto –, porém tão lindo e adorável como sempre e com um brilho maravilhoso em seus olhos de um azul profundo. Narciso deitou outra vez e aproximou o rosto da água...

OS DEUSES SE APIEDAM

Eco correu e correu montanha acima, soluçando de pesar e desolação. Escondeu-se numa gruta bem acima do rio em cujas margens Narciso estava deitado.

Dentro de sua cabeça, Eco estruturou as palavras de uma prece para sua deusa preferida, Afrodite. Em desespero mudo, implorou para ser liberada da dor do amor e da carga intolerável de sua amaldiçoada existência.

Afrodite respondeu à prece do melhor modo que podia. Libertou a ninfa de seu corpo e da maior parte de seu ser físico. Mas não tinha o poder de desfazer a praga de Hera, de modo que a voz permaneceu. A voz que, no início, tinha provocado toda aquela confusão, a voz que estava fadada a repetir e repetir. Nada mais sobrou da antes linda ninfa, apenas a voz que respondia. Ainda se pode ouvir Eco, mandando de volta as últimas palavras quando se grita perto de grutas, cânions, despenhadeiros, morros, ruas, praças, templos, monumentos, ruínas e aposentos vazios.

E Narciso? Dia após dia, ele ficou lá, deitado ao lado do rio, apaixonada e desesperadamente enamorado por seu próprio reflexo, olhando para si mesmo cheio de amor e desejo, com olhos apenas para si próprio e sem consideração por mais ninguém e mais nada, a não ser ele mesmo. Debruçou-se sobre a água, definhando e definhando até que, por fim, os deuses o transformaram na delicada e linda flor que traz seu nome, e cuja linda cabeça sempre se inclina para olhar a si mesma em poças, poços e rios.

Você pode preferir pensar a respeito das características que esses jovens condenados nos legaram, e à nossa língua, como traços humanos comuns, ou como angústias problemáticas. Tanto distúrbio de personalidade narcisista quanto a ecolalia (a repetição aparentemente negligente do que é dito) estão classificados no *Manual diagnóstico e estatístico de transtornos mentais*, que define, médica e legalmente, as doenças mentais. O distúrbio de personalidade narcisista, muito falado hoje em dia, é marcado por vaidade, presunção, uma imensa fome de admiração, aclamação e aplauso, e, acima de tudo, uma obsessão com a própria imagem. Os sentimentos dos outros são rapidamente criticados e dispensados, enquanto considerações como honestidade, sinceridade e integridade são solenemente desconsideradas. Alguns sinais comuns são fanfarrice, ostentação e exagero delirante. Quem sofre dela não tolera críticas nem depreciação, que podem provocar comportamentos agressivos e explosivamente estranhos.[184]

Talvez o narcisismo seja mais bem definido como uma necessidade de olhar as outras pessoas como superfícies espelhadas que só nos satisfazem quando refletem de volta uma imagem amável ou admiradora de nós mesmos. Quando fitamos os olhos dos outros, em outras palavras, não estamos olhando para ver quem *eles* são, mas como estamos refletidos *nos olhos deles*. Por essa definição, quem de nós pode honestamente negar nosso quinhão de narcisismo?

184. Ninguém que a gente conheça, é claro…

AMANTES

Tristão e Isolda, Romeu e Julieta, Heathcliff e Catherine, Sue Ellen e J. R. – os amantes condenados que nós todos conhecemos têm um grande débito para com a tradição da tragédia grega que os precedeu.

PÍRAMO E TISBE

Quando ouvimos o nome "Babilônia", pensamos em uma civilização do Oriente Médio famosa por libertinagem e excessos. Seus Jardins Suspensos foram uma das Sete Maravilhas do Mundo e, durante um tempo, a Babilônia era a maior cidade do mundo.[185] O Império Babilônico abrangeu grande parte da Ásia Menor. Na verdade, alguns acreditam que esta história realmente aconteceu na Cilícia, o reino que Cílix fundou antes de se unir a Cadmo e aos outros filhos de Agenor em sua busca por Europa. Ovídio, no entanto, em sua versão da história, tem o prazer de localizar a ação bem no centro da Babilônia, de modo que é aí que eu também a coloco.

Na Babilônia, então, moravam duas famílias que brigavam entre si, ninguém nem mais se lembrava por quê, há gerações. Seus grandes palácios ficavam ao lado um do outro na rua principal da cidade, mas as crianças de cada família foram criadas como inimigas, proibidas até de se falar, escrever ou fazer sinais umas para as outras.

Uma das famílias tinha um filho chamado PÍRAMO e a outra, uma filha chamada TISBE. De algum modo, os dois se apaixonaram, apesar

185. Os remanescentes da Babilônia jazem sob ou aparecem através das areias do Iraque, uns oitenta quilômetros ao sul de Bagdá.

dos obstáculos em seu caminho. Tinham descoberto um buraquinho no muro que separava as duas casas. Através dessa abertura, cochichavam trocando visões sobre a vida, poesia e música, até que se descobriram profundamente apaixonados. O buraco no muro era pequeno demais para permitir que se tocassem, mas o calor de sua paixão jovem e ardente podia ser respirado de uma boca para outra através da fenda benevolente, intensificado pela natureza proibida de seus sentimentos e pela emocionante proximidade intransponível.

Essa troca de hálito quente, juvenil, inflamava-os de tal modo que uma noite, enlouquecidos além do que conseguiam suportar, combinaram fugir de seus respectivos palácios e se encontrar à noite nos terrenos da tumba do ancestral de Píramo, o rei assírio NINO, fundador da grande cidade de Nínive.

E assim, na noite seguinte, a ágil e sagaz Tisbe escapuliu dos guardiães de seu quarto e das sentinelas de plantão do lado de fora do palácio de seu pai e logo estava fora dos muros da cidade, construído havia muitos anos pela sua ancestral, a rainha SEMÍRAMIS. Chegando ao local do encontro, Tisbe encontrou não seu amante Píramo, mas um leão selvagem, com a boca escorrendo de sangue de sua presa recente, um boi. Amedrontada com seus rugidos, Tisbe correu do cemitério. Na pressa e no pânico de sua fuga, deixou cair o véu. O leão se aproximou do véu, farejou, tomou-o nas presas e o sacodiu de um lado para outro, manchando-o com o sangue do boi que trazia no focinho, antes de deixá-lo cair no chão, dando um último rugido e se afastando na noite.

Um pouco depois, Píramo chegou à cena e se instalou para esperar sua amada embaixo de uma alta amoreira carregada com sua pesada carga veranil de frutas brancas como a neve. Um facho de luz da lua passou entre os galhos da árvore e iluminou o véu de Tisbe jogado no chão, todo manchado e salpicado de sangue coagulado. Píramo o apanhou. Horrorizado, ele conseguiu perceber o emblema da família de Tisbe bordado no linho manchado, e, mais do que isso, reconhecer o perfume da garota com quem tinha trocado tantas vezes a febre ardente do hálito do amor. Impressões de patas no solo davam testemunho da presença de um leão.

Sangue, impressão de patas, o emblema da família, o inequívoco perfume da própria Tisbe: o significado claro e trágico de tudo isso explodiu em Píramo. Com um grito de desespero, ele puxou a espada e se golpeou profundamente no estômago, rasgando a ferida de lado a lado na pressa de se unir à sua amada morta. O sangue espirrou dele como de uma fonte, tingindo de púrpura as amoras brancas.

— Vocês me tiraram minha amada Tisbe antes que pudéssemos nos unir pelo curto período de nossas vidas — gritou Píramo aos céus —, então nos deixem sermos um na infinita noite da morte eterna! — Com essas nobres palavras ele expirou no chão.[186]

Entra Tisbe. Nas mãos mortas de Píramo, viu seu próprio véu, manchado e salpicado com sangue. Viu as impressões das patas do leão e leu muito claramente a história escrita ali.

— Ó, deuses, será que ficaram com tanto ciúme do nosso amor que não podiam nos conceder sequer um momento de felicidade? — exclama ela.

Ela viu a espada de Píramo, ainda quente e úmida com o sangue dele. Atirou-se sobre ela, mergulhando-a fundo na barriga com um grito de triunfo e êxtase em um dos suicídios mais freudianos que já existiram.

Quando as duas famílias foram levadas ao local da tragédia, eles caem, chorando, ao pescoço uns dos outros, implorando perdão. A briga está terminada. Os corpos dos amantes são queimados e suas cinzas, misturadas numa única urna.

Quanto aos espíritos – bem, Píramo foi transformado num rio que teve o nome dele durante milênios, e Tisbe, numa fonte cujas águas correm para esse rio. O fluxo do Píramo (agora chamado Ceyhan) foi represado para uma usina hidroelétrica, de modo que a força dos dois amantes agora serve para iluminar lares turcos.

---

186. Na paródia de *Sonhos de uma noite de verão*, Píramo (representado por Bottom), exclama enquanto se fere:

Thus die I, thus, thus, thus.	Assim morro eu, assim assim, assim.
Now am I dead,	Agora estou morto;
Now am I fled;	Agora estou fugido;
My soul is in the sky.	Minha alma está no céu.
Tongue, lose thy light;	Língua, solte a tua luz;
Moon, take thy flight;	Lua, tome teu voo;
Now die, die, die, die, die.	Agora morra, morra, morra, morra, morra.

Além do mais, em honra ao amor e sacrifício do casal, os deuses decretaram que a fruta da amoreira, daquele momento em diante, seria sempre roxo profundo: a cor da paixão e do sangue deles.

GALATEIA

Ácis e Galateia

Entre as muitas filhas da Oceânide Dóris e do deus do mar Nereu, havia uma Nereida chamada GALATEIA. Com o nome dado por causa de sua pele branca feito leite, ela era adorada por POLIFEMO, um Ciclope. Polifemo não era um dos Ciclopes originais – era o filho selvagem e feio de Poseidon com a Oceânide TEOSA.

A Galateia propriamente dita amava ÁCIS, um pastorzinho siciliano charmoso e de uma beleza simples. Embora fosse filho da ninfa do rio SÍMETIS e do deus Pan, Ácis era um simples mortal. Certo dia, o ciumento Polifemo surpreendeu Ácis e Galateia nos braços um do outro e jogou uma rocha em cima do rapaz, esmagando-o e matando-o. Galateia, aflita, conseguiu reunir suficiente força e recursos, ou talvez tivesse amigos o bastante no Olimpo, para transformar Ácis num espírito imortal do rio, com o qual ela se uniu para a eternidade. A história deles é o tema da ópera pastoral de Händel *Ácis e Galateia.*

Galateia II

Já que estamos falando de garotas chamadas Galateia, há outras duas que merecem ser conhecidas.

PANDIÃO, de Festo, em Creta, teve um filho, LAMPRO, que se casou com uma Galateia. Lampro não tinha interesse algum em ser pai de meninas e disse à mulher que, se ela desse à luz uma filha, teria de matá-la, e eles continuariam tentando até ela ter o menino que ele tanto queria. Primeiro, tiveram uma linda menina. Galateia não teve coragem de matá-la – e que mãe teria? – e contou ao marido que o bebê tinha nascido um menino saudável, e que queria dar a ele o nome de LEUCIPO (cavalo branco).

Lampro acreditou na palavra da mulher sem se dar ao trabalho de fazer inspeções anatômicas e, portanto, criado como homem, Leucipo cresceu como um menino ótimo, inteligente, universalmente amado e aceito. Entretanto, os anos da adolescência se aproximavam e Galateia ficou cada vez mais temerosa de que as exuberantes curvas naturais de sua amada filha e a evidente falta de penugens no queixo acabariam por revelar o engano para Lampro, que não era do tipo de homem que passava por cima de uma fraude dessa.

Por medida de segurança, Galateia pegou Leucipo e buscou refúgio em um templo de Leto (a Titânide mãe de Apolo e Ártemis), onde rezou para que sua filha pudesse mudar de sexo. Leto respondeu à prece e, naquele instante, Leucipo foi transformada num jovem rapaz. Apareceram pelos onde deveriam em um homem, as protuberâncias corretas surgiram e as incorretas desapareceram. Lampro não ficou sabendo e todos viveram felizes para sempre.

Durante gerações, depois disso, a cidade de Festo celebrou um festival chamado Ekdusia.[187] Nesse ritual, todos os meninos viviam entre mulheres e meninas, usavam roupas femininas e tinham de jurar um voto de cidadania antes de poderem se graduar de sua *agela*, ou corpo de jovem, e adquirir vestimentas e *status* de homem feito.[188]

Leucipo II, Dafne e Apolo

Curiosamente, outro mito fala da mudança de sexo de um LEUCIPO diferente – esse, filho de ENOMAU –, que se apaixonou por uma náiade,

187. Uma palavra que abrange mudar (de penas), soltar (pelos), jogar fora e reavaliar. Sair de uma coisa e aparecer em outra.

188. Para mais sobre esse tema fascinante, ver David D. Leitão, "The Perils of Leukippos: Initiatory Transvestism and Male Gender Ideology in the Ekdusa at Phaistos", em *Classical Antiquity*, vol. 14, n. I (1995).

DAFNE, por quem Apolo também era apaixonado, mas que até então não tinha cortejado ou seduzido.

Para ficar perto de Dafne, esse Leucipo se disfarçou de menina e aderiu à companhia das ninfas. O ciumento Apolo percebeu e fez com que os juncos sussurrassem para Dafne que ela e suas companheiras deviam se banhar no rio. Elas, então, tiraram a roupa e mergulharam nuas. Quando Leucipo, por motivos óbvios, se recusou a tirar suas roupas de donzela, as meninas, de brincadeira, as arrancaram e o deixaram nu, descobrindo seu constrangedor e inequívoco segredo, e raivosamente o mataram a golpes de lança.

A essa altura, o sangue lascivo do próprio Apolo tinha se manifestado. Ele se materializou e começou uma perseguição a Dafne. A garota, aterrorizada, pulou no rio e correu o mais rápido que podia, mas ele rapidamente a alcançou. Tinha quase chegado até ela, quando ela lançou uma prece à mãe dela, Gaia, e ao pai, o deus-rio LADÃO. Exatamente quando Apolo a alcançou e a tocou, sentiu a pele dela mudar sob seus dedos. Uma casca fina se formou sobre os seios, o cabelo começou a resvalar em brilhantes folhas amarelas e verdes, os membros se espiralaram em galhos e os pés lentamente lançaram raízes e se enterraram na acolhedora terra da mãe Gaia. Apolo, estupefato, descobriu que estava abraçando não uma náiade, mas um loureiro.

Pelo menos essa vez na vida o deus foi castigado. O loureiro se tornou sagrado para ele e sua guirlanda daí para a frente coroou a fronte, como eu já disse, dos vencedores dos Jogos Pítios em Delfos. Até hoje o vencedor de um grande prêmio é chamado de laureado.[189]

---

189. Não se deve confundir Dafne com DAFNE, um jovem siciliano de grande beleza que foi encontrado, ainda bebê, sob o arbusto loureiro que lhe deu o nome. Tanto Hermes quanto Pan se apaixonaram por ele, o último o ensinando a tocar flauta. Ele se tornou tão perito que as gerações posteriores davam a ele o crédito da invenção da poesia pastoral. No século II d.C., Longus, um autor de Lesbos, escreveu um romance (como *O asno de ouro*, um competidor do título de O Primeiro Romance) chamado *Dafne e Cloé*, que nos conta como dois amantes bucólicos passam por todo tipo de dificuldades e aventuras para testar seu amor. Offenbach compôs uma opereta baseada nessa história. Ainda mais bem conhecido é o balé revolucionário, de 1912, com música de Maurice Ravel, coreografado por Fokine e dançado por Nijinski.

Galateia III e também Pigmalião

A ilha de Chipre, por ser a terra de desembarque de Afrodite, nascida das espumas, há muito adorava a deusa do amor e da beleza com um fervor especial, fazendo com que os cipriotas ganhassem fama de licenciosidade libertina e libidinosa vida airada. O povo do continente achava que Chipre era um lugar degenerado, uma Ilha do Amor Livre.

Na cidade portuária de Amato, no sul, um grupo de mulheres conhecidas como PROPOÉTIDES, ou "filhas de Propoétus", ficaram tão indignadas com a quantidade de licença sexual que permeava a cidade que chegaram à temeridade de sugerir que Afrodite não devia mais ser a padroeira da ilha. Como castigo para tal impertinência blasfema, a colérica Afrodite fez com que essas irmãs beatas tivessem impulsos de insaciável luxúria carnal, ao mesmo tempo despindo-as de qualquer noção de recato ou vergonha. Depois dessa praga, as mulheres perderam a capacidade de enrubescer e começaram, ansiosa e indiscriminadamente, a se prostituir pela ilha.

Um jovem escultor sensível e muitíssimo atraente, chamado PIGMALIÃO, viu o comportamento flagrante e desavergonhado das Propoétides e ficou tão enojado que resolveu abrir mão perpetuamente de qualquer amor e sexo.

— Mulheres! — Murmurou para si mesmo ao começar a trabalhar, certa manhã, numa encomenda para reproduzir em mármore o rosto e o corpo de um general de Amantho. — Você não vai me ver perdendo tempo com mulheres. Ah, não. A arte basta. A arte é tudo. O amor não é nada. A arte é tudo. A arte é... Bem, puxa, que estranho...

Pigmalião deu um passo atrás e franziu a testa, surpreso. Seu general estava tomando a forma mais esquisita. Ele podia jurar que o homem tinha barba. Além do mais, o velho guerreiro podia estar meio gordinho, mas Pigmalião tinha certeza de que não apresentava um par de seios exuberantes. Nem eram seu pescoço e a garganta tão delgados, lisos e irresistivelmente...

Pigmalião foi para o pátio e mergulhou a cabeça numa fonte de água fria que havia lá. Ao voltar para o estúdio, refrescado, olhou outra vez para seu trabalho em progresso e só conseguiu sacudir a cabeça, intrigado. Quando teve permissão para ir à vila do general e estudar as feições do grande homem, tinha achado que a estrutura do general era mais parecida com um javali do que qualquer coisa humana e, no entanto, lá estava ele emergindo do mármore como nada menos do que uma beleza refinada e milagrosa. E, ainda por cima, uma beleza distintamente *feminina*.

Pigmalião apanhou o cinzel, passou um olhar de artista sobre o trabalho e percebeu que, com alguns golpes impiedosos e bem aplicados, poderia facilmente voltar ao curso original e não desperdiçar o valioso bloco de mármore pelo qual pagara seus rendimentos de um mês.

Crack, crack, crack!

Melhor assim.

Tap, tap, tap!

Deve ter sido algum estranho ímpeto subconsciente.

Chip, chip, chip!

Ou talvez, má digestão.

Agora, vamos dar um passo atrás e ver...

Não!!!

Longe de recuperar o trabalho e trazer o olhar masculino e marcial do general de volta ao rosto de sua escultura, ele tinha, de algum modo, dado um jeito de apenas ampliar sua suave feminilidade, graça, carnalidade e – diabos! – sensualidade.

Ele agora estava febril. No íntimo, sabia que não estava mais resgatando o general. Estava na função de ir até o final na loucura que o tinha tomado.

É claro que a loucura era obra de Afrodite. A deusa não tinha gostado quando o jovem mais lindo e desejável de sua ilha resolvera virar as costas ao amor. Além do mais, um jovem cuja morada à beira-mar era, por acaso, exatamente onde Afrodite desembarcara depois de seu nascimento nas ondas e que, por isso, ela raciocinou, devia vibrar com uma intensidade amorosa especial. Amor e beleza, como a maior parte de nós descobre durante nossas vidas, são impiedosos, incansáveis e implacáveis.

Durante dias e noites, Pigmalião trabalhou num ritmo frenético de criatividade, de *entusiasmo* literal. Gerações de artistas em todas as mídias desde então devem ter reconhecido o êxtase de inspiração agoniado, sem fôlego, que o havia tomado. Não pensou em comida ou bebida – nenhum pensamento consciente veio-lhe à cabeça enquanto batia, martelava e murmurava.

Por fim, quando o rubor róseo de Eos e um lampejo de luz vinda do leste assinalaram o início de seu quinto dia consecutivo de trabalho, ele se afastou com o conhecimento milagroso que só os verdadeiros artistas entendem: de algum modo, sim, com certeza, por fim – estava terminado.

Mal ousou erguer os olhos. Todo o trabalho até ali tinha sido próximo, detalhado: os contornos da imagem completa existiam apenas em algum canto escuro e inacessível de sua mente. Pela primeira vez, ele a veria completa. Respirou fundo e olhou.

Deu um grito de choque e deixou cair o cinzel.

Dos dedinhos dos pés maravilhosamente formados às flores perfeitamente trabalhadas da guirlanda sobre os cabelos na cabeça, a escultura era, de longe, a melhor coisa que ele já fizera. Mais do que isso, era com certeza a obra de arte mais absolutamente linda que já tinha sido vista no mundo. Para um artista verdadeiro como Pigmalião, isso significava que era mais linda do que qualquer *pessoa* já vista na terra, porque ele sabia que a arte sempre excede o melhor que a natureza consegue fazer.

No entanto, viu que a imagem que representara em mármore a partir de sua imaginação arrebatada era até mais do que a coisa mais absolutamente linda no mundo. Ela era *real*. Para Pigmalião, era mais real do que o teto sobre sua cabeça e o chão sob seus pés.

O coração batia célere, as pupilas estavam dilatadas, o fôlego, curto, e o próprio âmago de seu ser se agitava do modo mais potente e perturbador. Era ao mesmo tempo dor e alegria. Era amor.

A expressão e a postura da garota – cujo nome ele sabia que tinha de ser Galateia, porque sua beleza de mármore era branca como o leite – foram apreendidas num momento de sublime hesitação, entre despertar e assombro. Ela parecia um pouco surpresa, como se prestes a arquejar. Por quê? Pela beleza do mundo? Pela formosura do jovem artista que a estava comendo com os olhos de forma tão voraz? Suas feições eram regulares e perfeitas, mas assim também eram as feições de várias garotas. Havia, ali, mais do que atração convencional. Uma formosura interior da alma cantava dentro dela. Suas linhas arrebatavam e faziam desmaiar, de tão suaves, flexíveis e sensuais. Seu seios pareciam se projetar suavemente, sua nudez ficava muito mais sedutora pelo modo como a mão tocava a garganta, num gesto de alarme docemente recatado.

Pigmalião deu a volta em torno dela para perceber a emocionante generosidade da curva de suas nádegas e do glorioso volume de suas coxas. Ousaria ele tocar essa carne? Estendeu a mão – delicadamente, para não machucar. Mas seus dedos encontraram o mármore frio. Mármore duro, inflexível. Aos olhos e até as profundezas, Galateia parecia ativa, calorosa e viva, mas, para as mãos acariciadoras de Pigmalião e para o terno rosto que ele apoiava no lado dela, era tão fria quanto a morte.

Ele se sentia ao mesmo tempo doente e sobrecarregado com a vida. Pulava para cima e para baixo. Gritava alto. Gemia. Ria. Cantava. Xingava. Exibia todos os comportamentos selvagens, perturbados, furiosos, eufóricos e desesperadores de um rapaz tempestuosa e assustadoramente apaixonado.

Por fim, ele se atirou sobre Galateia, a rodeou com os braços e com as pernas, se aconchegou a ela, beijando, apalpando e esfregando até que tudo dentro dele explodiu.

A loucura que lhe consumia a alma não diminuiu depois desse primeiro delírio. Ele agora se dedicava a Galateia com todo o ardor e a atenção terna de um verdadeiro amante. Chamava-a de nomes carinhosos. Foi até o mercado e comprou para ela vestidos, guirlandas e adereços. Adornou os pulsos dela com pulseiras e braceletes e a garganta com colares e pingentes de jaspe e de pérolas. Comprou um sofá, que enfeitou com sedas de púrpura tíria. Deitou-a sobre ele e cantou baladas para ela. Como a maior parte dos grandes artistas plásticos, era um músico incompetente e um poeta deplorável.

O amor dele era apaixonado e generoso mas – com exceção de sua imaginação febril em seus humores mais otimistas – inteiramente não correspondido. Era um namoro numa só direção, e no fundo de seu coração prestes a estourar, ele sabia disso.

Chegou o dia do festival de Afrodite. Pigmalião deu um beijo de despedida na linda, mas fria, Galateia e saiu de casa. Chipre inteira e mais milhares de visitantes do continente se reuniam em Amanto para essa festa anual. A grande praça na frente do templo estava repleta de peregrinos, que tinham ido rezar à deusa do amor e da beleza, pedindo sucesso nas questões do coração. Novilhos com guirlandas foram sacrificados, o ar estava espesso com o incenso, e cada coluna do templo estava envolvida com flores. As preces vinham em grande número, rápidas e sonoras.

— Envie-me uma mulher.

— Envie-me um marido.

— Melhore o meu desempenho.

— Faça-me ir mais devagar.

— Tire esses sentimentos de mim.

— Faça Menandro ficar caído por mim.

— Impeça que Xantipa continue me traindo.

Gritos de súplicas e gemidos enchiam o ar.

Pigmalião abriu caminho cegamente através da multidão de pedintes e requerentes. Chegou aos degraus do templo, subornou os guardas, persuadiu as sacerdotisas e, por fim, foi conduzido ao santuário interior, onde apenas os cidadãos mais ricos e mais influentes tinham permissão para orar diretamente na frente da grande estátua de Afrodite. Ele caiu de joelhos ante ela.

— Grande deusa do amor — sussurrou ele. — Dizem que você concede desejos a amantes ardentes nesse seu dia de festa. Conceda o desejo de um pobre artista que implora que possa...

Na grade do altar, homens e mulheres importantes estavam balbuciando suas imprecações a Afrodite e, embora as chances de Pigmalião ser ouvido fossem tênues, algum tipo de recato ou vergonha o impediu de proferir seu desejo real.

— ... pobre artista que implora que possa lhe dar uma garota viva de verdade, exatamente igual àquela que ele fabricou de mármore. Conceda isso, venerada deusa, e terá ganho um escravo dedicado, cuja vida e arte serão devotadas para sempre ao serviço e ao louvor do amor.

Entretida, Afrodite compreendeu o que estava por trás da prece. Ela sabia perfeitamente o que Pigmalião realmente queria. As velas no altar à frente dele fulguraram e pularam no ar nove vezes.

Pigmalião voou para casa. Até o dia da sua morte, não teria como dizer qual caminho percorreu ou quanto tempo levou. Pode ter derrubado uma pessoa ou quarenta, enquanto disparava no meio do povo.

A estátua sem vida está lá, deitada em seu magnífico sofá, exatamente como ele a deixara. Nunca uma imagem esculpida pareceu menos acessível ou mais geladamente remota. Mesmo assim, com a fé e a fúria demente dos apaixonados, Pigmalião se ajoelha e beija a testa gelada. Beija uma vez, duas, vinte vezes. Depois, beija o pescoço, as faces e... *espere*! Será que o fogo de seus beijos aqueceu o mármore ou ele consegue sentir um aumento de calor sob seus lábios frementes? *Consegue*! Debaixo do toque de sua boca, a pedra dura está se suavizando em carne, em carne viva, cálida, deliciosa!

Repetidamente, ele beija, e como a cera dos favos amolece e derrete ao sol, do mesmo modo, o mármore frio de sua amada amacia com cada carícia delicada de boca e mão.

Ele está assombrado. Não pode acreditar. Põe um dedo nas veias do braço dela e sente a onda e a pulsação de sangue quente, humano! Fica de pé. Pode ser verdade? Poderá ser verdade? Ele aninha Galateia nos braços e sente sua estrutura se expandindo no momento em que ela inala os primeiros alentos de ar. É verdade! Ela vive!

— Afrodite, eu a bendigo! Afrodite, a maior de todos os deuses, eu agradeço e me comprometo a servi-la sempre!

Inclina-se para encontrar os lábios quentes, que, ansiosamente, retribuem seus beijos. Logo, o par está nos braços um do outro, rindo, chorando, suspirando e amando.

Nove luas mudam antes de a união desse feliz casal ser abençoada com o nascimento de uma criança, um menino que eles chamam de PAFOS, e cujo nome será dado à cidade na qual Pigmalião e Galateia morarão pelo resto de suas vidas, amorosos e contentes.

Não passam de uma ou duas as vezes em que os amantes mortais na mitologia grega conseguem um final feliz. Talvez seja essa esperança o que nos anima a acreditar que a nossa busca pela felicidade não será em vão.[190]

190. "*Paphian*", em inglês, passou a ser uma palavra para descrever Afrodite e as artes do amor. George Bernard Shaw escolheu *Pigmalião* como título de sua peça sobre um homem que tenta transformar uma moça *cockney* em uma *lady* de Mayfair.

Hero e Leandro

O mar Grego, ou "Helesponto", é chamado hoje de Dardanelos, e ficou muito conhecido como palco de algumas das lutas mais furiosas em torno de Galípoli durante a Primeira Guerra Mundial. Sendo parte dos limites naturais que separam a Europa da Ásia, os estreitos que o limitam têm sido estrategicamente importantes para a guerra e para o comércio. Apesar do tamanho do espaço simbólico entre eles, na realidade, são estreitos o suficiente para serem atravessados por um bom nadador.

LEANDRO morava em Abidos, no lado asiático do Helesponto, mas estava apaixonado por uma sacerdotisa de Afrodite chamada HERO, que morava numa torre em Sesto, no lado europeu. Eles tinham se conhecido durante o festival anual de Afrodite. Muitos jovens tinham sido cativados pelo "prado de rosas em seus membros"[191] e pela face tão pura quanto Selene, mas só o belo Leandro despertava nela uma paixão recíproca. No breve tempo em que estiveram juntos no festival, eles conceberam um plano que lhes permitiria se verem depois de estarem em casa, separados pelos estreitos. Todas as noites, Hero acendia uma lâmpada na janela de sua torre e Leandro, com os olhos fixos nesse ponto de luz na escuridão, enfrentava as correntes do Helesponto, subia e ficava com ela.

Como sacerdotisa, Hero tinha jurado celibato, mas Leandro a convenceu de que a consumação física do amor deles seria uma coisa santa, uma consagração aprovada por Afrodite. Na verdade, disse ele, seria certamente um insulto dedicar-se à deusa do amor e mesmo assim permanecer virgem. Seria como adorar Ares mas se recusar a lutar. Esse excelente argumento convenceu Hero, e todas as noites a lâmpada era acesa, o estreito, atravessado a nado, e o amor, feito. Eram o casal mais feliz do mundo.

Durante todo o verão, prevaleceu esse bem-aventurado estado de coisas, mas o verão logo se transformou em outono e, muito em breve, sopraram as tempestades equinociais. Uma noite, os três ventos, Bóreas, Zéfiro e Noto – os ventos do Norte, Oeste e Sul –, uivavam juntos, enviando tumulto e rajadas por toda parte, uma das quais apagou a lâmpada na janela de

191. No poema de Marlowe, ela usa um véu de flores bordadas de modo tão realista que tem de espantar as abelhas...

Hero. Sem ter como se orientar na travessia do Helesponto, e com os ventos agitando as ondas em enormes muralhas de água, Leandro se perdeu, se encrencou e se afogou.

Hero esperou seu amado a noite inteira. Na manhã seguinte, assim que Eos abriu os portões da alvorada e havia luz suficiente para enxergar, Hero olhou e viu o corpo destroçado de Leandro espalhado sobre as pedras abaixo de sua torre. Numa agonia de desespero, ela pulou da janela e se atirou sobre as mesmas pedras.[192]

Depois de Leandro, muitos outros nadaram o Helesponto. Nenhum mais notável do que o poeta Byron, que o atravessou no dia 3 de maio de 1810 – na segunda tentativa. Em seu diário, ele orgulhosamente registrou o tempo de uma hora e dez minutos.

— Não tive nenhuma dificuldade — notou ele. — Eu me gabo dessa façanha muito mais do que poderia me gabar de qualquer outro tipo de glória, política, poética ou retórica.

Lorde Byron nadou na companhia de certo tenente William Ekenhead, da Marinha Real, que obteve seu próprio quinhão de imortalidade ao ser incluído nesta estrofe da mais épica obra-prima de Byron, *Don Juan*:

> Ele pode, talvez, ter passado o Helesponto,
> Como certa vez (um fato do qual nos orgulhamos)
> Leandro, Mr. Ekenhead e eu fizemos.[193]

---

192. O nome de Leandro permanece vivo num venerável e exclusivo clube de remo na Inglaterra, cujas meias, gravatas e remos cor-de-rosa são uma característica tão alarmante na Regatta Henley.

193. A façanha claramente teve grande importância para o poeta de pés tortos, mas, mesmo assim, soberbamente atlético. Ele escreveu isso para seu amigo Henry Drury: "Esta manhã eu *nadei* de *Sesto* a *Abidos*. A distância em linha reta não passa de um quilômetro e meio, mas a corrente a torna perigosa – tanto que eu duvido que o afeto conjugal de Leandro não tenha ficado um tanto gelado com essa passagem para o Paraíso".
Seis dias depois desse feito, Byron até escreveu um poema heroico de brincadeira sobre o assunto: "Escrito depois de nadar de Sesto até Abidos" (do outro lado da página) [aqui, em tradução livre]:

If, in the month of dark December,	Se, no escuro mês de dezembro,
Leander, who was nightly wont	Leandro, que estava acostumado todas as noites

Shakespeare parece que gostava especialmente da história dos antigos amantes, dando a um personagem de *Muito barulho por nada* o nome de Hero e colocando estas palavras maravilhosamente cínicas, antirromânticas, na boca de Rosalinda em *Do jeito que você gosta:*

> Leandro teria vivido muitos anos felizes apesar de Hero ter se tornado freira, não fosse por uma quente noite de verão, porque, bom jovem, foi se lavar no Helesponto e, tendo sido tomado por câimbras, afogou-se; e os cronistas idiotas da época acharam que era Hero de Sesto. Mas é tudo mentira. Homens morrem de tempos em tempos, e os vermes os comeram, mas não por amor.

(What maid will not the tale remember?) To cross thy stream, broad Hellespont!	(Que donzela não vai se lembrar da história?) A atravessar tua corrente, largo Helesponto!
If, when the wintry tempest roared, He sped to Hero, nothing loth, And thus of old thy current poured, Fair Venus! how I pity both!	Se, quando a tempestade de inverno rugiu, Ele correu para Hero, nada relutante, E desde tempos antigos tua corrente fluía Linda Vênus! Como tenho pena dos dois!
For me, degenerate modern wretch, Though in the genial month of May, My dripping limbs I faintly stretch, And think I've done a feat to-day.	Para mim, miserável moderno degenerado, Embora no genial mês de maio, Mal estico meus membros que gotejam E acho que hoje fiz um feito.
But since he crossed the rapid tide, According to the doubtful story, To woo, – and – Lord knows what beside, And swam for Love, as I for Glory;	Mas desde que ele atravessou a maré rápida De acordo com a história duvidosa Para cortejar – e – Deus sabe o que mais, E nadou pelo Amor, como eu, pela Glória;
'Twere hard to say who fared the best: Sad mortals! thus the gods still plague you! He lost his labour, I my jest: For he was drowned, and I've the ague.	Foi difícil saber quem se deu melhor: Tristes mortais! Assim os deuses ainda os afligem! Ele perdeu o esforço, eu, a piada: Porque ele se afogou, e eu tenho calafrios.

Uma obra posterior de Byron que se refere à casa de Leandro, embora não relacionada ao mito, é *A noiva de Abido* (1813).

ÁRION E O GOLFINHO

Os gregos, como todas as grandes civilizações, davam grande valor à música – classificando-a tão alto entre as artes que ela recebeu seu nome de todas as noves filhas de Memória. Festivais de música e prêmios de música, uma característica tão onipresente na nossa vida cultural de hoje, eram igualmente importantes no mundo grego.

Poucos fizeram jus a uma fama maior durante sua vida como cantor, menestrel, bardo, poeta e músico do que ÁRION, de Metimna, na ilha de Lesbos.[194] Ele era filho de Poseidon e da ninfa ONCAEA, mas, apesar da ascendência, preferiu dedicar seu talento musical à celebração e ao louvor do deus Dioniso. Seu instrumento de escolha era a cítara, ou *khitara*, uma variação da lira.[195] Ele é aceito por toda parte como inventor da forma poética conhecida como ditirambo, um hino coral fantástico dedicado ao vinho, carnaval, êxtase e prazer.

Com sonhadores olhos castanhos, voz doce e capacidade cativante de fazer pés marcarem compasso e cadeiras rodarem, Árion logo se tornou um tipo de ídolo pelo mundo mediterrâneo. Seu padroeiro e mais entusiástico apoiador era o tirano de Corinto, PERIANDRO,[196] e foi ele quem ficou sabendo de um grande festival de música que aconteceria em Tarento, uma próspera cidade portuária localizada no arco da bota italiana. Periandro deu

194. Apenas Orfeu, cuja história pertence a uma Idade de Heróis mais tardia, excedeu Árion em destreza e fama.

195. A palavra "guitarra" deriva da palavra *kythara*.

196. "Tirano" não passa da palavra em grego para "governante autocrático", algumas vezes um rei autonomeado. Periandro era uma personagem histórica real, citado como um dos chamados "Sete Sábios da Grécia" mencionados por Sócrates como tendo apresentado todas as qualidades de sabedoria gnômica à qual a humanidade deveria aspirar.

a Árion o dinheiro para fazer a viagem e participar das competições do festival, com a condição de que ele concordasse em, na volta, dividir o valor do prêmio.

A viagem de ida foi tranquila. Árion chegou a Tarento, entrou nas competições e ganhou facilmente o primeiro prêmio em todas as categorias. Os juízes e os membros do público nunca tinham ouvido uma música tão emocionante e original. O prêmio dele foi uma arca do tesouro com prata, ouro, marfim, pedras preciosas e instrumentos musicais maravilhosamente lavrados. Como agradecimento por um prêmio tão generoso, Árion fez um concerto grátis para as pessoas da cidade no dia seguinte.

A região de Tarento era famosa pelas grandes aranhas-lobo encontradas comumente no campo por toda a região. Os locais deram a elas o nome, em homenagem à cidade, de "tarântulas". Árion tinha ouvido falar que o veneno da tarântula podia provocar delírio histérico, então improvisou para o povo uma variação de seus fantásticos ditirambos, que chamou de tarantela. Os ritmos delirantes dessa dança popular[197] enlouqueceram os excitáveis tarentinos; mais para o fim, ele os acalmou com uma mistura de suas melodias mais suaves e românticas. Lá pelas tantas, poderia ter escolhido qualquer garota, menino, homem ou mulher no sul da Itália, e diz-se que, como o músico bem-sucedido que era, escolheu.

Uma multidão foi se despedir de Árion na manhã seguinte; muitas pessoas sopraram beijos e um bom número se acabou de soluçar. Ele e sua bagagem, inclusive a arca do tesouro, foram remados para o mar numa chalupa, onde um brigue pequeno mas aproveitável, tripulado por um capitão de mar e nove marinheiros civis, o esperava. Logo, Árion estava confortavelmente instalado a bordo. A tripulação içou as velas e o capitão tomou o rumo de Corinto.

Ao mar

Assim que tinham perdido a terra de vista e estavam em alto-mar, Árion sentiu que alguma coisa estava errada. Ele estava acostumado a que as

197. A tarantela ainda é popular por toda a Europa.

pessoas ficassem embasbacadas com ele – afinal de contas, era tão ultrajantemente lindo quanto talentoso –, mas os olhares que a tripulação estava lançando em sua direção eram de um tipo diferente. Passaram-se dias nesse ambiente taciturno e ameaçador, e ele sentia-se cada vez mais incomodado. Havia algo nos olhos dos marinheiros que parecia avidez, mas sugeria um propósito mais sombrio. O que poderia estar errado? Então, numa tarde quente, o mais feio e de aparência mais malvada dos marinheiros se aproximou dele.

— O que há aí nessa arca sobre a qual você está sentado, garoto?

Claro. Árion sentiu o coração apertar. Estava explicado. Os marinheiros tinham ouvido falar de seu tesouro. Supôs que quisessem parte dele, mas imagine se ele ia partilhar seu prêmio, arduamente ganho, com qualquer um que não Periandro. Mais cedo, ele pensara em dar uma boa gorjeta à tripulação no fim da viagem, mas, agora, seu coração tinha se endurecido.

— Meus instrumentos musicais — respondeu. — Sou um citarista.

— Você é o *quê?*

Árion sacudiu tristemente a cabeça e repetiu lentamente, como para uma criança:

— Eu... toco... a... cítara.

Grande erro.

— Ah... você... toca? Bem... toque... uma... música... para... nós.

— Eu prefiro não, se vocês não se importam.

— O que está acontecendo aqui? — O capitão do brigue se aproximou.

— O garoto esnobe diz que é músico, mas não quer tocar. Diz que tem uma cítara nessa caixa dele.

— Bom, tenho certeza de que você não vai se importar em mostrá-la para nós, não é, meu jovem?

O pessoal todo do navio tinha feito um círculo ao seu redor.

— Eu… não estou me sentindo muito bem para tocar. Talvez à noite eu esteja em melhor forma.

— Por que você não desce e descansa na sombra?

— N-não, prefiro o ar fresco.

— Agarrem-no, rapazes!

Mãos rudes ergueram Árion com tanta facilidade como se ele fosse um cachorrinho recém-nascido.

— Larguem-me! Larguem isso. Não é propriedade de vocês!

— Onde está a chave?

— Eu... perdi.

— Encontrem-na, garotos.

— Não, não! Por favor, eu lhes peço...

A chave foi facilmente encontrada e arrancada do pescoço de Árion. Assobios e murmúrios surgiram quando o capitão soltou a tranca e levantou a tampa. A luz do brilho do ouro e os lampejos das pedras preciosas dançaram nas faces ávidas dos marinheiros. Árion viu que estava perdido.

— Estou d-disposto a d-dividir meu tesouro com vocês...

Os marinheiros pareceram achar a oferta muito divertida e gargalharam.

— Matem-no — mandou o capitão, pegando um longo fio de pérolas e erguendo-o para a luz.

O marinheiro mais feio pegou uma faca e se aproximou de Árion com um sorriso mau.

— Por favor, por favor... posso... posso pelo menos cantar uma última canção? Minha trenodia, meu próprio hino fúnebre. É claro que vocês me devem isso, não? Os deuses os punirão se vocês ousarem me mandar para a morte sem algum tipo de exéquia catártica...

— Vou fazer você parar de dizer esses raios de palavras — rosnou o marinheiro feio, aproximando-se.

— Não, não — disse o capitão. — Ele tem razão. Vamos deixar o nosso Cygnus entoar seu canto do cisne. Suponho que vá precisar desta lira. — Ele pescou a cítara da arca e a deu a Árion, que a afinou, fechou os olhos e começou a improvisar. Dedicou a canção a seu pai, Poseidon.

— Senhor dos Oceanos — cantou ele —, Rei das Marés, o que Sacode a Terra, amado pai. Muitas vezes, o negligenciei em minhas preces e meus sacrifícios, mas o senhor, o grande, não negligenciará seu filho. Senhor dos Oceanos, Rei das Marés, o que Sacode a Terra, amado...

Sem qualquer aviso, agarrando forte a cítara consigo, Árion pulou no mar e caiu nas ondas. A última coisa que ele ouviu foi o riso da tripulação e a voz seca do capitão.

— Essa foi fácil! Agora, os espólios.

Se algum deles tivesse se dado ao trabalho de olhar para baixo, teria se deparado com uma visão notável. Árion mergulhara abaixo da superfície e tinha toda a intenção de abrir a boca e deixar a água do mar entrar, sem luta. Alguém tinha dito a ele que o afogamento é uma morte doce e agradável, um lento passar para o sono, desde que você não lute. *Asfixia* é um terrível pesadelo de pânico, mas o verdadeiro *afogamento* é uma liberação serena e indolor. Assim lhe tinham dito. Apesar desse reconfortante conhecimento, Árion manteve a boca firmemente fechada e, com as bochechas inchadas, chutou a água, agarrado a sua cítara.

E então, justo quando seus pulmões estavam prestes a estourar, uma coisa incrível aconteceu. Ele se sentiu empurrado para cima. Empurrado firme e rapidamente. Estava subindo pela água. Tinha rompido a superfície! Conseguia respirar! O que estava acontecendo? Devia ser um sonho. O ímpeto da água, as bolhas e o borrifo, o balanço, o horizonte oscilante, o ruído em seus ouvidos, a imersão, o rugido, o ofuscamento – tudo isso impediu que ele entendesse o que estava acontecendo até que ele ousou olhar para baixo e, com olhos que ardiam, viu que… que… estava nas costas de um golfinho! Um *golfinho*! Estava montado nele, sobre as ondas! Mas a pele do golfinho era escorregadia e ele começou a deslizar. O golfinho se revirou e se retorceu, e Árion, de alguma maneira, se endireitou outra vez. O animal tinha deliberadamente manobrado para mantê-lo em segurança! Será que se incomodaria se ele estendesse uma mão e segurasse em sua nadadeira dorsal, como um cavaleiro se agarrava no santantônio de uma sela? O golfinho não se importou, inclusive empinou um pouco, como se em aprovação, e aumentou a velocidade na água. Árion lentamente alcançou a tira de sua cítara e jogou o instrumento para trás, de modo a curtir a corrida com as duas mãos na nadadeira.

Agora, o brigue estava fora da vista. O sol brilhava, golfinho e homem lavravam sulcos pelo mar, levantando plumas de borrifo iridescente. Para onde estavam indo? Será que o golfinho sabia?

— Ei, golfinho! Encaminhe-se no curso para o golfo de Corinto. Eu o dirijo quando chegarmos lá.

O golfinho deu uma série de gritinhos e cliques que pareciam indicar compreensão, e Árion riu. E lá foram eles, perseguindo o sempre longínquo horizonte. Árion, já confiante em seu equilíbrio, puxou a cítara de volta e cantou a canção de Árion e o golfinho. Perdeu-se para nós, mas dizem que era a canção mais linda já composta. Por fim, chegaram ao golfo. O golfinho transpôs a movimentada pista de navios com facilidade, deslizando graciosamente. Marinheiros nas movimentadas barcaças, balsas e pequenos barcos se voltaram para olhar a cena notável de um rapaz cavalgando um golfinho. Árion o dirigiu com as nadadeiras, puxando delicadamente para este lado e para aquele, e não pararam até chegarem às docas reais.

— Mandem dizer ao rei Periandro — falou ele saltando do golfinho para o cais. — Seu menestrel voltou. E deem comida para o meu golfinho.

O MONUMENTO

Periandro ficou radiante com a volta do músico de quem gostava. A história de seu salvamento encheu a corte de admiração e surpresa. A festa durou a noite inteira e foi até de manhã. Já era noite quando eles foram ver, louvar e acariciar o heroico golfinho. Mas a visão que se desenrolou diante dos olhos deles foi muito triste. Os trabalhadores das docas, ignorantes, tinham levado o golfinho para o cais, para alimentá-lo. O bicho definhara durante a noite, sem água para manter sua pele molhada, e, depois, ficara toda a manhã e a tarde inteira na beira do cais, rodeado de crianças curiosas, com o sol quente queimando e secando. Árion se ajoelhou e sussurrou em sua orelha. O golfinho agitou-se numa resposta afetuosa, deu um suspiro estremecido e morreu.

Árion se recriminou amargamente, e nem as instruções de Periandro para que uma alta torre fosse construída em celebração ao golfinho e para glorificar sua memória conseguiram animá-lo. Durante o mês seguinte, todas as suas canções foram tristes, e o palácio ficou de luto com ele.

Aí, veio a notícia de que um brigue tripulado com os nove marinheiros e o capitão malvado tinha sido soprado até Corinto por uma tempestade. Periandro enviou mensageiros para ordenar que a tripulação fosse à sua presença, mandando que Árion ficasse longe enquanto ele os questionava.

— Era para vocês terem trazido o meu bardo, Árion, de volta de Tarento — disse. — Onde está ele?

— Ai, venerável majestade — começou o capitão. — É tão triste. O pobre rapaz foi arrastado para o mar pela tempestade. Recuperamos o corpo e demos a ele um respeitoso funeral marítimo. Muita pena. Rapaz encantador, popular entre toda a tripulação.

— Foi, realmente. Camarada agradável. Perda terrível... — murmuraram os marinheiros.

— Seja lá como for — disse Periandro —, tive notícias de que ele venceu sua competição de canto e chegou até vocês com uma arca do tesouro, metade da qual é de minha propriedade.

— Quanto a isso... — O capitão abriu as mãos. — A arca foi perdida durante o jogo violento da tempestade. Ela se abriu e escorregou pelo convés para o mar, e só conseguimos recuperar *algumas* pequenas peças. Uma lira de prata de algum tipo, um *aulos*, um ou dois enfeites. Gostaria que tivesse sido mais, senhor, gostaria mesmo.

— Compreendo... — Periandro franziu a testa. — Reúnam-se amanhã de manhã junto ao novo monumento nas docas reais. Não têm como errar. Há um golfinho esculpido no topo. Tragam o que restou daquele tesouro e talvez eu permita que vocês fiquem com a parte de Árion, agora que o pobre garoto está morto. Podem ir embora.

— Não se preocupe — disse Periandro ao relatar a Árion tudo o que tinha sido dito. — A justiça será feita.

Na manhã seguinte, o capitão e seus homens chegaram cedo ao monumento. Estavam rindo, relaxados, felizes com o fato de poderem devolver apenas uma pequena porção do tesouro de Árion e até esperar que o crédulo tirano lhes desse um quinhão dele.

Periandro chegou com os guardas do palácio exatamente na hora marcada.

— Bom dia, capitão. Ah, o tesouro. Isso foi tudo o que conseguiram salvar? Sim, entendo o que diz, não foi muito, não é? Agora, lembrem-me, o que aconteceu com Árion?

O capitão repetiu a história fluente e facilmente, palavra por palavra, as mesmas que tinha dito no dia anterior.

— Então, ele está realmente morto? Você realmente resgatou o corpo, preparou o enterro e depois o devolveu às ondas?

— Absolutamente.

— E essas bugigangas são tudo o que restou do tesouro?

— É com pena que digo isso, majestade, mas são.

— Então, como — perguntou Periandro — você explica a descoberta *disso* escondido nas reentrâncias da madeira do seu navio?

A um sinal, alguns guardas se adiantaram trazendo uma padiola na qual estava disposto o grosso do tesouro.

— Ah, é. Bem... — o capitão deu um sorriso insinuante. — Besteira, a gente tentar enganá-lo, venerado senhor. O pobre garoto morreu, como eu disse, e lá estava seu tesouro. Nós não passamos de pobres marinheiros trabalhadores, senhor. Sua sabedoria e astúcia nos descobriram.

— Muito bem — disse Periandro. — Mas ainda estou intrigado. Eu mandei fazer uma cítara para Árion, de prata, ouro e marfim. Ele nunca ia a lugar algum sem ela. Por que não está aqui, entre as outras coisas?

— Bem — explicou o capitão. — Eu disse como gostávamos do jovem Árion. Como um irmão mais moço, para nós, não é, rapazes?

— Sim, sim... — murmuraram os marinheiros.

— Sabíamos o que aquela cítara significava para ele. Nós a pusemos na mortalha, antes de entregar seu corpo às ondas. Como poderíamos fazer de outra maneira?

Periandro sorriu. O capitão sorriu. Mas o sorriso desapareceu subitamente. Da boca do golfinho dourado no topo da coluna, saiu o som de uma cítara. O capitão e seus homens olharam assombrados. A voz de Árion se juntou às notas da cítara, e estas foram as palavras que saíram da boca do golfinho esculpido:

"Matem-no, homens", o capitão disse.
"Matem-no agora e peguem o ouro dele."
"Vamos matá-lo agora", gritaram os marinheiros.
"E jogá-lo aos tubarões."
"Mas parem", disse o menestrel. "Só me deixem cantar
Uma canção final de despedida."

Um dos marinheiros deu um grito de medo. Os outros caíram de joelhos, tremendo. Só o capitão, pálido, ficou de pé.

Uma porta se abriu no pedestal da estátua e o próprio Árion saiu do monumento, tangendo sua cítara e cantando:

> Mas o golfinho veio e o salvou.
> Ele o cavalgou pelas ondas.
> Atravessaram o mar para Corinto,
> O golfinho e o bardo.

Os marinheiros começaram a chorar e berrar, implorando por perdão. Jogavam a culpa uns nos outros e, mais especialmente, no capitão.

— Tarde demais — declarou Periandro, girando nos calcanhares. — Matem-nos todos. Agora, venha comigo, Árion, e cante uma canção de amor e vinho.

No fim da longa e bem-sucedida vida do músico, Apolo, para quem golfinhos e música eram sagrados, instalou Árion e seu salvador em meio às estrelas, entre Sagitário e Aquário, como a constelação de Delphinus, o Golfinho.

De sua posição nos céus, Árion e seu salvador podiam ajudar os navegantes lá embaixo e nos lembrar a todos do estranho e maravilhoso parentesco que existe entre a humanidade e os golfinhos.

FILÉMON E BÁUCIS OU A HOSPITALIDADE RECOMPENSADA

Nas colinas da Frígia oriental, na Ásia Menor, um carvalho e uma tília crescem lado a lado, os galhos se tocando. É um cenário simples, rural, longe de quaisquer palácios reluzentes ou cidadelas altaneiras. Ali, camponeses e lavradores pelejam pela vida, inteiramente dependentes da clemência de Deméter para o amadurecimento de suas colheitas e a engorda de seus porcos. O solo não é rico, e é sempre uma luta para as pessoas encherem seus celeiros com forragem suficiente para passar os meses de inverno, na época em que Deméter definha e lamenta a ausência, no mundo superior, de sua alegre filha, Perséfone. O carvalho e a tília, por menos impressionantes que pareçam se comparados aos bosques grandiosos de álamos e às elegantes avenidas de ciprestes que orlam as estradas conectando Atenas e Tebas, são, no entanto, as árvores mais sagradas no mundo mediterrâneo. Os sábios e virtuosos fazem peregrinações até elas e penduram presentes votivos em seus galhos.

Há muitos anos, um assentamento cresceu no vale abaixo. Em tamanho, era algo entre uma cidade e uma aldeia. Chamava-se, com aquele desespero esperançoso que sempre marca o nome de assentamentos fracassados, Eumeneia, que quer dizer "o lugar dos meses bons" – numa última expectativa de que Deméter fosse sempre abençoar a terra estéril do lugar e prover colheitas abundantes. Isso raramente aconteceu.

No centro da ágora, a praça principal, havia um grande templo de Deméter, em frente a outro quase do mesmo tamanho dedicado a Hefesto (porque as pessoas precisavam que suas forjas e oficinas fossem abençoadas). Podiam-se ver pela cidade muitos santuários votivos para Héstia e Dioniso. Os vinhedos esparsos que montavam as encostas eram cuidados com tanto esmero quanto quaisquer oliveiras ou campos de milho. A vida era dura, mas homens e mulheres encontravam grande consolo no vinho azedo da região.

No topo de uma alameda sinuosa que levava para fora da cidade, em um pequeno chalé, morava um velho casal, FILÉMON e BÁUCIS. Eles estavam casados desde muito jovens e agora, em sua velhice, se amavam tão profundamente quanto sempre, com uma intensidade discreta e inabalável que divertia os vizinhos. Eram mais pobres do que a maioria, seus campos eram os piores e mais estéreis em toda a Eumeneia, mas nunca ninguém os ouviu reclamar. Todos os dias, Báucis ordenhava sua única cabra, capinava, costurava, lavava e remendava, enquanto Filémon semeava, plantava, cavava e roçava a terra atrás de seu chalé. No final da tarde, eles colhiam cogumelos, catavam lenha ou simplesmente caminhavam pelas colinas, de mãos dadas, conversando sobre isso e aquilo ou contentes em ficarem juntos em silêncio. Se houvesse comida suficiente para jantarem, eles comiam, se não, iam para a cama com fome e dormiam um nos braços do outro. Seus três filhos há muito tinham se mudado e criavam suas próprias famílias bem longe. Nunca vinham visitar, e a probabilidade de alguém bater à porta era muito remota. Até uma tarde fatal.

Filémon tinha acabado de voltar dos campos e estava sentado, se preparando para seu corte de cabelo mensal. Naquela época, havia muito pouco para cobrir sua velha careca, mas aquele era um ritual mensal que dava muito prazer aos dois. O ruidoso "pá-pá-pá" na porta quase fez com que Báucis deixasse cair a navalha que estava amolando. Olharam um para o outro, muito surpresos, incapazes de se lembrar da última vez que alguém tinha vindo visitá-los.

Dois estranhos estavam na soleira, um homem barbado e seu companheiro mais novo, de rosto liso. Seu filho, talvez.

— Olá — cumprimentou Filémon. — Como podemos ajudá-los?

O mais jovem sorriu e tirou o chapéu, um estranho boné redondo com aba estreita.

— Boa tarde, senhor — disse ele. — Somos um par de viajantes famintos, recém-chegados a esta parte do mundo. Queria saber se poderíamos abusar de sua boa vontade…

— Entrem, entrem! — disse Báucis, alvoroçando-se atrás do marido. — Está frio para ficar do lado de fora nesta época do ano. Estamos mais alto do que o resto da cidade, sabem, e sentimos um pouco mais de frio. Filémon, por que não acende o fogo para que nossos hóspedes possam se aquecer?

— Claro, meu amor, claro. Onde estão meus bons modos? — Filémon se inclinou e soprou na lareira, avivando as brasas.

— Deixe-me guardar seus agasalhos — disse Báucis. — Sente-se ao lado do fogo, senhor. E o senhor, insisto.

— É muita gentileza — disse o mais velho dos dois. — Meu nome é Astrapos, e este é meu filho Arguros.

O jovem se inclinou com um floreio à menção de seu nome e sentou-se ao lado do fogo.

— Estamos com muita sede — disse, com um bocejo ruidoso.

— Vocês têm de beber alguma coisa — falou Báucis. — Marido, vá buscar a jarra de vinho e eu vou trazer figos secos e pinhões. Espero que os cavalheiros consintam em jantar conosco. Não podemos oferecer grande coisa, mas serão muito bem-vindos.

— Se pudermos… — disse Arguros.

— Deixe-me guardar seu chapéu e seu bastão…

— Não, não, eles ficam comigo. — O jovem puxou o bastão mais para perto de si. Tinha um formato muito curioso. *Seria uma vinha que estava esculpida em torno dele todo?*, pensou Báucis. Ele o estava rodando tão habilmente que a coisa toda parecia viva.

— Receio — disse Filémon chegando com uma jarra de vinho — que vocês achem o nosso vinho local um pouco ralo e talvez um pouco… ácido. As pessoas das regiões vizinhas zombam de nós por causa disso, mas garanto que, uma vez acostumados, ele pode ficar razoavelmente bebível. Pelo menos, nós achamos.

— Nada mal — comentou Arguros depois de um gole. — Como é que você fez o gato sentar na jarra?

— Não prestem atenção nele — recomendou Astrapos. — Ele acha que é engraçado.

— Bem, tenho de admitir que *foi* mesmo engraçado — disse Báucis, aproximando-se com frutas e nozes num prato de madeira. — Não gosto de pensar, jovem senhor, no que dirá a respeito da aparência dos meus figos secos.

— Você está usando uma blusa, de modo que eu não posso vê-los. Mas as frutas em conserva nesse prato parecem bastante agradáveis.

— *Senhor!* — Báucis deu-lhe um tapinha brincalhão, enrubescendo. Que rapaz estranho.

O leve constrangimento que em geral aparece na fase de drinques e aperitivos de uma noite foi rapidamente aliviado pela ousadia e alegria de Arguros e pelo riso fácil de seus anfitriões. Astrapos parecia estar num humor mais sombrio e, quando foram para a mesa, Filémon pôs uma mão em seu ombro.

— Espero que perdoe a curiosidade de um velho bobo, senhor — disse ele —, mas você parece um tanto distraído. Haverá alguma coisa que possamos fazer para ajudá-lo?

— Ah, não dê atenção a ele. Está sempre desanimado — falou Arguros. — Na verdade, nada que uma boa refeição não cure.

Báucis e Filémon se entreolharam durante um instante. Havia tão pouco na despensa... Um lado de toicinho salgado, que eles estavam guardando para a festa do meio do inverno, alguma fruta em conserva, pão preto e metade de um repolho. Eles sabiam que passariam fome durante uma semana se alimentassem metade do apetite desses homens comilões. Mas a hospitalidade era uma coisa sagrada e as necessidades dos hóspedes sempre tinham de vir em primeiro lugar.

— Mais um copo de vinho não ia fazer mal — pediu Arguros.

— Ai, meu deus — disse Filémon, olhando para a jarra —, temo que tenha acabado...

— Bobagem — disse Arguros, agarrando-a —, ainda há bastante. — Ele encheu seu copo e, depois, também o de Astrapos.

— Estranho — comentou Filémon. — Eu podia jurar que a jarra só estava cheia por um quarto.

— Onde estão os copos de vocês? — perguntou Arguros.

— Ah, por favor, nós não precisamos de...

— Imagine. — Arguros se inclinou para trás na cadeira e pegou duas taças de madeira na mesa lateral atrás dele. — Agora, então... Vamos fazer um brinde.

Filémon e Báucis estavam perplexos, não apenas porque havia vinho suficiente na jarra para encher os copos deles até a beirada, mas também porque a qualidade era muito melhor do que qualquer um dos dois lembrava. Aliás, a não ser que estivessem sonhando, era o vinho mais delicioso que jamais tinham provado.

Num tipo de estupor, Báucis limpou a mesa com folhas de hortelã.

— Querida — Filémon cochichou em seu ouvido —, aquele ganso que íamos sacrificar para Héstia no mês que vem. Certamente, é mais importante alimentar os nossos hóspedes. Héstia vai entender.

Báucis concordou.

— Vou lá torcer o pescoço dele. Veja se consegue um fogo quente o bastante para que fique um belo assado.

No entanto, ela não conseguiu pegar o ganso. Não importa o cuidado com que Báucis esperasse e atacasse, todas as vezes, ele pulava, gritando, para fora de seu alcance. Ela voltou ao chalé num estado de decepção agitada.

— Cavalheiros, lamento tanto — ela disse, com lágrimas nos olhos. — Temo que sua refeição tenha de ser crua e desagradável.

— Psiu, senhora — disse Arguros, servindo mais vinho para todo mundo. — Nunca compartilhei um banquete melhor.

— Senhor!

— É verdade. Conte a eles, pai.

Astrapos deu um sorriso sombrio.

— Fomos mandados embora de cada casa em Eumeneia. Alguns dos habitantes nos xingaram. Alguns cuspiram em nós. Alguns jogaram pedras. Alguns atiçaram os cachorros. A sua foi a última casa que tentamos, e vocês só nos mostraram bondade e um espírito de xênia que eu estava começando a temer que tinha desaparecido do mundo.

— Senhor — disse Báucis, buscando a mão de Filémon por baixo da mesa e apertando-a. — Só podemos pedir desculpas pelo comportamento de nossos vizinhos. A vida é dura e eles nem sempre foram criados aprendendo a venerar as leis da hospitalidade como deviam.

— Não é preciso desculpá-los. Estou zangado — disse Astrapos, e, quando ele falou, pôde-se ouvir o rugido de um trovão.

Báucis olhou nos olhos de Astrapos e viu alguma coisa que a atemorizou.

Arguros riu.

— Não fique alarmada — disse ele. — Meu pai não está zangado, ele está satisfeito com vocês.

— Saiam do chalé e subam o morro — mandou Astrapos, levantando-se. — Não olhem para trás. Aconteça o que acontecer, não olhem para trás. Vocês fizeram jus a sua recompensa e seus vizinhos mereceram o castigo.

Filémon e Báucis levantaram-se, dando-se as mãos. Sabiam agora que seus visitantes eram algo além de viajantes comuns.

— Não precisam fazer mesuras — disse Arguros.

O pai apontou para a porta.

— Para cima do morro.

— Lembrem — Arguros gritou para eles —, nada de olhar para trás.

De mãos dadas, Filémon e Báucis caminharam morro acima.

— Você sabe quem era aquele rapaz? — questionou Filémon.

— Hermes — disse Báucis. — Quando ele abriu a porta para nos deixar sair, eu vi as cobras enroladas no bastão dele. Estavam *vivas*!

— Então, o homem que ele chamava de pai era... devia ser...

— Zeus!

— Oh, meu deus! — Filémon fez uma pausa na encosta para recuperar o fôlego. — Está ficando tão escuro, meu amor... O som do trovão está se aproximando. Imagino se...

— Não, querido, não podemos olhar para trás. Não podemos.

Desgostoso com a hostilidade e as desavergonhadas violações das leis da hospitalidade demonstradas pelos moradores de Eumeneia, Zeus tinha resolvido fazer com aquela comunidade o que tinha feito na época de Deucalião e o Grande Dilúvio. As nuvens, sob seu comando, se juntaram em uma densa massa, os raios relampejaram, os trovões ribombaram e a chuva começou a cair.

Quando o casal idoso conseguiu chegar ao topo do morro, torrentes de água passavam jorrando por eles.

— Não podemos simplesmente ficar aqui na chuva, dando as costas para a cidade — disse Báucis.

— Se você olhar, eu olho.

— Eu o amo, Filémon, meu marido.

— Eu a amo, Báucis, minha mulher.

Eles se viraram e olharam para baixo. Fizeram isso no momento exato de ver uma grande inundação engolindo Eumeneia, antes de Filémon ser transformado em um carvalho e Báucis, em uma tília.

Durante centenas de anos, as duas árvores ficaram lado a lado, símbolos do amor eterno e da bondade humilde, seus galhos entrelaçados todos pendurados com prendas de peregrinos admiradores.[198]

198. Essa *theoxenia*, esse teste divino da hospitalidade humana, é notavelmente semelhante àquela descrita no capítulo XIX do Gênesis. Anjos visitaram Sodoma e Gomorra e só Lot e sua mulher demonstraram a eles decência e bondade. Os cidadãos debochados de Sodoma, é claro, em vez de atiçar os cachorros sobre os anjos, queriam "conhecê-los" – no sentido mais literalmente bíblico possível, nos dando a palavra "sodomia". Lot e sua mulher, como Filémon e Báucis, foram mandados sair e não olhar para trás, enquanto o castigo divino era imposto às Cidades da Planície. A mulher de Lot olhou para trás e foi transformada não numa tília, mas numa estátua de sal.

A FRÍGIA E O NÓ GÓRDIO

Os gregos adoravam inventar histórias sobre fundadores de cidades. A dádiva do azeite para os atenienses e a criação de Erecteu (a questão do pano ensopado com o sêmen de Hefesto, você deve lembrar) para ser fundador da cidade parece ter ajudado a promover os sentidos deles mesmos. A história de Cadmo e dos dentes do dragão fez a mesma coisa com os tebanos. Algumas vezes, como é o caso da fundação da cidade de Górdium, elementos da história podem passar de mito para lenda para história verdadeira, identificável.

Na Macedônia vivia um camponês pobre, mas ambicioso, chamado GÓRDIAS. Um dia, enquanto ele labutava em seus campos estéreis, pedregosos, uma águia aterrissou no fueiro de seu carro de bois e fixou nele um olhar feroz.

— Eu sabia! — Górdias disse para si mesmo. — Sempre achei que eu estava marcado para a grandeza. Essa águia vem provar isso. Tenho um destino.

Ergueu o arado e conduziu o boi e o carro durante muitas centenas de quilômetros na direção do oráculo de Zeus Sabázios.[199] Enquanto Górdias prosseguia com dificuldade, a águia ia com suas garras bem fincadas no fueiro, sem sequer piscar, não importando a violência com que o carro caísse nos buracos e balançasse nas pedras.

No caminho, Górdias encontrou uma jovem garota telmissiana, dotada em igual medida de grandes poderes proféticos e de uma atraente beleza,

199. Sabázios era a encarnação de Zeus a cavalo, adorada pelos trácios e pelos frígios.

que tocaram o seu coração. Ela parecia o estar esperando e insistiu para que ele se apressasse e fosse imediatamente para Telmissus, onde deveria sacrificar seu boi a Zeus Sabázios. Górdias, animado com a convergência de todas as suas esperanças, resolveu obedecer ao conselho, desde que ela concordasse em se casar com ele. Ela inclinou a cabeça, assentindo, e eles partiram para a cidade.

Aconteceu que, naquele exato momento, o rei da Frígia tinha acabado de morrer, em sua cama. Como ele não deixara herdeiros ou sucessor óbvio, o povo de sua capital se apressou para o santuário de Zeus Sabázios para descobrir o que deveria ser feito. O oráculo disse para eles ungirem e coroarem o primeiro homem a entrar na cidade numa carroça. Então, foi assim que os moradores estavam agrupados excitadamente em torno dos portões no exato momento em que Górdias e sua profetisa chegaram. A águia voou de seu poleiro com um grande grito quando eles cruzaram a soleira. O populacho atirou os bonés para cima e aplaudiu até ficar rouco.

Em pouquíssimo tempo, Górdias tinha ido de uma vida solitária ralando na poeira da Macedônia a se casar com uma linda vidente telmissiana e ser coroado rei da Frígia. Traçou planos para reconstruir a cidade (à qual ele, sem qualquer modéstia, deu o nome de Górdium em sua própria homenagem) e se estabeleceu para reinar sobre a Frígia e viver feliz para sempre. O que ele fez. Algumas vezes, até no mundo da mitologia grega, as coisas dão certo.

O carro de boi se tornou uma relíquia santificada, um símbolo do divino direito de governar dado a Górdias. Um poste esculpido, com o corniso polido, foi colocado na ágora e a canga do carro foi amarrada a ele com uma corda atada com o nó mais intrincado que o mundo já vira. Górdias resolvera que o carro jamais seria roubado da praça. Surgiu a lenda, daquele modo misterioso e inimputável como surgem as lendas, de que quem conseguisse desatar esse nó diabólico, um dia, governaria a Ásia. Muitos tentaram – mestres marinheiros, matemáticos, fabricantes de brinquedos, artistas, artesãos, trapaceiros, filósofos e crianças ambiciosas, mas ninguém sequer conseguiu começar a desfazer suas elaboradas alças, laçadas e torções embaralhados.

O grande nó górdio ficou sem solução durante mais de mil anos, até que um jovem rei macedônio, conquistador, temerário e brilhante, chamado

Alexandre, entrou na cidade com seu exército. Quando soube da lenda do nó, deu uma olhada no grande emaranhado de corda, ergueu a espada e deu um golpe, cortando o nó górdio e ganhando elogios encantados de sua própria geração e das futuras.[200]

Enquanto isso, voltando no tempo, o filho de Górdias, príncipe Midas, cresceu e se tornou um jovem amistoso, alegre, amado e admirado por todos os que o conheceram.

200. Logo que escutei essa história, minha opinião sobre Alexandre não melhorou. Piorou. "Ele *roubou*!", eu disse. Suponhamos que eu tivesse "solucionado" um cubo mágico aleatório abrindo-o com uma chave de fenda até que todas as peças caíssem e depois arrumasse-as de volta na ordem certa. Quem elogiaria isso? Mas Alexandre é felicitado pela história por "pensar fora da caixa" e é chamado "o Grande". Uma regra para os reis guerreiros gênios do mundo e outra para o resto de nós.

MIDAS

O ESTRANHO FEIO

No devido tempo, Górdias morreu e seu filho Midas o sucedeu como rei. Midas levava uma vida simples, mas elegante – crescera como um jovem amistoso, alegre, educado e admirado por todos –: a Frígia não era um reino especialmente rico, mas a maior parte do tempo e do dinheiro de Midas eram generosamente gastos num maravilhoso jardim de rosas nos terrenos do palácio. Tornou-se uma das maravilhas da época. A coisa que Midas mais amava era passear por esse paraíso de cores e perfumes e cuidar de suas plantas – cada uma das quais dava sessenta flores gloriosas.

Certa manhã, enquanto andava pelo jardim, notando com o encanto habitual como as gotas de orvalho brilhavam tão maravilhosamente nas pétalas delicadas de suas queridas rosas, Midas tropeçou na forma adormecida de um velho feio, barrigudo, enroscado no solo e roncando como um porco.

— Oh — disse Midas —, mil desculpas. Eu não o vi aí.

Com um arroto e um soluço, o velho se levantou e fez uma profunda mesura.

— Peço perdão — disse ele. — Não consegui evitar ser atraído pelo perfume de suas rosas na noite passada. Caí no sono.

— Não se preocupe — falou Midas, educadamente. Ele tinha sido criado para sempre demonstrar respeito pelos mais velhos. — Mas por que não vem até o palácio e compartilha um café da manhã?

— Seria bom. Bondade de sua parte.

Midas não tinha como saber que aquele velho feio e barrigudo era Sileno, o companheiro de farra do deus do vinho, Dioniso.

— Talvez queira tomar um banho...? — sugeriu, enquanto se dirigiam para dentro.

— Por quê?

— Ah, nada. Só uma ideia.

Sileno ficou dez dias e dez noites, fazendo profundas incursões na parca adega de Midas, mas o recompensando com canções, danças e histórias absurdas.

Na décima noite, Sileno anunciou que iria embora na manhã seguinte.

— Meu senhor estará ansiando por mim — disse ele. — Quem sabe o seu pessoal pode me conduzir a ele. Pode?

— Com prazer — concordou Midas.

No dia seguinte, Midas e sua comitiva levaram Sileno na longa jornada para os vinhedos no sul que Dioniso gostava de frequentar naquela época do ano. Depois de muitas horas labutando pelo calor e o emaranhado de alamedas apertadas, morros íngremes e passagens colaterais estreitas, eles se depararam com o deus do vinho e seus atendentes num piquenique no campo. Dioniso estava radiante por ver seu velho amigo.

— Sem você, o vinho fica azedo — declarou. – As danças saem todas erradas e a música não soa bem. Onde você esteve?

— Eu me perdi — contou Sileno. — Este gentil camarada e empurrou o relutante Midas para que ficasse de frente para o deus — me acolheu em seu palácio e me fez senhor da casa. Bebi quase todo o vinho dele, comi quase toda a sua comida, fiz xixi nas jarras de água e vomitei nas almofadas de seda. Nunca se queixou. Gente boa total. — Sileno deu um tapa nas costas de Midas. Midas deu o melhor sorriso que conseguiu. Ele não sabia das jarras de água e das almofadas de seda.

Dioniso, como muitos bebedores de peso, facilmente ficava muito emocional e afetuoso. Ele apalpou Midas, agradecido.

— Vê? — declarou para o mundo em geral. — Você *vê*? Bem quando a gente perde a fé na humanidade, ela demonstra assim o quanto vale. É isso que meu pai quer dizer com xênia. Faz meu coração estourar. É só dizer.

— Perdão?... — Midas estava a fim de ir embora. Dez dias e noites de Sileno já estava de bom tamanho. O que ele queria agora era estar sozinho com suas flores. Um Dioniso bêbado com uma comitiva inteira de Mênades e sátiros era demais até para a paciência dele.

— Diga o que quer como recompensa. Qualquer coisa. Seja lá o que você… hic!… desejar, eu providentemente adivinharei. Quer dizer — Dioniso emendou, com dignidade —, eu divinamente providenciarei. É isso — acrescentou beligerante, virando o rosto para ninguém em particular.

— Quer dizer, meu senhor, que posso pedir qualquer coisa?

Quem de nós nunca teve fantasias felizes de gênios e fadas concedendo desejos? Sinto dizer que, com essa oferta de Dioniso, Midas foi inundado por uma onda de empolgação.

Já mencionei que a Frígia era um dos reinos mais pobres e, embora Midas não fosse considerado pelos amigos ganancioso ou avaro, gostaria, como qualquer governante, de ter mais dinheiro para gastar com seus exércitos, seu palácio, seus súditos e suas conveniências municipais. As despesas da família real subiam e Midas sempre fora um rei benevolente demais para sobrecarregar seu povo com impostos pesados. Desse modo, um desejo muito extraordinário passou do seu cérebro febril para a boca.

— Então, eu peço isto — disse ele —: que tudo o que eu toque se transforme em ouro.

Dioniso deu um sorriso um tanto diabólico.

— É mesmo? É isso que você quer?

— É isso que quero.

— Vá para casa — recomendou o deus. — Tome um banho de vinho e vá para a cama. Quando você se levantar de manhã, seu desejo estará concedido.

Toque de ouro

É provável que Midas não tenha acreditado que aquela conversa fosse dar em alguma coisa. Era sabido que os deuses se esquivavam, desviavam e resvalavam de suas obrigações.

Mesmo assim, sabe-se lá – afinal de contas, que mal faria? Quer dizer, nunca se sabe… naquela noite, Midas entornou algumas barricas de seu cada vez menor estoque de vinho numa banheira real. Os fumos garantiram que, ao ir para a cama, ele curtisse um sono profundo e tranquilo.

Midas acordou em uma radiosa manhã que apagou de sua mente todas as ideias de desejos malucos e de deuses bêbados. Com pensamentos apenas para as suas flores, ele pulou da cama e correu para o seu amado jardim.

Nunca as rosas pareceram tão lindas. Ele se inclinou e cheirou uma híbrida cor-de-rosa que estava naquele estado perfeito entre botão e flor completamente aberta. O perfume delicioso o fez ficar tonto de alegria. Amorosamente, ele foi desenrolar as pétalas. Em um instante, o cabo e a flor tinham sido transformados em ouro. Ouro sólido.

Midas não pôde acreditar.

Ele tocou uma flor, depois, outra. No momento em que seus dedos as tocavam, elas viravam ouro. Ele correu por todo o jardim gritando, frenético, passando as mãos pelos arbustos até que cada uma tinha se solidificado em ouro dourado precioso, brilhante, inestimável, glorioso.

Pulando e gritando de alegria, Midas contemplou o que antes tinha sido um jardim de rosas raras, e agora era o tesouro mais valioso no mundo. Ele estava rico? Ele estava insana e monumentalmente rico! Nenhum homem sobre a terra jamais tinha sido tão rico.

Os sons de seus gritos exultantes atraíram sua mulher, que saiu pelas portas do palácio e ficou olhando, com a filha bebê nos braços.

— Querido, por que você está gritando?

Midas correu para ela e envolveu mãe e filha num abraço apertado de alegria excitada.

— Você não vai acreditar! — disse ele. — Tudo em que toco vira ouro! Olhe! Eu só tenho de... *oh!*

Deu um passo atrás e viu que sua mulher e sua bebezinha eram agora uma estátua de ouro fundido, reluzindo ao sol da manhã, um grupo de mãe e filha sólido que deixaria orgulhoso qualquer escultor.

— Vou cuidar disso mais tarde — Midas disse a si mesmo. — Deve haver um jeito de recuperá-las... Dioniso não seria tão... enquanto isso: *Zim! Zam! Zum!*

Um guarda, a grande porta lateral do palácio e seu trono favorito eram, agora, inteiramente de ouro.

— *Vim! Vam! Vum!*

A mesa lateral, sua taça, seus talheres – ouro sólido!

Mas o que foi isso? *Crack!* Seus dentes quase se quebraram ao morder um pêssego de ouro. *Tum!* Seus lábios tocaram um vinho de ouro. *Plop!* Um pesado pedaço de ouro que antes era um guardanapo de linho esmagou e machucou seus lábios.

O encanto ilimitado começou a desaparecer quando Midas percebeu todo o significado de seu dom.

Você pode imaginar o resto. Imediatamente, a emoção e o prazer de ter tanto ouro foram transformados em temor e medo. Tudo o que Midas tocava virava ouro, mas seu coração virou chumbo. Não havia palavras, guinchos de imprecação aos céus que transformassem de volta sua mulher e filha frias, solidificadas, em carne viva, quente. A visão de suas amadas rosas pendendo as cabeças pesadas fez a sua própria se inclinar em sofrimento. Tudo em torno dele reluzia e brilhava, faiscava e cintilava num suntuoso brilho dourado espalhafatoso, mas seu coração estava tão sombrio e cinzento quanto granito.

E a fome e a sede! Depois de três dias de comida e bebida transformados em ouro não comestível no momento em que os tocava, Midas se viu pronto para a morte.

Sobre sua cama dourada, cujos lençóis duros e pesados não ofereciam calor ou conforto, ele caiu num sono febril. Sonhou que suas flores estavam de novo florindo, de volta à vida, doces, delicadas – suas rosas, sim, mas mais do que todas as flores, ele entendia agora que o que importava eram sua mulher e filha. No sonho conturbado, contorcido, ele via as suaves cores voltando às faces delas e a luz mais uma vez brilhando em seus olhos. Enquanto essas imagens atraentes dançavam e tremeluziam em sua mente, a voz de Dioniso ressoou dentro dele.

— Homem insensato! É uma sorte que Sileno goste tanto de você. É só por ele que lhe demonstro piedade. Quando você acordar pela manhã, vá até o rio Pactolo. Mergulhe as mãos na água e seu encantamento será dissolvido. Tudo o que você lavar na corrente rápida será recuperado.

Na manhã seguinte, Midas fez o que a voz no sonho instruíra. Como prometido, o contato com as águas do rio o libertou de seu toque dourado.

Louco de alegria, ele gastou uma boa semana indo de um lado para outro, mergulhando sua mulher, sua filha, seus guardas, seus empregados, sua rosas e tudo o que tinha no rio e batendo palmas deliciado quando eles voltavam a seu estado original, sem valor – mas inestimável.

Depois disso, as águas do Pactolo, que serpenteia em torno do sopé do monte Tmolo, se tornaram a única grande fonte de eletro, uma liga natural de ouro e prata em todo o Egeu.

As orelhas do rei Midas

Seria de supor que Midas, a essa altura, tivesse aprendido a lição. A lição que se repete continuamente através da história do homem. Não se meta com os deuses. Não confie nos deuses. Não irrite os deuses. Não negocie com os deuses. Não compita com os deuses. Deixe os deuses para lá. Trate todas as bênçãos como uma praga e todas as promessas como uma armadilha. Acima de tudo, jamais insulte um deus. Nunca.

Sob um aspecto, Midas certamente mudou. Ele já não desprezava apenas o ouro, mas todas as riquezas e posses. Logo depois de Dioniso suspender a praga, Midas se tornou um devoto seguidor de Pan, o deus da natureza, com pés de cabra, deus dos faunos, dos prados e de todas as coisas silvestres no mundo.

Com flores no cabelo, sandálias nos pés e uma mera sugestão de roupa cobrindo seu recato, Midas largou a mulher e a filha a cargo da Frígia e se dedicou a uma vida de *hippie* feliz e de simples virtude bucólica.

Tudo podia ter dado certo se não fosse seu mestre, Pan, ter botado na cabeça a ideia de desafiar Apolo numa competição para determinar qual era superior, a lira ou a flauta.

Uma tarde, num prado que ficava nas encostas do monte Tmolo, Pan levou a flauta aos lábios ante uma plateia de faunos, sátiros, dríades, ninfas, semideuses sortidos e outros imortais de menor importância. Uma melodia rude, mas agradável, emergiu no modo lídio. Pareceu atrair veados que bramiam, jorros de águas, coelhos às cambalhotas, garanhões no cio e cavalos a galope. A melodia rude, rústica, encantou a plateia, especialmente Midas, que realmente adorava Pan e toda a alegria travessa e a loucura que o deus dos pés de cabra representava.

Quando Apolo se levantou e soou as primeiras notas de sua lira, abateu-se um silêncio. De suas cordas, surgiam visões de amor universal, harmonia e felicidade, uma profunda permanência de alegria na vida e um sentimento do próprio céu.

Quando acabou, a plateia se levantou para aplaudir em uníssono. Tmolo, a divindade da montanha, exclamou:

— A lira do grande senhor Apolo vence. Todos concordam?

— Sim, sim!, — rugiram os sátiros e faunos.

— Apolo, Apolo! — exclamaram as ninfas e as dríades.

Uma única voz objetou.

— Não!

— Não? — Dúzias de cabeças se voltaram para ver quem tinha ousado discordar.

Midas ficou de pé.

— Eu discordo. Digo que a flauta de Pan produz o melhor som.

Até Pan ficou atônito. Apolo silenciosamente depositou sua lira e caminhou até Midas.

— Repita.

Pode-se dizer de Midas que ele, pelo menos, tinha a coragem de afirmar suas convicções. Engoliu duas vezes antes de repetir:

— Eu... Eu digo que a flauta tem um som melhor. A música dela é mais... emocionante. Mais artística.

Apolo devia estar de bom humor naquele dia, porque não abateu Midas ali mesmo. Não esfolou a pele dele, camada por camada, como tinha feito com Marsias, quando o infeliz teve a temeridade de o desafiar. Não provocou em Midas sequer a mais leve dor, mas disse suavemente:

— Você honestamente acha que Pan tocou melhor do que eu?

— Acho.

— Bom, nesse caso — disse Apolo com um riso —, você deve ter orelhas de burro.

Tão logo essas palavras saíram da boca do deus, Midas sentiu algo estranho e quente e áspero na cabeça. Tenteou com a mão inquisidora, e uivos, apupos, gritos e guinchos de riso zombeteiro começaram a emergir da multidão reunida. Todos podiam ver o que Midas não conseguia. Duas grandes orelhas de burro, cinzentas, tinham aparecido através do cabelo dele e estremeciam e abanavam para trás e para a frente para o mundo inteiro ver.

— Parece que eu tinha razão — disse Apolo. — Você realmente tem orelhas de burro.

Rubro de vergonha e mortificação, Midas virou as costas e fugiu da clareira, com os escárnios e as vaias do povo soando ainda mais alto em suas grandes orelhas peludas.

Sua vida como seguidor de Pan tinha terminado. Amarrou a cabeça num turbante e voltou para a esposa e a família no palácio de Górdium e se estabeleceu outra vez na vida de rei – sua experiência despreocupada de vida no campo decididamente estava acabada.

A única pessoa que viu suas orelhas de burro era, necessariamente, o empregado que cortava seu cabelo todos os meses. Ninguém mais na Frígia conhecia o terrível segredo, e Midas estava determinado a que continuassem assim.

— O negócio é o seguinte — disse Midas ao barbeiro. — Eu lhe dou um salário maior e uma pensão mais generosa do que a qualquer outro membro do pessoal do palácio se você mantiver silêncio a respeito do que viu. Se, no entanto, disser uma palavra *a qualquer um*, vou massacrar sua família na sua frente, cortar sua língua e deixá-lo vagando pelo mundo em pobreza e exílio mudos. Entendeu?

O assustado barbeiro assentiu com a cabeça.

Durante três anos, cada lado cumpriu o combinado. A mulher e a família do barbeiro engordaram, felizes com o dinheiro extra que entrava, e ninguém descobriu nada sobre os apêndices auditivos asininos do rei. Turbantes no estilo de Midas ficaram na moda por toda a Frígia, Lídia, Trácia e além. Estava tudo bem.

Mas segredos são terríveis de se guardar. Especialmente os suculentos, como o que o barbeiro real estava sabendo. Todos os dias, ele se levantava e sentia que o conhecimento estava se retorcendo e inchando dentro dele. O barbeiro adorava sua mulher e sua família, e era, de qualquer modo, fiel ao monarca o bastante para não querer humilhá-lo nem o envergonhar. Mas aquele segredo inchando, virando um balão, tinha de ser liberado de algum modo, antes que estourasse. Nenhuma vaca com tetas inchadas, nenhuma mãe de gêmeos que passaram do prazo, nenhum gastrônomo que comeu demais em sua privada, ninguém podia jamais ter sentido uma necessidade tão desesperada para se aliviar de suas agonias do que esse pobre barbeiro.

Finalmente, ele descobriu um esquema que tinha a certeza de que o deixaria livre de seu peso, sem pôr sua família em perigo. Ao acordar, depois de uma noite torturante na qual ele sonhara ter revelado o segredo para toda a população de Górdium a partir do balcão para a praça principal, saiu de manhãzinha e se embrenhou pelo campo remoto. Em um lugar isolado ao lado de um riacho, cavou uma trincheira funda no chão. Olhando bem em torno para ter a certeza de que não havia ninguém para ouvir, ele se ajoelhou, colocou as mãos ao redor da boca e gritou estas palavras para o buraco:

— Midas tem orelhas de burro!

Raspando freneticamente para fechar o buraco antes que as palavras escapassem, ele não notou uma sementinha mínima flutuando e se depositando no fundo…

Depois de o buraco ter se enchido novamente, o barbeiro bateu bem forte com os pés sobre a terra para selar o horrível segredo. Voltou saltitando o caminho inteiro até Górdium, dirigiu-se direto para sua taverna preferida e pediu uma jarra do melhor vinho da casa. Agora, podia beber sem temer que o vinho lhe soltasse a língua. Era como se ele fosse Atlas e o céu tivesse finalmente sido tirado de seus ombros.

Enquanto isso, durante as semanas seguintes, lá no campo remoto ao lado do riacho, aquela sementinha, aquecida pelo suave hálito de Gaia abaixo, começou a germinar. Logo, um pequeno junco delicado estava forçando a passagem sobre o solo e empinando sua delicada cabeça no ar. Quando a brisa atingiu o junco, ele sussurrou suavemente:

— Midas tem orelhas de burro.

As palavras débeis alcançaram os caniços e as ervas que orlavam as ribanceiras do rio.

— Midas tem orelhas de burro…

O sussurro dos caniços e o assovio das ervas foram varridos pelas gramas e folhas das árvores e, rapidamente, o zunido dos ciprestes e salgueiros enviou o som pela brisa.

— Midas tem orelhas de burro — suspiraram os galhos.

— Midas tem orelhas de burro — cantaram os passarinhos.

E, por fim, a notícia chegou à cidade.

— *Midas tem orelhas de burro!*

O rei Midas acordou assustado. Havia risos e gritos na rua fora do palácio. Ele se arrastou até a janela, se agachou e ouviu.

A humilhação era demais para ele. Sem parar para se vingar do barbeiro e da família do barbeiro, ele misturou uma bebida venenosa de sangue de boi, ergueu os olhos para o céu, soltou uma amarga gargalhada, deu de ombros, bebeu todo o veneno e morreu.

Pobre Midas. O nome dele significará sempre alguém rico e com sorte, mas, na verdade, ele era azarado e pobre. Se ele simplesmente tivesse ficado com suas rosas... Dedos verdes são melhores do que dourados.

APÊNDICES

OS IRMÃOS, UM APARTE

Uma palavra final sobre Epimeteu e Prometeu, os filhos de Clímene (ou Ásia), a Oceânide, e Jápeto, o Titã, e irmãos mais novos do Atlas que sustenta o céu e de Menoécio, explodido por um raio. Geralmente, afirma-se que Prometeu significa "premeditação" e Epimeteu, "reflexão tardia", do que se infere que Epimeteu se jogava nas coisas sem pensar nas consequências, enquanto seu irmão mais velho, Prometeu, deliberava com mais perspicácia. Pode-se defender de modo convincente que não houve nada de especialmente cauteloso, premeditado ou presciente nas ações de Prometeu ao trazer o fogo para o homem. Foi impulsivo, generoso… até amoroso, mas não especialmente ajuizado. Epimeteu era também um indivíduo com disposição bondosa, bem disposta, e seus fracassos foram apenas… eu ia dizer humanos, mas dificilmente pode ser isso, porque ele era um Titã. Seus fracassos certamente tiveram consequências titânicas. A diferença percebida entre os irmãos é usada até hoje por filósofos para expressar algo fundamental a nosso respeito.

Nos diálogos de *Protágoras*, de Platão, o personagem título sugere um mito da criação um tanto diferente do aceito tradicionalmente.

Os deuses (assim diz Protágoras a Sócrates) resolveram povoar a natureza com novas cepas de vida mortal, já que, naquela época, só havia imortais no mundo. Com terra, água, o fogo divino e o sopro divino, criaram animais e o homem. Encarregaram Prometeu e Epimeteu da tarefa de distribuir entre essas criaturas os atributos e características que lhes possibilitariam ter vidas plenas e bem-sucedidas. Epimeteu disse que faria a distribuição e Prometeu viria examinar seu trabalho. Os dois irmãos concordaram nisso.

Epimeteu se lançou com entusiasmo à tarefa. Deu armadura a alguns animais – o rinoceronte, o pangolim e o tatu, por exemplo. A outros, quase aleatoriamente, parece, ele deu pelo grosso, à prova de água, camuflagem, veneno, penas, presas, garras, escamas, unhas afiadas, guelras, asas, bigodes e sabe-se lá mais o quê. Atribuiu velocidade e ferocidade, aquinhoou poder de flutuação, navegabilidade aérea – cada animal foi equipado com sua própria especialidade inteligentemente projetada, como habilidades em navegação, perícia em se entocar, construir ninhos, nadar, pular e cantar. Ele estava exatamente se congratulando por prover morcegos e golfinhos com ecolocalização quando se deu conta de que haviam sido os últimos presentes disponíveis. Ele tinha, com sua característica falta de previsão, deixado completamente de pensar no que concederia ao homem – pobre, nu, vulnerável, de pele lisa e duas pernas.

Epimeteu, cheio de culpa, foi até o irmão e perguntou o que deviam fazer, agora que não havia mais nada no fundo da cesta de presentes. O homem não tinha defesas para se armar contra a crueldade, astúcia e ganância desses animais, agora maravilhosamente armados. Os mesmos poderes que foram tão generosamente distribuídos entre os bichos certamente acabariam com a humanidade desarmada.

A solução de Prometeu foi roubar as artes de Atena e a chama de Hefesto. Com isso, o homem poderia usar a sabedoria, a inteligência e a indústria para lutar com os animais. Ele talvez não soubesse nadar como um peixe, mas podia descobrir como construir embarcações; ele talvez não corresse tão rápido quanto um cavalo, mas podia aprender a domar, ferrar e cavalgar. Um dia, poderia até construir asas para rivalizar com os pássaros.

De algum modo, então, por acidente e erro, só o homem, de todas as criaturas mortais, recebeu qualidades do Olimpo – não para rivalizar com os deuses, mas simplesmente para que pudesse manter distantes os animais mais perfeitamente equipados.

O nome de Prometeu significa, como eu já disse, "previsão". Previsão tem implicações de longo alcance. Bertrand Russell, em seu *História da filosofia ocidental* (1945), tinha isto a dizer:

> O homem civilizado se distingue do selvagem principalmente pela prudência, ou, para usar um termo ligeiramente mais amplo, previsão. Ele está disposto a suportar dores presentes a bem de prazeres futuros, mesmo se os prazeres futuros estiverem um tanto distantes. [...] A verdadeira previsão só surge quando um homem faz alguma coisa na direção da qual nenhum impulso o impele, porque seu raciocínio lhe diz que ele terá proveito com aquilo em alguma data futura. [...] O indivíduo, tendo adquirido o hábito de encarar sua vida como um todo, cada vez mais sacrifica seu presente ao futuro.

Esse talvez seja um jeito de sugerir que Prometeu é o pai da nossa civilização num sentido mais sutil do que o de prover o fogo, seja ele real ou simbólico. Prometeu também nos concedeu essa qualidade de previsão, de ser capaz de agir além do impulso. Terá sido a previsão de Prometeu que nos elevou de caçadores-coletores a agricultores, moradores em cidades e comerciantes? Você não labuta e planta, planeja e constrói, guarda e troca a não ser que seja capaz de olhar para o futuro.

Para que não levemos longe demais a veneração pelo ideal potencialmente do tipo cristão de Prometeu (um lema grego favorito era, afinal de contas, *m dén* ágan, "nada em demasia"), Russell nos lembra que os gregos pareciam estar conscientes da necessidade de contrabalançar sua influência com paixões mais sombrias, profundas, menos estáveis:

> Fica claro que esse processo [agir com prudência e previsão] pode ser levado longe demais, como, por exemplo, pelo avaro. Mas, sem chegar a tais extremos, a prudência pode facilmente envolver a perda de algumas das melhores coisas na vida. Os adoradores de Dioniso reagem contra a prudência. Na embriaguez, física ou espiritual, ele recupera uma intensidade de sentimentos que a prudência tinha destruído; ele acha o mundo cheio de delícias e beleza, e sua imaginação fica repentinamente liberada da prisão das preocupações do dia a dia. Sem o elemento dionisíaco, a vida teria pouco interesse; com ele, é perigosa. Prudência *versus* paixão é um conflito que perpassa a história. Não é um conflito no qual tenhamos de tomar partido inteiramente de qualquer dos lados.

A complexidade e a ambiguidade de Prometeu são notáveis. Ele nos deu o fogo, o fogo criativo, mas também nos deu a previsão civilizatória – que calcou outro tipo de fogo, mais selvagem. É a recusa em ver quaisquer seres divinos como perfeitos, inteiros e completos em si mesmos, seja Zeus, seja Moros ou Prometeu, que torna os gregos tão satisfatórios. Para mim, pelo menos...

ESPERANÇA

O significado, para os gregos, de Elpis ter sido deixada para trás no pote de Pandora, e o significado potencial para nós, hoje, tem sido tema de debates intrigantes entre estudiosos e pensadores desde a invenção da escrita e talvez até antes disso.

Para alguns, reforça a terrível natureza da maldição de Zeus sobre os homens. Todos os males do mundo foram enviados para nos atormentar, argumentam eles, e nos foi negado até o consolo da esperança. O abandono da esperança, afinal de contas, é muitas vezes usado como expressão que prefacia o final do cuidado ou da luta. Os portões do inferno de Dante ordenavam a todos os que entravam que abandonassem qualquer esperança. Como é terrível, então, acreditar que a esperança possa nos abandonar.

Outros defendem que Elpis significa mais do que "esperança", sugerem que significa expectativa e não apenas isso, mas expectativa do *pior*. Presságio, em outras palavras, apreensão e sentimento de perdição iminente. Essa interpretação do mito de Pandora sugere que o espírito final preso no pote era, na verdade, o pior de todos, e que, sem ele, o homem pelo menos fica sem um pressentimento de como seu destino é terrível e da crueldade sem significado da existência. Com Elpis trancada, em outras palavras, somos, como Epimeteu, capazes de viver cada dia, displicentemente ignorantes ou, pelo menos, não prestando atenção, às sombras da dor, da morte e do fracasso supremo que pairam sobre todos nós. Essa interpretação do mito é, de um ponto de vista sombrio, otimista.

Nietzsche olhou para ele ainda de outro modo, ligeiramente diferente. Para ele, a esperança era a mais perniciosa de todas as criaturas no pote, porque a esperança prolonga a agonia da existência humana. Zeus a tinha incluído no pote porque queria que ela saísse e atormentasse a humanidade todos os dias com a falsa promessa de que aconteceria alguma coisa boa. A prisão dela por Pandora foi um ato de triunfo que nos salvou da maior crueldade de Zeus. Com a esperança, argumentou Nietzsche, somos bobos o suficiente para acreditar que há um sentido na existência, um final e uma promessa. Sem ela, pelo menos podemos tentar ir adiante e viver livres de aspirações delirantes.

Esperançosamente ou desesperadamente, podemos decidir por nós mesmos.

SALTOS GIGANTESCOS

Há algumas histórias na mitologia grega sobre uma GIGANTOMAQUIA ou "guerra com os Gigantes". Uma centena de membros dessa raça guerreira (que, como já mencionei, não eram especialmente altos ou gigantescos no sentido moderno) nasceu de Gaia e do sangue do Urano castrado. Pode ser que a guerra fosse a última tentativa de Gaia para agarrar o controle do cosmos. Em algumas fontes, parece haver uma superposição ou fusão com a Titanomaquia. O que parece certo é que uma revolta violenta de algum tipo aconteceu e que foi liderada pelo Rei dos Gigantes, EURIMEDON, contra os deuses.

Não temos os nomes de todos os participantes, mas os destinos de alguns dos mais poderosos foram certamente registrados. O mais poderoso de todos, ENCÉLADO (o barulhento) foi enterrado por Atena sob o monte Etna, de cuja prisão continua a rugir vulcanicamente.[201] POLIBOTES foi esmagado sob Nisiro, uma seção da ilha de Cós que Poseidon quebrou e jogou em cima dele.[202] DAMISO (o conquistador) foi morto logo no início

201. Os cientistas, agora, nos dizem que a lua de Saturno chamada Encélado, a meros 800 milhões de milhas de distância da Terra, parece oferecer as condições necessárias à vida. Então, talvez, o tempo todo Gaia estivesse planejando a expansão de sua linhagem em outros mundos.

202. Meu léxico grego-inglês não ajuda muito com o nome de Polibotes. Parece significar "muito nutritivo" ou "muita alimentação". *Fértil,* talvez.

da luta, mas ficou famoso mais tarde, quando seu corpo foi exumado pelo centauro Quíron, que buscava peças de reposição. Hefesto esvaziou uma tina de ferro derretido em cima do infeliz MIMAS (o imitador); CLÍTIO (o renomado) foi consumido pelas chamas das tochas de Hécate; SYCEUS, perseguido de perto por Zeus, foi salvo da extinção quando Gaia o transformou numa figueira.[203] Hipólito (o que põe cavalos em debandada) foi morto por Hermes, que trapaceou usando um manto de invisibilidade; e Dioniso matou TIFÃO (o que queima sem chama) com seu *thyrsus* sagrado.

Já li sobre um Gigante chamado ARISTEU (o melhor),[204] que foi poupado da guerra por ter sido escondido sob a forma de um escaravelho por sua mãe, Gaia. Mas como THOON (o rápido), PHOITIOS (o descuidado), MOLIOS, EMPHYTOS (o enraizado) e quem sabe mais quantos outros da raça dos Gigantes chegaram ao fim continua, pelo que sabemos, sem registro.

É estranho como um relato nos conta como o feroz Gigante PORFÍRIO (o roxo), no ato de estuprar Hera, foi morto por Zeus e Hércules, o que coloca sua morte muito mais tarde na linha do tempo do que o resto da Gigantomaquia. Como se um dispositivo tão consistente e estável como uma linha do tempo pudesse ser utilizado para delinear o desenrolar complexo, caleidoscópico e desordenado da mitologia grega.

PÉS E ARTELHOS

Como os norte-americanos e britânicos, os gregos usavam o pé com medida. Um *pous* (plural de *podes*) era composto de mais ou menos quinze ou dezesseis artelhos (*daktyla*) e tinha mais ou menos o mesmo comprimento de um pé. Havia cem *podes* em um *plethron* (a largura de uma pista de corrida), seis desses em um *stadion* (o comprimento de uma pista de corrida, de onde vem a palavra "estádio") e oito *stadia* numa milha ou *milion*. O negócio dos pés – podólogos, octópodes, trípodes e daí por dante – mostra a jornada interessante da letra "P", estranhamente retorcida para "F" quanto

203. O figo, daí por diante, carrega o nome de Syceus.

204. Nada a ver com um deus menor, guardador das abelhas, que tem o mesmo nome.

mais avançava: desse modo, *pous* se tornou *Fuss* em alemão e *foot* em inglês. *Pfennig*, *Pfeife* e *Pfeffer* ainda estão fincados no meio do alemão moderno, mas se tornaram *penny*, *pipe* e *pepper* em inglês (embora também exista *fife*). O filólogo do início do século XIX, Friedrich von Schlegel, notou em primeiro lugar esse "Grande Desvio Fricativo", que se tornou depois parte da Lei de Grimm – que recebeu esse nome em homenagem aos Irmãos Grimm, e que foram os que realmente puseram em palavras e demonstraram como a maior parte das línguas da Europa e do Oriente Médio podem ser traçadas retroativamente até a Índia e seu ancestral protoindo-europeu.

POSFÁCIO

Reuni a seguir algumas ideias sobre a natureza do mito, e um esboço breve de algumas das fontes a que recorri ao escrever este livro.

É impossível repetir demais que nunca foi meu objetivo interpretar ou explicar os mitos, apenas contá-los. É claro que tive de mexer nas linhas do tempo para tentar obter uma narrativa coerente. Minha versão das "idades do homem", por exemplo, varia daquela bem conhecida, do poeta Hesíodo, para poder separar mais claramente as eras de governança de Cronos e da criação dos humanos. A explosão de histórias na Grécia há quase três mil anos era tão enérgica que, necessariamente, todo tipo de evento parecia acontecer ao mesmo tempo. Se alguém me disser que entendi "errado" as histórias, acho que me justifico respondendo que elas são, afinal de contas, ficção. Ao improvisar nos detalhes estou fazendo o que as pessoas sempre fizeram com os mitos. Nesse sentido, creio que estou fazendo a minha parte para mantê-los vivos.

MITOS VS. LENDAS VS. RELIGIÃO

Assim como uma pérola é formada em torno de um grão de areia, assim também uma lenda é considerada como sendo construída em torno de um grão de verdade. A lenda de Robin Hood, por exemplo, parece ter derivado de uma personagem histórica real.[205] A substância da narrativa que é acrescida à medida que ela é passada adiante pelas gerações, enfeitada e

205. Robin de Loxley/Locksley e lorde Fitzooth, o conde de Huntingdon, são candidatos populares.

exagerada no caminho, em algum ponto adquire as propriedades de lenda. É provável que seja escrita, porque a palavra deriva do gerúndio (do verbo) latino, *legere*, que significa "ser lido".[206]

Mitos, no entanto, são construtos imaginativos, simbólicos. Ninguém acredita que Hefesto de fato existiu. Ele se apresenta como uma representação das artes de metalurgia, manufatura e artesanato. Que essa representação seja retratada como escuro, feio e manco nos tenta a interpretar e explicar. Talvez tenhamos notado que os verdadeiros ferreiros, embora fortes, muitas vezes são escuros, cheios de cicatrizes e musculosos ao ponto de ter uma aparência volumosa e alarmante. Talvez as culturas exigissem que os saudáveis, altos e inteiros fossem sempre levados para as fileiras dos combatentes e que, desde o início, os meninos indecisos, mancos e baixos fossem treinados nas forjas e oficinas, em vez de treinados para a batalha. Qualquer deus dos ferreiros imaginado pela cultura coletiva, portanto, provavelmente refletiria o arquétipo humano que eles já conheciam. Os deuses desse tipo são criados à nossa imagem, não o contrário.

Embora os mitos e as personagens míticas sejam mais simbólicos que históricos, sofreram a mesma remodelação ficcional e os mesmos embelezamentos que as lendas mais factualmente enraizadas. Elas também foram escritas, e os mitos gregos, especialmente graças a Homero, Hesíodo e os que se seguiram, foram registrados e detalhados de modo a nos dar as linhas do tempo, genealogias e história de personagens que nos permitem contar histórias do tipo que tentei neste livro.

Mitos, para falar simples e obviamente, lidam com deuses e monstros que não podem ser observados ou apontados. Pode ser que alguns membros da população antiga da Grécia *acreditassem* em centauros e dragões aquáticos, deuses do mar e deusas do lar, mas teriam dificuldades em provar a existência deles e em convencer outros. A maioria desses que contaram e recontaram os mitos estaria consciente, acho, em algum nível, de que estavam contando histórias de ficção. Podem ter pensado que o mundo tinha

206. É interessante notar que a origem absoluta do verbo *legere* e sua forma inativa *lectum* tem o significado de "reunir" – como em "colégio" e "coletar". Então, talvez as lendas tenham tanto a ver com histórias que são coletadas como com aquelas que são escritas e lidas.

sido, em alguma época, povoado de ninfas e monstros, mas podiam estar bastante certos de que esses entes não mais existiam.

Preces, rituais e sacrifícios, bem como os impostos pagos às forças invisíveis da natureza, eram coisas diferentes. Em algum ponto, o mito se torna culto, se torna religião. Passa de histórias contadas ao pé do fogo a um conjunto sistematizado de crenças às quais se deve obediência. Como os mitos se codificam em escrituras, liturgias e teologias é assunto para um outro livro e está bem além do meu propósito. Podemos, no entanto, dizer que os gregos antigos não escreveram textos de revelação semelhantes à Bíblia ou ao Corão. Esses eram "mistérios" e iniciações de diversos tipos, que envolvem estados de êxtase, talvez não diferentes dos xamanísticos vistos hoje em outras partes do mundo, que têm boa quantidade de templos e santuários. É verdade, também, que até na grande época ateniense da razão e da filosofia, um homem como Sócrates podia ser executado por motivos religiosos.[207]

OS GREGOS

Sempre foi um erro pensar nos gregos como seres humanos superiores só porque eram dotados de saber esclarecido e benevolência racional. Encontraríamos na Grécia Antiga muita coisa estranha e desagradável para nós. As mulheres não podiam desempenhar nenhum papel efetivo nos negócios fora de casa, a escravatura era endêmica, as punições, duras, e a vida podia ser brutal. Dioniso e Ares eram os deuses deles tanto quanto Apolo e Atena. Pan, Priapo e Poseidon, também. O que torna os gregos atraentes para nós é que eles parecem ser tão sutilmente perceptivos e animadamente conscientes desses lados diferentes de suas naturezas. "Conhece a ti mesmo", estava esculpido na antecâmara do templo de Apolo em Delfos. Como povo – se o lemos através dos mitos tanto quanto em seus próprios escritos –, os gregos fizeram o máximo que puderam para obedecer a essa máxima antiga.

Então, embora estejam longe de perfeitos, os gregos antigos parecem ter desenvolvido a arte de ver a vida, o mundo e a si mesmos com maior

207. Ele foi acusado de rejeição religiosa ao não reconhecer os deuses estatais atenienses.

sinceridade e clareza não velada do que a maior parte das civilizações, inclusive, talvez, a nossa.

LOCALIZAÇÃO É TUDO

Grécia. O que é e onde fica isso? Não era nenhum tipo de nação na época das ninfas. Há uma massa terrestre soberana, politicamente identificável, e uma coleção de ilhas que agora podemos visitar, mas o mundo grego da mitologia inclui grande parte da Ásia Menor, incorporando a Turquia, partes da Síria, do Iraque e do Líbano, além de regiões do norte da África, Egito, Bálcãs, Albânia, Croácia e Macedônia. A história de "Árion e o golfinho" nos leva para o sul da Itália e outros mitos tratam de povos que poderiam às vezes ter sido descritos como helênicos, jônicos, argivos, áticos, trácios, eólios, espartanos, dóricos, atenienses, cipriotas, coríntios, tebanos, frígios, sicilianos, cretenses, troianos, beócios, lídios… e muitos mais. Sei bem que é tudo muito confuso e provavelmente irritante para qualquer um que não seja um estudioso ou um cidadão grego. Há o mapa para consultar, mas, fora isso, eu realmente espero que você não esquente a cabeça tentando entender tudo. Deus sabe que torrei a minha o suficiente, e não desejo que a mesma confusão preocupe você.

FONTES ANTIGAS

Recontar as histórias míticas da Grécia é pisar nas pegadas de gigantes. No prefácio deste livro, citei as observações de Edith Hamilton de que a mitologia grega é "a criação de grandes poetas". Ao mesmo tempo que suas origens mais profundas estão na pré-história e no folclore não registrado, ao preparar o material para este livro consegui, como qualquer um conseguiria, consultar o primeiríssimo poeta da tradição ocidental, que por acaso era grego e cujo tema por acaso era a mitologia.

Existe um tesouro de fontes sobreviventes que mapeiam a cronologia da mitologia grega desde a criação do universo e o nascimento dos deuses até o final de sua interação e interferência nos negócios humanos. Começa com HOMERO, que pode ou não ter sido um único bardo jônico (cego), mas cujo nome está ligado aos dois grandes poemas épicos, a *Ilíada* e a *Odisseia*, que foram unidos em alguma época, acha-se que no século VIII a.C. O cenário é o cerco de Troia e suas consequências, mas Homero faz incontáveis referências úteis a mitos anteriores. Seu contemporâneo aproximado, o poeta HESÍODO (sem dúvida, um indivíduo), fez o máximo que pôde para criar o que se pode chamar de uma linha do tempo para a mitologia grega. Sua *Teogonia* (Nascimento dos deuses) narra a criação, o surgimento dos Titãs, a origem dos deuses e o estabelecimento do Olimpo. Seu *Os trabalhos e os dias* conta as grandes histórias da criação humana de Prometeu e Pandora, além de dispor as Cinco Idades da humanidade – Ouro, Prata, Bronze, Heroica e Ferro.

Outros poetas, escritores e viajantes gregos e subsequentes romanos preencheram as lacunas, elaboraram, bordaram, fundiram, confundiram e simplesmente inventaram histórias gregas míticas que descendiam principalmente do plano genealógico de Hesíodo. Dessas, a *Biblioteca*, um grande dicionário de mitos, talvez seja a fonte mais valiosa. Originalmente, achava-se que tinha sido obra do estudioso APOLODORO DE ATENAS, que viveu no século II a.C., mas isso agora é questionado; hoje em dia, o trabalho é atribuído a um desconhecido que se chama pelo apelido depreciativo de PSEUDO-APOLODORO e data do século I ou II d.C. Outras fontes atraentes e/ou confiáveis – todas elas provavelmente do século II d.C. – incluem o viajante e compilador de guias grego PAUSÂNIAS, os "romancistas" LONGUS (que escreveu em grego) e APULEIO (que escreveu em latim) e o escritor latino de prosa HIGINO.

Acima deles todos está o poeta OVÍDIO (43 a.C.-17 d.C.), cuja obra *Metamorfoses* conta sobre aqueles mortais, ninfas e outros que foram transformados pelos deuses em animais, plantas, rios ou até mesmo pedras como punição ou por piedade. Suas outras obras, principalmente *A arte de amar* e *Heroides* [Heroínas] também contêm reformulações do mito grego, usando sempre os nomes latinos dos deuses – "Jove" ou "Júpiter" para Zeus, "Diana" para Ártemis, "Cupido" ou "Amor" para Eros e daí por diante. Ovídio era prolífico, profuso, irreverente, picante e cinematográfico em sua energia e mudança irrequieta de pontos de vista. Fica claro, a partir da riqueza de referências em suas peças e poemas, que Shakespeare, entre muitos outros escritores e artistas, foi imensamente influenciado por ele. Ovídio tinha muito prazer em acrescentar, subtrair e inventar, e isso me influenciou e encorajou a ser também – digamos, *imaginativo*? – em algumas de minhas narrações.

FONTES MODERNAS

Muitas crianças, dos dois lados do Atlântico, cresceram, como eu, com as coleções clássicas da mitologia grega de quatro norte-americanos duradouramente populares. Dois eram escritores do século XIX: Nathaniel Hawthorne, que nos deu *Livro de maravilhas para meninas e meninos* (1851) e sua continuação, *Tanglewood Tales* (1953) [Contos de Tanglewood]; e Thomas Bulfinch, cujo *A idade da fábula*, mais tarde incorporado a *O livro da mitologia*, passou por dúzias e dúzias de edições durante seus 160 anos de vida. O século XX foi dominado pelo incomparável *Mythology: Timeless Tales of Gods and Heroes* (1942) [Mitologia: Eternos contos de deuses e heróis], de Edith Hamilton, que por sorte ainda está em catálogo, e pelo sempre-verde *Heroes, Gods and Monsters of the Greek Myths* (1967) [Heróis, deuses e monstros da mitologia grega], de Bernard Evslin. Entre os equivalentes britânicos estão *The Adventures of Ulysses* (1808) [As aventuras de Ulisses], de Charles Lamb, e *Favourite Greek Myths* (1905) [Mitos gregos preferidos], de L. S. Hyde, este último um grande favorito meu, quando eu era menino.

Por mais estimáveis que todos esses livros sejam, e ainda são, eles tendem a timidamente fazer rodeios ou censurar os episódios eróticos e violentos que compõem uma parte tão essencial do mundo mitológico grego. O poeta e romancista Robert Graves não teve esses escrúpulos, mas seus dois volumes de *O grande livro dos mitos gregos*, excentricamente estruturados e narrados, embora meticulosos, eruditos e inspiradores, mapeiam um curso mais literário e mitográfico – muitas vezes visando enfatizar sua obsessão com os cultos a uma "deusa branca". As abordagens de James Frazer e dos que vieram depois, inclusive Joseph Campbell, por mais valiosas que sejam, têm outros assuntos a tratar, menos especificamente gregos e mais acadêmicos, psicológicos, comparativos e antropológicos. Hoje em dia, há muitos sites on-line dedicados a levar os jovens a "descobrirem" a mitologia grega – embora você possa achá-los um pouco superficiais, depois de ler aqueles que descrevem Cadmo como "um mano", Hermes como "legal" e Hades como "um cara com problemas".

O website (em inglês) que eu recomendaria mais fortemente é *theoi.com* – um recurso simplesmente magnífico, inteiramente dedicado à mitologia grega. É um projeto holandês e neozelandês que contém mais de 1.500 páginas de texto e uma galeria de 1.200 imagens abrangendo pinturas e vasos, esculturas, mosaicos e afrescos sobre temas da mitologia grega. Oferece indexação completa, genealogias e títulos de capítulos. A bibliografia é excelente, e pode conduzir a pessoa através de uma busca labiríntica, pulando de fonte a fonte como um colecionador de borboletas animado.

Escrita dos nomes

Como muitos mitos gregos e seus personagens chegam a nós através de escritores latinos, e como nosso alfabeto é mais romano do que grego, o modo de escrever os nomes das personagens e dos locais é mais uma questão de acerto e erro. Eu poderia ter escolhido oferecer apenas os escritos em grego, de modo que Kerberos, Iason e Kadmos fossem usados em vez de Cérbero, Jasão e Cadmo. Será que eu deveria botar "Cronus" em vez de Cronos? Talvez devesse ter preferido "Aktaion" sobre Acteon? "Narkissos" parece ridículo, quando todos conhecemos Narciso tão bem. No fim, fui inconsistente, mas consistentemente inconsistente.

Pronúncia dos nomes em inglês

Aconselho que você pronuncie cada nome na sua cabeça do jeito que pareça mais confortável. A letra grega *kappa* cobre sons duros de "k" e a letra *chi* cobre os fricativos mais aspirados e guturais encontrados no "ch" de "loch" e "Bach", embora estejamos muito seguros pronunciando todas as instâncias de "ch" como se fossem o som "k" padrão. O *eta*, ou "*e*" grego longo, tinha som de "ee" quando me ensinaram grego antigo na escola – de modo que a letra propriamente dita era pronunciada como "*eater*". Hoje em dia, ensinam que rima com "*waiter*". Entendo que essa pronúncia moderna entrou no inglês norte-americano mais rapidamente do que no britânico. Os norte-americanos tendem a dizer "*baoter*" por *beta*, onde nós dizemos "*beater*", por exemplo.

Assim, será Tétis "Theetis", "Thettis" ou "Thaytis"? É "Maytis", "Mettis" ou "Meetis" para Métis e "Hearer" ou "Hairer" para Hera? "Ahr-ease" ou "Air-ease", para Ares? O gregos modernos pronunciam de um jeito, os acadêmicos ingleses e norte-americanos, de outro, e o uso comum, na medida em que haja um uso comum, segue seu caminho. Qualquer um que diga que há um certo ou errado definitivo pode ser questionado, na minha opinião.

AGRADECIMENTOS

Em primeiro lugar, a meu amado marido Elliot, por ter tanta paciência em aguentar meus longos períodos longe, na paisagem mítica da Grécia antiga. Para minha amada e persistente irmã e assistente, Jo Crocker, por esculpir a minha vida num formato que permitiu as horas durante as quais escrevo.

E sempre agradeço a meu agente, Anthony Goff, e a Louise Moore e todo mundo na Michael Joseph, o amigável selo da Penguin Random House que é amável o suficiente para me publicar. Mais especialmente, para minha editora diligente, enlouquecedora, encantadora, atenta e teimosamente perceptiva, Jillian Taylor.

LEIA TAMBÉM

#1 DO THE NEW YORK TIMES, ELEITA A MELHOR FANTASIA NO GOODREADS AWARDS DE 2018, DA AUTORA DE A CANÇÃO DE AQUILES
FEITICEIRA. BRUXA. ENTRE O CASTIGO DOS DEUSES E O AMOR DOS HOMENS.
CIRCE
UM ROMANCE
MADELINE MILLER
Planeta
minotauro

A MITOLOGIA EM
GAME OF THRONES
AS REFERÊNCIAS MITOLÓGICAS NO UNIVERSO FICCIONAL DE GEORGE R. R. MARTIN
GWENDAL FOSSOIS
Planeta
minotauro

MARION ZIMMER BRADLEY
AS BRUMAS DE AVALON
O CLÁSSICO QUE ENCANTOU GERAÇÕES
Planeta
minotauro